ANABELLE STEHL
NICOLE BÖHM

LET'S BE
WILD

ROMAN

1. Auflage 2023
Originalausgabe
© 2023 by HarperCollins in der
Verlagsgruppe HarperCollins Deutschland GmbH, Hamburg
Gesetzt aus der Stempel Garamond
von GGP Media GmbH, Pößneck
Druck und Bindung von CPI books GmbH, Leck
Printed in Germany
ISBN 978-3-7457-0345-0
www.harpercollins.de

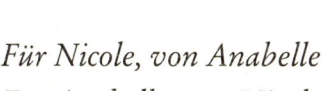

Für Nicole, von Anabelle
Für Anabelle, von Nicole

SHAE 1

»Tyler Alexander Mitchell! Wenn du nicht bald fertig wirst, schmeiße ich dich aus dieser Wohnung! Mitsamt deinen Kartons!«

Mein Leben lang hatte ich mir anhören müssen, dass ich lauter sprechen sollte – egal ob von meinen Eltern beim gemeinsamen Essen am Tisch oder dem Lehrpersonal an der Uni. In diesem Moment wären sie alle mit Sicherheit stolz auf mich gewesen, denn meine Stimme donnerte durch die Zweizimmerwohnung, die dank der vielen unausgepackten Kisten noch kleiner wirkte, als sie sowieso schon war. Über einen dieser Kartons stolperte Ty genau in dem Moment, als er um die Ecke in den Flur bog.

Vor wenigen Minuten hatte er auf mein Drängeln hin noch frech gegrinst, doch bei meinem wütenden Tonfall und der finsteren Miene, mit der ich ihm entgegenblickte, verging ihm das Lachen.

»Ich hab's gleich, versprochen.«

Hätte er nicht gerade einen weiteren Umzugskarton geöffnet und mit beiden Händen darin gewühlt, hätte ich ihm seine Worte vielleicht abgekauft.

»Ich hab dir gestern schon gesagt, dass du dir bitte alles bereitlegen sollst.«

Es war mir egal, dass ich klang wie eine nörgelnde Mutti. Heute war ein wichtiger Tag für mich, und ich wollte auf keinen Fall zu spät kommen.

»Habe ich ja auch«, gab Ty trotzig zurück, während er sich auf den Knien ein Stück nach rechts schob und sich an dem nächsten Karton zu schaffen machte. »Aber ich habe nicht gesehen, dass die Schuhe schmutzig sind.«

»Dann nimm doch die«, sagte ich und deutete auf die beigen Sneaker, die Tyler vor zehn Minuten aus einer Kiste gezogen hatte.

»Auf keinen Fall, die passen nicht zum Outfit.«

Mit erhobenen Brauen begutachtete ich ihn. Im Gegensatz zu meiner Kombi aus schwarzer Hose, Bluse, Blazer und Pumps war er eher leger gekleidet. Ty trug eine locker sitzende Jeans, ein kurzärmeliges, dunkelblaues Shirt – und nach wie vor keine Schuhe, da auch der zweite Karton offenbar keinen Erfolg gebracht hatte. Unruhig trat ich von einem Bein aufs andere, wobei meine Heels ein leises Klackern auf dem Linoleumboden verursachten. Mein Bauch kribbelte vor Aufregung, wie so oft in den letzten Tagen, und ich warf einen Blick auf die Armbanduhr.

»Wir kommen zu spät«, sagte ich und merkte, wie die Nervosität von meinem Magen bis hoch in meine Brust krabbelte und dort einen Knoten bildete.

Tyler blickte ebenfalls auf seine Uhr und machte eine wegwerfende Handbewegung. »Quatsch, wir haben noch gut vierzig Minuten.«

»Ja, aber wir müssen erst zur Subway-Station, brauchen die richtige Bahn, und dann haben wir noch fünf Blocks zum Büro zu laufen. Außerdem hab ich hohe Schuhe an. Wenn du nicht gleich in die Gänge kommst, fahr ich ohne dich. Du weißt ganz genau, wie wichtig mir dieser Tag ist.«

»Ist ja gut«, sagte Tyler mit einem Seufzen. Er stand auf und stemmte die Hände in die Hüfte.

»Ich geh jetzt.« Ich warf einen letzten kontrollierenden Blick in den Spiegel, den alte Fotos rahmten: eines mit meiner kleinen Schwester im Pool, eines mit meinen Eltern und eines, das Sinnbild dafür war, warum ich heute hier stand. Es zeigte mich im Teenageralter, breit grinsend neben Onkel Jeffrey. Er wiederum stand neben Owen Green, CEO von Greenwood & Steele. Es war kurz nach der Gründung der Agentur geschossen worden, und damals hatte ich mir kindlich naiv geschworen, einmal in Jeffreys Fußstapfen zu treten. Aus dem Augenwinkel sah ich, wie sich mein Mund zu einem Lächeln formte. Dann glitt mein Blick weiter, denn auch etwas Neues fand sich bereits an der Holzverkleidung des Spiegels: *Sei bereit, jeden Morgen ein Anfänger zu sein.* Ich hatte den Spruch auf der Verpackung meiner Yogamatte entdeckt, mit der meine Mom mich zum Einzug überrascht hatte – er passte perfekt zum heutigen Tag. Mit neuer Zuversicht trat ich nach draußen ins Treppenhaus. Sollte Tyler eben nachkommen. Ich hatte zu hart gearbeitet, zu viel aufgegeben, damit ich heute bei Greenwood & Steele anfangen durfte. Mit meiner wenigen Berufserfahrung eine solche Position zu landen, war ein Privileg. Diese Chance würde ich nicht sabotieren – erst recht nicht wegen Tylers Schuhtick.

»Nein! Warte!«

Ich war beinahe am Fuß der Treppe angelangt, als Tyler mich einholte, an mir vorbeitrat und mit strahlendem Lächeln die Eingangstür für mich öffnete. Ich warf einen Blick auf seine Schuhe. Er hatte doch die beigen genommen.

»Nach dir, Süße. Du siehst bezaubernd aus.«

»Dein Charme rettet dich jetzt auch nicht mehr.«

»Dabei liebst du ihn doch so.«

Ich gab ihm einen Klaps gegen die Brust und trat nach draußen in die New Yorker Frühlingsluft. Es war angenehm frisch, laut meiner Wetter-App waren es gerade einmal achtzehn Grad, und ich sog lächelnd die morgendliche Luft ein. In Phoenix, wo ich bis vor zwei Wochen gelebt hatte, wäre um diese Zeit schon die Dreißig-Grad-Marke überschritten. Anstelle der heißen Wüstenluft stiegen mir Autoabgase und Teergeruch in die Nase. Zwei Straßen weiter hämmerte ein Presslufthammer, und ein großer Bagger hob Schutt in einen Container.

Ich blickte mich um und nahm all die Eindrücke begierig in mich auf. Zwar hatten wir unsere Wohnung in Midtown Manhattan schon vor zwei Wochen bezogen, und ich hatte seitdem täglich die umliegenden Blocks erkundet – was erklärte, weshalb auch der Großteil meiner Kisten nach wie vor nicht ausgepackt war –, aber die Umgebung faszinierte mich noch immer. New York war ganz anders als Phoenix. Nicht nur von den Temperaturen her. Mir kam hier alles schneller, bunter und lauter vor als in meiner alten Heimat. Die Leute schienen es auch wesentlich eiliger zu haben, zumindest hetzten alle an uns vorbei, streckten die Arme hektisch nach einem Taxi aus und sprachen gegen den Straßenlärm an in ihr Handy.

Ich liebte diesen Trubel. Liebte das Gefühl, es endlich hierhergeschafft zu haben. Schon als Kind hatte ich unbedingt nach New York ziehen wollen, mit jedem Film, jeder Serie, in der die Stadt eine Haupt- oder Nebenrolle spielte, hatte es mich magisch angezogen, bis ich das Fernweh irgendwann beinahe physisch in meiner Brust hatte spüren können. Dabei war ich erst ein Mal hier gewesen, als ich Onkel Jeff besucht hatte, und das war Jahre her. Danach nie wieder – zumindest bis zu meinem Vorstellungsgespräch, das ich nicht digital hatte führen wollen, obwohl man es mir angeboten hatte. Als ich vor drei Monaten dann den Fuß aus dem Taxi gesetzt hatte, war ich mir sofort sicher gewesen: New York war meine Stadt. Hier würde ich mir ein neues Zuhause schaffen. Bei der Erinnerung an diesen ersten

Moment, an meine Euphorie, breitete sich erneut ein Lächeln auf meinem Gesicht aus.

Ty hatte in der Zwischenzeit sein Handy gezückt, eine Weile die Gegend gefilmt, und nun sah er selbst winkend in die Kamera, bevor er sie zu mir herüberschwenkte. Ich winkte ebenfalls, wenn auch deutlich befangener als Tyler.

»TikTok?«, fragte ich.

»Yep«, erwiderte Ty, der mit seinen gewohnt ausladenden Schritten neben mir hermarschierte. Er nahm meine Hand und drückte sie. »Du wirst das großartig machen.«

Ich stieß zischend einen Schwall Luft aus. »Ich hoffe es. Ich will es wirklich nicht vermasseln. Irgendwie glaube ich immer noch, dass jemand in der Personalabteilung einen Fehler gemacht und mir den Job nur aus Versehen gegeben hat.«

Mit dem Daumen strich Tyler sanft über meinen Handrücken und schaffte es, dass ich mich tatsächlich ein kleines Stück beruhigte. »Du wirst es nicht vermasseln, und niemand hat diesen Job mehr verdient als du. Immerhin wurdest du extra dafür vorgeschlagen. Außerdem hast du sie im Vorstellungsgespräch mit deinen Pitches überzeugt. Akzeptier endlich, dass du es draufhast.«

Wenn Tyler das sagte, klang es so einfach. Aber er hatte recht. Dass mein ehemaliger Professor Mr. Pearson mich Greenwood & Steele empfohlen hatte, einer der angesagtesten und erfolgreichsten Agenturen für Influencermanagement an der Ostküste, war alles andere als selbstverständlich. Dass ich mich gegen etliche Mitbewerber und Mitbewerberinnen durchgesetzt hatte, von denen einige mit Sicherheit mehr Berufserfahrung hatten als ich, war ein weiterer Faktor, der mir eigentlich Sicherheit geben sollte. Stattdessen steigerte er meine Nervosität nur noch weiter, weil das im Gegenzug bedeutete, dass ich von Anfang an würde abliefern müssen. Doch das war es wert. Greenwood & Steele arbeitete mit den größten nationalen und internationalen Kunstschaffenden und Firmen zusammen und organisierte Events, von denen sogar meine Eltern im Fernsehen gehört hatten. Kurzum: Diese Agentur war der perfekte Arbeitgeber. Und ich durfte heute wirklich dort anfangen. Mittlerweile war aus meinem Lächeln ein ausgewachsenes Grinsen geworden.

»Na also, sie hat mir die Schuhe vergeben«, sagte Ty und stieß mir in die Seite.

»Träum weiter«, gab ich zurück, obwohl ich zugeben musste, dass wir wirklich früh dran waren. Vor uns lagen bereits die Treppen, die in den Untergrund New Yorks führten. Vor der ersten Stufe kam ich zum Halt und atmete zitternd ein und wieder aus. Von dem Grinsen auf meinem Gesicht war nichts mehr zu spüren. Ty stoppte neben mir, wodurch wir einen gemurmelten Fluch eines anderen Pendlers kassierten, doch das schien ihn nicht aus der Ruhe zu bringen. Sein Blick lag auf mir.

»Wir können auch laufen.«

»Das hätte ich mir früher überlegen müssen, da wären wir jetzt niemals pünktlich.« Ich schluckte gegen den Kloß in meinem Hals an und schüttelte den Kopf. »Nein, ich schaff das schon.«

Immerhin war mir klar gewesen, dass ich in New York Subway fahren musste. Mein viel zu schnell klopfendes Herz wirkte zwar nicht so, als wäre es vorbereitet, aber ich war es. Ich hatte das Szenario mehrere Male in meinem Kopf durchgespielt. Auch heute Morgen. Ich war mehr als meine Angst. Ich war stärker als sie.

Von irgendwoher erklang sanfte Gitarrenmusik und bahnte sich einen Weg durch meine verängstigten Gedanken.

»Ah, Wicked«, sagte Tyler.

Ich sah ihn fragend an, weil ich nicht genau wusste, was er meinte.

»Der Song.« Er deutete in Richtung des Gitarrenspielers, der vorm Eingang zur Subway saß und völlig in die Musik versunken schien. »Das ist eine Akustikversion von *Defying Gravity* aus Wicked.«

»Ach so.«

»Ich freu mich so drauf, das erste Musical hier zu sehen.«

Ich grinste. Tyler hatte schon immer ein Faible für Musik gehabt und war in der Highschool sogar in der Theatergruppe gewesen. Er hatte auch seine Gitarre mit nach New York gebracht, und ich freute mich schon drauf, wenn er mal wieder für mich spielte.

»Es ist wirklich schön«, sagte ich und betrachtete den blonden Mann eine Weile, bevor ich schließlich nickte. Ich war bereit.

Ich setzte den ersten Schritt auf die Stufe, hinunter in den U-Bahn-Schacht, der seit mittlerweile über hundert Jahren existierte und mit Sicherheit auch heute nicht einstürzen würde. Ich kam bis zur vierten Stufe, als Ty plötzlich meine Hand ergriff und mit dem Daumen sanft auf meine Handkante klopfte. Als er eben nach meiner Hand gegriffen hatte, hatte er meine Zweifel beruhigen wollen, nun half er mir, mit der Angst klarzukommen.

»Danke«, flüsterte ich so leise, dass ich mir unsicher war, ob Ty es über den Lärm der Stadt überhaupt hörte, doch er nickte. Dann stiegen wir die restlichen Stufen gemeinsam nach unten.

Ich ließ den Blick über die Lebensmittel- und Souvenirläden schweifen, die uns im New Yorker Untergrund willkommen hießen. Mein Herz klopfte immer noch zu schnell, und meine Handflächen schwitzten, doch es wirkte durch die vielen Läden und das rege Treiben weniger beengend, als ich erwartet hatte. So sehr unterschied es sich gar nicht von der Stadt da oben.

Die Luft war erfüllt von dem Geruch nach schalem Kaffee, jeder Menge Menschen und Dunst. Wir schoben uns durch die Massen in Richtung unseres Gleises, und ich musste mich dazu zwingen, mich nicht bei jeder Person zu entschuldigen, die ich aus Versehen anrempelte. Trotzdem fühlte es sich genau richtig an, hier zu sein.

»Ich liebe es«, meinte Ty. Ein leichtes Lächeln lag auf seinem Gesicht. »Beinahe so, als wäre man in einer eigenen kleinen Version der Stadt.«

»Das dachte ich auch gerade.«

Bei seinen Worten fiel mir ein Stein vom Herzen. Es war nicht so, dass ich mir Sorgen gemacht hatte, ob Tyler New York lieben würde. Was das anging, tickten wir ähnlich: Er liebte Partys, Trubel, Menschen und Events. Doch er hatte sich auf die Assistentenstelle in der Agentur in erster Linie beworben, damit sich unsere Wege nicht trennten. Dass er seinen gut bezahlten IT-Job in einer großen Softwarefirma aufgegeben hatte, hatte nicht nur mich verwundert. Vor allem, da er keine Sekunde gezögert und direkt beschlossen hatte, dass er mich in den Big Apple begleiten würde. Es war das erste Mal, dass ich ihn über Pläne, Phoenix zu verlassen, hatte reden hören. Mir war aufgefallen, dass das Feuer, das er anfangs versprüht hatte, sobald er von seinem vorherigen Job erzählte, irgendwann erloschen war. Ich hatte zunächst angenommen, dass sich einfach eine gewisse Routine eingestellt hatte, die selbst einer Frohnatur wie Tyler Ernüchterung brachte. Mittlerweile war ich mir nicht mehr sicher, ob das der einzige Grund war, aber da er Nachfragen stets abblockte und fast schon allergisch darauf reagierte, konnte ich nur Vermutungen anstellen. Ich hoffte von Herzen, dass der Tapetenwechsel genau das war, was er brauchte. Sorgen, dass er mit der neuen Stelle unterfordert sein könnte, machte ich mir dennoch.

Doch der Abschied von meiner Familie war bereits schwer genug gewesen. Dass ich mich nicht auch noch von dem wichtigsten Menschen in meinem Leben trennen musste, war ein Glück, über das ich nicht zu viel nachgrübeln sollte.

Etwas Hartes traf mich unsanft an der Schläfe.

»Autsch!«, rief ich gegen den Lärm der einfahrenden Subway an. Tyler stand mit erhobener Hand neben mir. »So viel zu charmant. Hast du mir gerade gegen den Kopf geschnippt?«

»Hab nur gesehen, dass deine Gedanken schon wieder kreisen, und dachte, ich lös die Spirale mal auf.«

Ich schaffte es nicht einmal, ihm einen bösen Blick zuzuwerfen. Ich war zu dankbar, dass er hier war. Bevor ich zum hundertsten Mal darüber nachdenken konnte, womit ich Tyler verdient hatte, hörte ich die Bahn rattern, und im nächsten Moment wehte sie mir die Untergrundluft durch die Haare und trieb mir den Großstadtgeruch in die Nase. Trotz der Angst, die mich bei den Menschenmassen in dem schmalen Wagen überkam, hoben sich wie automatisch meine Mundwinkel.

Ich war wirklich hier. Ich war in New York und würde heute meinen Job als Junior-PR-Managerin beginnen. Ich würde meinen Traum nicht länger nur träumen, sondern ihn leben. Zumindest, wenn ich die volle Subway *über*lebte.

»Na, komm«, sagte Tyler sanft. Er hielt mir seine Hand entgegen, ich ergriff sie, und die Wärme und der vertraute Druck spendeten mir genug Sicherheit, um ihm durch den Strom an Menschen in die Subway zu folgen.

Hoffentlich sah man auf der weißen Bluse keine Schweißflecken. Ich hätte nicht gedacht, dass ich noch nervöser werden konnte als heute Morgen, aber mein Körper bewies mir gerade das Gegenteil.

»Du hast es geschafft«, sagte Ty, und ich sah den Stolz in seinen Augen, den ich nicht verdient hatte. Ich mochte die Subway überlebt haben, ja. Aber zum einen war ich nass geschwitzt, zum anderen stand ich nun panisch vor dem Fahrstuhl. Die Frau vor uns hatte bereits den Knopf gedrückt, und nun strahlte mir die sinkende Stockwerkzahl in hellem Blau entgegen. Noch sechs Etagen, die Türen würden aufgleiten, und wir würden hineingehen. Oh Gott.

»Ich nehm die Treppen«, stieß ich atemlos aus, als aus der Sechs bereits eine Drei geworden war, und wandte mich in Richtung Tür, die laut Schild zum Treppenhaus führte.

»In den zwanzigsten Stock?« Ty entgleisten die Gesichtszüge – nur für den Hauch einer Sekunde, aber ich sah es dennoch. »Okay«, sagte er dann.

»Du kannst fahren! Wir sehen uns oben.« Ich setzte ein Lächeln auf, das hoffentlich zuversichtlicher war, als ich mich fühlte. Wieso konnte ich das nicht? Ich war in New York. Arbeitete bei Greenwood & Steele. Hatte zwei Jahre Therapie hinter mir. Wieso konnte ich nicht einfach in diesen verdammten Aufzug steigen wie jeder andere Mensch? Tränen brannten in meinen Augen, die ich wütend wegblinzelte, als ich sah, wie die Türen des Fahrstuhls sich hinter der Frau schlossen. Ich war wohl doch nicht mehr als meine Angst.

»Wer zuerst oben ist.« Tyler schob sich an mir vorbei und stieß die Tür zum Treppenhaus auf.

»Was?«

»Was dachtest du denn? Dass ich dich allein gehen lasse und hinnehme, dass du einen besseren Hintern kriegst als ich?« Ty stieß ein Schnauben aus und lief voraus.

»Warte!«, rief ich und schaffte es gerade noch ins Treppenhaus, bevor die Tür ins Schloss fiel.

Zwanzig Stockwerke später verfluchte ich meine Angst noch mehr als unten, denn nun war meine Bluse definitiv verschwitzt. Mit vor Nervosität feuchten Fingern kontrollierte ich, dass sie nicht aus dem hohen Bund meiner Hose gerutscht war. Nicht der erste Eindruck, den ich hatte hinterlassen wollen.

»Du kannst knicken, dass ich das im Sommer mache«, ächzte Ty und hielt sich die Seite.

»Ich dachte, du machst Kraftsport?«, fragte ich, ebenfalls um Luft ringend.

»Scheint mehr zu bringen als dein Yoga, wenn ich mir deinen Tomatenkopf so ansehe«, stichelte er zurück.

»Oh Gott, sieht es schlimm aus?«

Ich sah in Richtung der silbern glänzenden Fahrstuhltüren, vor denen wir zum Halt gekommen waren, doch bevor ich mein Spiegelbild begutachten konnte, glitten sie mit einem sanften *Ping* auf, und eine schick gekleidete blonde Frau trat zu uns. Nicht leger-schick wie ich, sondern vielmehr, als wäre sie geradewegs einer Serie wie *Gossip Girl* entsprungen. Sie passte perfekt zu dem eleganten, in erdigen Farben gehaltenen Flur. Auf dieser Etage befand sich nur Greenwood & Steele. Ziemlich sicher also, dass es sich bei der Frau um eine unserer zukünftigen Kolleginnen handelte. Möglichst unauffällig sah ich an mir hinab. Hoffentlich würde ich mit dem Outfit nicht auffallen. Mir solche Gedanken darüber zu machen, sah mir gar nicht ähnlich, aber ich wollte heute allen beweisen, dass ich dazugehörte. Dass es kein Fehler war, mich einzustellen. Ich machte mir eine mentale Notiz, von meinem ersten Gehalt shoppen zu gehen – denn allzu viele schicke Sachen hatte ich nicht dabei, da sie bei der Lokalzeitung, bei der ich zuvor gearbeitet hatte, nur zu besonderen Anlässen nötig gewesen waren. Als ich wieder aufblickte, lächelte die Frau uns entgegen.

»Guten Morgen.«

»Guten Morgen«, erwiderten Ty und ich.

»Kann ich euch weiterhelfen?«

»Heute ist unser erster Tag. Wir haben uns nur noch kurz gesammelt«, sagte Tyler, ohne zu zögern. Ich beneidete ihn um seine Souveränität. Normalerweise war ich nicht auf den Mund gefallen, doch die Fahrt mit der Subway steckte mir nach wie vor in den Knochen.

»Oh, Tyler, richtig? Dann bist du wohl Shaelynn.« Sie sah von Ty zu mir. »Ihr wurdet im internen Newsletter schon angekündigt. Ich bin Hannah, freut mich sehr!«

»Freut mich auch!«, erwiderte ich.

»Kommt gern mit, dann bring ich euch direkt zu Olivia. Mit ihr habt ihr sicher schon Kontakt gehabt, oder?«

»Ja, sie war auch beim Bewerbungsgespräch dabei«, entgegnete ich mit einem Nicken und folgte Hannah nach rechts – bis zu der gläsernen Tür, auf der in filigranen goldenen Lettern »Greenwood & Steele« stand. Sie hielt ihren Transponder an das Feld neben der Tür, bis diese ein leises Klicken von sich gab. Dann zog sie an der Türklinke und ließ uns zuerst eintreten. »So einen bekommt ihr auch noch. Olivia zeigt euch gleich alles, aber bei Fragen könnt ihr jeden hier ansprechen. Ich sitze in dem Büro neben der Kaffeeküche bei den Grafikern und Grafikerinnen.«

Gemeinsam mit Tyler trat ich ins Innere, und wir folgten Hannah durch das längliche Foyer. Mein Blick huschte von links nach rechts, um möglichst viel aufzunehmen. An den Wänden hingen gerahmte Bilder der verschiedenen Influencer und Influencerinnen, die die Agentur vertrat. Auch einige Celebrities, die man aus Filmen oder von den Laufstegen kannte, waren darunter. Kaum zu glauben, dass ich bald mit ihnen würde arbeiten dürfen, ihnen helfen durfte, ihre Visionen und Geschichten zu erzählen. Mein Blick streifte ein mir bekanntes Gesicht, und ich schluckte gegen den Kloß an, der sich plötzlich in meinem Hals gebildet hatte. Jeffrey Steele. Erst als ich Tylers Hand sanft an meinem Rücken spürte, merkte ich, dass ich stehen geblieben war.

»Er wäre so stolz auf dich«, flüsterte Ty, und ich nickte. Das wäre er. Er hatte mich stets ermutigt, meinen eigenen Weg zu gehen – so wie er es selbst getan hatte, als er mit siebenundzwanzig mit seinem Studienfreund die Agentur gegründet hatte.

Ich lächelte meinem Onkel zu, straffte die Schultern, als hätte das Foto mir neues Selbstbewusstsein gegeben, und legte einen Zahn zu, um zu Hannah aufzuschließen. Diese hatte an einer länglichen Theke angehalten, die einer Rezeption glich.

»Hey, Liv. Ich hab dir jemanden mitgebracht.«

Olivia sah von ihrem Bildschirm auf und schob sich die Brille auf der Nase zurecht, bevor sie aufstand und erst mir, dann Tyler die Hand reichte.

»Herzlich willkommen«, sagte sie mit angenehm warmer Stimme. »Schön, dich wiederzusehen, Shae. Und schön, dich mal in echt zu treffen, Tyler.«

»Freut mich«, gab Ty zurück und schüttelte Olivias ausgestreckte Hand.

»Ich gebe euch beiden erst einmal eine kleine Tour, damit ihr alles findet, und liefere euch dann anschließend bei Ariana beziehungsweise bei Owen ab. Solltet ihr im Laufe des Tages Fragen haben, kommt einfach zu mir.«

Wir antworteten beide mit einem Nicken, verabschiedeten uns von Hannah und folgten dann Olivia. Ich fühlte mich ein wenig in die Schule zurückversetzt – auf jeden Fall kam ich mir ähnlich jung vor, und das Büro machte den gleichen frischen, aufregenden Eindruck auf mich. Es versprühte mit jedem Quadratmeter ein Gefühl von Neuanfang.

Eine halbe Stunde später schwirrte mir der Kopf, und ich war mehr als dankbar, mich schon vorab mit den Namen vertraut gemacht zu haben, da Olivia uns nicht nur die Kaffee-Ecke, sondern auch einen großen Teil der achtzig Mitarbeitenden vorgestellt hatte. Das Büro erstreckte sich über zwei Stockwerke, was mir bei meinem ersten Besuch überhaupt nicht aufgefallen war. Vermutlich war ich viel zu nervös gewesen, um die Wendeltreppe im hinteren Teil des Großraumbüros zu registrieren.

»Macht euch keine Sorgen – ich hab eine ganze Weile gebraucht, mir all das zu merken. Es reicht vollkommen, wenn ihr am Anfang euer Team und eure wichtigsten Kunden und Kundinnen kennt.« Olivia schenkte uns ein aufmunterndes Lächeln, das Tyler sofort erwiderte, während es in meinem Bauch vor Nervosität und Vorfreude kribbelte. Ich hatte jedoch keine Zeit, mich der Aufregung hinzugeben, da Olivia im nächsten Moment vor einer Reihe von durch Glasfronten abgetrennten Räumen zum Stehen kam.

»Und hier endet meine kleine Tour. Tyler, Owen erwartet dich schon. Er wird dir deinen Aufgabenbereich erklären, und ich habe euch für heute Mittag einen Tisch im *Chef's Choice* reserviert.«

Während Tyler freundlich, aber relativ unbeeindruckt nickte, hatte ich Mühe, meine Mimik unter Kontrolle zu halten. Ich war nicht einmal von hier, doch selbst ich hatte vom *Chef's*

Choice gehört und wusste, wie schwer es war, dort einen Tisch zu bekommen. Ob Tyler realisierte, was für ein Glück er hatte? Und ob es unverschämt wäre, wenn er das Essen für mich fotografierte? Vermutlich.

Olivia klopfte zweimal an Owens Tür, und ich trat respektvoll einen Schritt zur Seite, damit sie Tyler reinbringen und vorstellen konnte – nicht jedoch, ohne einen Blick auf den Chef und *das* Gesicht von Greenwood & Steele zu werfen. Zwar sah ich es täglich auf der Fotografie am Spiegel und auf Social Media, doch es war Jahre her, dass ich ihn in echt getroffen hatte. Owen war eine Legende in der Branche. Durch den Türspalt sah ich ihn an seinem Schreibtisch sitzen. Er war komplett in Schwarz gekleidet, sein Jackett trug jedoch goldene Akzente, die sich in dem Stecker in seinem Ohr wiederfanden. Obwohl er nichts tat, außer Olivia und Tyler zuzulächeln, strahlte er eine Autorität aus, um die ich ihn beneidete. Tyler blickte noch über die Schulter und zwinkerte mir zu. Keine Minute später kam Olivia wieder zu mir heraus und schloss die Tür hinter sich.

»Und nun zu dir«, sagte sie, immer noch lächelnd, während die Aufregung schon wieder seltsame Dinge mit meinem Bauch anstellte. Ich wirkte bestimmt total verkrampft, dabei war ich eigentlich viel entspannter. Hoffentlich bekam sie keinen blöden Eindruck von mir. »Ariana hast du beim Vorstellungsgespräch ja leider nicht kennengelernt, da sie auf Dienstreise war. Sie ist deine direkte Ansprechpartnerin und unsere PR-Managerin. Außerdem ist sie fürs Networking und diverse Events zuständig und vertritt einige unserer Künstler und Künstlerinnen, von denen du jedoch nach deiner Einarbeitung ein paar übernehmen wirst. In gewisser Weise hast du ihre alte Position inne – sie wurde erst vor Kurzem befördert.«

Ich nickte, als hätte ich mir das nicht bereits online zusammengesucht. Arianas Lebensweg war beeindruckend. Sie hatte zuvor als Junior-PR-Managerin für Greenwood & Steele gearbeitet und Ende letzten Jahres mit einer nachhaltigen Weihnachtskampagne, an der Aktivisten und Aktivistinnen sowie Malende beteiligt waren, den Impact Award gewonnen – einen der begehrtesten Marketing Awards. Als Junior. Kein Wunder also, dass sie so schnell befördert und ihr Posten frei wurde. Ich hatte große Fußstapfen zu füllen. Und ich konnte nur hoffen, dass ich der Sache gewachsen war.

Olivia machte vor einem weiteren Büro halt. Die Tür war bereits geöffnet, und Ariana blickte mit einem leichten Lächeln vom Bildschirm ihres iMacs auf. Ich räusperte mich und betrat hinter Olivia das Büro.

»Hey, Ariana! Wir sind mit dem Rundgang fertig. Stephen sucht gerade noch ein längeres Display-Kabel, und dann ist auch Shaes Arbeitsplatz so weit.«

»Danke, Liv«, sagte Ariana, stand auf und umrundete den Tisch. »Es freut mich sehr, dich kennenzulernen, Shaelynn. Tut mir leid, dass ich bei dem Vorstellungsgespräch nicht dabei war. Dein Anschreiben und die Arbeitsproben haben mich wirklich beeindruckt.« Sie hatte rotblonde Haare und graublaue Augen, die das Lächeln nicht ganz erreichte. Es ließ sie nicht unsympathisch wirken, vielmehr wie eine Frau, die genau wusste, was sie wollte, und mit der man sich am besten nicht anlegte. Etwas, das ich bewunderte und gern für mich übernehmen würde – das jedoch auch dafür sorgte, dass meine Kehle trocken wurde.

»Oh, danke. Ich bin Shae«, stellte ich mich unnötigerweise vor.

»Hast du dich schon ein bisschen in New York eingelebt? Du kommst aus Phoenix, richtig?«

»Ja, genau. Es geht, unser Apartment ist noch voller Kartons, und ohne Google Maps wäre ich nach wie vor aufgeschmissen.«

»Glaub mir, das ändert sich nie wirklich. Ich finde zur Arbeit und zu meinen liebsten Restaurants, aber sobald ich in ein anderes Viertel muss …« Ariana machte eine wegwerfende Handbewegung. »Ich vermeide es bis heute, Touristen den Weg zu zeigen, aus Angst, sie in die falsche Richtung zu schicken.«

Ich erwiderte Arianas Lächeln und merkte, wie ich mich langsam entspannte. Sie mochte auf den ersten Blick einschüchternd wirken, schien aber nichtsdestotrotz in Ordnung zu sein.

»Wollen wir uns direkt deinen Aufgaben widmen?«

Ich nickte, ohne zu zögern, und nahm Ariana gegenüber Platz.

Sie griff einen weißen Ordner vom Rand ihres Schreibtischs und legte ihn zwischen uns.

»Gerade ist die Hölle los, weil ein großes Event bevorsteht, und natürlich fällt allen *last minute* noch etwas Wichtiges ein. Du kommst also wie gerufen.« Ariana zog die Mundwinkel nach oben, und dieses Mal erreichte das Lächeln ihre Augen und brachte das Blau zum Funkeln. Das Event lag ihr offensichtlich am Herzen. Neben ihrer Tastatur leuchtete Arianas Handydisplay auf, doch sie drehte das Smartphone einfach um und ließ sich nicht aus der Ruhe bringen. »Wir veranstalten jedes Jahr eine große Benefizgala zu Ehren von Jeffrey Steele – dem Mitbegründer von Greenwood & Steele. Er ist dir sicher ein Begriff, vielleicht ja auch die Gala selbst?«

Ich nickte. Jeffreys Namen zu hören, versetzte mir immer noch einen Stich, gleichzeitig war ich erleichtert, dass sie nicht wusste, dass wir verwandt waren. Auch die Gala kannte ich natürlich. Sie wurde seit Jeffreys erstem Todestag jährlich veranstaltet, und die Spenden für wohltätige Zwecke stiegen stetig. Gewöhnlich saugte ich Artikel in Magazinen darüber auf, las Website-Posts, die ich dazu fand. Ob ich dieses Jahr selbst dabei sein durfte? Mein Herz schlug gleich noch ein Stück schneller.

»Ich hätte dich gern für das Event mit an Bord. Owen, den du sicher noch treffen wirst, hat mir dieses Mal die Planung überlassen, was eine enorme Ehre ist. Fakt ist aber auch, dass das Event mittlerweile so groß ist, dass es unmöglich allein zu planen ist. Vor allem, da ich gern noch mehr mediale Aufmerksamkeit und damit potenzielle Sponsoren erreichen würde. Und da kommst du ins Spiel.«

Sie öffnete den Ordner und drehte ihn so zu mir herum, dass ich seinen Inhalt lesen konnte. Ich schluckte schwer. Sie wollte mich tatsächlich bei dem Event zu Ehren Jeffs dabeihaben. Mehr noch: Ich durfte helfen, es zu organisieren. An meinem ersten Tag. Einerseits fühlte ich mich geschmeichelt, dass sie mir das zutraute, andererseits sorgte es dafür, dass mein Herz mir nun beinahe aus der Brust sprang.

Ich setzte mich auf meine Hände, damit ich nicht weiter nervös meine Finger kneten konnte, und blickte von Ariana zur ersten Seite des Ordners.

»Für gewöhnlich war die Gala nur unseren Klienten und Klientinnen vorbehalten. Natürlich waren auch Presse und ein paar Firmen eingeladen, aber im Grunde war es eine eher kleinere, geschlossene Veranstaltung, wenig Buzz in den sozialen Medien. Das würde ich dieses Jahr gern auflockern und auch Influencer und Influencerinnen einladen, die wir noch nicht vertreten, die aber positiv aufgefallen sind. Der Networking-Gedanke soll stärker im Fokus stehen, um uns nicht nur als Management, sondern als Plattform zu etablieren. Du kannst in unserer Datenbank einsehen, mit wem wir schon kollaboriert haben, und ihnen Einladungen schicken. Was die neuen Gesichter angeht, hab ich hier …« Sie blätterte ein paar Seiten weiter und tippte mit einem perfekt manikürten Nagel auf den Ordner. »… eine Liste an Kriterien zusammengestellt, die du bei der Auswahl beachten solltest.«

Ich überflog die Liste. Die Gäste sollten keine rassistischen, sexistischen oder queerfeindlichen Äußerungen getätigt haben. Das war logisch. Sie sollten über eine gewisse Reichweite verfügen. Auch nachvollziehbar. Doch die Liste war erstaunlich lang und erstreckte sich sogar bis auf die nächste Seite. Dennoch setzte ich einen zuversichtlichen Gesichtsausdruck auf und nickte. »Alles klar.«

»Sehr gut! Melde dich gern, solltest du Fragen haben. Das ist tatsächlich erst mal das Dringendste. Danach stehen noch ein paar Dinge wie Catering und Dekoration an – denn gerade beim Essen und bei den Getränken müssen wir aufstocken. Generell mussten wir kurzfristig die Location wechseln, da natürlich mit viel mehr Gästen zu rechnen ist, aber, und das darf noch nicht nach außen dringen: Wir können ins Metropolitan Museum of Art!« Für einen kurzen Moment verpuffte Arianas professionelle Fassade, und ihre Augen funkelten aufgeregt. Kein Wunder! Ich kannte das MET bislang nur aus Serien und Filmen.

Ariana straffte die Schultern und wurde wieder ernster. »Es tut mir leid, dass ich dich direkt mit so vielen Aufgaben überhäufe. Du erhältst natürlich noch ein anständiges Onboarding, also eine Einarbeitung, und es ist gar kein Problem, wenn du den Tag erst einmal nutzt, um dich mit allem vertraut zu machen. Normalerweise planen wir viel frühzeitiger, ich konnte Owen die Idee aber leider erst letzte Woche pitchen, dadurch ist alles in Verzögerung geraten.«

»Das ist gar kein Thema, ich schaffe das.« Trotz des nervösen Kribbelns in meinem Bauch klappte ich den Ordner zu und schenkte Ariana ein Lächeln. »Dann mache ich mich direkt mal an die Arbeit und suche potenzielle Gäste raus. Klingt ja, als wäre es besser, nicht zu viel Zeit zu verlieren. Wann genau findet das Event statt?«

»In zwei Wochen.« Zum ersten Mal, seitdem ich das Büro betreten hatte, schien Ariana unsicher. Zumindest, wenn ich das schnelle Blinzeln und die verkrampften Finger korrekt deutete. »Es ist mein erstes Event«, fügte sie zur Erklärung hinzu. »Wir haben das sonst oft ausgelagert, aber langfristig fände ich es gut, wenn wir mehr Events inhouse organisieren. Und allgemein mehr in die Richtung machen. Das eignet sich auch PR-seitig für Social total – aber das brauche ich dir ja nicht zu erklären.«

Sie strich sich die rotblonden Haare über die Schulter. »Aber gut, genug davon. Hast du irgendwelche Fragen?«

»Nein, gar nicht. Olivia hat mir alles Wichtige gezeigt, und wie du schon meintest …« Ich klopfte erneut auf den Ordner.

»... die Zeit rennt, also sollten wir keine weitere verstreichen lassen, richtig?«

»Richtig«, erwiderte sie und verzog ihre Lippen zu einem leichten Lächeln.

Ich wollte Ariana beeindrucken, ihr zeigen, dass ihre Entscheidung, mich einzustellen, kein Fehler gewesen war. Aber genauso sehr wollte ich wirklich loslegen. Ich würde auswählen dürfen, welche Instagrammer und YouTuberinnen bei der Benefizgala über den roten Teppich liefen – das war wesentlich mehr Verantwortung, als ich mir für meinen Einstieg erträumt hatte.

Ich stand auf und folgte Ariana hinaus aus ihrem Büro und rechts den Flur hinunter, bis sie vor einem Tisch anhielt, der nicht in ihrem direkten Blickfeld lag, aber nah genug war, dass ich nicht weit laufen müsste, sollte ich sie erreichen wollen.

»Das hier ist dein Platz.«

Ariana drückte auf den äußeren Rand der Tischplatte, und kurz darauf fuhr diese nach oben. »Du kannst ihn hier in der Höhe verstellen, falls du mal im Stehen arbeiten magst. Ansonsten müsste alles passen. Solltest du ein ergonomisches Mousepad oder so wollen, gib Tony einfach Bescheid. Er arbeitet in der IT und organisiert die Technik.«

Ich biss mir auf die Lippe, damit mein Lächeln nicht noch breiter wurde. Ich hatte einen höhenverstellbaren Tisch? Als Junior? Auf meiner alten Arbeit glich es einem Wunder, eine Bluetooth-Maus zu erhalten. Mein Blick wanderte vom Tisch, den Ariana gerade wieder in die Ausgangsposition brachte, über die technische Ausstattung. Mir war klar gewesen, dass Greenwood & Steele ein anderes Kaliber sein würde als *All of Phoenix*, die Zeitung, für die ich zuvor gearbeitet hatte, aber das? Das war der Wahnsinn.

»Wenn sonst etwas ist oder du eine Frage zu den Aufgaben hast: Meine Tür ist die meiste Zeit geöffnet, komm einfach rein, wenn du etwas benötigst.«

»Danke, das mach ich.«

Ariana lächelte mir noch einmal zu und lief dann schnellen Schrittes zurück in ihr Büro. Ich ließ mich auf den schwarzen Bürostuhl fallen, legte den Ordner ab und glitt mit den Handflächen bedächtig über das helle Holz der Tischplatte. Ab heute lebte ich wirklich meinen Traum. Und das Beste daran? Ich würde nicht aufwachen müssen.

2

EVIE

Montag, 08. April

Jede Reise ins Unbekannte ist ein Abenteuer ... Warum mir gerade jetzt dieses Zitat aus dem *Kleinen Lord* durch den Kopf ging, wusste ich nicht. Oder war es aus dem *Kleinen Prinzen*? Wie auch immer, ich fühlte mich definitiv wie in einem Abenteuer. Einem großen, schillernden, bunten, lebensfrohen und sehr lauten Abenteuer. Der Big Apple und ich hatten endlich zusammengefunden. Der Ort, nach dem ich mich sehnte, seit ich ein Kind war. Für mich war New York immer so unerreichbar gewesen wie das Zauberland Oz ... und nun war ich wirklich hier. Zwar war ich nicht mit einem magischen Wirbelsturm angereist, sondern ganz banal mit dem Transatlantikflug von Frankfurt nach New York, aber es hatte ein paar heftige Turbulenzen kurz vor der Landung gegeben.

»Passt das so?«, durchbrach eine weibliche Stimme meine Gedanken. Ich zuckte zusammen und richtete meine Aufmerksamkeit wieder auf meine Arbeit.

»Ja, sehr gut«, sagte ich. »Jetzt dreh den Kopf in die andere

Richtung, Dawn.« Ich deutete mit der Hand nach links, während ich halb über meine Kamera gebeugt hing und Dawn zusah, wie sie meine Anweisung umsetzte. Mit ihr zu arbeiten, war eine reine Freude. Sie war nicht nur fotogen mit ihren eins achtzig, den langen braunen Haaren, den wunderschönen dunklen Augen und ihrem ausdrucksstarken Gesicht, sie setzte auch sofort meine Anweisungen um. Dawn zählte nicht unbedingt zu diesen klassischen Schönheiten, die Kosmetikfirmen gern für ihre Produkte casteten. Die mit der perfekten Haut, den perfekten Zähnen, den perfekten Proportionen. Dawns Nase war ein wenig nach links gebogen, sie hatte zwei unterschiedlich große Augen, einen leicht schrägen Mund und wunderschöne Kurven, die sie durch das Raster der Schönheitsindustrie fallen ließen. Das alles störte aber überhaupt nicht. Ganz im Gegenteil. Dawn war sich ihrer selbst sehr bewusst, hielt ihre Schultern entspannt und präsentierte ihren etwas runderen Körper mit einer Selbstverständlichkeit, um die ich sie glatt beneidete. Zum Glück bestand mein Job daraus, hinter der Kamera zu stehen und nicht davor. Ich würde mich nie im Leben so zeigen können, auch wenn ich mich eigentlich nicht verstecken musste.

»Perfekt«, sagte ich und drückte ein paarmal ab. Meine Nikon ratterte im Serienmodus runter und schoss ein Foto nach dem anderen von ihr. Wir hatten uns Brooklyn als Kulisse ausgesucht. Wie gefühlt tausend Leute vor uns waren wir in Dumbo in der Washington Street, genau an der Ecke, wo man durch die Häuser auf die Manhattan Bridge blicken konnte. Eins der bekanntesten Fotomotive der Stadt. Wir hatten sogar anstehen müssen, weil eine Gruppe vor uns da gewesen war. Dawn posierte in der Mitte der Straße, hatte ein Bein angewinkelt, das andere gestreckt, sie drehte sich, wechselte die Haltung und präsentierte sich im perfekten Winkel zur Kamera. Man merkte ihr deutlich an, dass sie das nicht zum ersten Mal machte.

»Ich glaube, das war's«, sagte ich und richtete mich auf. Ich nahm meine Display-Lupe, mit der ich auch in heller Umgebung die Fotos auf der Kamera gut sichten konnte, und sah rasch die Bilder durch. Dawn ließ die Arme sinken, strich über ihr Kleid und kam zu mir. Der Duft nach Zitrone und Kokos stieg mir in die Nase. Ich reichte Dawn die Lupe, damit sie selbst aufs Display schauen konnte. Sie nahm sie dankend an und checkte die Bilder, die ich in den letzten zwanzig Minuten von ihr gemacht hatte.

»Wow!«, sagte sie. »Du bist unglaublich.«

»Liegt eher am Model, aber danke.«

»Schon die Bilder heute Morgen im Café, jetzt die hier … Mein Kanal wird erst mal prall gefüllt sein für die nächste Zeit. Danke, dass du das für mich machst.«

»Ich bitte dich! Ich bin diejenige, die dir danken sollte.« Dawn hatte auf Instagram über fünfhunderttausend Follower. Sie war in diesem Jahr mächtig gewachsen, was sie vor allen Dingen ihrer starken Botschaft zu verdanken hatte. Sie predigte Body Positivity, zeigte unbeschwert ihre Cellulite oder ihre Dehnungsstreifen und hatte keine Scheu davor, auf all die Punkte an ihrem Körper hinzuweisen, die nicht der Schönheitsnorm entsprachen. Dawn war ein schillerndes Beispiel dafür, was die Leute heutzutage sehen wollten. Nicht mehr die perfekten Körper und Menschen, sondern Ecken und Kanten, so wie wir sie alle haben.

Wenn sie meine Bilder auf ihrem Kanal zeigen würde, würde das auch mir einen ordentlichen Push geben – über den ich mich natürlich sehr freute. Mein Kanal war mit dreißigtausend Followern nicht der kleinste, aber wenn ich mir meine Kollegen und Kolleginnen so anschaute, die teilweise ab achtzigtausend aufwärts hatten, war noch viel Luft nach oben. Außerdem würde ich alles drum geben, diesen kleinen blauen Haken zu erhalten und so von Instagram endlich als echte Person angesehen zu werden.

»Wollen wir weiter zum Park an der Brooklyn Bridge?«, fragte ich. Das würden wir noch schaffen, dann musste ich langsam zurück zu Greenwood & Steele. Ariana und ich hatten eine

Besprechung für die Gala zu Ehren von Mr. Steele, für die ich eigentlich gebucht war. Die Gala war zwar erst in zwei Wochen, aber wir steckten schon mitten in den Vorbereitungen. Das Shooting mit Dawn war lediglich ein kleiner Bonus gewesen, weil sie ebenfalls auf die Gala eingeladen war und noch Bilder für ihren Kanal gebraucht hatte. Ariana hatte mich gestern Abend angerufen und gefragt, ob ich Lust hätte, mit Dawn loszuziehen und das zu erledigen. Ich hatte die halbe Nacht vor Aufregung nicht schlafen können.

»Unbedingt«, sagte Dawn. »Ich hätte gern noch Bilder mit dem Hosenanzug.«

»Kein Problem. Wir gehen rasch in das Einkaufszentrum da vorne.« Ich zeigte nach links auf eine Shoppingmall. Dawn hob ihre Reisetasche vom Boden auf, in die sie ihre Wechseloutfits gepackt hatte, und ich schraubte die Kamera vom Stativ. Während wir alles zusammenpackten, überlegte ich bereits, welche Motive ich im Park einfangen konnte. Wir hatten noch knapp eine Stunde Zeit, das sollte eigentlich ausreichen.

Während wir gingen, nahm Dawn ihr Handy, rief Instagram auf und startete eine Story. Sie redete routiniert und fröhlich, bezog die Umgebung und auch mich mit ein. Ich winkte brav in die Kamera und erinnerte mich daran, dass ich das Gleiche nachher auch noch machen sollte. Nicht nur weil ich meine Follower up to date halten wollte, meine beste Freundin Christin saß bestimmt ebenfalls zu Hause am Frühstückstisch und aktualisierte minütlich den Feed. Sie war ein großer Fan von Dawn und wäre fast durch den Hörer gesprungen, als ich ihr gestern Abend noch via Facetime von dem Shooting erzählt hatte.

»Du erlebst die aufregendsten Dinge dort drüben, während ich mich gerade mit Quartalsberichten und der Betriebsversammlung rumplagen darf«, hatte sie gesagt. »Ich bin hart neidisch auf dich.«

Christin arbeitete als Vorstandsassistentin in einer großen Baufirma. Wir hatten uns vor sieben Jahren in der Berufsschule kennengelernt und uns sofort verstanden. Als wir unsere erste Prüfung geschafft hatten, waren wir erst mal gemeinsam feiern gegangen und irgendwann sternhagelvoll durch die Straßen Kölns getanzt. Am nächsten Morgen waren wir auf ihrem Badezimmerboden aufgewacht und hatten den Überblick verloren, wer wem die Haare aus dem Gesicht gehalten hatte. Ab da waren wir unzertrennlich. Christin hatte ich auch zu verdanken, dass ich überhaupt hier war.

Was als dumme Wette bei einem Kölsch angefangen hatte, hatte sich zu einer meiner größten Chancen entwickelt. Ich hatte im nicht mehr ganz nüchternen Zustand Greenwood & Steele einfach mein Portfolio geschickt, dabei viel zu dick aufgetragen und damit geprahlt, dass ich in Deutschland eine freischaffende Fotografin sei, die unter anderem für Adobe arbeitete und viele große Events begleitet hätte. Das mit dem Fotografieren stimmte zwar, aber Adobe nutzte ich wie jeder andere im Abo, das ich selbst bezahlte, und die Events waren Konzerte gewesen, auf denen ich mit Christin gewesen war und die ich einfach für mich fotografiert hatte.

»Das glauben die mir nie«, hatte ich zu Christin gesagt. »Außerdem will ich nicht lügen.«

»Du lügst nicht, du bauschst nur die Wahrheit ein wenig auf. Das machen doch alle!«

Das machen doch alle …

Irgendwas an meinen Bildern hatte Greenwood & Steele angesprochen, und so bekam ich, ein paar Wochen, nachdem ich mich beworben hatte, einen Anruf aus New York. Ich wollte ihn erst wegdrücken, weil ich dachte, es wäre ein Spam-Anruf. Zum Glück hatte ich das nicht getan, sonst stünde ich jetzt nicht hier. Wie ich im Nachhinein erfahren hatte, war Ariana die Fotografin, die sie ursprünglich für die Gala gebucht hatte, kurzfristig abgesprungen, und weil sie auch gern neuen Leuten eine Chance gaben und ihnen meine Bilder gefallen hatten, hatten sie mich gebucht. Es war vollkommen verrückt.

Dieser Auftrag war eigentlich viel zu groß für mich, aber dann war da diese Sache mit dem Unbekannten und dem Abenteuer und so.

Ich blickte mich um und atmete die New Yorker Luft ein. Es roch ein wenig nach Wasser und Salz, weil wir so nahe am Meer waren. Über dem East River kreisten ein paar Möwen und begleiteten ein Schiff, das gerade nach Norden tuckerte. In Brooklyn war zwar nicht so viel los wie in Manhattan, aber man spürte trotzdem den Puls der Stadt. Ich hatte das Gefühl, als würde sie vor Vitalität und Möglichkeiten nur so strotzen.

Dawn und ich machten einen kurzen Halt an der Shoppingmall. Während sie sich auf einer der Toiletten umzog, ging ich zum Coffee-to-go-Stand und orderte zwei Latte mit Kokosmilch für uns. Von Dawns Kanal wusste ich, dass sie Veganerin war, und ich entwickelte auch langsam eine Vorliebe für die Kokosvariante. Der Barista bereitete unsere Getränke zu, und ich nahm mein Handy heraus und checkte das erste Mal am heutigen Tag meine Nachrichten.

Die erste war von Christin, die mich ermahnte, ihr mehr Bilder und Eindrücke vom Big Apple zu schicken, die andere war von meinem Bruder, der mir ebenfalls viel Spaß wünschte, und die letzte von meiner Mutter. Ich presste die Lippen zusammen, denn ich konnte mir sehr gut vorstellen, was darin stand. Meine Eltern waren nicht begeistert davon, dass ich nach Amerika gereist war. Sie waren der Meinung, dass es die Verantwortung meines Bruders und mir war, in der Firma zu helfen, die sie gemeinsam gegründet hatten. Während mein Bruder sich seinem Schicksal fügte, fand ich es einfach nur ätzend, in einem Steuerbüro zu sitzen und Einkünfte anderer Leute so herumzujonglieren, dass sie möglichst wenig an den Staat zahlen mussten. Mir hatte es bereits alles abverlangt, diese Lehre als Bürokauffrau zu absolvieren – weil man ja was Anständiges brauchte, um später abgesichert zu sein. Meine Eltern taten meine Kunst als Spinnerei ab, die sowieso niemand sehen wollte. Und ja, es würde noch ein harter Kampf werden, bis ich wirklich in der Branche Fuß gefasst hatte, aber dazu musste ich mich ausprobieren und herausfinden, was klappte und was nicht.

Diese Reise in den Big Apple war genau das Richtige dafür. Bedauerlicherweise hatte sie aber auch meine Ersparnisse aufgefressen. Wenn das hier nichts wurde, musste ich wohl wirklich an einen Schreibtisch in der elterlichen Firma. Mein Magen krampfte, und in mir zog sich alles zusammen. Ich wischte die Nachricht meiner Mutter ungelesen weg. Der Tag war zu wichtig, um ihn mit diesem Mist zu belasten.

»Also heute erreiche ich definitiv mein Fitnessziel«, sagte Dawn, als sie zehn Minuten später wieder neben mir auftauchte. Sie hatte das Blumenkleid gegen einen dunklen, einteiligen Hosenanzug getauscht. Er war an der Taille etwas enger geschnitten, was ihr eine sehr schöne Form verlieh.

»Ja, mein Schrittekonto wächst in dieser Stadt ins Unermessliche«, sagte ich und dankte dem Barista für die beiden Kaffee. Ich gab Dawn ihr Getränk und zückte meine Kreditkarte, um zu zahlen. Als ich in New York angekommen war, hatte es mich ziemlich irritiert, dass man, selbst um so etwas Kleines wie einen Kaffee oder ein Wasser zu bezahlen, dieses Plastikding brauchte. Viele Restaurants oder Imbissbuden nahmen gar kein Bargeld mehr an. Zum Glück hatte ich dran gedacht und meine Karte eingesteckt, die in meinem Kölner Alltag in meiner Geldbörse vor sich hin dümpelte.

Der Barista zog die Karte durch, aber das Lesegerät gab ein leises Piepen von sich.

»Alles in Ordnung?«, fragte ich.

»Ja, manchmal spinnt das Gerät«, sagte er und probierte es erneut, nachdem er den Magnetstreifen mit den Fingern abgewischt hatte. Selbes Ergebnis. Die Karte wurde wieder nicht akzeptiert. »Mh«, machte er und testete es ein drittes und ein viertes Mal. »Hast du noch eine andere Karte?«, fragte er.

»Nein.«

Er versuchte es auch ein fünftes Mal, doch das änderte nichts. Die Karte wurde abgelehnt.

»Scheint gesperrt zu sein«, sagte er schließlich und reichte sie mir zurück.

»Das kann aber nicht sein.« Ich bewegte mich zwar hart an der Grenze zu meinem Dispo, aber mein Konto war definitiv noch nicht überzogen. Das hatte ich erst gecheckt.

»Ich kann es noch mal versuchen, wenn du willst.«

»Oder ich übernehm das einfach«, sagte Dawn und hielt ihm ihr iPhone hin, damit sie mit Apple Pay zahlen konnte.

»Aber ich wollte dich einladen«, protestierte ich.

»Kein Ding. Beim nächsten Mal dann.«

Ihre Zahlung wurde problemlos akzeptiert, und ich hätte am liebsten eine Schaufel genommen und mich eingebuddelt. Wie peinlich konnte man eigentlich sein? »Das ist mir noch nie passiert.«

»Oh, mir schon«, sagte Dawn und winkte ab. »Als ich noch daheim gewohnt habe, hat meine Schwester mal meine Kreditkarte überzogen, um Taylor-Swift-Karten zu kaufen. Natürlich hatte sie mir das nicht gesagt. Beim nächsten Einkauf im Supermarkt stand ich dann da, und nichts ging. Alle Ware war bereits über das Band gezogen, es war rappelvoll, und ich habe nicht zahlen können. Sie mussten erst mal die Kasse sperren und alles stornieren. Es war Thanksgiving, du kannst dir vorstellen, wie begeistert die Leute im Supermarkt waren.«

»Autsch.«

Sie reichte mir mit einem breiten Lächeln mein Getränk. »Ist jetzt gar nicht mehr so schlimm mit dem Kaffee, oder?«

»Nein.« Doch, das war es, aber ich wollte auch nicht drauf rumreiten. Ich packte meine Kreditkarte wieder ein und nahm mir vor, gleich heute Abend das Konto zu checken, wenn ich im Hotel war.

Dawn und ich verließen die Mall und setzten unseren Weg zur Brooklyn Bridge fort. Das Licht war zwar mittlerweile etwas zu hart geworden, aber daran konnten wir nichts ändern.

»Ich freu mich echt sehr auf die Gala«, sagte Dawn.

»Ich mich auch.« Gleichzeitig stieg mein Nervositätspegel mit jedem Tag an, den die Gala näher rückte. Ich hatte mir sogar noch eine Ersatzkamera gekauft, falls meine große Nikon aus irgendwelchen Gründen den Geist aufgeben sollte. »Warst du schon mal dort?«

»Nein, das ist das erste Mal, dass Greenwood & Steele die Gala öffnen. In den letzten Jahren haben sie nur enge Geschäftspartner eingeladen. So wie ich mitbekommen habe, soll es in diesem Jahr bunter und sozialer werden. Sie wollen wohl näher an die Menschen ran und mehr Aufmerksamkeit erhalten. Greenwood & Steele legen ja viel Wert auf Nachhaltigkeit und eine positive Message. Deshalb hab ich auch sofort zugesagt. Es passt perfekt zu mir und meinem Kanal.«

»Klingt aufregend.« Und ich wäre in der ersten Reihe dabei.

Wir erreichten die Brooklyn Bridge, wo gerade ein Reisebus mit Touristen angekommen war. Eine Horde Engländer stieg aus. Viele zückten bereits ihre Handys und schossen die ersten Selfies.

»Oh«, machte Dawn. »Die verderben uns jetzt hoffentlich nicht das Motiv?«

»Nein, kein Problem. Wir gehen weiter rüber, da haben wir unsere Ruhe.« Ich deutete auf die Stelle, an der ich Dawn fotografieren wollte. Wenn ich eins gelernt hatte, dann, dass man in jeder Situation improvisieren konnte. Meine besten Bilder waren auf diese Art entstanden.

Genau fünfzig Minuten später betrat ich den Wolkenkratzer, in dem sich die Büros von Greenwood & Steele befanden. Dawn hatte ich bereits in Brooklyn verabschiedet, weil sie in eine andere Richtung musste. Wir würden uns erst auf der Gala in vierzehn Tagen wiedersehen.

Im Aufzug auf dem Weg nach oben atmete ich tief durch. Meine Schulter schmerzte ein wenig, weil ich die ganze Zeit die schwere Kameratasche getragen hatte. Zum Glück war mir noch nichts geklaut worden. Das war auch eins der Dinge, die mir meine Mutter als Horrorszenario ausgemalt hatte.

»In New York wirst du bestimmt überfallen. Da treiben sich doch nur Kriminelle rum.«

Natürlich machte es mir ein wenig Angst, mit meinem fast zehntausend Euro teuren Equipment durch die Stadt zu laufen – aber was nützte es mir, ständig in Angst zu leben? Auf die Art konnte ich nichts erreichen.

Ich schüttelte den Kopf und massierte mir den Nacken, als auch schon die Aufzugtüren aufgingen. Ganz selbstverständlich bog ich nach rechts ab und betrat durch die gläsernen Eingangstüren die Agentur, als würde ich es jeden Tag so machen. Sofort überkam mich eine unglaubliche Ruhe und das Gefühl, am richtigen Ort zu sein. Es schien, als wäre alles, was ich bisher getan und gelernt hatte, nur da, um mich auf das hier vorzubereiten. Ich nickte Zoey, der Rezeptionistin zu, hielt meinen Besucherausweis hoch und durchquerte das Foyer.

Ich sah mich im Großraumbüro um und sog das bunte Treiben in mich auf. Jeder war mit irgendwas beschäftigt. Am Anfang hatte es mich ein wenig überfordert, weil ich von zu Hause gewöhnt war, dass jeder sein Büro hatte, das man sich höchstens mit einer anderen Person teilte, aber hier war einfach ein bunter Haufen zusammengewürfelt worden. Und es funktionierte. Genau wie die Stadt hatte auch dieses Büro seine eigene Dynamik. Es lebte und atmete, es strahlte diese unglaubliche Energie aus. Ich hatte das Gefühl, dass die Leute gern hier arbeiteten und ein angenehmes Klima herrschte. War wohl auch kein Wunder, denn wer es zu Greenwood & Steele geschafft hatte, zählte zu den Besten. Diese Jobs waren heiß begehrt.

Und ich war ein kleiner Teil davon. Ich lief weiter, grüßte Liv, die mich gleich am ersten Tag sehr nett in Empfang genommen und mir alles gezeigt hatte. Zielstrebig ging ich auf Arianas Büro zu. Ich kam an einer jungen Frau vorbei, die gerade mit einem hoch konzentrierten Gesichtsausdruck hinter ihrem Computer saß und in einem wilden Stakkato auf die Tasten einschlug. Das musste die neue Managerin sein, von der Ariana mir erzählt hatte. Wie hieß sie gleich noch mal? Gott, ich war so schlecht mit Namen.

»Hi.« Ich blieb vor ihrem Tisch stehen. »Ich bin Evie.«

Die Frau blickte auf und zuckte zusammen. »Oh, hi! Ich bin Shae. Ist mein erster Tag heute.«

Shae! Richtig. Shaelynn Wright. »Freut mich sehr, dich kennenzulernen. Willkommen bei Greenwood & Steele.«

Sie sah zu meiner Fototasche. Ich strich mit der Hand darüber und lächelte.

»Ich bin auch noch nicht lange mit dabei. Bin als Fotografin für die Gala gebucht.«

Shae musterte mich kurz und schien zu überlegen, wie sie mich einordnen sollte. Den Blick war ich bereits gewöhnt. Sobald ich den Mund aufmachte und mein Akzent durchkam, überlegten die Leute, woher ich kam.

»Ich bin aus Deutschland. Aus Köln.«

Sie nickte, und ich sah ihr an, wie sich die Bausteine in ihrem Kopf zusammensetzten. »Wie aufregend. Ich war leider noch nie in Deutschland oder Europa, aber ich will unbedingt mal hin.«

»Es ist echt schön dort. Wobei ich New York tausendmal spannender finde.«

»Dein Englisch ist auch richtig gut.«

»Danke. Ich hab öfter mal Urlaub in England und Irland gemacht und dadurch einige englischsprachige Freunde.«

»Wenn du willst, können wir ja nachher gemeinsam zu Abend essen und ein paar Erfahrungen über die Stadt und die Agentur austauschen.«

»Sehr gern!«

»Cool. Ich sag meiner besseren Hälfte Ty Bescheid, dann können wir gemeinsam losziehen. Er hat heute auch seinen ersten Tag. Ty ist Owens neuer Assistent.«

»Was? Im Ernst?« Owen Greenwood war eine Legende in diesen Hallen. Schon als ich mich das erste Mal mit Ariana getroffen hatte, hatte ich gespürt, was für eine mächtige Aura der Mann in der Agentur hinterließ. Ich hatte ihn leider erst einmal kurz gesehen, als er in sein Büro gelaufen war, aber sobald er den Raum betrat, veränderte sich die Stimmung. Er strahlte diese unglaublich ruhige Autorität aus. Als wüsste er jedes Mal ganz genau, was zu tun war, als kenne er auf jedes Problem eine Antwort. Ich hoffte so sehr, dass ich noch die Chance bekäme, mich etwas länger mit ihm zu unterhalten. Er hatte bestimmt viele gute Ratschläge.

Zum Beispiel, wie ich es schaffen konnte, hier Fuß zu fassen. Als Ausländerin. In einer Stadt, in der Millionen von Menschen den gleichen Traum hatten. Ich blinzelte und rang mir ein Lächeln ab. Wenn ich zu viel darüber nachdachte, was auf dem Spiel stand, wurde ich nur verkrampft. »Ich muss weiter, hab gleich meinen Termin mit Ariana«, sagte ich.

»Ja klar. Ich muss mich auch ranhalten.« Sie deutete wieder auf den Ordner. »Ich soll Influencer und Influencerinnen aussuchen und zur Gala einladen.«

»Viel Spaß.« Ich nickte ihr zu und lief weiter zu Arianas Büro. Die Tür stand offen, ich klopfte dennoch an deren Rand und wartete auf das leise »Herein«. Mit ein wenig Nervosität im Bauch trat ich ein.

»Hi, Evie«, sagte Ariana sofort. Sie wirkte immer ein wenig angespannt, als wartete sie darauf, dass ihr jemand in den Nacken sprang und sie zu Boden riss. »Wie ich sehe, lief es ganz großartig mit Dawn.«

Ich runzelte die Stirn und nahm auf dem Stuhl vor ihrem Schreibtisch Platz. Woher wusste sie das denn schon? Hatte Dawn ihr einen Bericht gegeben?

Ariana deutete lächelnd auf ihren Rechner. »Hab eben ihre Storys gesehen.«

»Oh, klar.« Es war ja schon alles im Netz. »Dawn war großartig.« Ich fasste das Shooting für Ariana zusammen und nahm schließlich meine Kamera aus der Tasche, um ihr ein paar Bilder zu zeigen. Mit angehaltenem Atem verfolgte ich, wie sie die Galerie auf der Kamera durchblätterte und meine unbearbeiteten Fotos ansah. Eigentlich machte ich das nicht so gern, weil man vor Ort nicht immer alles rausholen konnte, aber Ariana war Profi genug, um die Bilder beurteilen zu können.

»Die sind fantastisch geworden, Evie.« Sie reichte mir die Kamera zurück.

Ich atmete tief durch und nahm sie dankend entgegen.

»Kannst du mir die Fotos zukommen lassen? Ich will sie gern Owen zeigen und ein paar Dinge mit ihm besprechen.«

»Ja klar. Ich lade sie direkt von der Kamera auf eure Server, wenn ihr mir einen Zugang gebt.«

Ariana nickte. »Sprich am besten Tony an, er kann dir einen einrichten und dir einen Platz zeigen, wo du alles hochladen kannst.«

»Mach ich.«

»Da wäre allerdings noch eine Sache, die ich gern mit dir klären würde.«

Ich rutschte auf meinem Stuhl hin und her. Der Tonfall erinnerte mich an den meiner Mutter, wenn sie mir mitteilen wollte, was ich schon wieder falsch gemacht hatte. »Ja?«

»Sally aus der Buchhaltung hat mich angesprochen. Sie bat um eine Kopie deines Arbeitsvisums. Das braucht sie für die Unterlagen.«

»Mein ... Arbeitsvisum?« *Was für ein Arbeitsvisum?* Meine Hände wurden schwitzig, und meine Kopfhaut begann, heftig zu kribbeln.

Ariana runzelte die Stirn und sah mich verwundert an. »Als Ausländerin benötigst du ein spezielles Visum, um in den USA

Geld zu verdienen. Ich kenne mich mit den genauen Formalitäten nicht aus, aber sicher hast du das im Vorfeld geregelt.«

Was? Nein! Hatte ich nicht! Ich war auf einem gewöhnlichen Touristenvisum in die Stadt gekommen. Kein Mensch hatte mir gesagt, dass ich ein anderes benötigte.

»Ich … äh … also. Klar.« Ich lachte gequält und fasste mir an die Stirn, als wäre mir eben eingefallen, was Ariana meinte. »Natürlich hab ich das. Ich hab die Sachen in meinem Hotelzimmer.«

»Gut. Bring sie bei Gelegenheit mit, dann können wir die Formalitäten erledigen.«

»Mach ich.« *Scheiße, scheiße, scheiße!* Ich rang mir ein weiteres Lächeln ab, das ungefähr so echt wirkte wie das des Jokers.

»Und ich hätte noch einen Auftrag für dich, falls du darauf Lust hast.«

»Ja?«, antwortete ich zögerlich. Meine Gedanken kreisten noch um die Sache mit dem Visum.

»Für nächste Woche hat sich eine sehr spontane Sache ergeben, bei der ich eine Fotografin bräuchte. Es wird eine kleine Rooftop-Feier in Downtown. Könntest du das übernehmen? Du musst nur zwei Stunden dort sein und ein paar Impressionen einfangen. Deine Gage wäre ein Drittel von dem, was du für die Gala bekommst.«

»Natürlich!«, schoss es sofort aus mir raus. So laut, dass Ariana kurz zusammenzuckte. »Ich meine, klar. Ich freu mich. Solange ich hier bin, mach ich alles für euch. Also fast alles. Du … du weißt schon.«

Sie schmunzelte, und ich kam mir vor wie der größte Volltrottel.

»Gut, dann buch ich dich da ein und gebe Owen Bescheid.«

»Danke!« Am liebsten hätte ich über den Tisch gegriffen und ihre Hand gedrückt, aber zum Glück konnte ich mich zurückhalten. Ariana wirkte nicht wie der Typ Frau, der viel Körperkontakt zuließ. »Für alles. Auch für diese Chance.«

»Ja klar.« Ariana nickte mir zu, und unser Gespräch war beendet. Ich rang mir ein Lächeln ab, klammerte mich an meiner Kamera fest und hätte gern noch etwas gesagt. So was wie: *Was mach ich jetzt wegen des Visums? Helft mir! Ich will hier arbeiten!* Aber natürlich verkniff ich mir auch das. Ich nickte ihr zu, verließ das Büro und suchte Tony.

Zwanzig Minuten später luden meine Bilder auf den Server hoch, und ich stand in der Küche und zog mir einen Kaffee. Meine Nervosität hatte sich wieder ein wenig gelegt, aber dieses nagende Gefühl hatte sich in meinen Eingeweiden eingenistet. Als könnte gleich die Grenzpolizei auftauchen und mich in den nächsten Flieger nach Hause befördern. Machten die das überhaupt? *Bestimmt.* Dann würden sie mir Handschellen anlegen und mich in den Polizeiwagen verfrachten, wie man es in Filmen ständig sah. Ich war eine Kriminelle!

Ich schüttelte den Kopf, griff nach rechts, um mir den Zucker zu nehmen, als mich warme Finger berührten.

»Himmelherrgott!«, fluchte ich auf Deutsch. Hatte ich mich erschreckt!

»Was?«, antwortete der Mann vor mir. Er war einen Kopf größer als ich, hatte breite Schultern und dunkle Haare, die sich im Nacken ein wenig kräuselten. Seine dunkelgrünen Augen scannten mich kurz ab, dann erschienen kleine Lachfältchen, und er grinste mich breit an. »Ich gehe davon aus, dass *Himmelherrgott ...*« Er wiederholte das Wort auf Deutsch. »... so viel heißt wie: Ich hab dich erschreckt?«

Ich nickte.

»Sorry. Ich wollt' nur 'ne Tasse.« Seine Stimme klang angenehm warm und tief. Er zeigte auf das Tablett, auf dem nicht nur der Zucker, sondern auch leere Tassen standen.

»Ich war in Gedanken, alles gut«, antwortete ich auf Englisch. Er nickte und streckte mir seine Hand hin. »Ich bin Ty.«

»Ah, du gehörst zu Shae, richtig?«

»Ja.«

»Evie, freut mich.«

Er kniff die Augen zusammen, und ich spürte bereits seine nächste Frage. Die, die immer kam. »Ich bin aus Deutschland, aus Köln«, nahm ich sie ihm vorweg.

Ty legte den Kopf schräg und lächelte. »Das ist wundervoll, aber eigentlich wollte ich dich fragen, ob du mit der Kaffeemaschine fertig bist. Ich brauch ganz dringend Koffein.«

»Oh! Klar.« Ich schüttelte den Kopf und trat sofort zur Seite. Rasch nahm ich den Zucker, den ich eben schon haben wollte, und gab einen Löffel voll in meinen Kaffee, ehe ich ihn an Ty weiterreichte.

»Danke.« Er zog sich ebenfalls sein Getränk und gab etwas Milch dazu. Als er den ersten Schluck trank, machte er einen genüsslichen Laut. »Endlich! Die Besprechung mit Owen hat ewig gedauert.«

»Ach, stimmt. Du bist sein neuer Assistent. Shae hat mir davon erzählt.«

Er lächelte, als ich ihren Namen erwähnte. Sie hatte ja gesagt, dass Ty ihre bessere Hälfte war.

»Wie ist es so mit Owen?«, fragte ich.

»Er ist …«

»Ty!«, erklang es hinter uns, und kurz darauf stand Shae in der Küche und fiel ihm um den Hals. »Oh mein Gott! Es ist so toll hier.« Es dauerte einige Sekunden, ehe sie merkte, dass ich auch da war. Dann ließ sie ihn los, räusperte sich und nahm sich ebenfalls eine Tasse. Die Küche war recht geräumig, aber ich trollte mich dennoch auf die andere Seite und nahm mir einen der Cookies, die auf einem Teller angerichtet waren. Jeder durfte die Sachen essen oder trinken, die offen herumstanden – das war eine der ersten Regeln, die Liv mir bei meiner Kennenlerntour beigebracht hatte.

»Ich habe bereits die ersten Zusagen von einigen Influencern«, sagte Shae. »Hab auch ein paar YouTuber ausgesucht.«

Ty gab ein Brummen von sich. »Ich bin schon ein wenig neidisch, dass du das machen darfst.«

Shae gab ihm einen Klaps gegen die Brust, nahm ihren fertigen Kaffee und drehte sich damit um. »Ty zieht sich ständig die ganzen YouTube-Dramavideos rein«, erklärte sie mir.

»Oh, wirklich? Ich auch!«

»Hast du das neueste Video von Kim Baxter gesehen?«, fragte Ty sofort.

»Klar! Unglaublich, was Marcel jetzt über sie ablässt. Die beiden waren immerhin elf Jahre zusammen. Wie kann er nun behaupten, sie wäre nur durch ihn groß geworden?«

»Ja, einfach unfassbar.«

»Ich glaub ihm kein Wort. Der ist nur neidisch, weil bei Kim mehr abgeht als bei ihm und keiner mehr seine Musik hören will.«

»Ein paar seiner Songs sind aber echt gut.«

»Die alten schon, die neuen sind nicht meins. Da kommt überhaupt kein Gefühl mehr rüber. Ich finde, man merkt deutlich, dass er sich von seiner Kunst wegbewegt hat, während Kim auf sich selbst zugegangen ist.«

»Vielleicht hat ihn das gestört. Sie hat mehr und mehr zu sich gefunden, während er sich verloren hat.«

»Gut möglich.« Ich trank einen Schluck von meinem Kaffee und merkte, wie Shae uns grinsend musterte.

»Da ihr das jetzt geklärt habt: Wie ist es denn mit Owen? Ich hab ihn vorhin kurz durch die offene Tür gesehen. Was habt ihr beredet? Was sind deine Aufgaben? Hast du schon Einblick in seinen Terminkalender? Welche Promis trifft er?«

Ty holte Luft und trank einen Schluck von seinem Kaffee. »Owen ist … cool.«

»Cool«, sagte Shae.

Ich kicherte leise.

»Ja.«

»Das ist alles?«

Ty zuckte mit den Schultern. »Was soll ich dazu sagen? Er ist ein normaler Typ, der 'ne Firma leitet.«

»Er ist Owen Greenwood! Er hat mit Jeffrey damals diese Agentur quasi aus dem Nichts gestampft. Er war Covermodel beim *Forbes Magazine* und ist einer der angesehensten Arbeitgeber in der Branche.«

»Und? Ich sabber deshalb nicht den Boden voll. Erzähl du mir lieber, wen du für die Gala eingeladen hast. Dann kann ich mich bei den Kanälen auf den aktuellen Stand bringen und mitreden.«

Shae rollte mit den Augen. »Also, ich habe noch nicht alle erreicht, aber bereits die ersten Zusagen: Diese Kim Baxter ist dabei, von der ihr es eben hattet.«

»Das ist so cool«, sagte ich, und auch Ty fächelte sich überdramatisch Luft zu, als müsse er das erst verdauen.

»Dann kommen noch Alfie Cunningham, Joseph Rogers, Charleen Dixon und …«

»Warte, was?«, fragte Ty und unterbrach Shaes Redeschwall. »Joseph Rogers?«

»Ja, sein Kanal hat über zwei Millionen Abonnenten und ist fast immer in den Charts.«

»Du … du weißt aber schon, wer das ist, oder?«, fragte ich.

»Ja klar. Ich hab mir das Briefing angesehen.«

»Und du hast ihn trotzdem eingeladen?«, fragte Ty.

Shae verlagerte ihr Gewicht von einem Fuß auf den anderen und sah uns fragend an.

»Joseph Rogers hat vor drei Wochen einige homophobe und rassistische Äußerungen auf Twitter rausgehauen – der Shitstorm war echt heftig. Zu Recht«, klärte Ty sie auf.

»Bitte was?«

»Es geht gerade ziemlich ab bei ihm«, ergänzte ich. »Mein letzter Stand ist, dass er keinen Grund sieht, irgendwas zu löschen, geschweige denn sich zu entschuldigen. Ich kann mir nicht vorstellen, dass Greenwood & Steele so jemanden auf der Gala haben will.«

»Das ist nicht dein Ernst. Das stand da nirgends!« Shae biss sich auf die Unterlippe, umklammerte ihre Tasse fester und starrte in ihren Kaffee. »Er hat direkt zugesagt, und ich … Scheiße!«

»Du musst ihn wieder ausladen, ehe das Kreise zieht«, sagte Ty und kramte sein Handy hervor.

»Ich … ich, ja … ich mach mich sofort dran«, sagte Shae. Sie war ziemlich blass um die Nase geworden.

Tyler tippte auf seinem Handy herum, zischte und runzelte die Stirn.

»Was ist?«, fragte Shae alarmiert. »Ich kenn das Geräusch, das heißt nichts Gutes.«

»Nein. Joseph hat die News bereits verkündet.«

»Wie bitte?«, fragte Shae und riss ihm das Handy aus der Hand. »Scheiße! Der Tweet geht bereits viral. Joseph prahlt offen, dass Greenwood & Steele ihn haben will.«

Shae blickte in die Runde, und die Verzweiflung war ihr deutlich anzusehen. Auch mir wurde die Kehle eng.

»Ich glaube, ich hab jetzt echt ein Problem.«

ARIANA

3

Montag, 08. April

Mit Zeige- und Mittelfinger rieb ich mir die Stelle zwischen meinen Augen, doch es brachte nichts: Die Kopfschmerzen würden sich ohne eine Tablette nicht mehr vertreiben lassen. Mit der rechten Hand hielt ich das Smartphone umklammert, aus dem die Stimme meiner Mutter drang.

»Mr. West ist zuversichtlich, dass er mehr herauskriegen kann. Ich bin mir sicher, er findet, was wir brauchen.«

Ich schluckte. Brachte es mal wieder nicht übers Herz, meiner Mom zu sagen, dass es sich um hinausgeworfenes Geld handelte. Der Zug war ohnehin abgefahren. Schon als sie mir letzte Woche von Mr. West erzählt hatte, hätte ich intervenieren sollen. Stattdessen hatte ich den Mund gehalten und mich in die Arbeit gestürzt. Das Event, das ich nun – dankenswerterweise mit Shaelynn – zu planen hatte, war da gerade recht gekommen.

»Freust du dich nicht?« Die Enttäuschung war deutlich aus der Stimme meiner Mom zu hören. »Du bist so still.«

»Nein, es ist nur … Ich bin schon im Büro, deshalb. Und …« Ich ließ die Hand sinken und sah kopfschüttelnd nach rechts aus dem Fenster, wo New York sich gerade von seiner besten Seite zeigte. »Bist du sicher, dass ein Privatdetektiv eine gute Idee ist? Ich meine, es ist doch klar, dass er euch zusichert, etwas zu finden. Das zahlt seine Miete.«

»Nein, so ist er nicht. Du hättest dabei sein müssen, dann würdest du so etwas nicht sagen. Wann kommst du denn mal wieder nach Hause, Spatz?«

Das war die Frage, vor der ich mich gefürchtet hatte. Dabei war ich stets gern zu Hause gewesen. Bis vor etwas weniger als zwei Jahren zumindest. Bis zu Quinns Tod. Ganz automatisch fiel mein Blick auf das Bettelarmband an meinem rechten Handgelenk. Das letzte Geburtstagsgeschenk, das ich von ihm erhalten hatte – das letzte, das ich jemals erhalten würde. Ich hätte nie gedacht, dass mich etwas härter treffen könnte als der Tod meines kleinen Bruders, doch ich hatte mich getäuscht. Wie der Verlust meine Eltern verändert hatte, war schlimmer. Mein Bruder war schlagartig verstorben, meine Eltern taten es mit jedem Tag ein bisschen mehr.

»Ich schau mal und melde mich, ja? Grad ist echt viel los bei der Arbeit, und Jared wollte ja mal wieder mitkommen.«

»Wie geht es ihm denn? Kümmerst du dich gut um ihn? Du bist immer so viel am Arbeiten. Hast du deine Abneigung gegen das Kochen ein wenig abgelegt?« Ich rollte mit den Augen, froh, dass meine Mutter mich nicht sehen konnte. Immerhin war ich diejenige, die den ganzen Tag arbeitete, da würde ich morgens nicht noch aufstehen und Lunchpakete packen.

»Ihm geht's gut«, erwiderte ich knapp. Meiner Mom schien nicht aufzufallen, dass ich ihre anderen Fragen ignorierte, sie war schon zurück bei ihrem liebsten Thema.

»Ich halt dich auf jeden Fall auf dem Laufenden, was die Ermittlungen angeht.« Ermittlungen. Sie sagte das, als handelte es sich um einen offiziellen Fall. Dabei hatte die Navy uns schwarz auf weiß mitgeteilt, worum es sich bei Quinns Tod handelte: Suizid. Meine Eltern klammerten sich dennoch mit all ihrer Kraft an den Gedanken, dass mehr dahintersteckte. Dass die Navy ihnen etwas verschwieg. Dass ihr kleiner Junge so lebensfroh war, wie sie ihn in Erinnerung hatten. Und damit diese Erinnerung nicht ins Wanken geriet, verpulverten sie ihr Erspartes, sammelten Hinweise, die meiner Meinung nach keine waren, gaben sich Verschwörungen hin, nur um sich nicht eingestehen zu müssen, dass es Quinn entgegen unseren Annahmen nicht gut gegangen war.

»Alles klar«, sagte ich und zwang mich, ein Lächeln in meine Stimme zu legen. Der Gedanke an meine Eltern, an die Tatsache, dass sie allen Ernstes einen Detektiv beauftragt hatten, zwickte in meinem Kopf, doch ich rang ihn nieder. Ich wollte nicht schon wieder ein Drama anfangen. In zwei Wochen fand die Jubiläumsfeier statt. Ich hatte keine Zeit dafür.

Während meine Mutter mir den neuesten Klatsch und Tratsch aus Oswego erzählte, wo sie nach wie vor lebten, öffnete ich die oberste Schublade meines Schreibtischs, nahm die Packung Paracetamol hervor und warf mir eine der kleinen weißen Pillen in den Mund, bevor ich sie mit einem Schluck Wasser hinunterspülte. Gelegentlich gab ich überraschte oder zustimmende Laute von mir, damit meine Mutter nicht den Eindruck hatte, dass ich nur mit halbem Ohr zuhörte, auch wenn das der Wahrheit entsprach. Ich bewegte meine Maus, damit der Bildschirm wieder zum Leben erwachte, der in der Zwischenzeit schwarz geworden war, dann checkte ich ein paar E-Mails, sah zufrieden, dass eine Influencerin ihre Einladung zu unserem Event auf Instagram geteilt hatte – und stutzte, als ich Twitter öffnete.

Nein. *Nein, nein, nein.*

Ich ließ die Hand mit dem Smartphone sinken und hörte gedämpft, wie die Stimme meiner Mom weiter durch den Lautsprecher drang. Das konnte nicht wahr sein.

Joseph Rogers @realjrogers · 12m

Wen seh ich auf der Gala von Greenwood & Steele?
Kann's kaum erwarten, das wird der Hammer 👊
Joseph back at it agaaain!

Der Tweet war gerade einmal zwölf Minuten alt. Warum zur
Hölle glaubte Joseph Rogers, zu unserer Gala eingeladen worden zu sein? Es sei denn …

Ein zaghaftes Klopfen an der Tür ließ mich aufhorchen. Ich
hielt mir das Handy wieder ans Ohr.

»Mom, ich muss auflegen. Ich meld mich später.«

»Alles klar. Ich hab dich lieb, Spatz!«

»Ich hab dich auch lieb.«

Ich legte auf, strich mir die rotblonden Haare zurecht und rief
dann ein »Herein« gen Tür.

Diese wurde langsam geöffnet, und Shaelynn trat in mein
Büro. Ihr Gesichtsausdruck verriet bereits, dass irgendetwas
ganz und gar nicht stimmte. Sie kaute nervös auf ihrer Unterlippe herum und blickte mich aus großen braunen Augen beinahe ängstlich an. Mir schwante Übles.

»Hast du kurz Zeit für mich?«

»Ja«, erwiderte ich und deutete auf den mintfarbenen Sessel
in der Ecke des Raums. Ich erhob mich und setzte mich in den
gegenüberliegenden. Bei ihren angespannten Schritten war mir
schon klar, was sie sagen wollte, bevor sie es tat.

»Ich hab Mist gebaut.« Ihre Stimme war viel leiser als zuvor,
als sie in meinem Büro gestanden hatte. Das schien ihr auch
nicht zu entgehen, denn sie räusperte sich.

»Es hat nicht zufällig mit Joseph Rogers zu tun?«

»Doch, woher … Du hast den Tweet gesehen.«

Ich nickte, und Shaes ohnehin schon helle Haut wurde
noch eine Spur blasser. »Es tut mir so leid. Ich wusste nicht,
was für einen Mist er da verzapft hat. Er war in der Datenbank, ich hab die Followerzahlen gesehen und ihn eingela-

den. Ich kann ihm sofort schreiben, ihn wieder ausladen und …«

Ich schüttelte den Kopf, und Shae verstummte.

»Ich kümmere mich darum. Mit einer E-Mail ist es nicht getan, den Tweet haben Tausende von Leuten bereits gesehen, retweetet und kommentiert. Wir werden öffentlich Stellung beziehen müssen.« Hoffentlich wirkte das Paracetamol gleich, denn meine Kopfschmerzen wurden zunehmend stärker. Das hatte gerade noch gefehlt. Owen war zu Beginn ohnehin nicht begeistert von dem Vorschlag gewesen, die Gala für Social-Media-Stars zu öffnen, doch ich hatte ihn überzeugen können und versprochen, es trotz der Kürze der Zeit zu schaffen. Hoffentlich bereute er seine Entscheidung, mich das Ganze organisieren zu lassen, jetzt nicht. Denn das hier war ein Desaster.

»Es tut mir leid, Ariana. Wirklich. Kann ich irgendwas tun?«

»Nein. Ich rede mit Owen.«

»Ich wusste nicht …«

»Du hattest doch die Vorgaben. Joseph Rogers war mit seinem Skandal in aller Munde, in allen News. Du solltest up to date bleiben, was die Influencerwelt angeht. Das hätte nicht passieren dürfen.«

»Ich weiß, ich …«

Shaes Stimme verschwand im Hintergrund, als auf meinem Desktop eine neue Mail aufploppte. Anette, die Social-Media-Managerin von Nike. Angespannt überflog ich den Text. Sie wollte sich erkundigen, ob Rogers wirklich beim Event dabei war, und klang alles andere als erfreut. Ich musste mit Owen reden. Schnell. Bevor das weitere Kreise zog und die Ersten ihre Teilnahme an der Gala zurückzogen.

»Kannst du mir die Mail weiterleiten, in der Joseph zugesagt hat? Und hat er die Einladung noch irgendwo geteilt?«

»Auf Instagram«, gab Shae kleinlaut zu.

Shit. Am liebsten hätte ich meine Sachen gepackt und wäre nach Hause gegangen. Erst meine Mom, jetzt das. Doch ich wusste, dass der Gedanke kindisch war. Ich musste es retten. Ich hatte eine Verantwortung: unserer Kundschaft, Jeffrey Steele, Owen – und letztendlich auch mir gegenüber.

»Alles klar«, erwiderte ich. »Schick mir alles zu. Sofort. Ich klär das.«

Shae sah nach unten und wischte sich über die Augen. Mir war klar, dass sie das Ganze ebenfalls treffen musste, doch im Endeffekt war ich diejenige, die für Shaes Fehler nun geradestehen musste.

Du bist immer so viel am Arbeiten, hatte meine Mom in ihrem vorwurfsvollen Ton gesagt. Natürlich hatte sie recht, doch ich hatte mir meine Position hart erkämpft. Dass ich die Gala organisieren durfte, war der nächste große Schritt für mich.

Ich wusste, dass Shae es draufhatte. Sie hatte kein Anschreiben auf Papier verfasst, sondern eine interaktive Vorstellung mithilfe verschiedener Social-Media-Accounts an uns geschickt. Mir war sofort klar gewesen, dass ich sie als meine Nachfolgerin auf dem Junior-Posten haben wollte, und die anderen hatten schnell zugestimmt. Doch vermutlich hätte ich mich besser selbst um die Gala kümmern sollen, anstatt wichtige Aufgaben an Shae zu delegieren. Selbst schuld. So war es meistens, wenn ich mich auf Leute verließ …

»Fahr am besten nach Hause«, fuhr ich fort, als ich sah, wie fertig Shae war. »Du kannst dich auch von dort aus einarbeiten.«

»Ich kann hierbleiben, falls du Hilfe brauchst. Oder ich spreche mit Owen.«

»Nicht nötig, danke.« Ich erhob mich. Besser, ich brachte das Gespräch mit Owen direkt hinter mich. Der Tag war ohnehin gelaufen.

Shae stand ebenfalls auf. »Soll ich die restlichen Gäste dann von daheim aus einladen?«

»Nicht nötig, das übernehme ich lieber selbst.«

Ich kaute auf der Innenseite meiner Wange und grübelte schon, wie ich das Statement zu Rogers am besten formulierte.

Idealerweise könnte ich Owen direkt einen Lösungsvorschlag präsentieren, noch bevor alle davon Wind bekamen.

»O-okay«, stammelte Shae.

»Dann sehen wir uns morgen. Ich muss jetzt zu Owen.«

Shae hielt mir die Tür auf, und kurz sah es aus, als wollte sie noch etwas sagen. »Bis morgen dann« war jedoch das Einzige, was ihr über die Lippen kam.

Ich nickte. »Denk dran, mir die Mail weiterzuleiten.«

»Ja klar!«, sagte Shae.

Eilig ging ich zu Owens Büro, wo ich ebenso vorsichtig anklopfte wie Shae zuvor an meinem.

»Ja?«, erklang Owens tiefe, ruhige Stimme. Gleich wäre es mit der Ruhe wohl vorbei. Ich öffnete die Tür und fand Owen an seinem Stehtisch vor.

»Was gibt's?«

»Wir haben ein Problem«, kam ich sofort zum Punkt. »Joseph Rogers glaubt, zur Gala eingeladen worden zu sein.«

Owen hob beide Brauen. »Joseph Männer-sollten-sich-nicht-schminken und Ich-hab-Angst-vor-schwulen-Anmachen Rogers?«

Ich nickte. Warum er überhaupt auf die Gala wollte, war mir unklar, denn etliche der Männer würden geschminkt erscheinen – schwul wie hetero. Aber die Gedankengänge eines Joseph Rogers musste ich wohl nicht verstehen.

»Wie kommt er zu dem Glauben, dass er bei uns erwünscht ist?«

»Weil eine Einladung an ihn rausging.«

Ich hatte es nicht für möglich gehalten, doch Owen zog die Brauen noch ein Stück weiter gen Decke. »Und wieso ging bitte eine Einladung an diesen Mann raus?«

»Er war noch in unserer Datenbank von der Kooperation vor zwei Jahren. Der Eintrag hätte direkt nach seinem Ausfall markiert und aus der Datenbank geworfen werden müssen.«

»Hat er es schon geteilt? Wieso frag ich, natürlich hat er das.«

Mit einem Seufzen schritt Owen zu seinem Schreibtisch und fuhr den iMac hoch. Er bedeutete mir, Platz zu nehmen. Ich zog einen Stuhl neben Owens und beobachtete, wie er sowohl Instagram als auch Twitter checkte und sich über die Augen fuhr. Kein Wunder, Josephs Tweet war mittlerweile dreihundertmal kommentiert worden. Die meisten Kommentare waren negativ – einige verlinkten unseren Account mit Bitte um Stellungnahme, andere hatten sich direkt auf uns eingeschossen, taggten sogar Kunden unserer Agentur mit der Forderung, sich von uns zu distanzieren.

»Das ist schlecht«, fasste ich das Ganze zusammen.

»Das ist mehr als nur schlecht. Wir müssen eine Pressemitteilung rausschicken. So schnell wie möglich.« Er warf mir einen vielsagenden Blick zu. »Ich hoffe, du hast keine Pläne heute Abend, wenn die raus ist, wird es Rückfragen geben.«

»Hab ich nicht. Ich kümmere mich darum.«

»Schick mir die Pressemitteilung, wenn du durch bist. Dann schauen wir gemeinsam drüber und senden sie raus.«

Ich nickte. »Alles klar. Wir kriegen das geregelt. Bis zum Event ist die Sache schon wieder vergessen.«

»Ich hoffe es«, murmelte Owen. »Bis gleich, Ariana.«

»Bis gleich«, sagte ich, verließ Owens Büro und zog die Tür hinter mir zu. Am liebsten hätte ich mich mit dem Rücken dagegengelehnt, so erschöpft war ich auf einmal, doch das hätte für irritierte Blicke in dem Großraumbüro gesorgt. Also ging ich stattdessen schnurstracks zurück in mein Büro, setzte mich wieder an den Schreibtisch und öffnete den Chat-Verlauf mit meinem Freund.

Ariana, 3.12 pm:
Hey, wird etwas später heute Abend. Bei der Arbeit ist die Hölle los. 🙁

Jared, 3.12 pm:
Okay

Ich starrte auf das Wort, hoffte darauf, dass Jared noch etwas tippte, doch das *Online* unter seinem Namen verschwand. *Okay.* Das war alles, was er dazu zu sagen hatte. Kein *Tut mir leid*, kein *Was ist passiert?* – nicht dass es mich groß überraschte. Nicht zum ersten Mal an diesem Tag legte sich eine Schwere auf meine Brust, die ich jedoch vehement zu ignorieren versuchte. Ich biss mir auf die Innenseiten meiner Wangen, legte das Handy mit dem Display nach unten zurück auf den Tisch und entsperrte den Bildschirm meines Computers. Ich hatte keine Zeit für Gefühlsduseleien, davon würde sich das Problem, das vor mir lag, nicht lösen lassen. Also nahm ich einen Schluck des mittlerweile eiskalten Kaffees, den ich neben meinem Mousepad vergessen hatte, und machte mich an die Arbeit.

Es war neun Uhr abends, als ich endlich die Stufen zu unserem Apartment erklomm. Nicht dass nichts mehr zu tun gewesen wäre, doch Owen hatte mich nach Hause geschickt. Er hatte recht behalten – obwohl die Pressemitteilung klar und deutlich formuliert gewesen war, wir uns von Joseph Rogers distanziert und ihn in aller Öffentlichkeit ausgeladen hatten, hatten uns etliche Nachfragen erreicht. Oder besser gesagt mich, da die E-Mails und Anrufe direkt zu mir weitergeleitet wurden. Es waren anstrengende Stunden gewesen, doch die Krise war abgewendet – zumindest fürs Erste. Es blieb abzuwarten, ob Joseph sich noch einmal zu der Sache äußerte. Bislang hatte er jegliche Posts zur Gala gelöscht und dankenswerterweise auch noch keine neuen verfasst, in denen er Bezug auf die Pressemitteilung nahm. Ich würde mein Handy heute Nacht dennoch im Auge behalten.

»Bin zu Hause«, rief ich, als ich die Tür aufgeschlossen hatte und meine Handtasche neben die Kommode im Flur warf.

Meine Füße schmerzten, als ich die Stiefel auszog. Ich war ein paar Blocks gelaufen, um den Kopf frei zu kriegen. Mit mäßigem Erfolg.

»Schatz?«, rief ich noch einmal fragend, als es in der Wohnung ruhig blieb. Jared war unmöglich schon ins Bett gegangen. Ob er mit den Jungs aus war? Doch dann hätte er sicher wenigstens Bescheid gegeben.

Als ich die Tür zum Wohnzimmer aufstieß, erkannte ich, wieso mir niemand geantwortet hatte. Jared saß, die Kopfhörer auf den Ohren, vor seinem PC und spielte ein Videospiel. Er blickte nach rechts, als er mich eintreten sah. Ich winkte, und er hob kurz einen Finger, wie zum Zeichen, dass ich einen Augenblick warten sollte. Aus dem Augenblick wurden zwei, dann drei, und ich verließ den Raum und ging in die Küche, wo ich mir ein Glas Wasser eingoss. Ich trank einen Schluck, schloss die Lider und versuchte, das sanfte Pochen hinter ihnen zu ignorieren, das langsam wiederkehrte. Ich wollte nicht noch eine Tablette nehmen, bevor ich ins Bett ging.

Ich hatte das Wasser beinahe ausgetrunken, als Jared in die Küche kam und mich von hinten umarmte.

»Na, wie war die Arbeit?«

»Katastrophal, anstrengend, montagig«, murmelte ich und lehnte mich an Jared, genoss die Wärme, die seine Arme mir spendeten. Kurz darauf fühlte ich das Vibrieren seines Lachens in meinem Rücken. Die Entspannung, die ich für einen Moment gespürt hatte, verflog sofort.

»Ach komm, Babe. Wie anstrengend kann es schon gewesen sein? Habt ihr nicht sogar einen Kicker im Büro?« Ich konnte das Grinsen in seiner Stimme hören, sah es vor meinen Augen, ohne mich zu ihm umzudrehen. »Ist wieder eines dieser Instagram-Sternchen aus der Reihe getanzt? Hat ein Schuh von einem Model gezwickt, oder was war los?«

Es war nichts Neues, dass Jared sich über meine Arbeit lustig machte. Vom Influencertum und der Social-Media-Welt hielt er nicht viel, was vielleicht einer der Gründe war, wieso er mit seinem *Business*, das er alle paar Monate neu ausrichtete, nie wirklich Fuß fasste. Kurz überlegte ich, ihm trotzdem von Joseph und dem Drama zu erzählen. Vom Anruf meiner Mom. Doch Ersteres würde in Streit enden und Letzteres dazu führen, dass ich mich mies fühlte, weil ich meine Eltern Jareds Ansicht nach nicht zu verstehen versuchte. Für beides fehlte mir gerade die Kraft.

»Nicht so wichtig«, murmelte ich, leerte mein Wasserglas und stellte es zurück auf die Anrichte.

»Das renkt sich schon wieder ein.« Jared gab mir einen Kuss in den Nacken, dann ging er zum Kühlschrank und holte eine Dose Coke heraus, die er zischend öffnete. »Marc und ich hatten beim Zocken grad die beste Idee! Du kennst doch diese Top-up-Cards von Starbucks und so, oder?«

Ich nickte und schaltete innerlich bereits auf Durchzug, während Jared mir von seiner neuesten Business-Idee erzählte. Es war nicht so, dass ich ihm nicht gern zuhörte. Ich liebte es, wenn er für Dinge Begeisterung zeigte. Das Problem war vielmehr, dass jedes dritte unserer abendlichen Gespräche genau so startete – und damit endete, dass sich nichts tat. Jared verwarf die Idee, stürzte sich ein paar Tage später auf die nächste und saß letztendlich doch nur vor dem PC oder Fernseher, ohne einen Job auszuüben.

Ich gab an passenden Stellen zustimmende Laute von mir, während Jared mir von seiner Idee einer Ausgehkarte zum Clubben berichtete, und fühlte mich an den Moment mit meiner Mom heute Mittag zurückerinnert. Wie so oft kam es mir vor, als ob ich gar nicht richtig anwesend wäre. Als ob ich mich in mir selbst versteckte, und die Ariana-Hülle, die für alle anderen zu funktionieren schien, mein Leben lebte. Während Jared weitererzählte, füllte ich das Wasser nach. Das Pochen hinter meinen Augen war mittlerweile wieder zu vollwertigem Kopfschmerz angewachsen.

TYLER

Montag, 08. April

Shae, 3.12 pm:
Bin auf dem Weg nach Hause. Was gibt es Neues?

Tyler, 3.12 pm:
Bisher nicht viel. Ariana hat gerade mit Owen gesprochen.

Shae, 3.13 pm:
Und???

Tyler, 3.14 pm:
Sie verfasst eine Pressemitteilung.

Shae, 3.14 pm:
Was steht drin?

Tyler, 3.14 pm:

Kann ich dir erst sagen, wenn sie fertig ist. Sie sitzt gerade dran.

Shae, 3.15 pm:

Ich hätte doch im Büro bleiben sollen.

Tyler, 3.16 pm:

Du hättest aber eh nichts machen können. Die regeln das schon.

Shae, 3.16 pm:

Ich komm mir vor wie die Klischee-Praktikantin, die alles verbockt, und nicht wie die Junior-Managerin. Wahrscheinlich bereut Ariana schon, mich eingestellt zu haben.

Shae, 3.20 pm:

Bist du noch da?

Shae, 3.23 pm:

TYLER?!

Shae, 3.30 pm:

Ist was passiert? Warum antwortest du nicht? Hat Owen dir gerade gesagt, dass sie mich rauswerfen?

Shae, 3.33 pm:

Schreib mir bitte! Ich überleb das nicht!

Tyler, 3.34 pm:

Alter, Shae, atme mal durch. Ich war auf der Toilette.

Shae, 3.35 pm:

Da hast du sonst immer dein Handy dabei!

Tyler, 3.36 pm:

Mach am besten eine Runde Yoga, wenn du heimkommst, oder hock dich auf dein Kissen und meditiere.

Shae, 3.36 pm:

Kann ich jetzt nicht. Was gibt es Neues?

Tyler, 3.37 pm:

Tony hat gerade Muffins für alle gebracht. Sind echt lecker.

Shae, 3.37 pm:

Ich meine wegen Joseph Rogers! Die Muffins sind mir scheißegal.

Tyler, 3.38 pm:

Du hättest aber bestimmt bessere Laune, wenn du einen essen würdest. Ich bring dir einen mit.

Shae, 3.39 pm:

Tyler!

Tyler, 3.40 pm:

Es gibt noch nichts Neues. Hab Geduld. Und ich bin mir sicher, dass dich niemand rauswerfen wird. So ein Fehler kann jedem passieren, es war nicht deine Schuld.

Shae, 3.40 pm:

Fühlt sich aber so an.
Ich bin übrigens zu Hause.

Tyler, 3.41 pm:

Wie war die Fahrt mit der Subway?

Shae, 3.42 pm:

Hab vor lauter Aufregung vergessen, Angst davor zu haben.

Tyler, 3.42 pm:

Sehr gut. Vielleicht ist das ein neuer Therapieansatz für dich.

Shae, 3.42 pm:

Nein, danke! So viel Aufregung verkraftet mein Herz nicht.
Ich versuche mal, abzuschalten.

Tyler, 3.42 pm:

Tu das, ich arbeite weiter. Bis später. Mach dir nicht so viele Sorgen. Lieb dich.

Shae, 3.43 pm:

Ich dich auch.

Ungefähr vier Stunden und weitere drölf Millionen Nachrichten von Shae später hatten wir das gröbste Chaos im Griff. Wir hatten die Pressemitteilung rausgeschickt, Ariana hatte sich um die Anfragen gekümmert, die reingekommen waren. Joseph Rogers hatte alle Tweets und Posts gelöscht und schwieg erst mal. Sicher nicht für lange. Der Typ konnte seine Klappe nie halten und bereitete vermutlich in diesem Moment sein neues Video vor, in dem er zu der Sache Stellung bezog. Ich wusste schon, was ich mir die nächsten Abende auf YouTube reinziehen würde.

Ehe es so weit war, musste ich hier aber erst fertig werden. Ich checkte ein letztes Mal die Mails, aber es war nichts Neues mehr reingekommen. Der Sturm würde erst mal vorüberziehen. In ein paar Tagen passierte bestimmt der nächste Skandal, der von diesem ablenkte. So war das doch immer.

Gähnend streckte ich mich und rotierte den Nacken. Dieser erste Arbeitstag war aufregender geworden, als ich gedacht hatte. *Die Sache mit den Sneakers heute Morgen hat das sicherlich gejinxt. Ich hätte doch die anderen anziehen sollen.*

Ich schnappte mir mein Handy und rief TikTok auf. Mit Owen hatte ich geklärt, ob ich von meinem Arbeitsplatz berichten durfte, und er hatte es genehmigt. Natürlich achtete ich darauf, nichts zu zeigen, was nicht nach außen dringen sollte, aber es machte mir Spaß, die Leute mit in meinen Arbeitsalltag zu nehmen. Das TikTok hielt ich kurz, fasste nur rasch meinen Tag zusammen und dass ich mich auf den Feierabend freute.

Als ich fertig war, sah ich auf die Uhr. Es war jetzt halb neun. Ariana war vor zehn Minuten gegangen. Außer Owen und mir waren noch Sophie und Alice da, die sich ums Onlinemarketing kümmerten. Sie hatten Ariana geholfen, unsere Kanäle in diesen letzten Stunden zu überwachen und auf Kommentare zu reagieren. Da aber langsam Ruhe einkehrte, packten die beiden auch zusammen. Mir entging nicht, dass Sophie die ganze Zeit zu mir rüberschielte und jedes Mal lächelte, wenn sich unsere Blicke trafen. Heute Nachmittag hatte sie schon nach demselben Muffin wie ich gegriffen und so getan, als sei es Zufall, dass sich unsere Finger dabei berührten. Ihr Grinsen hatte sie verraten. Zwischen ihr und mir würde allerdings nichts laufen. Das konnte ich Shae nicht antun.

Apropos Shae: Ich sollte langsam heim zu ihr. Bestimmt hockte sie gerade auf der Couch und zog sich *Friends* rein. Ich schüttelte mich, stand vom Stuhl auf und klopfte an Owens Büro.

Sein klares »Herein« erklang, und ich trat ein. Wir hatten heute beim Mittagessen im *Chef's Choice* ein cooles Gespräch geführt, in dem er mir erst mal erklärt hatte, was er von mir erwartete und brauchte. Owen stützte sich sehr auf seine Assistenten und übertrug ihnen viel Verantwortung. Ich hatte nicht nur die volle Kontrolle über seinen Terminkalender, sondern auch Einblick in seine Mails. Nach der Einarbeitungszeit würde er mir Zugriff auf weitere Interna geben. Owen handelte in Ausnahmefällen noch Verträge mit Künstlern aus, wenn er besonders interessiert an jemandem war. Eigentlich war es Aufgabe der Rechtsabteilung, aber es gab durchaus Leute, die Owen persönlich kontaktierte oder mit denen er sich zum Abendessen traf. Ich hatte schon gesehen, dass er auf seinem Laufwerk einen Ordner mit der Aufschrift *Beyond Sanity* hatte. Eine extrem erfolgreiche Rockband, die in den vergangenen Jahren einen Grammy nach dem anderen gewonnen hatte. Ich liebte ihre Songs und war mit Shae letzten Sommer auf einem Konzert in Las Vegas gewesen. Sie würde ausflippen, wenn ich ihr erzählte, dass Owen Kontakt zu ihnen hatte.

Owen blickte kurz von seinem Rechner auf, als ich auf seinen Schreibtisch zuging. Die Anstrengung der letzten Stunden war ihm kaum anzusehen. Sein Anzug saß perfekt, hatte nicht eine Knitterfalte. Er war sogar cool geblieben, als er die Pressemitteilung auf unserem Instagram-Kanal verlesen hatte. Die ganze Zeit hatte er so ruhig geklungen, als würde er einem Kind eine Gutenachtgeschichte erzählen. Dieser Mann schien unerschütterlich zu sein.

Ich schloss die Tür hinter mir und trat an seinen Schreibtisch. Er schüttelte den Kopf und tippte hektisch auf seiner Tastatur herum.

»Ist noch was zur Rogers-Sache passiert?«, fragte ich. »Brauchst du was?«

»Nein, meine App funktioniert nicht richtig. Ich fliege ständig aus der Anmeldemaske.«

Ich trat um den Schreibtisch herum, damit ich auf seinen Bildschirm blicken konnte, und zuckte zusammen, als ich erkannte, welche App er offen hatte. *Funvironment*. Die grün-weiße

Schrift mit dem markanten Logo, das eine aufgehende Lotus-blüte darstellen sollte, sprang mir sofort ins Auge. Meine Nackenhaare stellten sich auf, und ich gab ein Brummen von mir.

»Ich wollte mit Thomas ein neues Restaurant zu unserem fünften Hochzeitstag ausprobieren. Aber wir checken über die App immer erst, ob die Firmen auch nachhaltig sind.«

»Verstehe.«

»Kennst du die App?«

In- und auswendig. »Ja. Das Problem mit der Anmeldemaske tritt oft in der Desktopversion am Mac auf.«

»Ich hab sie auch auf dem Handy, finde es aber bequemer, am Rechner zu arbeiten.«

»Eigentlich sollte der Bug längst gefixt sein. Es gibt einen Workaround. Darf ich?«

»Natürlich.« Owen rollte mit dem Stuhl zurück und deutete auf den iMac. Ich beugte mich über den Tisch, zog die Tastatur zurecht und ging auf die Webseite der App. Nach ein paar Klicks kam ich auf die Downloadseite und tippte das entsprechende Icon an. »Wenn es mal wieder hängt, musst du einfach die App noch mal runterladen und in den Programmordner schieben. Das ersetzt die alte Version. Du musst bei der Neuinstallation auf den Button mit der Registrierung gehen, nicht auf den Login. Da gibst du die Daten ein, das Programm sagt dir, dass du bereits registriert bist und ob du stattdessen zum Login willst. Einmal bestätigen und die Anmeldedaten ein weiteres Mal eingeben. Sind sie im Schlüsselbund gespeichert?«

»Ja.«

Ich nickte und tippte Owens Daten in die Neuregistrierung ein. Wie gewünscht, wurde ich zum Login weitergeleitet, wo ich mich problemlos anmelden konnte. »Voilà!«

Ich richtete mich auf und deutete auf das neu geöffnete Interface, das jetzt bereitstand. Mir fiel auf, dass sie wieder einiges geändert hatten. Die User-Icons waren kleiner und klassischer geworden, und sie hatten die Hintergrundfarbe auf ein dezentes

Grün angepasst. Alles wirkte cleaner und aufgeräumter als zuvor. Das war bestimmt Rhiannas Idee gewesen. Sie mochte kein Geschnörkel, wobei das bei dieser App immer gut angekommen war, weil wir auch jüngere Leute ansprechen wollten und … Ich schluckte, und schob dieses Gefühl der Vertrautheit sofort wieder weg. Was diese Sache anging, gab es schon lange kein *Wir* mehr.

»Wie kommt es, dass du dich so gut damit auskennst?«

»Ich interessiere mich ein wenig fürs Programmieren. Kein großes Ding.«

Owen kniff die Augen zusammen und schien zu überlegen, ob er mit dieser Antwort zufrieden war. Zu meinem Glück hakte er nicht weiter nach. Es war ein Risiko gewesen, meinen Lebenslauf umzumodeln und unter den Teppich zu kehren, was genau ich vorher gemacht hatte. Solange Owen aber nicht konkret nachfragte, würde ich gewiss nichts sagen.

»Deine Vorliebe rettet mich auf alle Fälle«, sagte er. »Unser Hochzeitstag ist übermorgen, und ich habe Thomas schon vor zwei Wochen versprochen, mich um ein Restaurant zu kümmern. Die Vorbereitungen zur großen Gala waren aber so intensiv, dass ich es vergessen habe.«

Owens Blick wanderte zu einem Foto auf seinem Schreibtisch. Es zeigte ihn und einen weiteren Mann, von dem ich annahm, dass es Thomas war. Er war einen halben Kopf kleiner als Owen, hatte hellere Haut und ein einnehmendes Lächeln. Seine braunen, kinnlangen Haare ließen ihn recht verwegen wirken, und in den dunkelbraunen Augen spiegelte sich die Abenteuerlust. Ich kannte Thomas nicht persönlich, schätzte ihn aber als einen offenen, lustigen Mann ein. Neben den beiden stand Jeffrey Steele. Die drei grinsten in die Kamera. Das Foto war irgendwo in den Bergen aufgenommen worden. Jeffrey war ebenfalls etwas kleiner als Owen und hatte auf dem Bild bereits komplett graue Haare, obwohl er da nicht viel älter als Anfang dreißig gewesen sein konnte. Ich hatte ihn leider nur flüchtig gekannt, weil er früher lediglich an den großen Feiertagen wie Weihnachten oder Thanksgiving in Phoenix gewesen war und ich damals diese Zeit meistens mit meiner Familie verbracht hatte. Irgendwann kam Jeffrey nicht mehr zu Besuch, was für Shae ziemlich schlimm gewesen war. Sie hatte ihren Onkel sehr bewundert. Noch heute schrieb sie ihm Briefe, die sie nie abschicken konnte.

Owen seufzte leise, dann tippte er das Restaurant in die App ein. Sofort wurden alle möglichen Daten ausgespuckt. Woher sie ihre Lebensmittel bezogen, wer ihr Stromlieferant war und wie nachhaltig ihre Produkte waren. Alles war in dieser App vernetzt. Von Kosmetikartikeln über Kleidungsfirmen, Restaurants oder Lebensmittelhersteller. Die App besaß die landesweit größte Datenbank an Firmen und durchleuchtete nicht nur regelmäßig die Produkte, sondern checkte auch Hintergrundinformationen über die CEOs. Sobald etwas bekannt wurde, was nicht der angepriesenen Firmenpolitik entsprach, wurde das in der App aufgeführt. Die Verbraucher konnten dann am Ende entscheiden, ob sie eine Firma unterstützen wollten oder nicht.

Owens Restaurant hatte eine Bewertung von acht aus zehn möglichen Punkten. »Sieht gut aus, oder?«, fragte er.

»Ja.« Bisher gab es keine Firmen, die die vollen zehn Punkte erreichten. Vermutlich müsste dazu jemand alles komplett selbst herstellen, angefangen bei den Putzschwämmen, die auf den Toiletten benutzt wurden, bis hin zum Geschirr und der Kleidung der Mitarbeiter.

Owen nickte begeistert und rief weitere Informationen auf. »Ich liebe diese App. Das Restaurant pflanzt sogar einen Baum für jede hundertste Bestellung.«

»Mh«, machte ich und trat vom Schreibtisch zurück. Ein Stich fuhr mir durchs Herz, und ich musste unweigerlich an den Moment denken, als ich vor rund zwei Jahren in Rhiannas Büro gestanden und ihr *Funvironment* gepitcht hatte. Die Idee dazu war mir während eines Baliurlaubs gekommen. Da hatte ein kleines Strandcafé auf einer Schiefertafel aufgelistet, woher jedes verwendete Produkt stammte. Angefangen bei den glücklichen Papayas aus dem heimischen Garten bis hin zur Kokosmilch, die ebenfalls selbst hergestellt worden war. Die Liste war mit so viel Liebe geschrieben, dass man schon beim Konsumieren ein besseres Gefühl hatte. Genau das Gefühl hatte ich mit nach Hause genommen und Rhianna in einem meiner bisher besten Pitches vorgestellt. Heute war *Funvironment* das Topprodukt meiner ehemaligen Firma und fuhr jedes Jahr Gewinne in Millionenhöhe ein. Als bekannt wurde, dass ich der Hauptverantwortliche beim Entwickeln der App gewesen war, hatte es von Headhunter-Angeboten nur so gewimmelt. Ich hatte jedes einzelne abgelehnt und war stattdessen mit Shae hierhergekommen. Weil ich erstens aus der Branche rausmusste – und ich zweitens Shae nicht verlieren wollte. Ein Leben ohne sie war für mich schlichtweg undenkbar. Ich würde selbst im Fast-Food-Restaurant bedienen, wenn das hieß, weiter mit ihr zusammenzubleiben.

»Brauchst du mich für heute noch, oder kann ich Feierabend machen?«

»Natürlich! Tut mir leid, dass dein erster Tag so hektisch wurde und du gleich Überstunden schieben musstest. Du kannst dir gern morgen Vormittag freinehmen.«

»Das passt schon. Danke. Es macht mir nichts aus, länger zu bleiben.« Früher hatte ich sogar manchmal in der Firma übernachtet, wenn wir an einer App festsaßen und nicht vorangekommen waren. »Hauptsache, hier läuft alles wieder rund.«

Owen lehnte sich im Stuhl zurück und verschränkte die Hände vor dem Bauch. »Fehler wie heute passieren nun mal, auch wenn sie ärgerlich sind. Sag Shae, dass sie sich keine Sorgen zu machen braucht.«

»Das richte ich ihr gern aus. Vermutlich läuft sie zu Hause schon Kuhlen in den Teppich.«

Owen lächelte. »Das kenn ich. Mir ging es auch so, als ich damals angefangen habe und jeder kleine Fehler einer ultimativen

Katastrophe glich. Jeffrey hat immer von Shae geschwärmt, und sie hat mit ihrer Bewerbung wirklich jeden hier überzeugt.«

»Das wird sie sicher beruhigen, wenn sie das hört. Sie nimmt sich alles sehr zu Herzen.«

»Eine gute wie auch schlechte Eigenschaft. Diese Branche ist verrückt, laut und unvorhersehbar. Wenn man nicht aufpasst, wird man verschlungen. Wir brauchen Leidenschaft, Engagement und viel Hingabe, um in diesem Job zu bestehen, aber auch die nötige Distanz, um Sachen von einer anderen Perspektive aus zu betrachten. Shae wird ihren Weg finden. Noch ist alles neu und überwältigend, aber diese Phase gehört dazu. Sie wird an jedem Fehler wachsen.«

»Sag ich ihr auch immer, aber auf mich hört sie meistens nicht.« Ich wandte mich ab und ging Richtung Tür. »Dann bis morgen früh.«

»Bis morgen, Tyler.«

Ich schloss hinter mir die Tür und fragte mich, wie lange Owen wohl noch hierbleiben würde. Auch etwas, das ich von Rhianna kannte. Sie hatte sich ständig die Nacht in der Firma um die Ohren geschlagen. Der Gedanke an sie verursachte ein unangenehmes Drücken in meinem Magen. Ich durfte keine Parallelen zwischen dieser Arbeit und meiner alten ziehen. Meine Mission in New York war schließlich, das hinter mir zu lassen.

Ich schaltete meinen Rechner aus, packte meine Sachen zusammen, wickelte den Muffin, den ich für Shae aufgehoben hatte, in eine Serviette ein und verstaute ihn behutsam in meiner Umhängetasche. Auf dem Weg nach Hause würde ich Shae weitere Nervennahrung besorgen. Ich schnappte mir meine Kaffeetasse und brachte sie zurück in die Küche. Beim Näherkommen hörte ich Stimmen. Alice und Sophie waren immer noch da.

»Also Ty ist echt heiß«, sagte Sophie.

»Das stimmt. Owen hat wirklich ein Händchen für gut aussehende Assistenten. Lucas war auch so ein Sahneschnittchen. Ich glaube ja, dass Owen absichtlich schöne Männer aussucht. Er will halt was Schickes vor seiner Tür sitzen haben.«

»Wer will das nicht?«, fragte Alice.

Ich umklammerte meine Tasse fester und merkte, wie mein Magen krampfte. Statt in die Küche zu gehen, wich ich zurück, bis ich wieder an meinem Schreibtisch war. Dort stellte ich die Tasse in die untere Schublade und verließ das Büro, ehe ich Alice oder Sophie begegnen konnte.

Die Anspannung verfolgte mich raus in die New Yorker Nacht. Ich stöpselte die Earpods ein, stellte mein aktuelles Lieblingsmusical *Hamilton* an und atmete tief ein, während Alexander Hamilton davon sang, wie er die Welt verändern wollte. Die Melodie und der Rhythmus erdeten mich sofort. Dieses Musical hatte mir schon oft geholfen, wieder zu mir zu finden, weil es vor Kraft und Leidenschaft nur so strotzte. Genau das, was ich für mein neues Leben brauchte.

Ich war jetzt in New York. Weit entfernt von einer Vergangenheit und allem, was darin passiert war. Dieser Job sollte ein Neuanfang werden. Ich würde nach vorne blicken, nicht mehr nach hinten.

Mit energischen Schritten ging ich zur nächsten Subway-Station.

Etwa eine Dreiviertelstunde später trudelte ich zu Hause ein. Meine Tasche fühlte sich mittlerweile eiskalt an, weil ich die beiden Ben & Jerry's-Eisbecher reingestopft hatte, die ich auf dem Heimweg noch im Grocery Store gekauft hatte. Einmal Karamel Sutra und natürlich der Klassiker Cookie Dough. Dazu eine große Tüte Popcorn, genau wie Shae es liebte. Außerdem hatte ich dem Typen, der heute Morgen bereits Gitarre an der Subway gespielt hatte, einen Fünfziger zugesteckt, damit er endlich Feierabend machen konnte. Der Kerl saß dort seit über zwölf Stunden. Mit einer Hand kramte ich den Schlüssel heraus und öffnete die Tür.

»Hey, Süße«, rief ich und horchte auf eine Antwort. Im Fernsehen sang Phoebe gerade von ihrer Smelly Cat. Ich streifte die Schuhe ab, wich umständlich einem Karton aus, der noch im Weg stand, hängte die Jacke auf und trat um den Raumtrenner herum in unseren Wohnbereich. Shae lag zusammengekauert auf dem Sofa. Die Beine angewinkelt, die Decke bis ans Kinn gezogen. Auf dem Tisch standen ihr aufgeklappter Laptop sowie ein fast leeres Glas Weißwein. Der Boden war mit gebrauchten Taschentüchern übersät. Ich seufzte leise und ging weiter in die Küche, wo ich das Eis auspackte und das Popcorn in der Mikrowelle vorbereitete. Ein paar Minuten später trat ich mit einer vollen warmen Schüssel, die nach Öl, gepopptem Mais und Salz duftete, sowie zwei Löffeln zurück ins Wohnzimmer.

»Rutsch rüber«, sagte ich. Shae richtete sich auf, sodass ich auch Platz auf dem Sofa hatte. Sie zog ihre Decke weiter hoch und winkelte die Beine im Schneidersitz an. Ich nahm die Deckel der Eisbecher ab, sah Shae fragend an, welchen sie zuerst wollte.

Sie zeigte auf das Karamel Sutra, also stellte ich den Cookie Dough auf den Tisch, griff mir eine Handvoll Popcorn und lehnte mich wieder zurück. Shae legte ihren Kopf an meine Schulter, während ich Eis auslöffelte, es mit zwei Popcornstücken garnierte und Shae hinhielt.

»Danke«, sagte sie leise, nahm mir den Löffel ab und schob sich diese Eigenkreation in den Mund.

»Klar doch.«

Shae tunkte den Löffel ein weiteres Mal in den Becher, ich garnierte ihn erneut mit Popcorn und aß ebenfalls von dem Eis. Wir schwiegen, während im Fernsehen Phoebe darüber philosophierte, ob sie Millionärin sein könnte, wenn sie ihre Musik vermarkten würde. Stille kehrte in mich ein. Ich atmete diesen Moment und Shaes Nähe ein, dankbar, dass ich diese tolle Frau an meiner Seite und den Schritt in dieses neue Leben geschafft hatte.

»Du hattest mir auch einen Muffin versprochen«, sagte Shae schließlich.

»Der ist in meiner Tasche, bist du schon bereit dafür?«

Sie nickte. Ich stand ein weiteres Mal auf, nahm den eingepackten Muffin aus der Tasche und kehrte damit zurück zu ihr.

Shae schnappte sich das Cookie Dough, brach ein Stück vom Muffin ab und warf ihn in den Becher.

»Die volle Dröhnung also.« Ich ließ mich wieder neben ihr nieder.

»Beste Medizin.« Sie stöhnte genüsslich, als sie weiteraß. »Das und der Tyler-Charme.«

»Ah, der wirkt immer.«

Sie lächelte und lehnte sich wieder an mich. »Das tut er«, murmelte sie.

Ich küsste sie auf die Stirn, schnappte mir auch ein Stück vom Muffin und stellte den Ton lauter. Nach diesem Tag konnten wir beide ein wenig Ablenkung brauchen.

Dienstag, 09. April

»Warte, ich hab was«, sagte ich vor meinem aufgeklappten Laptop, auf dem Christins Bild oben rechts im Eck flackerte. Wir hatten Skype offen und telefonierten seit über einer Stunde, um dieser Sache mit dem Visum auf den Grund zu gehen.

»*O-Visum für Personen mit außergewöhnlichen Fähigkeiten. Sie benötigen dieses Visum, wenn Sie Künstler, Entertainer, Schauspieler oder Ähnliches sind, in den USA für eine begrenzte Zeit leben und dort arbeiten möchten.*«

»Also genau das, was du brauchst«, sagte Christin.

»Könnte sein, aber was sind außergewöhnliche Fähigkeiten?« Ich scrollte weiter nach unten. »Ah, hier steht noch mehr: *Für viele ist es ein Traum, im Land der unbegrenzten Möglichkeiten Fuß zu fassen. Leider sind die Hürden hoch und oft unübersichtlich. Wir informieren Sie, welche Dinge Sie benötigen, um Ihren Traum zu verwirklichen.* Das ist schön, aber noch nicht das, was ich suche.«

Seit Stunden klickte ich mich von einer Webseite zur anderen.

Nachdem ich die Worte: *USA. Arbeiten. Visum. Hilfe!!!* eingegeben hatte, hatte ich zig Antworten bekommen und erst mal Christin angerufen, die sich nun mit mir die Horrorstorys auf unterschiedlichen Blogs durchlas. Alles war so widersprüchlich und verwirrend. Außerdem schien es wohl sehr teuer zu sein, dieses verdammte Visum zu bekommen.

»Ich hab auch was zu diesen Fähigkeiten«, sagte Christin und las nun ebenfalls vor: *Außergewöhnliche Fähigkeiten können auf unterschiedliche Arten interpretiert werden. Je nachdem, in welchem Bereich Sie tätig sein möchten. Ebenfalls benötigen Sie einen US-Petitioner. Dieser ist zwingend erforderlich. Petitioner können zum Beispiel US-Arbeitgeber sein. Es gibt jedoch auch spezialisierte US-Agenten, die diese Rolle übernehmen.«

»Was?«, brabbelte ich. »Was ist ein Petitioner?«

»Keine Ahnung, hier folgt nur eine Litanei aus Fachbegriffen und juristischem Blabla. Mir schwirrt der Schädel.«

»Mir auch.« Ich stöhnte, ließ den Kopf sinken und vergrub mein Gesicht in der Bettdecke.

Das darf doch alles nicht wahr sein.

»Ich hab es trotz aller Widrigkeiten in diese Stadt geschafft, darf geniale Aufträge ausführen und muss mich nun mit so einem Scheiß rumschlagen?« Dafür hatte ich absolut keine Nerven oder Geduld.

»Brauchst du dieses Visum zwingend?«

»Ariana will es haben, also ja.«

»Was, wenn du keine Gage annimmst? Dann verdienst du kein Geld, brauchst aber auch kein Visum.«

»Schon, aber das ist ja nicht Sinn und Zweck des Ganzen. Ich möchte das eigentlich als Chance für mich nutzen. Da würde ich früher oder später diesen Wisch benötigen, außerdem wüsste ich gar nicht, wie ich Ariana erklären sollte, warum ich keine Gage will.«

»Mh. Dann wirst du da wohl durch müssen.«

»Das ist doch echt zum Kotzen. Diese dumme Bürokratie. Hab sie schon immer gehasst.«

»Ja, wem sagst du das. Ich muss jetzt leider auch los zur Arbeit.«

»Wie spät ist es denn bei dir?«

»Halb acht.«

Bei mir war es halb zwei. Ich sollte wohl langsam schlafen gehen, aber dazu war ich viel zu aufgekratzt.

»Wie lang hast du denn Zeit, dieses Visum aufzutreiben?«

»Keine Ahnung. Das hat sie nicht gesagt. Im Moment sind eh alle schwer mit der Gala beschäftigt, dann hat eine der Mitarbeiterinnen fälschlicherweise Joseph Rogers eingeladen.«

»Das hab ich bei Twitter gesehen. Was war denn da los?«

»Das war ein Versehen, sie wusste nicht, dass er so viel Dreck am Stecken hat, wenigstens hat es von mir abgelenkt. Auf dem Heimweg hab ich ständig über meine Schulter geschaut, weil ich Schiss habe, dass mich die Grenzpolizei jeden Moment stellen und zurück nach Hause schicken kann.«

»Sei nicht albern.«

»Als ob es dir anders gehen würde an meiner Stelle.«

»Vermutlich nicht, aber noch weiß ja niemand, dass du auf einem Tourivisum eingereist bist. Das lässt sich bestimmt ganz leicht klären.«

»Ich bin selbst dran schuld. Hätte mich im Vorfeld informieren müssen. Aber nicht mal der Beamte bei der Einreise hat gefragt.« Ich richtete mich auf, zog die Beine in den Schneidersitz. »Er wollte wissen, warum ich hier bin, und ich habe wahrheitsgemäß *zum Fotografieren* gesagt. Danach hat er gecheckt, ob ich einen Rückflug gebucht habe, und mich durchgewunken. Woher sollte ich bitte wissen, dass ich dieses komische O-Visum-Dingens brauche, um hier Geld zu verdienen? So was sagt einem niemand.« Ich lehnte mich zu meinem Nachttisch, wo eine angefangene Flasche Rotwein stand, und wollte mir eingießen, aber leider war sie leer. Ich hatte sie gestern schon aufgemacht und gedacht, ich hätte mehr übrig gelassen.

»Na prima, sogar der Alkohol verlässt mich.«

»Daran kannst du bestimmt ganz leicht was ändern. In den USA haben doch die Läden rund um die Uhr auf, oder nicht?«

»Die meisten, ja.«

»Gut, dann hast du eine Mission, und ich gehe zur Arbeit. Halt mich auf alle Fälle auf dem Laufenden, ja?«

»Mach ich. Danke für die Hilfe.«

»Gern. Vielleicht fragst du mal Marian, der kennt sich doch bei dem Kram ganz gut aus.«

»Ich ruf ihn an. Hab dich lieb.«

»Ich dich auch.«

Wir winkten einander, ich schloss Skype, klappte den Rechner zu und suchte nach meiner Handtasche, die ich vorhin irgendwo hingeworfen hatte, nachdem ich heimgekommen war. Mein Zimmer war zum Glück mit seinen gerade mal zehn Quadratmetern übersichtlich. Es gab einen Einbauschrank, eine Kommode, das Bett und ein Fenster, das raus auf den Broadway zeigte. Ich hatte nicht mal ein Waschbecken und musste eins der Gemeinschaftsbäder auf dem Flur nutzen. Kochen konnte man in einer von zwei Küchen.

Mich störte das nicht. Ich hatte dieses Hotel gewählt, weil es in einer guten Gegend lag und zwei Blocks weiter eine Subway-Station war. Zum Central Park waren es auch nur knappe zehn Minuten, und ich hatte eine tolle Aussicht auf die Stadt. In manchen Hotels konnte man nur auf die Backsteinmauer gegenüber blicken.

Ich fand meine Handtasche neben der Kommode, schnappte sie mir und verließ mein Zimmer. Draußen hingen ein paar Jungs auf dem Flur ab und unterhielten sich auf Schwedisch. Sie waren gestern angekommen und wohnten neben mir. Die erste Nacht waren sie recht laut gewesen und hatten die Musik hochgedreht, mal sehen, wie es heute werden würde. Ich grüßte sie knapp, drückte mich an ihnen vorbei und wäre beinahe mit einem Kerl kollidiert, der nur mit einem Handtuch bekleidet aus dem Bad kam. Er grinste mich an und nickte mir zu. Der Duft seines Duschgels stieg mir in die Nase, und natürlich wagte ich einen kurzen Blick auf seinen halb nackten Körper. Der sich sehen lassen konnte. Sixpack, braun gebrannte Haut, durchtrainierte Brust. Warum er um diese Uhrzeit duschte, war mir zwar ein Rätsel, aber hey, wer so gut aussah, sollte vierundzwanzig Stunden lang nur mit einem Handtuch bekleidet herumlaufen.

»Hi, wie gehts's«, sagte er auf Englisch, aber sein Akzent verriet mir, dass er kein gebürtiger Amerikaner war. Vielleicht gehörte er zu den Schweden.

Ich lächelte. Meine Wangen wurden heiß, weil ich mir sicher war, dass er mich gerade beim Glotzen erwischt hatte. Ich zog den Riemen meiner Handtasche fester über meine Schulter und deutete den Flur runter. »Muss weiter«, sagte ich rasch.

»Klar, ich halt dich nicht auf.«

Ich nickte und beschleunigte meine Schritte, bis ich im Aufzug war. Ich wohnte im vierzehnten Stock, der eigentlich der dreizehnte war, aber irgendein abergläubischer Mensch hatte die Zahl einfach übersprungen. Während ich mit dem Lift ins Erdgeschoss fuhr, kramte ich mein Handy heraus und tippte den Kontakt meines Bruders an.

»Evie, hey«, sagte er, als er abgenommen hatte. »Ich frag mal nicht, warum du um diese Uhrzeit noch wach bist.«

»Weil mir gerade viel durch den Kopf geht.«

»Oh.« Er hielt inne. »Was ist passiert?«

Marian war zwei Jahre älter als ich und schon immer mein Vorbild gewesen. Als Kind war ich nur ins Bett gegangen, wenn Marian mir noch was vorgelesen hatte. Er hatte mich zu meinem ersten Tag in der Grundschule begleiten müssen und mir Fahrstunden gegeben, damit ich den Führerschein schaffte. Bis auf eine kurze rebellische Teenagerzeit, die ich zwischen zwölf und vierzehn ausgelebt hatte und in der ich alles und jeden doof fand, waren wir unzertrennlich gewesen. Ich konnte mich an ihn wenden, wenn ich ein Problem hatte oder wenn ich meine Freude teilen wollte. Marian war, neben Christin, der wichtigste Mensch für mich. Er war auch der Erste gewesen, dem ich damals mitgeteilt hatte, dass ich nach New York konnte.

»Ich hab vielleicht ein kleines Problem«, sagte ich und verließ das Hotel. Sofort empfing mich die klare New Yorker Nachtluft. Das Gehupe und der Lärm auf den Straßen. Ich liebte es.

»Bin ganz Ohr.«

Ich erklärte meinem Bruder die Lage und dass Ariana dieses Visum von mir wollte.

Als ich fertig war, erklang ein frustrierter Laut. »Evie, solche Dinge musst du doch vorher klären.«

»Jaja. Hab ich aber nicht gemacht, und ich hab auch nicht dran gedacht. Wie schwer kann das denn sein? Es gibt doch auch Aupairs und so. Die können doch nicht alle einen komplizierten Papierkrieg hinter sich haben, um hier arbeiten zu dürfen.«

»Hast du schon gegoogelt?«

»Natürlich hab ich das.«

»Und du blickst nicht durch.«

»So ungefähr.«

Er seufzte, und ich konnte ihn mir genau vorstellen, wie er sich über die Stirn strich und das Gesicht verzog. Marian und ich sahen uns ziemlich ähnlich, was ich als Kind extrem geliebt hatte. Als ich fünf war, hatte ich mir die Haare kurz geschnitten und seine Sachen angezogen. Dann hatte ich behauptet, sein eineiiger Zwilling zu sein. Marian fand es ein wenig seltsam, ich lustig.

»Ich les mich mal ein«, sagte er schließlich. Dieser Mann konnte sich in Steuergesetzen und Zahlen verlieren und dabei die Zeit vergessen. Der perfekte Beamte.

»Danke!«, sagte ich und betrat den kleinen Grocery Store, der um die Ecke meines Hotels war. Ich winkte dem Mann hinter der Kasse zu und ging zum Weinregal. »Du rettest mir mal wieder das Leben.«

»Ja, übertreib nicht. Hast du dieser Ariana denn gesagt, dass du kein Arbeitsvisum hast?«

»Was? Wo denkst du hin! Natürlich nicht. Wenn sie das erfährt, schmeißt sie mich hochkant aus der Agentur.«

»Aber das weißt du doch gar nicht …«

»Doch, Marian. Dass ich diesen Job überhaupt erhalten habe, grenzt an ein verdammtes Wunder. Was denkst du, wie viele talentierte Leute sich darauf beworben haben? Leute, die legal in diesem Land arbeiten dürfen, wohlgemerkt. Greenwood & Steele ist kein bisschen auf mich angewiesen, aber ich schon, wenn ich es in dieser Branche schaffen will. Dieser Auftrag ist meine Gelegenheit, mich zu beweisen. Ich darf ihn nicht vermasseln! Wir müssen dieses Visum bekommen. Das kann doch keine Ewigkeit dauern, oder? Ich geh Ariana einfach ein paar Tage aus dem Weg; wenn sie mich noch mal drauf anspricht, sag ich, dass ich es vergessen habe, und schinde so genug Zeit, bis du weißt, was ich zu tun habe. Vermutlich brauch ich nur auf die Botschaft zu gehen und irgendwas vorzulegen.«

»Ich hoffe es.«

Ich blieb vor dem Weinregal stehen und suchte die Sorte Rotwein, die ich gestern schon gekauft hatte. Bei den Preisen rollten sich mir die Zehennägel hoch. Fast fünfzehn Dollar für eine Flasche Durchschnittswein. Aber das war mir heute egal. Dieser ganze Visumsstress musste ertränkt werden.

»Hast du denn schon irgendwelche Infos, damit ich nicht von vorne anfangen muss?«

»Ja, also ich brauche ein …« Ich blickte mich um, aber außer dem Besitzer war nur eine alte Frau im Laden, die gerade an den Äpfeln schnupperte. Abgesehen davon sprach ich auf Deutsch mit meinem Bruder. Vermutlich verstand mich eh niemand. »… ein O-Visum«, flüsterte ich dennoch. »Und einen Petitioner oder so was.«

»Na gut. Ich schau mal, was ich machen kann.«

»Du bist der Beste.«

»Weiß ich. Sobald ich was habe, meld ich mich.«

»Danke.«

»Bis dann.«

Wir legten auf. Ich trat mit meiner Flasche Wein an die Kasse und suchte meine Kreditkarte aus dem Geldbeutel. Mir fiel der Moment mit Dawn heute Mittag ein, als die Karte nicht genommen worden war. Darum hatte ich mich auch noch kümmern wollen, aber die ganze Visumssache hatte mich abgelenkt. Ich gab die Kreditkarte zögerlich dem Mann, er scannte sie ein, und ein leises Piepen erklang. *Akzeptiert.*

»Puh«, sagte ich.

Der Mann hinter der Kasse runzelte die Stirn und musterte mich.

»Ich bin achtundzwanzig«, sagte ich rasch. Manchmal wollten sie noch meinen Ausweis sehen, wenn ich Alkohol kaufte. Der Mann nickte aber nur, packte die Flasche Wein in eine Papiertüte und reichte sie mir mit meiner Karte zurück.

Jetzt musste ich nur noch Ariana geschickt von meinem Visum ablenken, meinen Job besser machen als jede andere Fotografin, die sie bisher hatten, und durchatmen.

Klang doch gar nicht so schwer, oder?

6

SHAE

Dienstag, 09. April

Hey, Onkel Jeff,

erinnerst Du Dich noch an das erste Mal, dass ich Dich allein in New York besuchen durfte? Du hast noch in Deiner chaotischen Studenten-WG gewohnt, Dein Bad war in einem schlimmeren Zustand als mein Kinderzimmer damals, aber ich habe alles geliebt. An einem Abend hast Du mich mit ins Theater genommen. Ich weiß nicht mal mehr, welches Stück es war. Es war kein bekanntes, Du hattest die Tickets bei einem Preisausschreiben gewonnen. Aber an eine Sache erinnere ich mich noch ganz genau: wie ich mich gefühlt hab. Angekommen. In der Stadt, aber auch in mir. In dem Stück ging es um eine Frau, eine Cheerleaderin, die nie für voll genommen wurde, obwohl sie richtig gut in Mathe und all dem war und studieren wollte.

Na ja, was ich eigentlich sagen will: An diesem Abend hast Du mir die Flausen in den Kopf gesetzt, dass ich alles erreichen kann, wenn ich nur will. Ganz egal, was andere von meinen Plänen und Träumen halten. Ich hab Dir geglaubt und mein Leben von diesem Tag an so gelebt, als ob alles möglich wäre. Und ich hab Dir versprochen, dass ich nach New York ziehe und Dich dann ins Theater einlade.

Nach New York bin ich wirklich gezogen, wie Du ja schon weißt. Es tut mir leid, dass ich das mit dem Theater nicht mehr schaffe ... Und es tut mir auch leid, dass ich Dir heute sagen muss, dass Du damals doch nicht recht hattest. Ich kann nicht alles schaffen, nur weil ich es will.

Ich hatte gestern meinen ersten Arbeitstag in Deiner Agentur, und weißt Du, was? Ich hab's verkackt. So richtig ...

Mit einem Seufzen legte ich den Stift zur Seite, weil ich plötzlich wieder Arianas Blick vor Augen hatte, als sie mich nach Hause geschickt hatte. Nachdem ich zwei Packungen Taschentücher verbraucht und all das Eis und Popcorn verputzt hatte, das Ty mitgebracht hatte, hatte ich mich wieder an die Arbeit gesetzt. Zwar wollte Ariana die restlichen Gäste selbst anschreiben, doch ich hatte trotzdem die halbe Nacht durchgearbeitet, die Datenbank aktualisiert, meine Liste mit Creatorn, Kunstschaffenden und Models, die ich für passend hielt, erstellt und alles an Ariana geschickt – nicht ohne hundertmal zu prüfen, dass sie nichts verbrochen hatten. Wohl fühlte ich mich dennoch nicht bei dem Gedanken, gleich ins Büro zu müssen, doch immerhin hatte ich somit gezeigt, dass ich nicht einfach aufgab, sondern gewillt war, zu arbeiten und dazuzulernen.

Vielleicht sollte ich mich besser krankmelden.

Tyler hatte zwar behauptet, dass Owen cool gewirkt hatte, aber es war ja auch klar, dass er bei seinem neuen Assistenten nicht direkt ausfallend über dessen Freundin sprach.

Ich nahm die dampfende Kaffeetasse von der Fensterbank zu meiner Rechten und sah auf das morgendliche Midtown Manhattan. Dort unten wirkte alles so viel ruhiger als in meinem Kopf. Der Stadtlärm drang leise zu mir herauf, und obwohl etliche Menschen unterwegs waren, wirkte alles geordnet und friedlich. Die ersten warmen Sonnenstrahlen legten einen orangegelben Filter über die Szenerie und ließen sie beinahe wie ein Gemälde wirken.

Die Feuerleiter war definitiv das Beste an der Wohnung. Tyler mochte das größere Zimmer bekommen haben, sobald mein Blick auf die schwarze Außenleiter gefallen war, die ich von meinem Fenster aus erreichen konnte, war mir das jedoch mehr als recht gewesen. Tyler auch, da er die Leiter mit seiner Höhenangst ohnehin nie betreten hätte. Ich atmete die frische Morgenluft ein und genoss die ersten Sonnenstrahlen und den Lärm der Stadt, der mich seltsamerweise beruhigte. All diese Leute da unten wussten nichts von meinem Fauxpas. Sie wussten nicht einmal, dass ich hier oben saß und sie dabei beobachtete, wie sie an unserem Haus entlangspazierten. Ein Mann joggte mit einem schwarzen Hund vorbei, eine Frau hielt sich das Handy ans Ohr und überquerte mit eiligen Schritten die Straße, ein Taxi hielt an der Kreuzung, die ich von hier überblicken konnte.

Kurz vor meinem Umzug hatte ich Angst gehabt, ich könnte Heimweh bekommen. Diese Angst war verflogen, denn ich hatte mich noch nie so daheim gefühlt wie in diesem Moment, die Tasse in meiner Hand, das kühle Metall unter meinen Füßen. Ich nahm mein Handy zur Hand und tippte eine Nachricht an meine kleine Schwester, da ich ihr versprochen hatte, mich täglich zu melden. Ich hatte nur gehofft, ich würde das mit guten Neuigkeiten tun können.

Shae, 6.42 am:
Hey, Em, wie geht's? Freust du dich schon auf die Musiktherapie?

Kurz darauf vibrierte das Smartphone in meiner Hand, was mich nicht überraschte. Emely war aktuell wegen ihrer Essstörung in einer Klinik und folgte da einem strikten Tagesablauf, wodurch sie – sehr zu ihrem Leidwesen – schon früh rausmusste.

Emely, 6.44 am:

> Yesss, und wie! Sarah bringt mir sogar außerhalb der Klasse Ukulele bei. Sobald ich hier raus bin, spiel ich dir was vor! 😄
> Mir geht's gerade wirklich gut. Und bevor du nachfragst: Nein, das sage ich nicht nur, damit du kein schlechtes Gewissen wegen New York hast.

Ich schmunzelte, weil meine Schwester mich viel zu gut kannte. Der Abschied von Emely war der schwierigste gewesen. Kurz nachdem ich meine Bewerbung abgeschickt hatte, hatte sie sich in die Klinik einliefern lassen. Zwar wusste ich, dass meine Eltern und Ems Freund Laurence ein Auge auf sie hatten, manchmal fühlte ich mich dennoch schuldig, sie zurückgelassen zu haben.

Emely, 6.45 am:

> Aber genug von mir. Viel wichtiger: Wie war dein erster Tag? Onkel Jeff wäre sooo stolz auf dich, ich bin es auf jeden Fall. ♡

Das ungute Gefühl, das ich schon beim Schreiben des Briefs gehabt hatte, verstärkte sich noch. Bleischwer lag es in meinem Magen. Sie war völlig zu Unrecht stolz. Für den Bruchteil einer Sekunde spielte ich mit dem Gedanken, ihr zu sagen, was Sache war. Doch was sollte das bringen? Sie musste sich auf ihre Heilung konzentrieren, alles andere war unwichtig. Ich wollte nicht, dass sie sich auch noch um mich sorgte.

Shae, 6.46 am:

> Alles super. Danke ♡

Ich drückte auf *Senden*, dann legte ich das Handy auf die Fensterbank zu meiner Rechten, damit es nicht von der Feuerleiter segelte. Seufzend ließ ich den Kopf gegen das Gitter sinken. Was, wenn mein erster Arbeitstag mein letzter gewesen war und ich heute rausfliegen würde? Sosehr ich Em auch vermisste, ich wollte nicht zurück nach Phoenix. Ich schluckte gegen das trockene, heiße Kratzen in meinem Hals an. Ich hatte die Pressemitteilung und die gekürzte Stellungnahme auf Instagram gelesen. Die meisten hatten sich in den Kommentaren für die schnelle Korrektur bedankt, hatten die Aufrichtigkeit der Entschuldigung geglaubt, immerhin war Greenwood & Steele dafür bekannt, sich gegen Homophobie einzusetzen. Ein paar andere jedoch … Sie schienen nur darauf gewartet zu haben und ließen auch nach der Entschuldigung nicht locker. Und das war meine Schuld.

Schon wieder brannten Tränen in meinen Augen und verschleierten mir die Sicht. Ariana war mit Sicherheit mehr als wütend. Sie hatte mir eine einzige Aufgabe gegeben, und ich hatte sie in den Sand gesetzt. So richtig.

»Scheiße!«, stieß ich aus und trat mit dem nackten Fuß gegen das Geländer, was nichts brachte.

Neben mir ertönte ein leises Lachen. »Schiebst du immer noch Frust?«

Ich blickte auf und sah zuerst Tys verwuschelte Haare, bevor er sich aus dem Fenster zu mir lehnte, jedoch nicht herauskam. Er blickte bloß kurz nach unten und verzog das Gesicht.

»Natürlich schiebe ich noch Frust. Ich werde meinen Job verlieren.«

»Du wirst deinen Job nicht verlieren. Dir ist einfach ein Fehler passiert. Der war außerdem nicht einmal deine Schuld.«

Ich gab ein unverständliches Grummeln von mir, das Tyler erneut zum Lachen brachte.

»Komm, mach dich fertig, wir müssen gleich los.«

»Ich geh nicht zur Arbeit«, beschloss ich. »Wenn ich nicht da bin, können sie mich nicht rauswerfen.«

»Jetzt reiß dich zusammen, Süße. Außerdem gehst du sehr wohl, sonst hab ich das Taxi nämlich umsonst gerufen.«

»Das Taxi?«

»Ja. Ich dachte, wenn du schon peinlich berührt ins Büro musst, dann wenigstens nicht voll von Subway-Angstschweiß. Es ist in dreißig Minuten hier, also beeil dich besser.«

Ty zwinkerte mir zu, klopfte einmal auf die Fensterbank und verschwand dann aus meinem Sichtfeld – vermutlich, um seine Haare zu richten oder die richtigen Schuhe zu finden.

»Ich liebe dich!«, rief ich ihm laut genug hinterher, dass mich die Menschen dort unten nun sicher doch wahrnahmen.

»Ich weiß«, erklang es von innen, und ein Lächeln legte sich auf mein Gesicht. Vielleicht würde ja doch alles gut werden.

»Oh Gott, oh Gott, oh Gott, oh Gott …«

»Ich bin mir nicht sicher, ob er Zeit hat, dir bei deinen Social-Media-Problemen zu helfen«, sagte Ty, und obwohl ich den Blick auf die goldene Plakette vor uns gerichtet hatte, konnte ich das Grinsen in seiner Stimme erahnen. Wieso war er so gelassen?

»Was, wenn sie mich rausschmeißen? Wo soll ich dann hin, hm? Ich finde so schnell nichts Neues, und du kannst das Apartment schlecht allein zahlen. Außerdem muss ich hier arbeiten …« Ich starrte weiter das *Greenwood & Steele* vor mir an, als könnte Jeffreys Nachname mir die nötige Kraft geben, die Tür vor mir zu öffnen. Ich war so gefangen in meinen Gedanken, dass ich selbst die zwanzig Stockwerke, die wir wieder gelaufen waren, kaum wahrgenommen hatte.

Ohne ein weiteres Wort ergriff Ty meine Hand und hielt seinen Transponder an die Tür, woraufhin sich diese mit einem leisen Klicken öffnete. Mit zitterndem Atem folgte ich Ty, während dieser mit den Fingern auf meinen Handrücken klopfte, genau so, wie ich es immer tat, wenn ich Angst hatte. Trotz der Anspannung zauberte mir die sanfte Berührung ein Lächeln aufs Gesicht. Manchmal wusste ich nicht, womit ich diesen Mann verdient hatte.

»Guten Morgen!«, rief Liv, kaum dass wir vom Foyer in das Großraumbüro getreten waren. Die morgendliche Sonne malte Muster an die Wand, und mit den zahlreichen Grünpflanzen wirkte das Büro beinahe wie ein hippes Café, nicht wie eine Agentur. Ich wollte hier nicht weg.

»Morgen«, erwiderte ich und scannte Olivias Blick, doch sie sah völlig normal aus. Wusste sie denn nicht, was ich gestern getan hatte? Das Klopfen auf meiner Hand wurde etwas fester, und ich fühlte mich ein wenig wie bei meinem ersten Schultag, als Ty mich zu meinem Schreibtisch führte.

»Shaelynn?« Ich zuckte zusammen und blieb auf der Stelle stehen.

»Das war's«, flüsterte ich und hörte meine eigenen Worte kaum, so laut und heftig klopfte mein Herz. Ariana kam aus ihrem Büro, blieb in der Tür stehen und nickte mir zu.

»Guten Morgen, ihr beiden. Shae, hast du einen Augenblick Zeit für mich?«

Ich nickte, dabei hätte ich am liebsten Nein geschrien und wäre weggelaufen. Das Einzige, was mich an Ort und Stelle hielt und dafür sorgte, dass ich nicht komplett durchdrehte, war Ty, der nach wie vor meine Hand umschloss und sanfte, klopfende Bewegungen machte. Ariana senkte den Blick, und er landete genau auf der Stelle, wo sich unsere Hände berührten. Eilig löste ich mich aus Tys Griff, nicht dass sie es als unangemessen im Büro betrachtete, doch zwischen ihren Brauen hatte sich bereits eine leichte Falte gebildet.

Mist, Mist, Mist.

Ich hatte das Gefühl, auf Eierschalen zu laufen. Ganz egal, wohin ich trat, etwas brachte ich zu Bruch. Bestimmt wollte sie mit mir sprechen, um mir mitzuteilen, dass Owen und sie entschieden hatten, dass jemand anderes doch besser für diesen Posten geeignet war als ich. Wieso hatte ich nicht alle Influencer noch einmal überprüft, bevor ich sie eingeladen hatte? Wieso hatte ich Joseph Rogers' blöden Twitter-Account nicht gecheckt? Ihn bei Google eingegeben, ihn …

»Schließt du die Tür eben hinter dir?«, fragte Ariana mit einem Lächeln, das ich nicht einschätzen konnte. War es mitleidig? Verkrampft? Und wieso sollte ich die Tür schließen, wenn nicht, damit niemand erfuhr, wie sie mich rauswarf?

Mit zitternden Fingern umschloss ich die Klinke und drückte die Tür langsam zu, wobei ich durch den schmalen Spalt erkannte, wie Ty mir einen Daumen nach oben zeigte. Am liebsten hätte ich verzweifelt aufgelacht, denn das hier fühlte sich alles andere als gut an.

»Setz dich«, sagte Ariana, als ich die Tür endlich geschlossen hatte. Ich leistete ihrer Aufforderung Folge und nahm auf dem mintfarbenen Sessel Platz, auf dem ich gestern schon gesessen hatte.

Bitte schmeiß mich nicht raus, bitte schmeiß mich nicht raus, bitte …

»Ich wollte mich für gestern entschuldigen.«

Völlig verdutzt schaffte ich es erst einmal nicht, zu antworten, sondern starrte Ariana bloß irritiert an.

»Ich hätte sensibler sein sollen. Ich hab gesehen, dass du mir die Mail mit der Gästeliste um kurz nach Mitternacht geschickt hast. Überstunden sind in dieser Branche zwar nicht unüblich, aber glaube bitte nie, dass ich erwarte, dass du dich zu dieser Uhrzeit mit der Arbeit beschäftigst.« Ariana deutete auf die Karaffe Wasser, die auf dem Glastisch zwischen uns stand. »Magst du etwas trinken?«

Ich nickte, nach wie vor zu perplex, um etwas zu sagen. Ariana entschuldigte sich bei mir? Sie reichte mir das Glas, und daran, wie das Wasser darin kleine Wellen schlug, merkte ich, dass ich immer noch zitterte.

»Ich kann mir vorstellen, dass der Tag gestern nicht so lief, wie du es dir gewünscht hast«, fuhr Ariana fort. »Aber solche Dinge passieren. Ich hätte mir gestern mehr Zeit für dich nehmen sollen, anstatt dich nach Hause zu schicken, das tut mir leid. Ich bin …« Ariana sah zur Seite und strich sich eine Strähne ihres rotblonden Haars hinter die Ohren. Für einen kurzen Augenblick wirkte sie ebenfalls angespannt, dann lockerte sie ihre Haltung und richtete ihre Aufmerksamkeit wieder auf mich. »Das Event ist mir wirklich wichtig. Wenn es gut läuft, könnte das den Weg für weitere Veranstaltungen ebnen, und ich glaube, dass das unsere Zusammenarbeit mit den Klienten und Klientinnen auf ein ganz anderes Level heben könnte. Vor allem aber ist es das erste große Projekt, für das ich ganz allein die Verantwortung trage. Dadurch bin ich wohl etwas zu verbissen an die Sache rangegangen.«

»Das verstehe ich vollkommen.« Endlich hatte ich meine Stimme wiedergefunden. Das, was Ariana da beschrieb, konnte ich bestens nachvollziehen. Immerhin trieb mich, seit ich einen Fuß in dieses Gebäude gesetzt hatte, die Angst um, dass ich einen Fehler beging. »Mir tut es auch leid«, sagte ich. »Ich hätte meine Aufgabe sorgfältiger angehen sollen.«

Ich hatte es besonders toll, besonders schnell erledigen wollen und dadurch Fehler gemacht. Das würde mir nicht noch einmal passieren.

»Alles klar«, erwiderte Ariana, und ein leichtes Lächeln umspielte ihren Mund. »Ich hab mir die Liste angeschaut, du kannst die restlichen Einladungen raussenden. Und hast du Lust, mich bei der Dekoration des Events zu unterstützen?«

»Auf jeden Fall!«, sagte ich sofort. Mein Herz schlug zwar immer noch viel zu schnell, nun jedoch vor Aufregung und Freude. Ariana hatte mich nicht rausgeworfen. Ich würde weiter bei Greenwood & Steele arbeiten.

»Super. Dann zeig ich dir wohl besser mal die Location«, fuhr Ariana fort, entsperrte ihr iPad und drehte es so, dass ich ebenfalls etwas sehen konnte. Ich lehnte mich auf meinem Sessel vor. Ich würde nicht noch einmal scheitern. Ich würde dafür sorgen, dass das Event das beste war, was Greenwood & Steele jemals gesehen hatte.

Ich werde dich stolz machen, Onkel Jeff.

TYLER

Freitag, 12. April

Mein vorheriger Job war nicht unbedingt stressfrei gewesen. Ich hatte oft bis spät in die Nacht gearbeitet, mir den Kopf über Codes von Programmen zerbrochen, mit meinen Kollegen und Kolleginnen gebrainstormt, was wir wo optimieren mussten, und mich mit Software herumgeärgert, die aus unerfindlichen Gründen Bugs produzierte, wo vorher keine gewesen waren. Ich konnte recht gut unter Druck arbeiten, gerade dann, wenn man von einer Deadline verfolgt wurde, die unaufhörlich näher rückte. Was allerdings diese Woche bei Greenwood & Steele abging, toppte so einige meiner vorherigen Stresstage. Das große Event, das in exakt zehn Tagen stattfinden sollte, hielt so ziemlich die ganze Belegschaft auf Trab. Von der Terminkoordinierung der Leute, die eingeladen waren, bis hin zur Technik, der Deko, den Presseanfragen und dem Füttern der Social-Media-Kanäle. Jeder in der Agentur war mit einer anderen Aufgabe beschäftigt und gab sein Bestes, dieses Event in einem außergewöhnlichen Licht erstrahlen zu lassen.

Immerhin hatte Shae sich beruhigt. Seit dem Gespräch mit Ariana vor drei Tagen ging es ihr deutlich besser. Sie scheuchte mich morgens auch wieder durch die Wohnung, damit ich mich beeilte, was immer ein gutes Zeichen war. Ich freute mich, dass sie Spaß an dieser Stelle hatte und hier ihre Erfüllung fand. Das Funkeln, das ich jeden Morgen am Frühstückstisch in ihren Augen sah, war genau das, was ich mir für sie gewünscht hatte. Shae kam langsam in dieser Stadt und ihrer neuen Stelle an, und auch ich gewöhnte mich von Tag zu Tag mehr ein.

Der Job bei Owen war cooler, als ich zu Beginn gedacht hatte. Er übertrug mir viele Aufgaben, die ich selbstständig erledigen konnte. Im Moment stimmte ich Termine mit diversen Managern von unterschiedlichen Influencern ab und überprüfte die Sitzordnung, die Ariana festgelegt hatte. Sie hatte darum gebeten, dass noch jemand einen Blick darauf warf, weil alles bis ins Detail durchgeplant werden musste.

Ich sah auf die Uhr an meinem Rechner. Es war kurz nach drei. Mein Magen hing schon wieder auf Halbmast, obwohl ich vorhin einen recht üppigen Lunch mit Shae, Alice, Sophie und Tony gehabt hatte. Nächsten Montag wollte und musste ich mit meinem Training anfangen. Ich hatte mich bereits im Fitnessstudio angemeldet und freute mich darauf. Im Moment futterte ich viel zu viel. Nächtliche Eisschlachten, die ich mir mit Shae lieferte, förderten mein Fitnesslevel auch nicht unbedingt.

Da es definitiv zu früh war, jetzt schon wieder was zu essen, tippte ich meine Mail weiter. Ich schrieb gerade an den Manager von Kim Baxter und klärte, ob es okay war, wenn sie bei Alfie Cunningham saß. Die beiden hatten sich gestern in einem YouTube-Livestream über Joseph Rogers unterhalten, und die Diskussion war recht hitzig geworden. Joseph hatte natürlich nicht lange geschwiegen und am Tag nach der Pressemitteilung ordentlich über Greenwood & Steele abgelästert. Er versuchte, den Spieß umzudrehen und die Agentur in den Dreck zu ziehen. Joseph behauptete, dass wir ihm Geld geboten hätten, wenn er zum Event käme. Außerdem hätte er einen Vertrag unterschreiben sollen, in dem er hätte abklären müssen, was er an jenem Abend bei Interviews sagen durfte, was er anziehen solle und wie er sich verhalten musste. Wir hätten ihn nur gewollt, um von seinem Ruhm zu profitieren und das Event zu pushen. Die Absage drehte er jetzt so hin, als wäre sie von seiner Seite aus gekommen und nicht von uns. Unsere Rechtsabteilung prüfte bereits, ob wir gegen ihn vorgehen konnten. Owen behielt sich weitere Schritte noch vor, er wollte es davon abhängig machen, wie Rogers sich in Zukunft uns gegenüber verhielt.

Das Thema hatten Kim und Alfie im Livestream schließlich aufgegriffen. Über Rogers Verhalten waren sie sich noch einig gewesen, und sie hatten beide bestätigt, dass Greenwood & Steele ihnen keine Vorschriften machte oder Geld bezahlte. Aber dann war die Diskussion abgedriftet, und Alfie hatte von einem anderen Event erzählt, für das er sich einst hatte kaufen lassen. Er gab es offen zu und hatte auch kein Problem damit, während Kim es ganz schrecklich fand und ihm Vorwürfe gemacht hatte. Das Ganze war dann so dramatisch geworden, dass Alfie irgendwann den Stream beendet hatte, weil er sich von Kim missverstanden gefühlt hatte. Und jetzt durfte ich mich damit herumschlagen, ob wir die beiden auf dem Event wieder trennen mussten oder nicht.

Hätte ich das gestern nicht zufällig gesehen, hätte ich nichts davon gewusst. Sogar Shae hatte zugegeben, dass meine YouTube-Leidenschaft wohl doch zu etwas gut sei. Mal sehen, was die Manager der beiden dazu sagten. Es konnte auch gut sein, dass sich Alfie und Kim in zehn Tagen ausgesprochen hatten und wieder beste Freunde waren.

Ich schickte die Mail ab und checkte Owens Terminkalender, der heute rappelvoll war. Im Moment war Ariana bei ihm und klärte Details zum Event. Mein Blick fiel auf einen privaten Eintrag, den Owen als heutiges Ereignis gespeichert hatte: »Todestag Quinn Hunt«. Und darunter: »Blumen an Ariana schicken«.

Ich runzelte die Stirn. Ariana hieß Hunt mit Nachnamen, und wenn Owen ihr Blumen schicken wollte, hieß das wohl, dass die beiden verwandt waren. Ihr Vater? Oder Bruder? Bisher hatte ich nicht viel über Ariana erfahren können. Sie war ziemlich eingespannt und nahm sich selten Zeit für einen Plausch in der Küche. Wir hatten in dieser ersten Woche nur ein paar Worte miteinander gewechselt, wenn sie Termine mit Owen gehabt hatte.

Die Tür hinter mir ging auf.

»Aber es geht mir gut«, hörte ich Ariana sagen.

»Das mag sein, doch heute ist kein Tag, an dem du Überstunden schieben wirst«, erwiderte Owen. »Lass es langsam angehen.«

»Das tue ich. Die Arbeit lenkt mich davon ab. Ich bring jetzt die Farbsamples rüber in die Location und checke vor Ort auch gleich, wo wir die Band hinsetzen und wie die Akustik ist.«

Jemand legte eine Hand auf meine Schulter. Ich versteifte mich, drehte mich um und sah hoch zu Owen, der hinter meinem Stuhl stand. Mein Herz klopfte schneller, aber ich schüttelte die Unruhe sofort wieder ab, ehe sie richtig Form annehmen konnte. Owen zog seine Hand zurück, jetzt, da er meine Aufmerksamkeit hatte, und schob sie in seine Hosentasche. Wie immer trug er ein komplett schwarzes Outfit. Bisher hatte ich ihn nie in etwas anderem gesehen als in diesen dunklen Sachen.

»Die Farbsamples kann Tyler rüberfahren«, sagte Owen. »Und sicher auch gleich das mit der Band checken.«

»Klar«, sagte ich. Bei Owen stand als Nächstes ein zweistündiges Meeting an, da würde er mich eh nicht brauchen.

»Du willst mich loswerden«, sagte Ariana.

Ich musterte sie. Ihre rotblonden Haare hatte sie zu einem strengen Zopf zusammengebunden. Sie trug eine beigefarbene Bluse und eine dunkelbraune ausgestellte Leinenhose. Ariana war von Natur aus ein recht heller Typ, aber heute sah sie besonders blass aus. Außerdem hatte sie dunkle Ringe unter den Augen, die gestern noch nicht da gewesen waren. Bestimmt stresste sie das Event, wie uns alle, aber im Moment wirkte sie, als hinge ein schwerer Schatten auf ihrer Seele.

»Ich will, dass du dir Zeit für dich nimmst. Vor allen Dingen heute. Ignoriere das nicht.« Owen tippte sich aufs Herz. Ich blickte von einem zum anderen und erinnerte mich an damals, als Shae von Jeffrey Steeles Tod erfahren hatte. Es war schwer für sie gewesen. Wir hatten tagelang gemeinsam geweint. Ich hatte sie festgehalten, mich um sie gekümmert und versucht, die Last der Trauer mit ihr zu tragen. Shae hatte sich damals gehen lassen müssen, um später wieder zu heilen. Es war gut gewesen, dass sie sich die Zeit genommen hatte.

Ariana seufzte, presste die Lippen aufeinander und rang sichtlich um ihre Fassung. Bevor sie antworten konnte, klingelte ihr Handy. Ariana zuckte zusammen und warf einen kurzen Blick auf das Display, bevor sie die Augen schloss und hörbar ein- und ausatmete. Sie drückte den Anruf weg, schüttelte den Kopf und wandte sich von uns ab. Vielleicht, damit wir nicht sahen, ob sie gleich weinen musste oder nicht.

»Ich bin …«, setzte sie an und unterbrach sich wieder. »Also gut. Ich gehe. Aber ich werde meinen Laptop mitnehmen und weiterarbeiten.«

»Ariana …« Owens Stimme klang sanft, aber es war deutlich rauszuhören, dass es ihm lieber wäre, wenn sie sich schonte.

»Ich muss mich irgendwie ablenken«, presste sie hervor. Ihre Stimme brach beim letzten Wort.

Owen seufzte und nickte schließlich. Ariana wandte sich mir zu, die Augen noch glasig. »Ich würde Shae einige Eckpunkte bezüglich der Band mitteilen. Ihr könnt euch dann abstimmen, was vor Ort möglich ist und was nicht. Sie soll alles notieren und es in einer Mail an den Manager schicken. Er wartet auf eine Rückmeldung. Heute noch.«

»Bekommen wir hin.« Es war schön, dass Ariana Shae diese Aufgabe zutraute. Ihr kleiner Fauxpas am Anfang der Woche schien wirklich vergessen zu sein.

Ariana drehte sich zurück zu Owen und atmete ein weiteres Mal durch. Der Schmerz stand ihr ins Gesicht geschrieben. Ich kannte sie zwar nicht gut, aber diese Frau trug ein schweres Päckchen. Normalerweise überspielte sie das im Office-Alltag, aber hier und jetzt sah ich ihr an, wie gebrochen sie innerlich war.

Hoffentlich hast du auch jemanden, der dich auffängt.

»Lass dir Zeit«, sagte Owen mit Nachdruck in der Stimme. »So lange, wie du brauchst.«

»Okay«, gab sie zurück. »Danke. Ich bring dir gleich die Mappe, wenn ich gehe, Tyler, und Shae schick ich die Daten, die sie benötigt.«

»Alles klar.«

Sie nickte und lief zurück in ihr Büro. Ich wandte mich zu Owen um.

»Soll ich das eigentlich mit den Blumen veranlassen?« Ich deutete auf den Kalender.

»Danke, das mach ich persönlich. Wenn du die Sachen abgeliefert hast, kannst du auch gleich Feierabend machen. Für heute brauch ich dich hier nicht mehr.«

»Okay.« Fein. Dann hatte ich Zeit, mir ein Abendprogramm für Shae und mich zu überlegen, außerdem wollte ich noch ein paar TikToks drehen. Der Content, den ich aus der Stadt zeigte, kam recht gut an, und mein Account war in den letzten Tagen um über fünfhundert Follower gewachsen.

Owen ging in sein Büro, und ich wandte mich zurück zu meinem Rechner.

»Oh mein Gott!«, rief Shae auf einmal. Ich zuckte zusammen und blickte auf. Shae saß einige Tische von mir entfernt. Sie lächelte verlegen, weil sie merkte, wie die Leute sie gerade anstarrten, und sank zurück in ihren Stuhl. Ihre Wangen waren gerötet, sie hielt sich die Hand vor den Mund und schüttelte ihren Kopf.

Ich zog die Augenbrauen zusammen und sah sie fragend an. Entweder war gerade was Schlimmes passiert, und sie hatte wieder einen Fehler gemacht, oder sie platzte gleich vor Freude. Ich hoffte auf Letzteres.

Ihr Blick wanderte zu mir. Sie nahm die Hand von ihrem Mund und wedelte mit den Armen.

Ich hob mein Handy hoch, das auf dem Tisch lag, und deutete auf das Display. »Schreib!«, formte ich mit den Lippen, weil ich keine Lust hatte, durchs ganze Büro zu brüllen. Von meinem Platz wollte ich aber auch nicht weg. Vermutlich käme Ariana gleich mit der Mappe zurück. Shae nahm ihr Handy auf und tippte darauf herum. Ich öffnete schon mal den Messenger und starrte die drei Punkte an, die neben ihrem Namen hüpften.

Shae, 3.23 pm:
Beyond Sanity ist die Band, die auf der Gala spielt!!!!!!

Tyler, 3.23 pm:
Ach, echt?

Ich wusste zwar, dass Owen Kontakt zu denen hatte, aber nicht, dass sie für die Gala gebucht waren. Gestern stand noch nichts fest.

Shae, 3.23 pm:
Jaaa!!!! Ich darf ihren Manager anschreiben! Ich flipp aus!

Tyler, 3.24 pm:
Das ist cool.

Shae, 3.24 pm:
Cool?! Du Banause! Das ist mehr als cool. Das ist ein Traum, Ty! Ein TRAUM! Oh, warte ... Mail von Ariana!

Sie legte das Handy weg, zog ihre Maus ran und las sofort. Ich schmunzelte, während ich sie aus der Ferne beobachtete. Sophie und Alice musterten sie noch skeptisch, aber der Rest der Belegschaft hatte ihren kleinen Aufschrei schon vergessen und arbeitete weiter. Shaes Kinnlade klappte runter. Sie fasste sich an die Brust, schnappte sichtbar nach Luft. Ich nahm das Handy wieder auf.

Tyler, 3.26 pm:
Was ist? Bekommst du gleich einen Herzinfarkt? Soll ich 911 rufen?

Shae schüttelte sich, bemerkte das Vibrieren ihres Handys und griff mit zitternden Fingern danach.

Shae, 3.27 pm:
Ich darf Bedarfsanalyse auf Instagram ankündigen!!!!

Tyler, 3.27 pm:
Okay? Und das ist cool, weil …?

Shae sah auf das Display, runzelte die Stirn und schüttelte den Kopf.

Shae, 3.27 pm:
Scheißautokorrektur! Ich darf Beyond Sanity auf Instagram ankündigen! Und auf Twitter. Also alles, ich darf die Posts verfassen und Bilder dafür raussuchen und Aaaaaaahhhhh!

Ich lächelte.

Tyler, 3.27 pm:

Glückwunsch! Würde mal sagen, das ist jetzt der ultimative Beweis dafür, dass sie dir verziehen hat.

Shae, 3.28 pm:

Ich bin so happy. Echt. Dieser Job ist das Beste, was mir je passieren konnte.

Shae, 3.29 pm:

Genau wie du.

Tyler, 3.29 pm:

Gerade noch die Kurve gekriegt.

Shae, 3.30 pm:

Das werden wir heute Abend feiern! Sobald wir Schluss haben, machen wir Partyyy.

Tyler, 3.30 pm:

Bin natürlich dabei.

Ich legte das Handy weg, lehnte mich im Stuhl zurück und lächelte. Diese erste Woche in New York hatte echt viel zu bieten. Wenn das so weiterging, würde uns gewiss nicht langweilig werden.

Freitag, 12. April

»Holy Shit«, sagte ich und sah mich in der Halle um, in die mich Heather gerade geführt hatte. Ich hielt meine kleine Nikon in der Hand und hatte schon ordentlich die Speicherkarte zum Glühen gebracht. »Das ist unglaublich.«

»Danke. Ich liebe diese Halle mit am meisten im Museum«, antwortete sie. Heather war eine quirlige, sympathische Frau Mitte zwanzig. Sie arbeitete für das Metropolitan Museum of Art und war meine Ansprechpartnerin für das Event. Heather und ihr fünfköpfiges Team organisierten die Veranstaltungen, die im Museum stattfanden. Wie ich mittlerweile erfahren hatte, kam es recht häufig vor, dass Firmen Räumlichkeiten hier buchten und Events abhielten. Ich wollte gar nicht wissen, was der Spaß kostete. Greenwood & Steele hatten für das Event in zehn Tagen nicht nur die große Empfangshalle des Museums gebucht, sondern auch den Temple of Dendur. So konnten sie locker bis zu achthundert Leute empfangen.

Zu meiner Rechten erstreckte sich eine Glasfront, die wie die

Seite einer Pyramide schräg nach oben gekippt war. Im Moment strahlte noch die Sonne draußen, und der Raum war dadurch hell erleuchtet. Beim eigentlichen Event wäre es dunkel, das musste ich bei der Planung beachten. In der Mitte der Halle war ein Wasserbecken, und in dessen Zentrum stand tatsächlich ein kleiner Tempel. Am Ende wachten zwei Sphinxstatuen über das Ganze. Es sah aus, als hätte jemand einfach ein Stück aus dem alten Ägypten genommen und hierher verfrachtet.

»Also«, sagte Heather und deutete auf die Halle. »Der Tempel von Dendur stammt aus dem Jahr 15 vor Christus. Er wurde im Auftrag des Kaisers Augustus erbaut. Der Tempel ist den Göttern Isis und Osiris sowie den Söhnen eines Häuptlings Nubiens, Pediese und Pihor, gewidmet. Augustus wird hier auch in vielen Bildnissen als Pharao dargestellt. Ursprünglich stand der Tempel am Nil, von wo aus er 1960 entfernt und zu uns ins MET gebracht wurde. Seit 1978 dürfen wir nun dieses Schmuckstück ausstellen.«

»Das ist eine der schönsten Locations, an denen ich je fotografieren durfte«, sagte ich und schoss ein weiteres Bild. Zurück im Hotel, würde ich alle Fotos auswerten und einen Plan erstellen, von wo aus ich beim Event knipsen wollte. Ariana hatte sich eine Fotowand gewünscht, vor der die Gäste posieren konnten. Wir wollten die Bilder am selben Abend ausdrucken und den Leuten als Erinnerung mitzugeben. Ich hatte beim kleinen Rundgang eben schon einen tollen Spot in der Eingangshalle entdeckt, der dafür geeignet sein könnte.

»Was benötigst du an Licht?«, fragte Heather.

»Alles, was ich kriegen kann.«

Sie lachte und nickte. Wir setzten unseren Rundgang um das Wasserbecken fort. Ich betrachtete nebenher die Vitrinen mit den ausgestellten Artefakten und machte auch davon Bilder. Vielleicht konnte ich das ein oder andere später in meine Fotos einbauen.

»Wir können die gesamte Halle ausleuchten und auch Projektionen mittels Beamer an die Wände werfen. Das Licht- und Farbkonzept könnt ihr im Grunde frei gestalten.«

»Oh, das ist ja klasse. Wir könnten zum Empfang alles in den Farben von Greenwood & Steele halten.« Ich rief mir das Büro ins Gedächtnis, wo alles sehr geerdet und ruhig wirkte. Viel Grün, viel Weiß, dazu immer wieder dunkle Akzente. »Es soll eine angenehme und wohlige Atmosphäre aufkommen. Beim Dinner können wir dann gern in die bläuliche Richtung gehen, und danach geben wir mehr Gas, damit die Leute in Partystimmung kommen. Es spielt ja auch eine Band.« Ich musste noch das Briefing checken, welche gebucht war. Ariana hatte sich die letzten Tage nicht dazu geäußert, weil wohl noch einige Details zu klären waren. Die Mail sollte aber heute noch kommen.

»Das ist kein Problem«, sagte Heather und gab mir Zeit, mir von allem in Ruhe ein Bild zu machen und den Eindruck der Location aufzusaugen. Ich war erst seit einer Stunde hier, aber ich liebte es jetzt schon. Das Metropolitan Museum of Art war eine Institution in New York, und ich war dankbar, dass ich durch dieses Event ein wenig hinter die Kulissen blicken konnte.

»Hier wurde der Film *Ocean's 8* gedreht, oder?«

»Ja, unter anderem. Das war aufregend, als Sandra Bullock, Anne Hathaway und Cate Blanchett durch die Hallen gewandert sind.«

»Glaub ich.« Auf dem Event würde ich noch den ein oder anderen Promi kennenlernen, und ich freute mich jetzt schon darauf, damit meinen Instagram-Kanal zu füttern. Seit ich in New York war und so gutes Material liefern konnte, hatte ich schon fast tausend Follower mehr. Jedes Mal, wenn ich Greenwood & Steele verlinkte und das Event taggte, schoss die Zahl in die Höhe.

»Hast du noch Fragen?«, wandte sich Heather an mich.

»Ich glaube, erst mal nicht. Danke.«

»Falls doch, hast du ja meine Nummer und meine Mail. Kontaktiere mich gern jederzeit. Egal womit. Das Event liegt uns genauso am Herzen wie euch. Greenwood & Steele sind in diesem Haus sehr bekannt. Sie spenden jedes Jahr eine beachtliche Summe ans Museum und helfen uns so, die Kunst für alle zugänglich zu halten und die Sammlung zu erweitern.«

Ich lächelte und merkte mal wieder, wie viel Glück ich mit diesem Auftrag hatte. Dankbarkeit flutete mein Herz, und ich war einfach froh, dass ich damals mit Christin die Bewerbung für Greenwood & Steele fertig gemacht hatte. Wer hätte je gedacht, dass aus unserer verrückten Idee so was entstehen könnte?

Mein Handy vibrierte, und ich fischte es aus der Tasche. Es war eine Nachricht von meinem Bruder. Bei uns war es jetzt vier Uhr am Nachmittag, was bedeutete, dass es bei meinem Bruder zehn Uhr war.

Marian, 4.05 pm:
Hab mit einem Anwalt wegen deines Visums gesprochen.
Meld dich, wenn du Zeit hast.

»Oh.« Mir stieg sofort die Hitze in die Wangen. Seit dem Telefonat, in dem ich meinem Bruder panisch berichtet hatte, dass ich dieses Visum brauchte, waren drei Tage vergangen. Bisher hatte ich jeden weiteren Nachfragen diesbezüglich aus dem Weg gehen können, und Ariana hatte auch nicht mehr weiter nachgehakt. Ich hoffte, dass sie eingespannt blieb wegen des Events und es einfach vergaß. Die Angst saß mir natürlich trotzdem im Nacken, und ich erwischte mich dabei, wie ich zusammenzuckte, wenn ich auf der Straße einem Polizisten begegnete.

»Alles klar?«, fragte Heather.

»Ja, ich müsste nur kurz zu Hause anrufen.«

»Mach ruhig. Ich muss auch mal in der Agentur durchklingeln.« Heather sah auf die Uhr an ihrem Handgelenk. »Eigentlich wollte Ariana noch vorbeikommen und mir eine Mappe mit ihrer Farbauswahl für die Tischdeko bringen.«

»Ist bestimmt irgendwas dazwischengekommen.«

»Ja, aber ich muss auch bald weg. Hab noch einen Termin. Egal. Es hat mich sehr gefreut, dich rumzuführen. Wir sehen uns.«

»Bis dann.« Ich tippte den Kontakt meines Bruders an und trat an das große Fenster. Das Museum lag wunderschön auf der East Side des Central Parks. Draußen zogen Jogger vorbei, Väter schoben den Nachwuchs im Kinderwagen, andere hatten sich auf den Wiesen verteilt und genossen die Sonnenstrahlen. In dieser Stadt war immer so viel los. Sie pulsierte vor Leben und Energie, und ich stellte mal wieder fest, wie sehr ich damit resonierte. Der Big Apple bot mir bisher mehr, als ich mir je zu erträumen gewagt hätte. Jeden Morgen, wenn ich aufwachte, musste ich grinsen, weil ich mich so auf den bevorstehenden Tag freute. Ich war im Land dieser unbegrenzten Möglichkeiten und durfte mich über meine Kunst ausleben. Ich bekam einen Einblick davon, wie es war, wenn man seine Träume anpackte und sie lebte, statt nur darüber zu sprechen. Ich fühlte mich im Einklang mit mir selbst – und als wäre ich zur richtigen Zeit am richtigen Ort. Und weil mir das in diesen letzten Tagen so bewusst geworden war, nagte diese Visumssache noch mehr an mir. Sie hing wie ein Damoklesschwert über mir.

»Evie, toll, dass du zurückrufst.«

»Ja klar. Was gibt es Neues?«

»Also, es hat echt 'ne Weile gedauert, bis ich mich in alles eingelesen hatte. Diese Visumssache ist etwas verzwickt.«

»Okay.« Ich biss mir auf die Unterlippe und merkte, wie sich mein Pulsschlag erhöhte.

»Leider auch nicht so leicht, wie du dir das vorstellst. Du brauchst wirklich einen US-Petitioner. Das ist so was wie ein Bürge, der die Verantwortung für dich übernimmt und dem Staat erklärt, dass du in Ordnung bist. Jetzt mal ganz simpel ausgedrückt.«

»Verstehe.«

»Es steht auch sehr viel Papierkrieg an, und genau da liegt das nächste Problem. Alle Formulare müssen sehr exakt ausgefüllt werden. Wenn man da einen Fehler macht oder was falsch ankreuzt, kann es sein, dass der Antrag abgelehnt wird. Du kannst so was auch nicht allein machen, sondern brauchst einen Anwalt dafür. Es gibt in Köln drei, die sich darauf spezialisiert haben. Ich hab sie alle schon angeschrieben und mir eine Kostenkalkulation erstellen lassen.«

»Das hast du innerhalb von drei Tagen geschafft?«

»Ja. Ich hab mich reingehängt. Du hast doch gesagt, dass es eilig ist.«

Ich lächelte, und Wärme gesellte sich zur Aufregung dazu. Mein Bruder hatte schon immer auf mich aufgepasst. Ob früher, wenn ich als kleines Mädchen mal wieder viel zu weit auf dem Klettergerüst hochgekraxelt war und mich nicht mehr runtergetraut hatte, oder nach meinem ersten missglückten Date, als ich heulend am Straßenrand irgendwo in Köln gesessen und kein Geld fürs Taxi gehabt hatte. »Danke«, flüsterte ich.

»Dank mir nicht zu früh. Die Anwälte sind leider teuer.«

Ich schluckte trocken. »Wie viel?«

»Der günstigste will sechstausend Euro.«

»Bitte was?!« Meine Stimme hallte von der hohen Wand wider, und einige Gäste drehten sich zu mir um. Ich hob entschuldigend die Hand.

»Ich hab nicht so viel Geld.« Gestern wurde schon wieder meine Kreditkarte abgelehnt, als ich mir ein Wasser hatte kaufen wollen. Der nette Mann an der Kasse hatte es mir dann einfach geschenkt, weil ich Schweißausbrüche bekommen hatte und leicht panisch wurde. Eigentlich hatte ich im Hotel dann auf mein Konto schauen wollen, aber Ariana hatte angerufen und noch Einfälle fürs Event gehabt. Wir hatten geredet, und danach hatte ich mit Christin geskypt und mit ihr gebrainstormt. Vielleicht hatte ich auch noch ein oder zwei Gläser Wein getrunken und es vergessen.

»Kommen wir da nicht drum rum?«, fragte ich.

»Leider nicht.«

»Ich … okay. Ich muss mein Konto checken. Kann sein, dass ich noch was auf dem Tagesgeldkonto habe.«

»Es kann sein? Weißt du so was nicht?«

Ich schnaubte, und mein Bruder seufzte.

»Manchmal frage ich mich echt, wie du da draußen zurechtkommst, Evie.«

»Mit meinem Improvisationstalent. Sind halt nicht alle so organisiert wie du.«

»Was kein Nachteil ist.«

»Jaja.« Ich ging ein paar Schritte hin und her und dachte darüber nach. »Falls ich keine sechstausend zusammenbekomme …«

»Kann ich dir leider nicht helfen. Ich hab 'ne Werkstattrechnung auf dem Tisch und muss die Bremsen am Auto erneuern, außerdem hab ich mit Antonia Urlaub gebucht. Unser erster in drei Jahren. Ich kann das jetzt nicht abblasen.«

Ich brummte. Antonia war mit meinem Bruder seit fünf Jahren zusammen und mittlerweile verlobt. Irgendwann im Sommer planten sie die Hochzeit. Wenn Marian mir allerdings nicht helfen konnte, blieben nur noch meine Eltern, und ich würde mir lieber den kleinen Finger abhacken, als sie zu fragen.

»Na gut. Ich checke mein Konto und geb dir Bescheid.« Vermutlich konnte ich den Dispo ausreizen. Sobald Greenwood & Steele mich bezahlte, käme eh wieder was rein. Wenn alle Stricke rissen, könnte ich eins meiner Objektive verkaufen.

»Tu das. Soll ich den Anwalt schon mal anschreiben?«

»Ja, bitte. Wer weiß, wie lange das sonst dauert.«

»Gut. Wir reden nächste Woche. Freitags geht ja eh nicht mehr viel.«

»Danke, Bruderherz. Du rettest mir mal wieder das Leben.«

»Dafür bin ich da. Pass auf dich auf.«

»Mach ich. Hab dich lieb.« Ich legte auf und rieb mir über die

Stirn, hinter der es dumpf pochte. Was für ein Albtraum. Ich wollte hier doch nur Fuß fassen und das tun, wofür ich mich berufen fühlte, konnte das wirklich so schwer sein?

Ich steckte das Handy weg und bemühte mich, meine Gedanken wieder zurück ins Hier und Jetzt zu holen. Marian hatte völlig recht. Am Wochenende passierte nichts mehr, und es brachte mir nichts, mich die nächsten Tage verrückt zu machen. Ich musste mich auf meine Arbeit konzentrieren. Wenigstens die sollte ich gut erledigen.

Ich drehte mich um und entdeckte Heather, die am anderen Ende der Halle stand und mit Tyler redete. Was machte der denn hier? Seit unserem Zusammenstoß in der Kaffeeküche hatte ich ihn immer nur kurz gesehen, wenn ich gerade durch die Agentur gerauscht war. Wir hatten uns gestern zwischen Tür und Angel über das neueste Video von Kim Baxter unterhalten. Ich wollte ihn noch fragen, ob er den Livestream mit ihr und Alfie verfolgt hatte und was er davon hielt.

Dieser Joseph Rogers war echt das Allerletzte. Heute Morgen hatte er schon wieder getweetet und über das kommende Event gelästert. Seiner Meinung nach gingen nur diejenigen hin, die es nötig hatten, Aufmerksamkeit zu erhaschen. Er bräuchte das aber nicht, weil er auch so einen großen Deal mit einer Kosmetikfirma abgeschlossen hätte.

Ich ging auf die beiden zu. Tyler hatte mir den Rücken zugekehrt und mich noch nicht entdeckt, und Heather sah gerade so aus, als würde sie Mister Supermodel treffen. Sie strahlte, und ihre Wangen waren sogar leicht gerötet. Außerdem fuhr sie sich immer wieder durch eine Haarsträhne. Ich schmunzelte. Tyler hatte diese Wirkung auf Leute. Er war ja auch charmant, das musste ich zugeben. Viele Mädels und einige der Jungs in der Agentur schwärmten von Owens schickem neuen Assistenten. Ich wusste nicht, ob Tyler das mitbekam, und wenn, war es ihm vermutlich eh egal. Er war ja mit Shae zusammen, und die beiden waren nach wie vor zuckersüß miteinander.

»Danke, dass du mir die Farbsamples bringst«, sagte Heather gerade. Da ich nicht stören wollte, hielt ich etwas Abstand und machte weitere Bilder von den Ausstellungsstücken.

»Sehr gern«, antwortete Tyler. »Können wir die Location für die Band abgehen? Ich soll alles fotografieren, damit das raus an den Manager kann.«

»Ja, natürlich.« Heather lächelte noch breiter. »Wir hätten mehrere Plätze zur Auswahl. Ich zeig dir alle, und du sagst mir, welcher dir am besten gefällt.«

»Plan«, sagte Tyler. Er klang ein wenig anders, wenn er mit Heather redete. Schmeichelnder vielleicht? Ich konnte es nicht genau deuten. »Dann hätte ich noch eine andere Frage«, sagte er. »Kennst du dich zufällig im New Yorker Nachtleben aus?«

»Ja klar. Ich bin hier aufgewachsen. Was willst du wissen?«

»Ich suche 'ne nette Bar für heute Abend. Irgendwas, wo man ein bisschen feiern und abschalten kann. Gern mit Livemusik und Tanzmöglichkeiten.«

»Oh, da gibt es einige! Downtown? Uptown? Midtown?«

Tyler lachte. »Okay, ich seh schon, das wird etwas komplizierter.«

»Na ja, du bist in der Stadt, in der alles möglich ist.«

»Auch, dich auf einen Drink einzuladen?«

Okay, jetzt war ich mir sehr sicher, dass er flirtete. Sein Tonfall ließ eigentlich keinen Zweifel zu. Ich hielt mich dicht an der Glasvitrine und warf einen raschen Blick zu den beiden. Heather strahlte noch breiter, und auch Tyler war einen Schritt auf sie zugegangen und lächelte sie an.

»Das … sollte machbar sein«, gab Heather zurück und biss sich auf die Unterlippe.

»Sehr gut. Ich freu mich drauf, mehr von dieser Stadt kennenzulernen.« Er musterte sie, und das schräge Grinsen, das er ihr schenkte, sprach Bände.

Ich schnappte nach Luft und verschluckte mich an meiner eigenen Spucke. Hustend wandte ich mich ab, ehe einer der beiden mich sah. Es sollte nicht so wirken, als hätte ich spioniert, auch wenn ich das streng genommen getan hatte. Aber Tyler flirtete mit einer anderen Frau! Und jetzt fasste er sie auch noch am Arm an. Heather lachte, zückte ihr Handy und gab ihm offensichtlich ihre Nummer.

Okay. Okay. Das hatte aber noch nichts zu bedeuten, oder? Vielleicht war das einfach Tylers Art, mit Menschen umzugehen, wobei er das mit keinem aus dem Büro so machte. Nur mit Shae tauschte er öfter innige Blicke.

Tyler tippte auch seine Nummer in Heathers Handy ein. »Ich freu mich«, sagte er.

»Ich mich auch«, gab sie zurück und deutete zum Tempel rüber. »Wenn du magst, zeig ich dir alles.«

»Und wie«, sagte Tyler.

Mir war ein wenig übel. Wenn er wirklich mit Heather flirtete und sich gerade auf ein Date verabredet hatte, war das der Oberkracher. Ich bezweifelte, dass Shae und er eine dieser offenen Beziehungen führten, was die einzige Erklärung wäre, um das zu rechtfertigen.

Fremdgehen war für mich das Allerschlimmste, was man in einer Beziehung machen konnte. Ich hatte zwar noch nie was Festes gehabt, aber für mich war immer klar, dass es dann nur den Einen geben würde und nichts anderes. Es war ja okay, wenn man sich auseinanderlebte, aber dann sollte man gefälligst Schluss machen, ehe man was Neues anfing.

Nicht einfach rumflirten!

Ich schüttelte den Kopf und atmete durch. Eigentlich war das gar nicht mein Problem, und ich hatte genügend andere Dinge, mit denen ich mich rumschlagen musste. Dennoch warf ich einen weiteren Blick auf die beiden. Heather lachte über irgendwas, das er gesagt hatte, und legte eine Hand auf seine Schulter. Er streifte sie nicht ab, ganz im Gegenteil. Er lehnte sich sogar näher zu ihr und zeigte ihr was auf seinem Handy.

Geh einfach, Evie! Denk nicht zu viel über das Leben anderer Menschen nach.

Mit Magengrummeln trat ich durch die nächste Tür und ließ die beiden hinter mir. Das ging mich alles nichts an.

ARIANA

Freitag, 12. April

Nach dem Tod meines Bruders hatte ich so viel Musik über Abschiede gehört, etliche Filme zum Thema Sterben gesehen, nur um etwas zu fühlen. Während die Trauer meine Eltern gebrochen hatte, war sie an mir abgeprallt. Selbst auf der Beerdigung hatte ich nicht weinen können. In den Filmen und Liedern wurde von Schmerz, Einsamkeit und dem Gefühl, dass die Zeit stehen bliebe, gesprochen. Meine Zeit war nie stehen geblieben, im Gegenteil. Ich hatte sie beschleunigt. Hatte mich in die Arbeit gestürzt, mir Ablenkung gesucht.

Zuerst hatten meine Freundinnen es für gut befunden, dass ich mich beschäftigte. Nach und nach hatten sich dennoch alle von mir abgewandt. Ich machte ihnen keinen Vorwurf. Wer wollte schon mit jemandem Zeit verbringen, der nichts fühlte? Denn indem ich die Trauer verdrängt hatte, war es beinahe so, als hätte ich auch sonst nichts mehr an mich herangelassen. Alles prallte an mir ab. Ich simulierte nur noch, weil ich genau wusste, welche Reaktionen von mir erwartet wurden: Freude bei der Beförderung, Bestürzung und Anteilnahme bei Olivias Trennung. Mein Gesicht spiegelte das wider, doch in mir drin herrschte Leere. Dennoch wusste ich, dass es mir nicht gut ging. Dass irgendetwas mit mir nicht stimmte. Und heute, zwei Jahre nach Quinns Tod, war dieses Gefühl stärker denn je.

Ich schloss die Tür zu unserem Apartment auf und zog mir die Heels von den Füßen.

»Bin daheim«, rief ich in die Stille der Wohnung hinein, doch keine Antwort folgte. Ob Jared unterwegs war? Als ich die Tür zum Wohnzimmer öffnete, um nach ihm zu schauen, hörte ich seine Stimme leise vom angrenzenden Büro zu mir dringen. Er schien zu telefonieren. Vielleicht ja endlich ein Vorstellungsgespräch für eine der Stellen, die er mir schon so lange versprochen hatte, zu suchen? Dann hätte der Tag wenigstens ein Gutes.

Kraftlos ließ ich mich aufs Sofa sinken und schloss die Lider. Owen hatte mich noch nie nach Hause geschickt. Selbst wenn er es getan hätte, ich hätte es niemals angenommen. Ich hätte nicht sagen können, was genau mich heute dazu bewegt hatte, es doch zu tun. Vielleicht war es das Mitleid in seinen Augen gewesen, das ich nicht ertrug. Ich ertrug es nicht, weil ich es nicht verdiente. Owen glaubte zu wissen, wie es mir ging. Immerhin hatte er seinen besten Freund verloren, den Mann, mit dem er die Firma gegründet hatte. Doch wieso sollte mir Mitleid zuteilwerden, wenn ich all die Emotionen, die er nach Jeffrey Steeles Tod durchlebt hatte, nicht im Ansatz fühlte? Mir ging es gut. Zu gut, wie meine Mom häufig betonte. Vielleicht waren es auch ihre unentwegten Anrufe, die mich heute hatten gehen lassen. Denn obwohl ich sie bereits zweimal weggedrückt hatte, hörten sie einfach nicht auf. Ich kniff die Augen noch fester zusammen.

Der Detektiv hat eine Spur! Ausgerechnet heute! Das ist ein Zeichen!

Die Nachricht meiner Mutter hatte mich heute Vormittag im Büro erreicht.

Eine Spur. Ein Zeichen.

Am liebsten hätte ich geschrien, sie angefleht, doch endlich aufzugeben und den Tatsachen ins Gesicht zu sehen. Zu akzeptieren, dass Quinn tot war. Seit zwei Jahren, verdammt. Stattdessen schien der Todestag sie nur noch weiter anzutreiben, sie stärker kämpfen zu lassen.

Ich konnte das nicht mehr. Ich konnte die Anrufe nicht länger annehmen, mich ihrer Hoffnung hingeben, als ob es etwas ändern würde, irgendwelche Gründe zu finden, die es ohnehin nicht gab. Nichts davon würde mir meinen kleinen Bruder zurückbringen. Er war tot.

Als die Tür in meinem Rücken knarzte, öffnete ich die Augen.

»Hey, Babe! Alles klar? Es kamen Blumen für dich, stehen in der Küche.« Jared trat hinter mich an den Rücken der Couch und zwickte mich spielerisch in den Oberarm. »Du hast aber keinen geheimen Lover, oder? Muss ich mir Sorgen machen?«

Ich schluckte. Er wusste es nicht. Er hatte es vergessen.

Stell dich nicht so an, ermahnte ich mich selbst in Gedanken. Immerhin hatte ich bis vor einer Sekunde doch genau das gewollt: kein Mitleid.

Mit einem Lächeln, das hoffentlich nicht so verkrampft aussah, wie es sich anfühlte, drehte ich mich zu Jared um. »Ich schau gleich mal. Du hattest ein Telefonat?«

Bei der Erwähnung begannen Jareds Augen zu funkeln, und der Blumenstrauß schien vergessen. Dass ich nicht auf seine Bemerkung mit dem Lover eingegangen war, ebenso – natürlich war es Quatsch, genauso, wie es kindisch von mir war, den Witz zu übergehen, in der Hoffnung, eine Reaktion von ihm zu erhalten. Aber natürlich bekam ich keine.

»Ja, mit Kyle. Omar und er hatten *die* Idee, Ari.«

»Idee?« Ich versuchte, die Skepsis aus meiner Stimme herauszuhalten, ich versuchte es wirklich. Aber es war schwer, denn es war nicht das erste Gespräch dieser Art, das wir führten. Einer aus seiner Gruppe hatte die bahnbrechende Idee, die Geld abwerfen und ihr Leben verändern würde: der amerikanische

111

Traum. Jared jagte ihm nach, seit wir uns vor etwa drei Jahren kennengelernt hatten. Anfangs hatte mir genau das imponiert, war ich doch selbst nach New York gekommen, um mir eine Karriere aufzubauen. Doch während ich das Schritt für Schritt verfolgte, gab es für Jared nur ganz oder gar nicht. Er wollte sich nicht hocharbeiten, er wollte durchstarten. Und bislang scheiterte das auf ganzer Linie.

Jared schien meinen Tonfall jedoch nicht zu bemerken, denn er plauderte fröhlich weiter.

»Ja, diesmal könnte es echt der Durchbruch sein. Wir wollen das Ganze gleich weiter austüfteln, damit wir noch diesen Sommer eine Bank finden, die uns einen Kredit gibt. Es gibt auch ein neues Start-up-Programm in New York, bei dem wir uns bewerben wollen. In Brooklyn. Man muss zwar dort wohnen, aber das tut Kyle ja, und er trägt uns dann als Mitgründer ein.« Er grinste mich an. »Deshalb super, dass du heute so früh Schluss hast. Ich hab was bestellt und will das Paket ungern abholen müssen, dann kannst du es ja annehmen.« Er warf einen Blick auf seine Apple Watch, auf der eine Nachricht eingegangen war. Ein Geschenk von mir zu Weihnachten, das ich in diesem Moment bereute. »Kyle«, sagte er und wedelte mit dem Handgelenk. »Wir treffen uns im Pub, um weiterzuplanen.«

»Pub? Es ist mittags.«

Jared hob die Schultern. »Ein Bier hat noch niemandem geschadet. Außerdem bist du doch auch früher heim und machst es dir auf der Couch gemütlich.« Er zwinkerte mir zu. »Ich geh ja arbeiten.«

Mein Herz schlug unangenehm schnell in meiner Brust, während ich die Finger in den Stoff des Sofas krallte. Zu gern hätte ich ihm ins Gesicht geschrien, dass es mir nicht gemütlich machte. Dass ich, im Gegensatz zu ihm, Tag für Tag aufstand und unsere Miete finanzierte. Dass ich gerade heute weit davon entfernt war, etwas wie Entspannung oder Gemütlichkeit zu fühlen. Doch ich schluckte all die Worte runter, wollte keinen

Streit vom Zaun brechen. Nicht schon wieder. Denn ich wusste, wie diese Streitereien endeten, und wenn ich eines heute nicht gebrauchen konnte, dann ein schlechtes Gewissen, knallende Türen und klärende Gespräche.

»Diesmal wird das was, das hab ich im Gefühl! Und wenn das alles klappt, kannst du dich bald häufiger mal entspannen, Babe. Nach dem Durchbruch kannst du die Stunden reduzieren.« Er strahlte übers ganze Gesicht, wartete offensichtlich auf eine ähnliche Reaktion meinerseits.

»Klingt toll«, erwiderte ich mit einer Stimme, so flach und leer, wie ich mich in diesem Moment fühlte. Was, wenn ich diejenige im Unrecht war? Jared und sein Durchbruch, meine Mom und ihre verzweifelte Suche nach einer Spur, wie sie es nannte. War ich einfach zu gefühlskalt? Zu pessimistisch?

Jared drückte mir einen Kuss auf den Scheitel. »Kann ein bisschen länger werden heute, mach dir einen schönen Tag, Süße!«

Ich hörte, wie seine Schritte sich entfernten, und kurz darauf fiel die Tür hinter ihm ins Schloss. Die gesamte Zeit über hatte er mir nicht einmal richtig ins Gesicht gesehen. Hätte er es dann gemerkt? Oder hätte ich etwas sagen müssen? War es falsch zu erwarten, dass er sich diesen Tag einprägte? Falsch, mir zu wünschen, dass er erriet, wie es mir ging, wenn ich es doch selbst kaum wusste?

Ich stand auf und ging in die kleine Küche. In der Spüle stand noch das Geschirr vom Frühstück. Mein Blick wanderte zu dem Strauß daneben, er war riesig. Jared hatte ihn in einen Bierhumpen gestellt, anstatt eine der Vasen zu holen. Das Lila, Blau, Weiß und Grün war genau mein Stil, die Blumen hätte ich mir wohl exakt so zusammengestellt, wäre ich in einen Laden gegangen. Mit gerunzelter Stirn trat ich näher, nahm die kleine, quadratische Karte aus dem Strauß und entfaltete sie.

Liebe Ariana,

ich weiß, du redest nicht gern über das, was passiert ist. Doch sowohl ich als auch deine Kolleg:innen bei Greenwood & Steele sind immer für dich da, solltest du Hilfe oder ein offenes Ohr benötigen. Trauer verläuft nicht linear, das Angebot galt vor zwei Jahren, es gilt heute und in der Zukunft. Du bist nicht allein, und meine Tür steht dir immer offen.

Alles Liebe
Owen

Ich las den Text ein zweites Mal. Und ein drittes. In meiner Kehle bildete sich ein Kloß, mein Gesicht wurde heiß und meine Brust eng. Zu eng. Die Karte entglitt meinen zitternden Fingern, verursachte ein Geräusch am Boden, das ich durch das Rauschen des Bluts in meinen Ohren kaum wahrnahm.

Du bist nicht allein.

Wieso war die Stille in der Wohnung dann so erdrückend? Wieso stand ich hier inmitten des ungespülten Chaos und starrte aus dem Fenster? Wieso konnte ich dann nicht nur meinen Bruder nicht länger anrufen, sondern auch meine Eltern nicht? Wieso waren meine Kollegen und Kolleginnen die Einzigen, die an mich dachten, und wieso schaffte ich es auch bei ihnen nicht, Hilfe anzunehmen? Ich wollte das Berufliche und meinen persönlichen Schmerz nicht vermischen. Die Arbeit war mein Safe Space, das konnte ich mir nicht kaputt machen.

Meine Sicht verschwamm. Mit wütendem Blinzeln drehte ich mich um, schnappte mir meine Handtasche aus dem Flur und verließ beinahe fluchtartig die Wohnung. Ließ die Stille und die mitfühlenden Worte hinter mir und stürzte mich in den New Yorker Straßenlärm.

Ich hatte kein Ziel vor Augen gehabt, als ich mit der App das Auto entsperrt hatte und losgefahren war. Doch nun, knapp fünf Stunden später, war ich hier. Die Wellen des Lake Ontario rauschten sanft, als ich mich durch das Gebüsch kämpfte. Das Auto hatte ich wenige Meter weiter neben einem einsamen Hänger mit Boot geparkt. Es war menschenleer, so wie schon früher, wenn Quinn und ich mit unseren Fahrrädern hergefahren waren. Das diesige Wetter trug vermutlich seinen Teil dazu bei. An der Gabelung des schmalen Trampelpfads blieb ich stehen und sah verwirrt von links nach rechts. Ich hätte den Weg früher mit geschlossenen Augen gefunden, wie konnte es sein, dass ich jetzt ins Grübeln kam? Gedankenverloren strich ich über das zierliche Armband an meinem Handgelenk.

Links.

Meine innere Stimme erklang mit all der Sicherheit, die mir abhandengekommen war, und ich folgte dem Weg, vorbei an Eschen und Buchen. Ich wusste nicht länger, ob ich in die richtige Richtung lief, doch es war mir egal. Meine Schritte wurden schneller, bis ich nicht länger ging, sondern mich im Laufschritt durch das Dickicht kämpfte. Laufen hatte mir schon immer geholfen, den Kopf frei zu kriegen. Seit Quinns Tod lief ich beinahe jeden Tag, machte Krav Maga, verausgabte mich, wo es nur ging. Doch heute verschafften mir die Schritte und das Tempo nicht die gewünschte Ablenkung, die Gedanken kreisten trotzdem weiter um meine Eltern, Jared, die Arbeit … Und dann war ich plötzlich da.

Ich blieb stehen, als wär ich gegen eine unsichtbare Wand geprallt. In gewisser Weise war ich das auch, denn ich konnte keinen Schritt weitergehen.

Unser Baumhaus.

Es war etwas in die Jahre gekommen, doch die Bretter waren noch an Ort und Stelle, und sogar mein altes Halstuch, das wir dekorativ um einen der Äste gewunden hatten, war noch da. Einige Augenblicke stand ich nur dort und zwang Luft in meine Lunge.

Meine linke Hand fand die rechte, und ich klopfte sanft auf den Handrücken, so wie es mir die Therapeutin, die ich kurz nach Quinns Tod besucht hatte, beigebracht hatte. Und so wie ich es bei Shae gesehen hatte. Es sollte mir helfen, Panik zu bewältigen. Nach drei Stunden war ich nicht mehr in der Therapie erschienen, da ich es nicht übers Herz gebracht hatte, der Psychologin zu sagen, dass ich keine Panik fühlte, keine Angst und keine Trauer. Ich fühlte gar nichts. Und was machte das aus mir?

Mit bedachten Schritten näherte ich mich dem Baumhaus, auch wenn das Konstrukt, das unsere Kinderhände zusammengeschustert hatten, den Namen eigentlich kaum verdient hatte. Es hatte nicht einmal richtige Wände.

Die Rinde war rau unter meinen Händen, und ohne dass ich wusste, was ich tat, erklomm ich den Baum. Setzte einen Fuß vor den anderen, spürte die leichte Anstrengung in den Armen, als ich mich an den Ästen hochzog.

Wie hoch mir unser Haus früher erschienen war. Nun benötigte ich nur wenige Sekunden, um auf dem Boden zu sitzen und auf den See schauen zu können. Die Bretter knarzten morsch unter meinem Gewicht, doch sie hielten. Zu meiner Überraschung legte sich ein leichtes Lächeln auf mein Gesicht. Wir hatten etwas geschaffen, was blieb.

»Hey, Quinn«, flüsterte ich und kam mir im selben Moment dämlich vor. Quinn war nicht hier. Er war tot. Ich durfte nicht wie meine Mom an der Vergangenheit festhalten. Ich musste ihn gehen lassen. Ich hatte ihn gehen lassen.

Beinahe zärtlich strich ich über das verwitterte Holz. Ich wusste, dass er nicht hier war, dennoch fühlte ich mich ihm in diesem Moment so nah, hatte sein markantes Gesicht mit den strahlend hellblauen Augen so deutlich vor mir. Wieso hatte ich in den Augen nie die Schwere entdeckt, die er offensichtlich gefühlt haben musste?

Meine Kehle wurde wieder heiß und eng, und ich ließ mich nach hinten fallen, bettete den Kopf auf das bemooste Holz und starrte in den Baumwipfel. Erst hatten wir ein Dach bauen wollen, doch nach zwei dünnen Brettern aufgehört, weil ich die Sterne hatte sehen wollen. Quinn hatte immer nachgegeben. Nicht weil ich die große Schwester war, sondern weil er wollte, dass es mir gut ging. Er hatte immer acht auf mich gegeben.

Ich wünschte, ich hätte das Gleiche für ihn tun können.

Mein Hals kratzte, und ein unglaublicher Druck legte sich auf meine Brust, meinen gesamten Körper und erschwerte es mir, mich zu bewegen. Die Blätter über mir sangen mir Lieder meines Versagens. Ich hatte ihn im Stich gelassen. Vielleicht wäre alles anders gekommen, wäre ich nicht für die Agentur nach New York gezogen. Womöglich hätte ich bemerkt, dass es ihm schlecht ging, hätte ihm helfen können. Hatte es Anzeichen gegeben? Hätte ich zwischen den Zeilen seiner Textnachrichten lesen müssen? Ihn häufiger von mir aus anrufen sollen? Die Stille des Waldstücks machte mir nur zu deutlich, dass ich auf keine dieser Fragen je eine Antwort erhalten würde. Quinn war fort. Und ich, seine große Schwester, hatte versagt.

»Es tut mir leid«, flüsterte ich. Ich wartete darauf, dass es hinter meinen Augen brannte. Dass sie feucht wurden. Dass meine Stimme zitterte, salzige Tränen meine Wange hinabbrannten. Doch nichts geschah. Mein Herz schlug zu schnell, und ich atmete flach, doch das war alles. Wie konnte das sein? War ich wirklich so herzlos, wie meine Eltern mir vorwarfen? Hatte ich deshalb nie etwas bemerkt? Weil ich nur auf mich konzentriert gewesen war?

Ich ballte die Finger zur Faust und schlug auf die Bretter unter mir. Erst einmal, dann zweimal, dann dreimal. Anschließend blieb ich einfach liegen und starrte in den Himmel, bis die ersten Sterne auftauchten. Ich ging auch nicht, als es sanft zu regnen begann. Dass es dieselben Sterne waren, die ich auch mit Quinn betrachtet hatte, hatte etwas seltsam Tröstliches. Sie kannten ihn. Vielleicht sogar besser, als ich es je getan hatte.

Es war dunkel, als ich das kleine Pub betrat. Ich hatte noch nicht ins Auto zurückkehren wollen. Der Gedanke an die vermutlich leere Wohnung, die mich daheim erwartete, hatte mich zögern lassen. Der Gedanke an eine Wohnung, in der Jared angetrunken auf dem Sofa lag, hatte mir dann den letzten Schubser gegeben. Unweit des geparkten Wagens hatte ich das Lokal entdeckt, aus dem leise Musik drang, die viel zu fröhlich für meine Stimmung war. Das Versprechen auf Wärme und einen Happen zu essen hatte mich dennoch angezogen. Seit dem Sandwich in der Agentur hatte ich keinen einzigen Bissen mehr zu mir genommen, und irgendwann hatte mein knurrender Magen die Stille am See durchbrochen.

»Hey!«, begrüßte mich eine warme Stimme, und als ich mich umblickte, traf mein Blick den des Barkeepers, der mir freundlich zulächelte.

»Hi«, erwiderte ich.

»Ein neues Gesicht, sieht man selten.«

Ich lächelte knapp. Kein Wunder, das Dorf war winzig, und Quinn und ich hatten unser Baumhaus hier nur errichtet, weil unsere Eltern uns früher ins Bibelcamp um die Ecke gesteckt hatten. Ansonsten gab es in der Gegend nicht viel, aber die Natur war atemberaubend.

»Bist wohl durch den Regen gekommen?« Er hob die Brauen und musterte meine nassen Haare und die Kleidung, die mir am Körper klebte. Ich hatte gar nicht gemerkt, wie durchgefroren ich war, bis ich den warmen Raum betreten hatte.

»Ja. Hat eure Küche noch offen?«

Der Mann nickte. »Ja. Wings sind aus, aber ich könnte dir Mac'n'Cheese anbieten, Pommes, Salat und Burger.«

»Mac'n'Cheese klingt traumhaft«, sagte ich.

»Was zu trinken?«

Ich wollte schon den Kopf schütteln, zögerte dann jedoch. Normalerweise trank ich kaum Alkohol, maximal ein Glas Sekt oder Wein zu besonderen Anlässen. Doch warum eigentlich nicht? Ich würde die Strecke nach Hause heute Nacht sowieso nicht mehr fahren und konnte genauso gut im Auto schlafen. Gerade fühlte sich alles besser an, als in die Wohnung zurückzukehren. Zu den Blumen, zu Jared, der mir mit Sicherheit von der neuen Idee berichten würde, zu einem Zuhause, das sich nicht länger wie eines anfühlte. Also nickte ich.

»Was darf's denn sein?«

»Was empfiehlst du?«

»Kommt drauf an, was du magst. Eher malzig, dann hätte ich Guinness im Angebot. Wenn du es süßer magst, dann Cider. Mein Favorit ist das hier, aus Schottland.« Er deutete auf eine blaue Plakette. »Ist ein IPA, eher hopfig, leichte Karamellnote, aber ein bisschen bitter im Abgang.«

»Das nehm ich«, erwiderte ich. Ich hatte keine Ahnung von Bier, da war eines so gut wie das andere. Der Mann nickte mit einem Lächeln, ich schob mich auf den Barhocker vor mir und nahm mein Handy aus der Tasche. Ich hatte seit Stunden keinen Blick mehr darauf geworfen und öffnete reflexartig die Mails, doch bis auf ein paar Kundenmails und eine vom MET, wo die Gala stattfinden würde, war mein Postfach leer. Ob Owen den anderen befohlen hatte, mich heute in Ruhe zu lassen? Zutrauen würde ich es ihm.

Ich öffnete Instagram und likte ein paar Posts. Dann fiel mein Blick auf das kreisrunde Profilbild meines Freundes. Jared hatte eine Instagram-Story hochgeladen. Ich öffnete sie und schaltete im nächsten Moment eilig den Sound meines Smartphones leiser, da laute Musik ertönte. Mit zusammengekniffenen Augen versuchte ich, etwas in dem dunklen Video zu erkennen. Nach einem Arbeitstreffen sah das nicht gerade aus, Jared filmte eine tanzende Menge und schien sich in einem New Yorker Club herumzutreiben. Mein Blick schoss zur Zeitangabe. Die Story war gerade einmal vierzig Minuten alt.

Das Video wechselte zu einem Selfie von ihm und Omar. Im Hintergrund entdeckte ich Kyle mit irgendeiner Frau.

»Best night ever«, las ich die Caption und schnaubte. War das sein Ernst?

Wut, die ich heute Mittag nicht gefühlt hatte, durchflutete meinen Körper. Jared hatte die beste Nacht seines Lebens, während ich im Baumhaus meines verstorbenen kleinen Bruders gelegen hatte? War ein wenig Anteilnahme wirklich zu viel verlangt? Selbst Owen hatte sich den Tag gemerkt. Und er war mein Chef, verdammt. Nicht der Mann, mit dem ich mein Leben teilte.

Ein Glas erschien in meinem Sichtfeld, und ich zuckte zusammen.

»Entschuldige, ich wollte dich nicht erschrecken. Dein Essen braucht noch etwa eine halbe Stunde.«

Schnell sperrte ich das Handy, legte es mit dem Display nach unten auf die Theke und zwang mir ein Lächeln aufs Gesicht.

»Alles klar, danke.«

Allem Anschein nach wirkte ich nicht, als ob alles klar wäre, denn der Mann musterte mich mit schief gelegtem Kopf.

»Brauchst du noch was?«

»Nein, ein Bier reicht erst mal«, erwiderte ich und hob das Glas wie zum Prost an, bevor ich einen Schluck daraus trank. Die Flüssigkeit hinterließ einen beinahe säuerlichen Geschmack auf meiner Zunge, war aber nicht schlecht.

»Das meinte ich nicht.« Er lehnte sich auf die Theke, die dunkelbraunen Augen nahmen einen besorgten Ausdruck an.

Sah ich so hinüber aus? Vermutlich. Ich hatte gerade Gott weiß wie lange in einem alten Baumhaus gelegen, die fünf Stunden Autofahrt hatten vermutlich auch ihr Übriges getan, und unter mir hatte sich mittlerweile eine kleine Pfütze gebildet, so sehr tropften meine langen Haare.

»Ich meinte, ob sonst alles okay ist. Du wirkst …« Er hob die Schultern, dann streckte er mir die Hand über die Theke entgegen. »Ich bin Ian.«

Zögerlich schüttelte ich seine Rechte. »Ariana.«

Anstatt meine Hand loszulassen, drückte er sie und sah mich weiter an, Sorge im Blick. Ich schluckte. Ich hätte nicht sagen können, wann sich zum letzten Mal jemand um mich gesorgt hatte. Gefragt hatte, wie es mir ging, und es auch wirklich so meinte. Wann mich zum letzten Mal jemand mit so viel Wärme berührt hatte.

»Ich hol dir mal ein Handtuch. Ich hab auch einen Föhn oben, wenn du magst. Und wenn ich sonst was tun kann, du jemanden vom Festnetz aus anrufen magst …«

Ich nickte, er ließ meine Hand los und ging, vermutlich, um das Handtuch zu holen. Mein Blick fiel auf meine Finger, auf denen noch der Nachklang der warmen Berührung zu spüren war. Plötzlich verschwamm die Sicht vor meinen Augen, der dunkelrote Nagellack war nur noch schemenhaft zu erkennen, und meine Unterlippe zitterte.

Und dann weinte ich.

Für Quinn, der mit mir hier sein sollte.

Für mich, weil Ians wenige Worte mir zeigten, wie verdammt allein ich war. Denn ich hatte niemanden, den ich anrufen konnte. Niemanden, mit dem ich reden konnte. Ich hatte niemanden außer mich, und selbst ich war in den letzten Jahren immer mehr verschwunden.

Mittwoch, 17. April

»Das ist doch jetzt wohl ein Witz«, brabbelte ich, während ich auf mein Handy starrte.

»Bedauerlicherweise nicht, Ma'am. Das kann vorkommen in New York«, antwortete der Fahrer.

»Was?« Ich blickte auf und sah erst jetzt, dass die Straße vor uns mit Autos verstopft war. Zwei Blocks weiter vorne blinkte das Blaulicht. Vermutlich war ein Unfall passiert.

»Ich kann über die 41st ausweichen, dann müssen wir aber einen Umweg fahren. Die 11th ist seit zwei Tagen ebenfalls gesperrt.«

Ich brummte, rieb mir über die Stirn, sah abwechselnd zum Fenster raus und wieder auf mein Handy. Auf dem ich eine Nachricht meines Bruders geöffnet hatte.

»Ihre Entscheidung.«

»Wie lange wird das dauern?«

»Der Stau oder der Umweg?«

Ich schüttelte den Kopf, weil es mir gerade schwerfiel, mich

auf den Verkehr zu konzentrieren. Mein Bruder hatte mir soeben eröffnet, dass ich weitere dreitausend Euro benötigte, weil
der Anwalt einen Eilaufschlag verlangte. Dieser elende Hals-
abschneider.

Marian, 5.30 pm:
> Tut mir echt leid. Ich hab alles versucht, aber es ist
> wohl üblich, dass sie einen Zuschlag nehmen, wenn
> es dringlich ist. Hab bei den anderen beiden auch
> angerufen. Einer von denen wollte sogar viertausend
> Euro.

»Ich dreh durch«, sagte ich auf Deutsch.

»Ma'am?«

»Ja, ich … ach, keine Ahnung«, wechselte ich wieder ins Eng-
lische. »Wie weit ist es denn noch?«

»Wenn der Stau sich auflöst, sind wir in fünf Minuten da.«

Ich sah erneut zum Fenster hinaus. Die Sonne würde in eineinhalb Stunden untergehen. Der Himmel färbte sich bereits
jetzt in diesem wunderschönen blau-orangen Licht, das ich so
sehr liebte. Draußen wuselte wie immer das Leben, und New
York bereitete sich auf eine weitere Nacht voller Glamour und
Glitzer vor. Für mich bestand sie heute daraus, dass ich mit Shae
zu der Rooftopparty ging, für die Ariana mich vor eineinhalb
Wochen gebucht hatte. Ich durfte Fotos machen, und Shae sollte
Kontakte knüpfen und auffrischen. Eigentlich hatten wir uns
dort treffen wollen, aber die Agentur hatte uns ein Uber organisiert, das erst mich und jetzt Shae abholen sollte. Vorausgesetzt,
wir kämen voran.

»Wie sieht es aus?«, fragte der Fahrer und deutete auf die 41st,
auf die wir uns zubewegten. Wir mussten uns entscheiden, sonst
könnten wir nicht mehr abbiegen.

»Könnte ich denn laufen?«

»Sind noch knapp acht Blocks.«

Was eigentlich kein Problem wäre. Mittlerweile war ich es gewohnt, viel zu laufen, aber wir wollten ja noch Shae abholen, und ich hatte mein Equipment dabei. Zwei Nikons, drei Objektive, einen Blitz für den Fall der Fälle. Das Zeug war schwer, und ich trug zudem hohe Absätze. Ariana hatte Shae und mir extra eine Mail mit dem Dresscode geschickt und uns sogar angeboten, dass wir uns die Kleider für heute Abend leihen durften. Die Agentur hatte einige Deals mit Kleidungsfirmen, die ihre Kollektionen für Anlässe wie diese ausliehen. So steckte ich gerade in einem vermutlich sündhaft teuren Kleid. Es war aus einem zarten roséfarbenen Stoff, mit einem Hauch von Spitze am Dekolleté. Um meine Taille und die Brust waren dezent Glitzerfäden eingenäht. Der Rock fiel in mehreren Schichten locker um meine Beine.

Das Kleid war eigentlich ein Traum. Der Stoff schmiegte sich perfekt an meine Haut, war nicht einengend und trotzdem körperbetont. Ein wenig *zu* körperbetont für meinen Geschmack. Ich hatte zwar eine ganz passable Figur, aber auch ein kleines Bäuchlein, das ich nach Möglichkeit verdeckte. Vor allen Dingen, wenn ich viel gegessen hatte, trat es nach vorne, und ich kam mir vor, als hätte ich einen Luftballon verschluckt. Heute hatte ich mich extra zurückgehalten und keine blähenden Nahrungsmittel zu mir genommen. Mein Bauch war daher flach, trotzdem zupfte ich ständig an dem Stoff rum.

»Wir nehmen den Umweg«, sagte ich schließlich.

Der Fahrer nickte und bog nach rechts ab. Natürlich hatten andere denselben Einfall, und so kamen wir auch hier nur im Schneckentempo voran. Ich wischte die Nachricht meines Bruders weg und schrieb stattdessen Shae, dass wir uns verspäten würden. Wir hatten schon vor ein paar Tagen Nummern getauscht, um uns für heute abzustimmen.

Oft war ich nicht in der Agentur gewesen, weil ich noch immer Ariana und ihren Fragen zu meinem Visum aus dem Weg gehen musste. Mein Bruder klemmte sich ganz schön dahinter, hatte mir aber auch ordentlich Angst gemacht. Das Ganze war nicht so leicht, wie ich gedacht hatte, und könnte zu einem großen Problem werden. Sollte ich auffliegen, würde man mich ausweisen und für die nächsten Jahre sperren. Es gab Fälle, in denen die Leute noch ein Jahrzehnt später darum kämpften, wieder in die USA einreisen zu dürfen. Schon beim Gedanken daran brach mir der Schweiß aus, und ich bekam Herzrasen.

Diese letzten Tage waren ein absoluter Traum für mich gewesen. Ich freute mich riesig auf das Event, das nächste Woche stattfinden würde, bereitete mich akribisch darauf vor und hatte schon die schönsten Fotoecken im Museum ausgemacht. Heather hatte mich vorgestern noch mal empfangen und mir verschiedene Spots gezeigt. Sie würden sogar extra Strahler für mich aufhängen, damit ich das beste Licht hatte. Außerdem hatte sie mir ziemlich unverblümt von Tyler vorgeschwärmt. Die beiden waren miteinander aus gewesen und hatten die Nacht zusammen verbracht. Es irritierte mich zutiefst, denn ich musste die ganze Zeit über an Shae denken. Zog Tyler wirklich hinter dem Rücken seiner Freundin mit anderen los? Oder hatten sie eine dieser offenen Beziehungen, in denen es erlaubt war, andere zu daten?

So oder so machte mich diese Situation ziemlich fertig. Genau wie mich diese Scheißbürokratie fertigmachte!

Ich sah wieder auf mein Handy, rief den Chat mit meinem Bruder auf und tippte eine Antwort.

Evie, 5.38 pm:
> Ich weiß nicht, woher ich die 3K nehmen soll! Ich hab das Geld nicht. Mein Erspartes ging bereits für den Anwalt drauf. Ich muss ins Dispo, wenn ich ...

Ich hielt inne, ehe ich die Nachricht vervollständigte. Wenn ich ihm das schrieb, würde Marian sich noch mehr Sorgen machen und im schlimmsten Fall zu meinen Eltern gehen. Sie könnten mir die Summe locker leihen. Das Ende vom Lied wäre, dass ich mir für die nächsten Jahre anhören durfte, wie naiv ich war und wie unbedacht ich an Sachen ranging. Es reichte, wenn ich mir Vorwürfe machte, weil ich mich im Vorfeld nicht besser über dieses Visum informiert hatte. Ich brauchte nicht noch die Stimme meiner Mutter im Ohr.

Evie, 5.45 pm:
> Wir machen es. Ich treib das Geld auf. Danke fürs Kümmern.

Rasch schickte ich die Nachricht los, ehe ich es mir anders überlegen konnte. Es war nicht das erste Mal, dass ich mein Konto überzog, und eigentlich hatte ich mir geschworen, es nie wieder zu tun. New York war ganz schön teuer, und ich drehte bereits jetzt jeden Cent dreimal um. Wenn das so weiterging, stürzte ich wieder in diese Spirale, in der ich Monat für Monat versuchte, finanzielle Löcher zu stopfen, indem ich woanders neue aufmachte. Dabei hatte ich erst vor einem Jahr meinen letzten Kleinkredit abbezahlt.

Ich atmete durch, steckte das Handy in meine Clutch, die natürlich perfekt zu meinem Abendkleid passte, und bemühte mich, die restliche Fahrt dazu zu nutzen, mich auf das Event einzustellen. Dieser Auftrag war wichtig. Ich musste mit dem Kopf bei der Sache sein und tolle Fotos schießen, die Ariana von mir überzeugten. Ich wollte hier arbeiten. Ich wollte ein Teil der Stadt werden und meine Träume anpacken. Wie schwer konnte das denn sein? Ich verlangte doch nichts Unmögliches.

Ungefähr zwanzig Minuten später trafen wir endlich bei Shaes und Tylers Apartment ein. Sie wartete bereits unten an der Tür und lehnte am Geländer der Eingangstreppe. Auch Shae hatte sich ordentlich in Schale geworfen. Ihre braunen Haare hatte sie zu einem schönen Dutt hochgesteckt, von dem einige Strähnen in sanften Locken auf ihre Schultern fielen. Ihr Kleid war dunkelblau, wurde im Nacken zusammengehalten und öffnete sich in einem tiefen Ausschnitt. Eine Brust war mit aufwendigen Blumenapplikationen bestickt, die sich quer über die Taille zum Bund zogen. Ein dünner Gürtel hielt alles an der Taille zusammen. Ihr Rock bestand, ähnlich wie meiner, aus mehreren Schichten und reichte bis zu ihren Knöcheln. Der Stoff schmiegte sich sanft an ihre wunderschönen Kurven. Shae drückte sich vom Geländer ab, als sie uns kommen sah, und winkte mir zu. In einer Hand hielt sie ihr Telefon, das sie gerade in einer Handtasche verstaute.

Der Fahrer parkte vor ihrem Apartmenthaus. Ich sah hinaus und betrachtete das Gebäude. Schien ein älteres zu sein. Die Fassade bestand aus hellbeigen Backsteinen, und die Fenster waren durch Quer- und Längsstreben unterteilt. Das ganze Haus schrie den typischen New Yorker Charme hinaus. Es hatte sogar eine dieser tollen Feuerleitern, die man oft in Filmen sah. Shae lächelte, trat ans Auto und öffnete die hintere Tür.

Sanfte Gitarrenmusik drang an mein Ohr. Ich sah mich danach um und entdeckte einen jungen Mann, der an der Straßenecke gegenüber saß und spielte.

»Hi, hat ja noch alles geklappt«, sagte Shae und wollte gerade einsteigen, als die Haustür aufging und Tyler rauskam. Shae bemerkte ihn ebenfalls und hielt in der Bewegung inne. »Oh, wartet ganz kurz! Ty!«

Er trug Joggingkleidung und lockerte seine Arme. Ein Stich fuhr mir durchs Herz, weil ich dran denken musste, was Heather über ihn gesagt hatte. Die Vorstellung, dass er vor Kurzem mit ihr im Bett gewesen war, bereitete mir Gänsehaut. Er lächelte Shae offen und voller Bewunderung an, als sie sich ihm zuwandte. Ich konnte zwar nicht verstehen, was die beiden miteinander redeten, aber ich sah die Zuneigung zwischen ihnen. Sie wirkten so vertraut und innig. Wie konnte Tyler mit einer anderen losziehen, wenn er zu Hause eine Frau wie Shae hatte? Tyler lachte über irgendwas, das sie gesagt hatte. Er beugte sich vor und hauchte ihr einen Kuss auf die Wange. Sie lächelte ihn an und kam wieder zurück zu mir.

Ehe er sich auf den Weg machte, winkte Tyler auch mir zu. Ich erwiderte die Geste verhalten.

»Okay, wir können los«, sagte Shae und ließ sich neben mir auf der Rückbank nieder. »Bist du auch so aufgeregt wie ich?«

Ich sah Tyler hinterher, der den Kopf rotierte, die Schultern lockerte und dann in einen leichten Dauerlauf verfiel.

»Evie?«

Eine Hand wedelte vor meinem Gesicht herum, und ich zuckte zusammen.

»Ich … ja. Sehr. Ist meine erste Party dieser Art.«

»Ebenfalls. Aber ich hab das Gefühl, dass es richtig gut wird.«

Der Wagen setzte sich in Bewegung, wir kamen noch mal an Tyler vorbei, der ein ziemliches Tempo draufhatte. Er winkte uns, Shae seufzte leise und erwiderte die Geste. Ich sank tiefer in meinen Sitz und kaute auf meiner Unterlippe herum.

Halt dich aus den Beziehungen anderer Leute raus, ermahnte ich mich selbst. Ich war nicht in der Position, in der ich Shae davon erzählen konnte. Nachher wurde sie sauer auf mich. Von wegen »Kill the Messenger«. Das könnte im schlimmsten Fall sogar die Zusammenarbeit mit Greenwood & Steele gefährden. Am besten, ich hielt einfach die Klappe.

Etwa eine Dreiviertelstunde später waren wir endlich da. 230 Fifth Rooftop. Ich wartete vor dem Treppenaufgang auf Shae. Sie hatte sich nicht dazu überwinden können, in den Fahrstuhl zu steigen, und war hochgelaufen. Ich hätte mich ihr angeschlossen, aber mit meinem Equipment und meiner fehlenden Ausdauer hatte ich mir das nicht antun wollen. Es reichte, dass ich die letzten drei Stockwerke per Treppe erklimmen musste, da der Aufzug nur bis zum zwanzigsten Stock fuhr. Ich wäre komplett durchgeschwitzt hier oben angekommen, was eine Schande ums Kleid gewesen wäre.

Shae kam schließlich die letzten Stufen nach oben. Sie schnaufte auch schwer, doch sie schien die kleine Fitnesseinheit ganz gut wegzustecken.

»Beeindruckend«, sagte ich und deutete auf sie.

Shae winkte ab. »So halte ich mich fit.«

»Fährst du nie Aufzug?« War es okay, dass ich das fragte? Ich wollte ihr nicht zu nahetreten.

»Nur, wenn ich es gar nicht vermeiden kann. Ich bin noch nicht so weit.«

»Platzangst?«

»Ja. Seit ich ein Kind bin. Keiner weiß, woher sie kommt. Mir ist nie was Schlimmes passiert oder so. Ich war in Therapie, aber da konnten wir die Ursache auch nicht finden. Dafür halfen mir die Stunden, besser damit umzugehen. Ich mach eine spezielle Klopftechnik, wenn ich enge Räume gar nicht meiden kann. Im Moment trainiere ich das U-Bahn-Fahren auf diese Art, und irgendwann bezwinge ich auch so ein Blechding.« Sie deutete hinter sich auf den Lift. »Bis dahin werde ich wohl weiter Fitnesseinheiten hinlegen.«

»Das nächste Mal lauf ich mit dir. Bisschen Cardio würde mir nicht schaden.«

Shae lächelte, und wir betraten gemeinsam die Rooftopbar. Ich hielt die Luft an und brauchte einen Moment, um das aufzunehmen.

»Das ist ja der Wahnsinn.« Ich konnte gar nicht mehr zählen, wie oft ich diesen Satz schon gedacht oder gesagt hatte, seit ich hier war. New York schaffte es jeden Tag, mich mit irgendetwas zu beeindrucken. Sei es der Blick auf die Freiheitsstatue, den man von der Staten Island Ferry aus hatte, oder der Spaziergang durch den Central Park, wo einen die Natur so fest umarmte, dass man fast vergessen konnte, in einer Großstadt zu sein. Der Big Apple bot so eine unglaubliche Vielfalt an Eindrücken und

Schönheiten, dass ich vermutlich noch zwanzig Jahre brauchte, um sie alle in mich aufzunehmen.

Vorausgesetzt, ich darf bleiben.

Sofort schob ich den Gedanken weg und bemühte mich, das erst gar nicht hochkochen zu lassen. Ich war jetzt hier. An einem wundervollen, lauen Frühlingsabend. Der Himmel war in ein leichtes Grau getaucht, die Geräusche der Stadt drangen gedämpft zu mir, eine sanfte Brise streifte meine Haut. Es duftete nach Rosen, nach Freiheit, nach unendlichen Möglichkeiten und viel Spaß. Tagtäglich wurde ich mit dieser Magie empfangen, die die Stadt bereithielt. Ich wollte sie annehmen, darin baden, mich verwirklichen und einfach nur ich selbst sein. Weil ich hierhergehörte. Zu diesen Leuten, auf Events wie diese, mit meiner Kamera im Anschlag und einem offenen Herzen.

»Genial«, sagte Shae, die nicht minder beeindruckt schien als ich. Wir gingen ein paar Schritte und blickten uns um. Die Rooftopbar bot einen spektakulären Ausblick auf die Stadt. Die Hochhäuser ragten um uns herum auf, New York lag uns buchstäblich zu Füßen. Die Bar war ein öffentlich zugängliches Restaurant, das heute für diese interne Veranstaltung geschlossen war.

Zahlreiche Gäste waren bereits anwesend und hatten sich über das Dach verteilt. Überall leuchteten Strahler in Grün- und Violetttönen die Kulisse aus. Und was für eine Kulisse es war! Die Tische und Stühle waren wie kleine Inseln aufgebaut, die von Palmen gerahmt wurden. Es gab sogar Hängesessel oder Loungesofas, auf denen es sich einige Gäste gemütlich gemacht hatten. Die Party war noch nicht richtig in Fahrt, aber die Stimmung war schon jetzt toll. In mir pulsierte die Vorfreude, hier zu fotografieren.

Ich stellte meine Kamera ein, die an einem Gurt um meine Schulter hing. Mein Equipment hatte ich bei einem der Sicherheitsleute abgeben können, weil ich nicht den ganzen Abend mit der schweren Tasche rumlaufen wollte. Abgesehen davon passte sie auch nicht zu meinem Outfit.

»Ich werde mich gleich mal unter die Leute mischen«, sagte Shae. »Ariana hat mir eine Liste gegeben, mit wem ich plaudern soll. Einige kommen auch zur Gala. Wir wollen die Stimmung ausloten und schauen, ob noch jemand was braucht.«

»Ich soll einfach nur alles einfangen«, sagte ich. »Ariana hat mir freie Hand bei den Fotos gelassen, aber ich würde gern den ein oder anderen unserer Gäste mit dir fotografieren. Das könnt ihr auf Social Media bestimmt gut nutzen.«

»Sehr gern.«

Wir schritten durch die Menge und sogen alles in uns auf. Leise, chillige Hintergrundmusik dudelte, aber soweit ich wusste, sollte nachher noch eine Band spielen.

»Oh, und ich muss ganz dringend Bilder für Ty machen«, sagte Shae und holte ihr Handy aus der Tasche. »Kim Baxter ist heute Abend hier. Er wird ausflippen, wenn er hört, dass ich mit ihr gesprochen habe. Sie ist seine Lieblings-YouTuberin.«

»Meine auch. Ich bin so froh, dass Alfie und Kim sich wieder vertragen. Der Skandal um Joseph Rogers hat sie ganz schön entzweit.«

Shae lachte. »Du klingst echt genau wie Ty. Ihr beide solltet das Zeug gemeinsam schauen. Er würde sich freuen.«

Ich nickte, merkte aber, wie sich alles in mir zusammenzog, weil ich erneut daran denken musste, was Tyler getan hatte. »Du und Ty …«, sagte ich, ohne genau zu wissen, wie ich diesen Satz weiterführen sollte. Ich schoss ein Bild von einer Palme, die sich kräftig grün gegen den Abendhimmel abhob. »Ihr steht euch sehr nahe, oder?«

»Ja! Ich lieb ihn!«, sagte Shae sofort, was den Klumpen in meinem Bauch wachsen ließ. »Ohne ihn wäre ich gar nicht hier. Ty ist die wichtigste Person in meinem Leben.«

Na prima.

»Warte!«, sagte Shae und hielt inne. »Da vorn ist Charleen Dixon. Mit der muss ich unbedingt sprechen, weil sie super- schwer zu erreichen ist. Sie soll auf dem Event eine Rede halten.«

»Na, dann los. Ich hab ja auch zu tun.«

Shae nickte mir zu und ging auf Charleen zu, die, wie ich erst jetzt sah, mit Dawn sprach, die ich vor Kurzem in Dumbo fotografiert hatte. Dawn winkte mir, bemerkte dann aber, dass Shae zu ihnen aufschloss. Ich lächelte zurück, aber die Freude über diesen Abend wollte sich nicht richtig bei mir einstellen. Im Moment ging mir einfach zu viel durch den Kopf.

Ich schoss dennoch einige Bilder, versuchte, mich von dem Flair der Bar einfangen zu lassen und mich auf meine Arbeit zu konzentrieren.

Etwa eine Stunde später hatte ich tatsächlich eine Speicherkarte vollgeknipst und die zweite zur Hälfte gefüllt. Der Abend schritt voran, und die Band war ebenfalls eingetroffen. Sie hieß *Gang of Youths*. Ich hatte noch nie von ihr gehört, aber sie hatte einen tollen Stil mit einer Mischung aus Rock und Pop.

Ich wippte im Takt mit, schoss weiter meine Fotos und schob mich durch die Leute, die zusammenstanden und plauderten. Die Stimmung war mittlerweile recht ausgelassen, und wenn ich mich nicht täuschte, waren einige Gäste leicht angeschickert. Ich zückte mein Handy und schoss auch damit ein paar Bilder, die ich Christin weiterleitete. Ich wünschte, sie könnte das miterleben.

»Evie!«, hörte ich meinen Namen und hielt inne. Ich wandte mich um und fand mich Dawn gegenüber. Neben ihr stand Alfie Cunningham. Mein Herz schlug augenblicklich schneller, auch wenn ich mich wohl langsam daran gewöhnen musste, diesen YouTube-Größen zu begegnen. Beide waren dem Anlass entsprechend gekleidet. Dawns Kleid war dunkelrot, reichte bis zu den Knien und war an einer Seite bis an die Hüfte geschlitzt. Es war vorne hochgeschlossen, ließ dafür aber den ganzen Rücken frei. Dawn trug ihre braunen Haare auf einer Seite geflochten. Eine glitzernde Haarspange in Form einer Rose steckte über ihrem rechten Ohr. Alfie war in einen dunkelgrünen Zweiteiler gekleidet, der seine schönen Augen unterstrich. Der Stoff schimmerte bei jeder Bewegung. An jedem anderen hätte das möglicherweise albern ausgesehen, aber bei ihm wirkte es, als wäre es wie für ihn gemacht worden. Die dunklen Haare hatte er sich wild nach oben frisiert. In der Nase trug er einen Ring, und ein freundliches Lächeln zierte seine Lippen.

»So toll, dass du auch da bist«, sagte Dawn und umarmte mich rasch. Sie duftete nach Zitrone und Kokos wie beim Shooting in Dumbo.

»Danke, freut mich auch, dich hier zu treffen«, sagte ich und löste mich von ihr. »Hi, ich bin Evie. Die Fotografin.« Ich hob meine Kamera und lächelte Alfie an. »Offensichtlich.«

»Ich bin Alfie. Freut mich! Dawn schwärmt die ganze Zeit von dir.«

»Deine Fotos kommen so gut auf meinem Kanal an!«, sagte Dawn. »Ich hab viel mehr Klicks und Interaktion auf den Bildern.«

»Wie schön.« Ich legte eine Hand auf mein Herz und lächelte. Ihre Worte bedeuteten mir mehr, als sie sich vorstellen konnte, denn es zeigte mir mal wieder, dass ich das Richtige tat. Nicht nur für mich, sondern offensichtlich auch für andere. »Danke. Wirklich.«

»Ich würde echt gern noch mal mit dir arbeiten.«

»Es wäre mir ein Vergnügen.«

»Wie lange bist du denn noch in der Stadt?«

Bis ich ausgewiesen werde? »Tja, also ein paar Wochen auf alle Fälle.«

»Großartig!« Sie lächelte Alfie zu, der zwinkerte. »Wir hätten da eine Idee«, fuhr Dawn fort. »Ich hab schon mit Alfie darüber gesprochen. Wir würden gern mehr in die Richtung machen. Über Body Positivity und wie wunderschön jeder Körper ist. Ich würde so gern mit Menschen zusammenarbeiten, die sich vor der Kamera zeigen, wie sie wirklich sind. Ohne Filter oder Retusche oder so was. Kim Baxter hätte auch Interesse.«

»Ich ebenfalls«, sagte Alfie. »Ich …« Er warf Dawn einen fragenden Blick zu, die ihn aufmunternd anlächelte. »Ich hab Cellulite. Sehr stark ausgeprägt. Du kannst dir vielleicht vorstellen, wie das bei den Leuten ankommt. Als müssten alle Männer einen glatten Arsch haben.«

»Und Kim hat ein großes Feuermal an ihrem Oberschenkel, für das sie früher immer gehänselt worden ist«, sagte Dawn. »Sie hat sich jahrelang nicht getraut, etwas Kurzes zu tragen, weil sie die Blicke der anderen so verunsichert haben.«

Wow. Dawn. Kim. Alfie. Das waren verdammt große Namen. Ich ließ den Blick über die Runde schweifen. In meinem Hirn ratterten schon die Rädchen, und ich stellte mir vor, wie ich so eine Reihe aufziehen könnte.

»Wir haben lange geredet und wollen uns so zeigen, wie wir sind, aber das Ganze soll mit Gefühl und Verständnis aufgezogen werden«, sagte Dawn. »Ich musste dabei sofort an dich denken.«

Ich schluckte trocken und wusste nicht, was ich dazu sagen sollte. Es war eine enorme Ehre, dass Dawn damit auf mich zukam. »Ich … also. Ja. Ich meine. Klar …«

Dawn lächelte und fasste mich an der Schulter. »Wie gesagt: Die Idee ist noch ganz frisch, aber ich strecke bereits meine Fühler aus, was überhaupt möglich wäre. Also dürfte ich auf dich zukommen, wenn wir es machen? Ich möchte auf alle Fälle die Agentur involvieren.«

»Natürlich! Unbedingt! Du hast ja meine Nummer. Ruf mich an! Jederzeit! Also … okay, vielleicht nicht gerade nachts, es sei denn du hast noch weitere zündende Ideen und … Ich sollte aufhören zu reden und einfach nur Danke sagen.«

Dawn lächelte. »Ich weiß, dass du das Thema mit Gefühl angehen wirst.«

»Das nimmt Rogers hoffentlich den Wind aus den Segeln«, sagte Alfie.

»Wieso das?«, fragte ich. Gott, ich musste unbedingt mein YouTube-Wissen auffrischen.

Alfie winkte ab. »Ach, nachdem er bemerkt hat, dass er Greenwood & Steele nicht ans Bein pissen kann, schießt er sich jetzt auf uns ein. Er hat letzte Woche ein Foto von mir auseinandergenommen, das irgendwer am Strand geschossen hat. Natürlich im besten Licht, damit man all meine Dellen sieht. Rogers hat sich drüber lustig gemacht und mir jede Menge straffende Cremes in dem Video empfohlen.«

»Wie kann man nur so sein?«, fragte ich.

Alfie zuckte mit den Schultern. »Was weiß ich, was der Typ für Selbstwertprobleme hat.«

»Tut mir leid, dass du so etwas aushalten musst.«

Alfie seufzte. »Ist wohl Teil des Business, damit muss ich leben. Aber wenigstens kann ich entscheiden, wie ich damit umgehe. Es wäre mir also eine Freude, wenn wir diese Bilder schießen könnten.«

»Sehr, sehr gern.« Hoffentlich wurde ich dem dann auch gerecht. Ich lächelte die beiden an und hätte sie am liebsten umarmt. Diese Chance war so gigantisch. Wieder schoss mir der Gedanke quer, dass alles den Bach runtergehen könnte, sollte ich dieses Visum nicht erhalten. Meine Zukunft hing tatsächlich an einem Stück Papier.

»Wir bleiben in Kontakt«, sagte Dawn. »Jetzt will ich dich nicht länger von der Arbeit abhalten.«

»Alles klar. Bis dann.«

Dawn und Alfie verabschiedeten sich. Ich atmete durch und versuchte, das hässliche Magengrummeln, das sich schon wieder in mir einnistete, abzustellen. Aber ich konnte nicht. Plötzlich wurde mir nur noch bewusster, was für mich auf dem Spiel stand. Wie unglaublich kurz ich davor war, alles zu verlieren, sollte ich diesen Wisch nicht erhalten. Ich rieb mir über die Stirn, meine Augen brannten, doch ich blinzelte gleich dagegen an. Auf keinen Fall durfte ich jetzt weinen. Ich war zum Arbeiten hier und musste mich konzentrieren.

»Hey, Evie!«, hörte ich Shaes Stimme, und das riss mich zurück in die Realität. Ich drehte mich mit Schwung um, bemerkte nicht, dass eine junge Kellnerin gerade mit einem voll beladenen Tablett mit bunten Cocktails an mir vorbeikam. Wir prallten zusammen. Die Gläser kippten um, der Inhalt verteilte sich auf mir, auf der Kellnerin und auf Shae, die nicht mehr schnell genug hatte ausweichen können.

»Verfluchte Scheiße!«, schimpfte ich auf Deutsch und machte einen Satz zurück. Sogar meine Kamera hatte was abbekommen, aber die war zum Glück wasserdicht.

»Das tut mir so leid«, sagte die Kellnerin und bückte sich. Natürlich waren auch einige Gläser zu Bruch gegangen, aber einer ihrer Kollegen eilte schon herbei, um zu helfen.

Ich schüttelte den Kopf. »Das war total meine Schuld. Ich hab nicht aufgepasst.« Ich wollte beim Aufsammeln helfen, aber die Kellnerin winkte ab.

»Das Zeug klebt ganz schön«, sagte Shae und tupfte mit der Hand in ihrem Ausschnitt herum.

»Das sind Special-Cocktails mit Sirup«, sagte die Frau, mit der ich zusammengestoßen war. »Ich … Oh Mann. Eure wunderschönen Kleider!«

Ich blickte an mir hinab. Auf meinem roséfarbenen Kleid hatten sich dunkelrote Flecken ausgebreitet. Bei Shae fiel es durch den dunklen Stoff nicht ganz so auf, aber ich hoffte inständig, dass die Sachen nicht ruiniert waren. Sie waren ja nur geliehen. Nachher müsste ich für den Schaden aufkommen, weil ich schuld dran war. Mir wurde wieder übel, weil das den Schuldenberg vermutlich verdoppeln würde.

»Das muss in die Reinigung«, sagte die Kellnerin. »Wir haben eine im Haus. Ich organisiere euch Ersatzkleidung und geb die Kleider sofort ab.«

Ich sah zu Shae, die mit den Schultern zuckte und nickte. »Besser ist es wohl.«

»Kommt mit«, sagte die Kellnerin und deutete auf den Ausgang der Bar. Ich seufzte und folgte ihr, während der Kollege hinter uns sauber machte. Einige Gäste warfen uns mitleidige Blicke zu, ansonsten schien es niemanden groß zu interessieren, was gerade passiert war.

»Ich war total in Gedanken«, sagte ich zu Shae, als wir ins Innere des Gebäudes traten.

»Kann passieren«, gab sie zurück. »Mach dir keinen Kopf.«

Tat ich aber. Die Kellnerin führte uns zu den Toiletten, entschuldigte sich noch gefühlte fünfzig Mal bei uns und ließ uns dann allein, um Ersatzkleidung zu besorgen. Ich trat mit Shae ein. Zum Glück war niemand außer uns hier.

»Sogar die Toiletten haben eine Aussicht«, sagte Shae und deutete auf das kleine Fenster vor uns, das ebenfalls einen tollen Blick auf die Stadt bot. Shae trat vor den großen Spiegel, der über den Waschbecken hing, und nahm sich Papiertücher aus dem Spender. Sie feuchtete sie an und fing an, sich den Ausschnitt damit abzutupfen. »Das Zeug klebt wirklich überall. Ist mir sogar in den BH gelaufen.«

»Ja, bei mir auch.« Ich betrachtete ebenfalls den Schaden und hätte am liebsten losgeheult. Auf meiner Vorderseite hatte sich ein großer Fleck ausgebreitet, und ich fragte mich, wie das wieder rausgehen sollte. Das Kleid war sicherlich ruiniert.

»So ein Mist«, brabbelte ich, tat es Shae nach und nahm mir auch Papiertücher.

»Ist doch nicht schlimm. Die Kleider sind bestimmt gegen so was versichert.«

»Denkst du?«

»Klar. Niemand verleiht so was, ohne es abzusichern. Abgesehen davon konntest du echt nichts dafür.«

»Na ja, schon irgendwie.« Ich war nicht bei der Sache gewesen, weil mir viel zu viele Dinge durch den Kopf gingen. Ich warf Shae einen flüchtigen Blick zu, die gerade ihr Kleid öffnete und rausschlüpfte.

»So ist es einfacher.« Nur noch in Unterwäsche bekleidet, stand sie vor mir und wusch sich die Reste der Cocktails vom Körper.

Ich starrte sie an, blinzelte und überlegte, das Gleiche zu tun, doch allein der Gedanke schreckte mich ab. Mein Körper war ganz okay, aber ich zeigte ihn nicht gern her. Das Gespräch mit Dawn schoss mir durch den Kopf und wie ihre Kampagne genau darauf aufmerksam machen wollte. Ich hatte keine Cellulite oder Feuermale, dennoch stieg mir die Scham in den Kopf und verhinderte, mich ebenfalls so offen zu zeigen wie Shae.

Die Kellnerin kam zurück und brachte uns frische Sachen. »Leider haben wir keine schicken Abendkleider mehr. Ist es okay, wenn ihr das anzieht?« Sie hob die schwarzen Klamotten an. Es war ein ähnliches Outfit wie das, was sie und die anderen Kellner trugen. »Hab auf die Schnelle nichts Besseres gefunden.«

»Das passt schon, danke«, sagte Shae und gab das Kleid an die Kellnerin weiter. Ich nahm die Ersatzkleidung entgegen, drehte mich um und verschwand in einer der Kabinen, um mich umzuziehen. Notdürftig rieb ich mit dem Toilettenpapier den letzten klebrigen Sirup von meiner Brust, ehe ich in die frischen Sachen schlüpfte und mich wieder anzog. Mit Erleichterung stellte ich fest, dass die Bluse weiter um meinen Bauch geschnitten war. Als ich fertig war, trat ich nach draußen und reichte der Kellnerin auch mein Kleid. Sie entschuldigte sich erneut und verschwand.

Shae knüpfte gerade ihre Bluse zu, und ich schloss noch den Gürtel. Die Hose war ein wenig zu groß, und auch Shaes Bluse war zu lang an den Ärmeln.

»Nicht mehr so schick, aber immerhin sauber«, sagte sie und schien zu überlegen, ob sie die Bluse vorne knoten statt knöpfen sollte. »Ty würde bestimmt mehr rausholen. Er ist voll der Fashionnerd.«

Bei der Erwähnung seines Namens schoss mir wieder Heather durch den Kopf. Gerade hatte ich das Gefühl, dass sich alles in mir staute. Wenn das so weiterging, explodierte noch mein Gehirn. Ich trat ans Waschbecken und wusch mir die Hände.

Shae griff in ihre Handtasche, die sie behalten hatte, und holte ihr Handy heraus. Sie schoss ein Selfie von sich und tippte dann auf dem Display herum. »Ich frag ihn mal, ob er 'ne Idee hat, wie ich das aufpimpen kann.«

Ich stemmte mich am Waschbecken ab und sah mich selbst im Spiegel an. Meine Augen brannten noch immer und waren leicht geschwollen. Ich biss mir auf die Unterlippe, sah Shae im Spiegel zu, wie sie Tyler eine Nachricht schrieb und dabei selig grinste.

Ihre Worte von vorhin kamen mir wieder in den Sinn. Dass sie ihn liebte und er die wichtigste Person in ihrem Leben war.

»Tyler hatte Sex mit einer anderen Frau«, platzte es auf einmal aus mir heraus. Ich zuckte zusammen und schlug mir die Hand vor den Mund, weil ich das eigentlich nicht hatte laut sagen wollen, aber jetzt war es wohl raus.

»Was?« Shae blickte auf und sah mich im Spiegel an. Ihre Miene entgleiste, ihre Augen weiteten sich, und der Schock darüber war ihr klar und deutlich ins Gesicht geschrieben.

»Ich ... Ty hat ...« *Scheiße, scheiße, scheiße!* »Er hat ... Ty hat dich angelogen. Er hatte was mit Heather, der Mitarbeiterin aus dem MET. Sie hat es mir selbst gesagt. Es tut mir so leid, Shae.«

»Diese kleine, elende Ratte«, sagte Shae und kniff die Augen zusammen.

Mir war übel und schwindlig. Ich hatte wohl soeben eine Beziehung zerstört.

11

SHAE

Mittwoch, 17. April

»Ich wusste es!« Mir entwich ein aufgebrachtes Schnauben.

»Es tut mir so leid, Shae. Ich hätte das nicht sagen sollen! Nicht hier, nicht jetzt. Aber ich hab es nicht mehr ausgehalten. Du schwärmst so für ihn, und er … er ist so ein Arsch! Er hätte dich nie betrügen sollen.«

»Was?« Ich blickte zu Evie, die eine Hand an die Brust gepresst hatte, einen beinahe verzweifelten Ausdruck im Gesicht. »Warte, was meinst du mit betrogen?« Langsam dämmerte mir etwas.

»Heather, die Frau aus dem MET«, wiederholte Evie langsam, als wäre ich schwer von Begriff. »Sie hat mir erzählt, dass die beiden miteinander geschlafen haben. Es tut mir unendlich leid, ich …«

Ich lachte so laut auf, dass mir beinahe das Smartphone aus der Hand fiel. »Du meinst …«, stieß ich hervor, bevor ich schon wieder lauthals losprustete. »Oh Gott!«

Evie machte vorsichtig einen Schritt auf mich zu. »Magst du dich setzen? Geht es dir gut? Ich kann dir was zu trinken holen?«

140

Ich hielt mir den Bauch und schüttelte lachend den Kopf. »Nein, nicht nötig.« Ich atmete tief ein und aus, um mich zu beruhigen. »Tyler hat mich nicht betrogen. Kann er auch gar nicht. Wir sind kein Paar.«

»Was?« Evie öffnete und schloss den Mund wieder. »Warte … Ihr seid gar nicht zusammen?«

»Nein«, erwiderte ich und musste schon wieder lachen. »Oh Gott, ich hab gar nicht daran gedacht, dass jemand das denken könnte. Wir passen gar nicht zusammen. Da ist nichts. Wir sind beste Freunde. Ich liebe ihn, aber ich könnte niemals mit ihm zusammen sein – und er genauso wenig mit mir.« Ich nahm einen tiefen Atemzug und zwang mich, nicht schon wieder loszuprusten. Mein Bauch schmerzte mittlerweile. »Wir hatten nur eine Wette am Laufen, wer zuerst jemanden flachlegt. Die hab ich dann wohl verloren.« Ich entsperrte das Handy und öffnete den Chat mit Tyler. »Ich stell ihn direkt zur Rede! Ich schulde ihm eine Pizza mit Käserand.«

Aus dem Augenwinkel nahm ich Evies Kopfschütteln wahr.

Ty, 10.31 pm:
Vorn knoten! Sonst hängt es an dir wie ein Kartoffelsack, du Winzling.

Shae, 10.36 pm:
Du kleines, verlogenes Stück! Evie hat mir erzählt, dass du was mit Heather hattest! Sieht dir gar nicht ähnlich, mir deinen Sieg nicht unter die Nase zu reiben.

Ty, 10.37 pm:
Hab dich auch lieb. Deine Woche ist mit der Rogers-Sache schon blöd genug gestartet. Ich wollte dir nicht noch einen Dämpfer verpassen. Außerdem war uns doch beiden klar, dass ich das Ding gewinnen werde, so charmant, wie ich bin.

Shae, 10.38 pm:
Bescheiden wie eh und je. Morgen bestell ich uns Pizza!

Kopfschüttelnd packte ich das Handy zurück in die kleine Handtasche und sah zu Evie. »So, das wäre geklärt. Ty rät übrigens dazu, das Shirt zu knoten. Wobei es an dir wesentlich besser sitzt als an mir.«

Evie blickte nicht weniger irritiert als zuvor, sagte jedoch nichts weiter dazu, sondern nickte bloß. Ich trat zum Spiegel, knotete das Shirt, sodass ein dünner Streifen meines Bauchs zu sehen war, und zupfte den Stoff zurecht.

»Schätze, so kann ich doch nicht mit auf die Fotos für den Instagram-Kanal.«

»Tut mir so leid.«

Ich winkte ab. »Ach was, kein Ding. Das wird ja hoffentlich nicht unsere letzte gemeinsame Veranstaltung. Und wegen Tyler sollte ich mich viel eher entschuldigen. Das muss eine doofe Situation für dich gewesen sein. Wir kennen uns schon ewig, er ist mein Seelenverwandter. Aber zwischen uns lief nie etwas, und das wird sich auch in Zukunft nicht ändern.«

Auf meine Worte hin klärten sich Evies Züge endlich, und sie schien sich zu entspannen. Kein Wunder, hatte sie im Taxi auf dem Weg hierher so besorgt gewirkt, nachdem sie Tys und meine Verabschiedung beobachtet hatte. Oh Gott, hoffentlich dachte bei der Arbeit niemand, dass wir ein Paar waren. Ich machte mir eine mentale Notiz, in der ein oder anderen Mittagspause fallen zu lassen, dass wir befreundet waren. Wieso ging aber auch immer jeder davon aus, dass Mann und Frau automatisch dateten, sobald sie sich gut verstanden? Das hatte ich noch nie begriffen.

Evie jedoch schien erleichtert, denn als ich mich von meinem Spiegelbild zu ihr wandte, lächelte sie, und ihre blauen Augen wirkten gleich wieder viel fröhlicher. Sie deutete zu ihrer Kamera. »Na, dann stürzen wir uns wohl besser wieder ins Getümmel, was?«

Ich nickte und folgte ihr nach draußen zurück auf die Dachterrasse. *Gang of Youths* gab gerade *returner* zum Besten, und die Stimmung hatte sich während unserer kurzen Abwesenheit weiter aufgeheizt. Erste Gäste tanzten sogar, wozu die bunten Cocktails, die weiterhin ausgeteilt wurden, sicherlich beigetragen hatten. Durch die Palmen und Pflanzenkübel wirkte es richtig schön sommerlich. Zwei Frauen in schicken goldenen Kleidern entspannten sich auf Liegestühlen, Alfie und Kim hingen auf einem Sofa herum, und ein gut aussehender, blonder Mann erhob sich gerade lachend aus einem Hängesessel und ging mit einem weiteren Gast zur Bar. Mein Blick blieb kurz an ihm hängen, bevor ich mich zwang, die Menge weiter zu scannen. Ich war nicht zum Flirten hier. Schon gar nicht in dem Aufzug. Es würde peinlich genug werden, mich den Gästen und Geschäftspartnern im Kellnerinnenoutfit vorzustellen, aber immerhin bot es einen guten Aufhänger für Small Talk.

Evie lächelte mir noch einmal kurz zu und war kurz darauf in Richtung Tanzfläche verschwunden. Ihr Job war weitgehend erledigt, und sie würde nur noch ein paar Impressionen der Party bei Nacht knipsen müssen. Jetzt, da die Sonne untergegangen war, war es für weitere Fotos der Gäste mit Sicherheit zu dunkel. Mein Blick fiel wieder auf Alfie und Kim. Warum eigentlich nicht?

Ich nahm meinen Mut zusammen und channelte meinen inneren Ty – er würde mich umbringen, wenn ich die Gelegenheit nicht nutzte und mit den beiden redete. Außerdem war ich zum Netzwerken da, und die beiden waren wichtige Klienten von Greenwood & Steele. Ich konnte das.

Mit einem nervösen Flattern im Magen bewegte ich mich auf die beiden zu. Als ich nur noch zwei Schritte von ihnen entfernt war, hoben Kim und Alfie den Blick.

»Hi, ich bin Shae. Ich arbeite für Greenwood & Steele, auch wenn das hier ...« Ich deutete an mir hinab. »... nicht darauf schließen lässt. Ich hatte einen Cocktail-Fauxpas.«

»Die kennen wir alle«, erwiderte Alfie grinsend. »Freut mich. Ich bin Alfie.«

»Kim«, erwiderte Kim mit einem Lächeln.

»Ich müsste lügen, wenn ich sagen würde, dass ich das nicht wusste. Ich freu mich riesig, dass ihr hier seid. Ich hab gerade erst in der Agentur angefangen. Ein paar eurer Kampagnen werden immer wieder als Best Cases genannt. Und eure Fotos hängen sogar im Büro.«

»Was, echt?«, fragte Alfie und wirkte aufrichtig erfreut, dabei hatte er sicher schon krassere Auszeichnungen erhalten. »Wie cool. Ich war noch nie vor Ort, wir haben uns bisher immer im *Chef's Choice* getroffen.«

»Ja, deines hängt direkt am Eingang, gegenüber der Aufzüge. Man kommt quasi nicht daran vorbei«, erwiderte ich schmunzelnd und merkte erleichtert, wie sich die Aufregung legte. Die beiden waren mir direkt sympathisch und wirkten entspannt, was sich gleich auf mich übertrug.

»Setz dich doch eine Weile zu uns.« Mit einem Lächeln rückte Kim zur Seite, damit ich mich neben sie auf das Sofa setzen konnte.

»Danke«, erwiderte ich, während ich Platz nahm.

Da saß ich. Shae Wright. Neben YouTube-Legende Kim Baxter. Auf einer Rooftopparty. Mitten in New York. Netzwerkte für die Agentur meiner Träume mit etlichen Celebrities.

Ein breites Lächeln schlich sich auf mein Gesicht, während mich das Hintergrundrauschen aus Musik, Gelächter und Gesprächen umhüllte.

Hey, Onkel Jeff. Vielleicht hattest Du recht, und es ist doch alles möglich …

Eine Stunde später hatte ein DJ die Band abgelöst. Lichterketten und vereinzelte Fackeln sorgten für gemütliche Stimmung, während es in Richtung Tanzfläche heller und bunter wurde – hier wechselten die Strahler mit jedem neuen Song die Farbe und tauchten die Tanzenden in ein Kaleidoskop aus Lichtern. Die Gespräche waren lauter geworden, zum einen aufgrund der Musik, zum anderen aufgrund der Getränke. Evie war in ein Gespräch mit zwei Frauen verwickelt, die sie soeben fotografiert hatte. Ich konnte es kaum erwarten, die Ergebnisse zu sehen. Ich hatte nach Alfie und Kim auch weiter genetzwerkt, die ein oder andere Karte ausgetauscht und zu vielen Namen aus E-Mails endlich ein Gesicht. Es fühlte sich wie Ankommen an. Mit Alfie und Kim hatte ich sogar ein Selfie gemacht, das Tyler daheim vor Neid im Dreieck hatte springen lassen. Dass ich ihm auch ein Autogramm gesichert hatte, hatte ich ihm noch nicht verraten. Geschah ihm recht nach der Aktion mit Heather.

»Hey«, erklang es hinter mir, und ich zuckte zusammen, so sehr war ich in die Szenerie vertieft gewesen. »Entschuldige, ich wollte dich nicht erschrecken.« Ein leeres Cocktailglas schob sich in mein Sichtfeld, gefolgt von dem blonden Mann, der mir zuvor schon aufgefallen war. Seine Stimme war melodisch und tief, und er schenkte mir ein charmantes Lächeln, das für ein leichtes Kribbeln in meinem Bauch sorgte. »Kann ich noch einen Mai Tai haben?«

Perplex sah ich ihn an. »Einen Mai Tai?«

»An der Bar steht gerade niemand, deshalb dachte ich …«

»Oh.« Mein Outfit, natürlich. Das musste früher oder später ja passieren. Ich verkniff mir ein Grinsen und nickte. »Na klar, kommt sofort.«

Ich nahm das Cocktailglas und wandte mich um, bevor sich mein Lächeln Bahn brechen konnte. Ich spazierte hinter die Theke, an der tatsächlich niemand stand.

»Mai Tai«, murmelte ich. Was zur Hölle kam da bitte rein? Ich ließ meinen Blick über die zahlreichen Flaschen Alkohol wandern: Rum, Wodka, Tequila, Whiskey – dann streifte mein Blick einige Kärtchen, die auf die Oberfläche der schwarzen Marmortheke geklebt waren. Cocktailrezepte! Ich trat näher, bis ich das gewünschte gefunden hatte, und holte Rum, Cointreau, Mandelsirup und die restlichen Zutaten aus dem Regal.

Ich hatte keine Ahnung, wie das Getränk üblicherweise dekoriert wurde, entschied mich jedoch für eine Orangenscheibe, die ich anschnitt und auf den Rand steckte. Dann machte ich mich daran, mir einen Strawberry Mojito zu mixen – den konnte ich immerhin auswendig. Mit den beiden Gläsern in der Hand spazierte ich zurück zu dem Mann.

»Danke.« Mit einem Lächeln nahm er sein Glas entgegen und hob dann irritiert die Brauen, als ich ihm mit dem Mojito zuprostete.

»Cheers«, sagte ich und nippte an dem Getränk. Verdammt lecker.

»Oh, ich wusste nicht, dass du schon Feierabend hast. Dann hätte ich natürlich nicht gefragt.«

»Hab ich nicht. Ich hab erst Schluss, wenn das Event vorbei ist. Ich hab es mitorganisiert.«

»Ich dachte, Greenwood & Steele hat die Party organisiert?«

»Genau. Shae Wright. Junior-PR-Managerin, freut mich.«

Ich biss mir auf die Lippe, um nicht laut aufzulachen, als meinem Gegenüber jegliche Gesichtszüge entglitten.

»Oh shit. Tut mir so leid, ich wusste nicht … Ich meine, dein Outfit, ich …«

»Keine Entschuldigung nötig. Mein Kleid wird gerade gereinigt, das war das Einzige, was sie dahatten.«

»Es steht dir auf jeden Fall hervorragend«, erwiderte der Mann. Seine Wangen waren leicht gerötet, offensichtlich war ihm das Ganze immer noch unangenehm.

»Danke. Wenn wir uns schon Komplimente machen … hast du auch einen Namen?«

»Oh Mann. Heute ist echt nicht mein Tag.« Verlegen fuhr er sich durch das helle Haar. »Ich bin Cameron. Aber nenn mich ruhig Cam.«

»Bist du auch als Influencer hier?« Ich konnte mich nicht an seinen Namen erinnern. Aber bei der Vielzahl an Leuten in unserer Datenbank war das kein Wunder. Ich war froh, dass ich mittlerweile die Großen draufhatte und erkannte.

»Nein«, erwiderte Cam. »Ich bin Visagist. Ich hab letztens einen Fotoshoot für euch geschminkt und wurde für ein paar weitere gebucht. Bei der Gala bin ich auch dabei, um Owen und die Moderatorin für die Bühne schick zu machen.«

»Oh, cool! Ich bin auch noch neu in der Agentur.«

»Und neu in New York?«

»Ja, sieht man mir das so sehr an?«

»Nein, überhaupt nicht. Du klingst nur nicht wie aus New York City.«

»Ich bin aus Phoenix, Arizona.«

»Utah. Wir sind also quasi Nachbarn«, erwiderte er schmunzelnd. »Ich bin auch gerade erst hergezogen. Aus einem kleinen Ort namens Bicknell. Nicht gerade das beste Pflaster, um als Visagist groß rauszukommen. Da haben sich die Leute schon an meinem Guyliner gestört.«

»Guyliner?«

Cam deutete mit der freien Hand auf die dunkle Umrandung seiner hellblauen Augen. »Siehst du. Einem New Yorker müsste ich das nicht extra erklären.« Er grinste. »Du bist entschuldigt.«

»Sorry, ist ab jetzt in meinem Vokabular«, erwiderte ich lachend. Cam zwinkerte mir zu, und seine gute Laune war ansteckend – nicht dass ich nicht ohnehin in bester Stimmung war. Aber irgendetwas hatte dieser Mann an sich, das mich mitriss. Mich mehr über ihn herausfinden lassen wollte.

»Hast du schon irgendjemanden schminken dürfen, den man kennt?«, fragte ich, um das Gespräch in Gang zu halten.

»Ein paar bekanntere Models. Taylor Hill zum Beispiel. Und einmal wurde ich für Jimmy Kimmels Show gebucht, als deren Visagistin ausgefallen war. Das war ziemlich cool, weil so viele Gäste anwesend waren.«

»Das klingt superspannend, dann hast du es wohl ziemlich

drauf!« Ich schenkte ihm ein Lächeln. »Nicht dass mich das überrascht.«

»Ach ja? Du kennst mich doch gar nicht.« Er legte den Kopf schief und musterte mich, ein amüsiertes Funkeln in den blauen Augen.

»Ich hab eine extrem gute Menschenkenntnis«, gab ich selbstsicher zurück. »Und bei dir hab ich ein gutes Gefühl.«

»Dann passt dein Job ja perfekt zu dir. Du hast sicher auch viel mit Menschen zu tun.«

Ich ließ den Blick über die Dachterrasse schweifen. »Ich bin noch neu, aber ja. Bisher hab ich auf jeden Fall eine Menge spannender Personen getroffen.«

»In die du dich perfekt einzureihen scheinst.«

Lächelnd sah ich zu Cam auf, der meinen Blick gefangen hielt. Er flirtete zurück. Ganz eindeutig!

»Das Kompliment kann ich nur erwidern«, meinte ich und nippte an meinem Drink.

Wart's ab, Tyler. Ich hole bald auf.

»Na dann! Hat mich gefreut, mit dir zu reden. Vielleicht sieht man sich mal wieder.« Er prostete mir zu. »Ich sollte weiter netzwerken. Bis dann, Shae. Und danke für den Cocktail.«

Mit einem verschmitzten Lächeln, das seine ohnehin schönen Züge noch deutlicher zum Vorschein brachte, drehte er sich um und verschwand wieder in der Menge.

Etwas zu spät prostete ich zurück und nahm dann einen Schluck meines Getränks. So viel dazu, Tyler einzuholen. So ein Mist. Vermutlich war es ohnehin besser, mich außerhalb des Arbeitsbereichs umzusehen. Wie lautete das berühmte Sprichwort noch mal? *Don't fuck the company.* Das galt ganz sicher auch für Dienstleister wie Visagisten.

Mit einem Seufzen verschwand ich ebenfalls wieder im Getümmel, um mich den Gästen vorzustellen, mit denen ich bislang noch nicht gesprochen hatte. Cams blaue Augen und sein warmes Lächeln begleiteten mich jedoch weiter.

»Was für eine Party!«

Evie lag mehr in dem Sessel, als dass sie saß. Ihre Kamera hatte sie auf ihrem Schoß abgelegt, den Nacken auf der Lehne des Sessels. Die anderen Gäste waren mittlerweile gegangen, unser Job hier war getan. Meine Füße schmerzten, aber der Abend war es auf jeden Fall wert gewesen, denn Evie hatte recht: Die Party war ein voller Erfolg gewesen.

»Kannst du laut sagen«, erwiderte ich. »Ich hab keine Ahnung, wie ich es morgen zur Arbeit schaffen soll.«

»Kannst du nicht etwas später hin?«

»Theoretisch schon, wir haben Gleitzeit. Aber ich will nicht in meinem ersten Monat schon später erscheinen.«

Evie nickte. »Verstehe. Ich werd auch früh raus.« Sie klopfte auf die Kamera. »Will die Bilder morgen sichten, und ich habe Ariana versprochen, dass ich euch die Highlights im Laufe des Tages schon für Social Media zukommen lasse. Außerdem hab ich noch ein bisschen was zu klären …« Evie schloss kurz die Augen und wirkte plötzlich unglaublich erschöpft.

»Meinst du wegen der Kleider?«, fragte ich vorsichtig. »Klar, das ist ärgerlich, aber so was passiert, Ich bin mir sicher, sie lassen sich reinigen, und niemand ist böse. Ich hab aus Versehen den homophoben Joseph Rogers auf die Gala unseres homosexuellen Chefs eingeladen, falls du dich erinnerst.« Ich deutete an mir hinab. »Und selbst ich lebe noch.«

Evie nickte. »Ja, bestimmt.«

Ihr Lächeln wirkte jedoch so unecht, dass sie mir entweder nicht glaubte – oder doch etwas anderes hinter ihrer sorgenvollen Miene steckte. So gern ich nachhaken würde, verkniff ich mir weitere Nachfragen. Wie immer war ich viel zu neugierig, doch mit der Zeit hatte ich gelernt, zu akzeptieren, wenn andere nicht über etwas reden wollten. Also hakte ich nicht weiter nach, sondern erwiderte Evies Nicken.

»Kann ich euch noch was bringen?«

Der Barkeeper kam auf uns zu. Er hatte kurze braune Haare, einen muskulösen Körperbau und eine angenehm tiefe Stimme. In der Hand hielt er einen Lappen, mit dem er zuvor die Tische gewischt hatte. Wir hatten beim Aufräumen unterstützen wollen, doch sowohl er als auch das andere Personal hatten sich nicht helfen lassen wollen. Er musterte erst mich, dann blieb sein Blick an Evie hängen. Länger, als bei der einfachen Frage normal gewesen wäre. Amüsiert richtete ich mich auf, um Evies Reaktion zu beobachten. »Letzte Runde geht auf mich.«

»Ich weiß nicht …«, murmelte Evie.

»Ach, einer geht auf jeden Fall noch!«, ermunterte ich sie.

»Das ist die richtige Einstellung«, erwiderte der Barkeeper lachend, was seine Grübchen zum Vorschein brachte. »Wieder einen Cosmopolitan für dich? Evie, richtig? Ich hab deinen Namen vorhin im Gespräch aufgeschnappt. Ich bin Brooke.«

Ich verkniff mir ein Schmunzeln. Okay, der Kerl stand ganz eindeutig auf Evie.

»Das ist aber aufmerksam!«, erwiderte ich, als Evie mich zögernd ansah.

»Meintest du nicht gerade, du bist müde?«, fragte sie.

»Stimmt.« Ich streckte mich ausführlich. »Vermutlich sollte ich heim ins Bett. Aber lasst euch von mir nicht aufhalten. Die Nacht ist noch jung, und das hier ist New York. Ich wünsch euch ganz viel Spaß.« Ich stand so auf, dass ich Brooke meinen Rücken zuwandte, und zwinkerte Evie zu. Immerhin für eine von uns würde sich der Abend gleich doppelt lohnen. Meine Gedanken schweiften kurz zu Cam. Er hatte mir mit seinem Abgang deutlich signalisiert, dass er kein Interesse an mir hatte, aber er und sein verdammtes Lächeln gingen mir trotzdem nicht aus dem Kopf.

»Ich komm mit!« Evie setzte sich so eilig auf, dass ihr die Kamera beinahe vom Schoß gerutscht wäre. Behutsam hängte sie sie sich um den Hals, dann stand sie auf und griff nach ihrer Clutch. »Aber danke für das Angebot.«

Evie lächelte Brooke knapp zu, dessen irritierter Gesichtsausdruck nur einen Augenblick lang anhielt. Dann setzte er ebenfalls eine freundliche und professionelle Miene auf und nickte. »Einen schönen Abend, Ladys.«

»Danke«, erwiderte ich und warf Evie einen fragenden Blick zu. Diese beachtete mich jedoch nicht weiter und marschierte in Richtung Ausgang. Ich nahm meine Tasche, winkte Brooke noch einmal zu und folgte ihr.

»War er nicht dein Typ?«, flüsterte ich, als ich zu ihr aufgeschlossen hatte. »Er ist doch total süß! Und hast du die coolen Tattoos gesehen? Und diese Oberarme?«

»Ich hab kein Interesse«, sagte Evie, und ihre Stimme war leerer als sonst, beinahe tonlos. Oh Gott, womöglich stand sie gar nicht auf Männer, und ich hatte sie eben in eine blöde Situation gebracht. Wieder einmal war mein Mundwerk schneller gewesen als meine Gedanken. Ich rügte mich innerlich dafür, davon ausgegangen zu sein. Cam hatte wohl recht, und ich war wirklich noch keine New Yorkerin, wenn ich bei allen, die ich traf, davon ausging, dass sie heterosexuell waren. Aber wenn New York eines konnte, dann mit meinen klischeehaften Vorstellungen brechen, da war ich mir sicher.

»Entschuldige«, sagte ich schnell. »Ich wollte dich zu nichts drängen oder dich in eine unangenehme Situation bringen.«

»Hast du nicht, alles gut, es ist nur …« Evie kaute kurz auf ihrer Lippe, als wollte sie noch etwas sagen, doch ich wollte nicht, dass sie sich verpflichtet fühlte, das Gespräch aufrechtzuerhalten. Ich war schon aufdringlich genug gewesen.

»Komm, ich helf dir tragen«, bot ich an und nahm ihr einen Teil des Equipments ab.

»Danke«, erwiderte Evie, nun wieder mit einem Lächeln. »Echt doof, dass der Aufzug nicht bis ganz hoch geht.«

Ich grinste schief. »Ich hoffe, das kann ich irgendwann auch sagen. Wenn ich das mit dem Fahren endlich hinkriege.«

»Du schaffst das, so was braucht einfach Zeit«, sagte Evie, als handelte es sich dabei um eine Tatsache. »Ich setz dich morgen in CC für die Fotos, dann kannst du sie direkt ansehen.« Ihr Tonfall klang wieder völlig normal, so als wäre das seltsame Gespräch zuvor nicht passiert. Ich nickte, während Evie den Abend Revue passieren ließ und wieder zu ihrer guten Laune zurückgefunden zu haben schien.

Mit einem Lächeln im Gesicht lauschte ich Evies Schilderungen. Ich konnte es kaum erwarten, zu erfahren, was diese Stadt mich noch alles lehren würde.

12

EVIE

Montag, 22. April

Ich schaffte es gerade noch, das Objektiv festzuhalten, das sich soeben selbstständig gemacht hatte und Richtung Tischkante gerollt war. Beinahe wären zweitausend Euro auf dem Holzboden der Agentur aufgeschlagen.

»Tut mir total leid, Evie«, rief Olivia mir zu, die an mir vorbeigefegt war und dabei den Tisch ins Wackeln gebracht hatte. In ihrer Hand hielt sie einen gigantischen Blumenstrauß, der ihr einen Teil der Sicht versperrte.

»Schon gut«, gab ich zurück und steckte das Objektiv in die Fototasche, wo es hingehörte. Ich musste echt besser auf meine Sachen aufpassen, wenn ich nicht wollte, dass was zu Bruch ging. War schließlich nicht so, als könnte ich mir Ersatz kaufen. Ich war nämlich komplett blank. Mein Konto ächzte im Minus, und ich konnte mir im Grunde nicht mal mehr einen Kaffee in dieser teuren Stadt leisten. Aber mir war sowieso viel zu übel, um etwas zu essen. Nicht nur, weil der Tag der großen Gala gekommen war und gefühlt allen in der Agentur die Nerven durchgingen, sondern auch, weil sich mein Bruder nicht mehr meldete. Ich hatte die dreitausend Euro aufgetrieben und ihm direkt am Tag nach der Rooftopparty überwiesen. Er meinte, er würde sich darum kümmern, aber bisher war noch nichts geschehen. Es war zwar erst fünf Tage her, aber wenn dieser Anwalt schon einen Eilzuschlag verlangte, konnte er doch einen Pieps von sich geben, wie der Stand der Dinge war, oder etwa nicht?

Ich zückte mein Handy, lehnte mich an die Tischkante und rief die Nachrichten-App auf. Wie schon zum hundertsten Mal an diesem Tag. Noch immer keine News von meinem Bruder, dafür hatte Christin mir geschrieben. Wir hatten gestern Abend lange geskypt.

»Du hast jede Krise gemeistert, Evie«, hatte sie gesagt. »Du bist wie eine Katze und landest auf den Füßen. Ich kenn dich gar nicht anders.«

Es tat zwar gut, dass Christin so fest an mich glaubte, aber leider schwankte meine Zuversicht mit jeder verstreichenden Minute. Ich traute mich kaum noch vor die Tür, aus Angst, dass ich erwischt werden könnte. Seit der Rooftopparty war ich auf etlichen Instagram-Accounts verlinkt worden. Meine Bilder waren so gut angekommen, dass sie fleißig geteilt wurden, was auf der einen Seite wundervoll war, aber auf der anderen stresste es mich kolossal. Unter einem meiner letzten Posts hatte mich tatsächlich jemand gefragt, wie ich es geschafft hätte, so einen Job zu bekommen. Er hatte selbst vor zwei Jahren versucht, in den USA Fuß zu fassen, wäre aber an der Bürokratie gescheitert. Vier weitere User hatten sich unter dem Kommentar getaggt, damit sie meine Antwort nicht verpassten. Die ich bisher nicht geschrieben hatte. Was sollte ich den Leuten denn sagen? Wie konnte ich meine Situation erklären, ohne mich selbst in die Scheiße zu reiten? Und wie lange würde es dauern, bis ich aufflog? Dieses Thema hatte sich mittlerweile meterhoch in mir aufgestapelt und lastete mit jedem Atemzug schwerer auf mir.

Ich schlief seit Tagen unruhig, hatte Kopf- und Magenschmerzen, und heute stand auch noch das bisher größte Event meiner Karriere an. Ich durfte nicht versagen! Aber ich fühlte mich wie eine Versagerin.

Ich bin naiv und unfähig.

Die Worte rauschten durch meinen Kopf, ehe ich sie aufhalten konnte. Sie klangen nach meiner Mutter, die mir wieder und wieder eingebläut hatte, wie einfältig ich war. Aus ihrer Sicht war ich leichtgläubig gewesen, als ich mit sechzehn Sven vertraut hatte, der mir sagte, ich wäre seine große Liebe, nur um ihn kurz darauf mit einer anderen beim Karneval knutschen zu sehen. Und ich war naiv gewesen, als ich mir mit achtzehn ein Auto von einem Bekannten hatte andrehen lassen, das nach den ersten zweihundert Kilometern stehen geblieben war. Meine Mutter fand stets Gründe, mich daran zu erinnern, dass ich draußen nicht zurechtkam. Sie wollte mich am liebsten an den heimischen Schreibtisch fesseln. Weil sie dachte, dass ich dort sicher wäre und eine gute Zukunft mit geregeltem Einkommen hatte. Irgendwann würde ich dann schon einen Kerl kennenlernen, heiraten, zwei Kinder bekommen und in ein Haus am Stadtrand ziehen. Sie hielt mir diese Vision eines Lebens vor, weil es das war, was sie getan hatte. Meine Mutter hatte nie einen ihrer Träume erfüllt, sich nie gestattet, richtig zu leben, und genau das übertrug sie auf Marian und mich.

Der sich noch immer nicht gemeldet hatte.

Ich sah noch mal auf mein Handy. Seine letzte Nachricht war von Samstagmorgen, aber da hatte er nur gesagt, dass der Anwalt sich kümmerte und ich Geduld haben müsste.

Geduld. Haha.

Ich blickte auf die Uhr. Bei mir war es kurz nach neun, was hieß, dass es in Deutschland kurz nach drei war. Sollte ich es wagen und selbst dort anrufen? Der Anwalt war doch bestimmt noch im Büro.

Ich kaute auf meiner Unterlippe herum und wollte bei Google nach der Telefonnummer suchen, als ich merkte, dass Ty auf mich zukam. Seit Shae mir offenbart hatte, dass die beiden kein Paar waren, konnte ich viel entspannter mit ihm umgehen. Er hatte gleich am nächsten Tag lautstark in der Kaffeeküche verkündet, dass er frei und Single sei und nicht an Shae gebunden, falls das irgendwer noch infrage stellte. Außerdem hatte ich mitbekommen, dass er wohl eine Rundmail an alle hatte schreiben wollen, um die Sache zu klären, doch Shae hatte ihn davon abhalten können. Dieser Typ wandelte mit einer Leichtigkeit durchs Leben, um die ich ihn beneidete. Er nahm nichts zu ernst, trug stets ein Lächeln auf den Lippen und wirkte auch heute, in all der Hektik, ruhig.

»Hey, Evie«, sagte er und reichte mir eine Mappe. »Das sind die letzten Angaben für später. Ich hab die Gästeliste aktualisiert und dazugeschrieben, wann die Leute eintreffen. Zumindest, wenn es planmäßig läuft. Man weiß ja nie, wer im Stau stecken bleibt.«

»Alles klar, danke.« Ich nahm sie entgegen und verstaute sie ebenfalls in der Tasche. Die Liste würde mir helfen, alles für die Fotos zu koordinieren.

»Brauchst du sonst noch was?«

Ja, ein Visum! Oder einen Typ, der mich heiratet, damit ich 'ne Greencard bekomme, hast du Interesse? »Nein, danke. Ich versuche nur, an alles zu denken und mich zu organisieren.«

»Versteh ich. Die Abendgarderobe wird gegen drei heute Mittag geliefert. Wir leihen die Sachen dieses Mal von einem anderen Label.«

»Gab es doch noch Ärger wegen der versauten Abendkleider?« Ich hatte ganz vergessen nachzufragen, bei all dem Stress um mein Visum.

»Überhaupt nicht. Die Firmen reißen sich darum, Greenwood & Steele auszustatten. Owen will allen eine Chance geben. Hier ist dein Ticket für später, das gibst du den Mitarbeitern des

Labels und bekommst dein Kleid. Falls irgendwas damit ist, es zu groß, zu klein ist oder du dich darin unwohl fühlst, sag denen Bescheid, und du bekommst Ersatz.«

»Okay.« Ich nahm auch den kleinen Zettel entgegen und steckte ihn in die Fototasche. Ty ratterte weitere Daten für mich herunter, aber es fiel mir schwer, mich darauf zu konzentrieren. Also nickte ich nur und bemühte mich, eine entspannte Miene aufzulegen.

»Wird schon, ja?«, sagte er schließlich und sah mich aufmunternd an.

»Auf alle Fälle.«

»Bis später, oder eher gleich. Du willst ja noch Bilder von uns schießen.«

»Richtig. Ich baue alles auf und sag euch Bescheid, wenn ich so weit bin.«

Ty nickte, lächelte mich an und kehrte wieder an seinen Arbeitsplatz zurück. Kaum war er weg, zückte ich mein Handy und tippte den Namen des Anwalts ein. Es dauerte nicht lange, bis ich ihn gefunden hatte. Anwaltskanzlei Schwartz, Wellenscheidt & Stuckmann in Köln. Unter anderem spezialisiert auf Visumsanträge. Das mussten sie sein. Mein Ansprechpartner war Herr Stuckmann. Ich suchte auf der Seite nach ihm und fand sein Foto. Er sah genau so aus, wie ich mir einen Anwalt vorstellte. Mit Krawatte, Anzug, schütterem grauem Haar und einem verkniffenen Gesichtsausdruck. Das war also der Mann, der über meine Zukunft entscheiden sollte.

Ich blickte mich in der Agentur um, wo es nach wie vor hektisch zuging. In zwanzig Minuten sollte ich Bilder vom Personal machen, weil jedes Jahr Fotos von der Belegschaft an diesem Tag aufgenommen wurden. Sie wurden in einem der Gänge oben aufgehängt und sollten daran erinnern, wie sehr Greenwood & Steele jährlich wuchs, auch wenn sie einen ihrer wichtigsten Mitarbeiter mit Jeffrey Steele verloren hatten. Eigentlich müsste ich mein Set aufbauen, das Licht checken, mir überlegen, wie ich alle am besten ablichtete, aber ich wollte erst das hier klären. Wenn Marian sich nicht meldete, musste eben ich die Sache in die Hand nehmen. Dieser Herr Stuckmann bekam bereits über achttausend Euro von mir, da konnte er auch ein wenig Gas geben, oder etwa nicht?

Ich stieß mich von der Tischkante ab und trat in den leeren Meetingraum hinter mir. Mit bebenden Fingern rief ich die Nummer auf und schloss die Tür, damit niemand mithören konnte. Die Wahrscheinlichkeit, dass jemand mein Deutsch verstand, war zwar gleich null, aber ich wollte trotzdem kein Risiko eingehen.

Die Verbindung baute sich auf, ich lauschte dem Freizeichen und lief dabei durchs Zimmer. Vor dem großen Fenster blieb ich stehen und sah hinaus auf New York, das im morgendlichen Licht erstrahlte und sich auf eine neue Woche vorbereitete. Ich beobachtete die unzähligen Autos, die sich zwanzig Stockwerke unter mir durch den Verkehr schlängelten. Blickte auf die Menschen, die ihrem Alltag nachhetzten. Da draußen wuselten Millionen von Leuten herum, von denen der Großteil es vermutlich nicht mal richtig wertschätzte, in dieser tollen Stadt leben zu dürfen.

»Anwaltskanzlei Schwartz, Wellenscheidt & Stuckmann, Schmitt am Apparat, was kann ich für Sie tun?«

»Hi, mein Name ist Evie Voss, mein Bruder Marian Voss hatte Kontakt zu Herrn Stuckmann aufgenommen. Es geht um …« Ich blickte mich im Raum um, noch immer mit der Angst im Nacken, dass mich jemand belauschen könnte. »… um mein Visum. Ich arbeite gerade in den USA und bräuchte eine Genehmigung dafür.«

»Moment bitte«, sagte die Frau. Sie klang ein wenig genervt oder gelangweilt, so genau konnte ich das nicht unterscheiden. Ich hörte die Tastatur klappern, als sie etwas eintippte. Unruhig lief ich vor dem Fenster auf und ab, während mein Herz mit jeder verstreichenden Sekunde schneller pochte. Hinter meiner

Stirn hämmerte es dumpf, und mir wurde schwindelig. Seit gestern Mittag hatte ich keinen Bissen mehr runterbekommen, weil mir die ganze Sache so auf den Magen schlug. Aber vielleicht sollte ich mich zwingen, etwas zu essen. Mir war bereits schwindelig, und ich brauchte Energie für den heutigen Tag.

»Wie, sagten Sie, ist der Name des Klienten?«

»Das bin ich. Evie Voss. Aber mein Bruder Marian hatte Kontakt zu Ihnen aufgenommen, weil ich gerade in New York bin.«

»Mh«, machte sie und tippte erneut ein.

Oh Gott, oh Gott. Das war es bestimmt. Vermutlich sagte sie mir gleich, dass mein Fall aussichtslos war und ich am besten meine Koffer packte.

Es klopfte an der Tür. Ich fuhr erschrocken herum. Olivia steckte den Kopf rein und sah mich fragend an.

»Was?«, zischte ich unhöflicher als gewollt.

Sie zuckte zusammen. »Ich soll dich holen. Ariana würde gern mit den Fotos anfangen.«

Ich rollte mit den Augen und seufzte. »Bin gleich da. Muss nur schnell was klären.«

»Okay.« Olivia zog sich wieder zurück, und kaum war die Tür zu, packte mich das schlechte Gewissen, weil ich sie so angefahren hatte. Die Frau machte nur ihren Job und konnte nichts für meine Lage.

»Also, Frau Voss, es tut mir leid, aber ich finde keine Informationen über Ihren Fall«, sagte Frau Schmitt.

»Was? Wie meinen Sie das?«

»Dass ich nichts vorliegen habe.«

»Das kann nicht sein. Mein Bruder hat Ihnen bereits achttausend Euro überwiesen, damit Sie mir helfen.«

»Es ist keine Akte da.«

»Wollen Sie mich verarschen!? Ich habe alles überwiesen! Sie sind doch eine seriöse Kanzlei, oder etwa nicht?«

»Natürlich sind wir das. Es besteht kein Grund, laut zu werden.«

»Ich will mit Ihrem Chef sprechen.«

»Herr Stuckmann ist bei einem Klienten. Ich kann aber gern Ihre Nummer aufschreiben und einen Rückruf notieren.«

»Wann wäre das?«

»Das kann ich nicht genau sagen. Vermutlich morgen früh.«

»Ich … Das geht nicht. Ich brauche jetzt eine Auskunft.«

»Die ich Ihnen nicht geben kann, weil mir nichts vorliegt.«

»Aber …«

Es klopfte erneut, und wieder steckte Olivia den Kopf herein.

»Ich komm gleich, verdammt noch mal!«, blaffte ich sie an.

Tränen brannten in meinen Augen, und meine Wangen glühten. Ich bemerkte, wie ich hektische Flecken bekam und sich alles in mir zusammenzog. Olivia verzog sich wieder.

»Hören Sie«, sagte ich ins Handy und wandte mich von der Tür ab. »Es ist wirklich wichtig, dass ich diese Sache kläre. Ich arbeite bereits in New York und brauche ganz dringend das Visum. Mein Bruder hat alles in die Wege geleitet, und Sie haben sehr viel Geld von mir bekommen, damit Sie sich drum kümmern. Also tun Sie das auch!«

»Noch mal: Mir liegt weder ihr Fall noch ein Zahlungseingang vor. So leid es mir tut, aber ich kann Ihnen nicht mehr anbieten, als mir Ihr Anliegen zu notieren und es Herrn Stuckmann vorzulegen.«

»Und dann zahl ich wieder achttausend und warte eine weitere Woche, oder was?«

»Wie hoch die Gebühren sind, können wir erst bestimmen, wenn wir die Sachlage kennen.«

»Das ist doch eine riesengroße Scheiße!«

»Frau Voss. Vielleicht ist es besser, wenn Sie sich erst beruhigen und dann noch mal bei uns anrufen.«

»Evie«, sagte jemand an der Tür.

Ich stieß einen frustrierten Laut aus und wollte Olivia gerade ein weiteres Mal anpflaumen, als ich mich umdrehte und bemerkte, dass es Ariana war. Sie musterte mich genervt. Mir gefror das Blut in den Adern, und auf einmal krachte alles über mir zusammen.

»Ich ... ich meld mich noch mal«, sagte ich und legte auf. Mein Herz bebte, meine Finger zitterten, und ich schaffte es kaum, die Tränen zurückzuhalten. Was machte ich hier eigentlich? Was passierte gerade? Warum?

»Ist alles in Ordnung?« Arianas Miene wechselte von genervt zu sorgenvoll. Sie trat ein, schloss die Tür hinter sich und musterte mich.

Ich wimmerte, schluchzte, schwankte. Das war es. Ich schaffte das nicht. Ich versagte gerade auf ganzer Linie.

Warum wusste der Anwalt nichts von mir? Wie konnte das sein? Wo war mein Geld? Und Marian?

Ich sah Ariana an, dann wieder auf mein Handy. Ich musste Marian schreiben, ihn anrufen und fragen, was da schiefgelaufen war. Ich musste irgendwas tun!

»Was ist passiert?«, fragte Ariana und kam langsam näher.

»Nichts. Ich ... ich brauch nur einen Moment. Bin gleich für die Fotos da, okay?«

»Ist was vorgefallen? Brauchst du Hilfe?«

»Ja.« Nein! Was redete ich da! »Ich ... nein. Es geht ... Ich kann nur gerade nicht.« Die Tränen kamen, und ich konnte nichts mehr tun. Sie strömten über meine Wangen, brachen sich Bahn und trugen all die Verzweiflung und die Angst mit sich, die sich in den letzten Tagen aufgestaut hatte. Ich hielt mir die Hand vors Gesicht, wollte mich eigentlich abwenden, aber ich konnte auch das nicht. Ich konnte gar nichts mehr, außer zu weinen, mich elend zu fühlen und vor Ariana zusammenzubrechen.

Ich verlor gerade alles, was ich mir aufgebaut hatte.

ARIANA

Montag, 22. April

Einen ähnlichen Anblick musste ich am Todestag meines Bruders vor Ian, dem Barkeeper in Oswego, abgegeben haben. Verweint, verwirrt und vollkommen verzweifelt. Mit einem Mal verpuffte der Stress aufgrund des bevorstehenden Abends, und die Genervtheit, weil sich das Shooting nun verzögerte, verflog. Ich war mit dem festen Vorsatz in den Raum marschiert, Evie die Meinung zu geigen, weil sie Olivia so angegangen war – doch Evie so zu sehen, traf etwas tief in mir. Sie wirkte wie jemand, der verzweifelt versuchte, eine Fassade aufrechtzuerhalten, doch unter dem Gewicht zusammenbrach. Und das Gefühl kannte ich nur zu gut. Vielleicht war das der Grund dafür, dass ich keine weiteren Fragen stellte, sondern auf Evie zuging und sie umarmte. Die Geste schien sie ebenso zu überraschen wie mich, denn ich spürte, wie sie sich unter meiner Berührung verkrampfte. Vielleicht hätte ich sie nicht einfach umarmen sollen. Was tat ich hier überhaupt? Ich war gar nicht der Typ für Körperkontakt. Doch sie so zu sehen, berührte mich. Vermutlich,

weil ich das Gefühl kannte, wenn alles über einem zusammenbrach.

Nach einigen Augenblicken entspannte Evie sich und legte
die Arme um mich. Ihr Schniefen drang in mein Ohr, und ihr
Körper wurde von Schluchzern geschüttelt. Was wohl passiert
war? Hoffentlich war mit ihrer Familie in Deutschland alles in
Ordnung.

Doch ich stellte keine Fragen, sagte nichts. Ich hielt sie einfach nur, bis sie sich nach und nach beruhigte.

»Tut mir leid«, nuschelte sie.

»Kein Thema«, sagte ich und ließ sie los. »Geht es wieder?
Bist du bereit für die Fotos, oder brauchst du noch einen Moment?«

»Ich …« Evies Unterlippe zitterte schon wieder, und zum ersten Mal, seit ich den Raum betreten hatte, machte ich mir Sorgen
um das Event. Denn gerade wirkte sie nicht nur, als brauchte
sie einen Moment, sondern viel eher, als wäre sie heute zu gar
nichts mehr in der Lage. »Ich …« Evie schüttelte den Kopf.

Ich umrundete sie und zog ihr einen Stuhl zurecht.

»Setz dich«, sagte ich in meinem besten Befehlston, der er-
staunlicherweise Wunder bewirkte, denn Evie leistete meinen
Worten sofort Folge. Vielleicht waren wir uns ähnlicher, als es
auf den ersten Blick den Anschein hatte. Denn mir halfen klare
Worte oft weit mehr als Mitleid.

Ich zog mir ebenfalls einen Stuhl heran und ließ mich neben
Evie darauf nieder.

»Was ist los?«

Evie musterte mich aus geröteten Augen, kaute auf ihrer
Unterlippe, als wüsste sie nicht, ob sie mir die Frage wirklich
beantworten konnte. Doch als ich ihrem Blick nicht auswich,
nichts weiter sagte, sprach sie endlich. Die Worte purzelten so
schnell aus ihrem Mund, dass ich sie kaum verstehen konnte.

»Ich bin nur auf einem Touristenvisum hier. Ich hab kein Arbeitsvisum. Ich dachte, das macht nichts, ich wusste wirklich

nicht, dass das alles eine so große Sache ist. Marian, mein Bruder, hat einen Anwalt beauftragt, der sich um alles kümmert. Insgesamt achttausend Euro hab ich ihm dafür überwiesen, doch die Frau in der Kanzlei konnte mir gerade nichts zu dem Fall sagen. Angeblich hab ich keine Akte.« Evie unterbrach ihren Redeschwall kurz, um frustriert auszuschnauben. Dann war sie es also, die sie eben an der Strippe gehabt hatte. »Es ist alles so ein Mist! Wenn sich das nicht löst, werde ich ausgewiesen oder verhaftet! Dann kann ich nie wieder zurück, und mein Leben ist ruiniert! Ich will hierbleiben! Das ist der beste Job meines Lebens, ich will ihn nicht verlieren. Aber jetzt kommentieren schon die Ersten auf Instagram und …«

Evie schlug sich die Hand über den Mund, als hätte sie gerade bemerkt, mit wem sie da eigentlich redete. Mit mir. Ihrer Auftraggeberin. Die nun ebenfalls ziemlich in die Bredouille geriet. Denn die Gala, *das* Event von Greenwood & Steele, die Feier zu Ehren von Jeffrey Steeles Todestag, die eine Sache, die ich organisieren sollte, stand und fiel mit ihrer Außenwirkung. Und für die war Evie hier. Ohne Fotos des Events, ohne Berichterstattung … Ich fuhr mir über die Stirn, hinter der es zu pochen begonnen hatte.

»Evie«, sagte ich mit der Stimme, die ich in den letzten Jahren perfektioniert hatte, um mich als junge, blonde Frau in dieser Branche durchzusetzen. »Bis zur Gala heute Abend finden wir auf die Schnelle keinen guten Ersatz mehr. Mal ganz davon abgesehen, dass du alles mit dem MET geklärt und dir eingerichtet hast. Glaubst du, dass du das heute Abend auf die Reihe kriegst?« Ich sah sie ernst an. »Ich will eine ehrliche Antwort.«

Evie hielt meinem Blick stand. Ein Atemzug verstrich. Zwei. Dann nickte sie. »Ja. Aber was, wenn …«

»Gut«, unterbrach ich sie, bevor sie sich wieder in das Problem rund um ihr Visum hineinsteigern konnte. »Dann führst du den heutigen Tag wie geplant durch. Du machst die Fotos des Teams, dann fahren wir gemeinsam zum MET. Du kontrollierst, ob alles so ist, wie mit Heather abgesprochen. Du machst Fotos von Gästen, Location und Gala. Okay?«

Evie nickte. Trotz meines Befehlstons schien sie sich zu entspannen. Beinahe so, als wäre sie froh, dass ich gerade das Ruder übernahm. Und ganz ehrlich? Auch ich entspannte mich. Ich hatte in letzter Zeit die Kontrolle über so vieles verloren. Es tat gut, sie zumindest hier zurückzugewinnen.

»Morgen früh gehen wir zu Owen und …«

»Nein!« Nun war es Evie, die mich unterbrach. Ihre Augen waren geweitet, als sie den Kopf schüttelte. »Ich will nicht zurück nach Deutschland, nicht, wenn es hier gerade so gut läuft. Ich will nicht ausgewiesen werden. Ariana, vielleicht kann ich nie wieder zurück. Ich hab von Leuten gelesen, die all ihre Träume aufgeben mussten. Das will ich nicht tun müssen.«

»Ich kann und werde das vor Owen nicht geheim halten. Und du solltest es genauso wenig. Wir werden eine Lösung finden, hörst du?«

Evie sah mich ungläubig an. »Wie?«

Tja, das wusste ich leider selbst noch nicht. Fakt war, dass ich Evie keine Versprechen geben konnte. Wir konnten es nur versuchen. Eine weitere unumstößliche Tatsache war, dass wir Evie heute brauchten und dass sie sich dringend sammeln musste.

»Das weiß ich noch nicht«, gab ich zu. »Aber das ist ein Problem für morgen. Heute haben wir einen Job.« Ich stand auf, zog eines der Kosmetiktücher aus der Box in der Mitte des Konferenztischs und reichte es Evie. »Nimm dir ruhig noch etwas Zeit. Atme durch. Ich sag den anderen, dass es in zehn bis fünfzehn Minuten losgeht, ja?«

Evie nahm das Tuch entgegen und nickte.

»Und Evie? Wir kriegen das hin. Du bist eine erstklassige Fotografin, leistest hervorragende Arbeit, und ich wette, spätestens nach heute Abend sehen das alle. Ich werde bei Owen morgen ein gutes Wort für dich einlegen.«

»Denkst du, das reicht?«

»Wir werden sehen.«

Wieder nickte sie, und auch wenn sie nicht wirklich wirkte, als ob sie mir glaubte, dass alles wieder gut werden würde, so hatte sie sich dennoch beruhigt. Ich lächelte ihr zu und verließ dann den Raum, um ihr noch etwas Ruhe zu gönnen.

Als die Tür hinter mir ins Schloss fiel, stieß ich ein Schnauben aus. Es war gerade einmal zehn Uhr morgens. Das Event startete in acht Stunden, und dennoch war mir der Tag schon dramatisch genug gewesen. Ich hoffte nur, dass es bei diesem einen Drama blieb.

»Schau mal hierher, Kim!«

»Dawn, dreh dich noch mal! Ja, genau!«

»Woher ist dein Kleid?«

Der rote – oder besser gesagt, der goldene – Teppich hatte vor gut zehn Minuten geöffnet, und ich stand immer noch völlig perplex an dessen Ende. Am liebsten hätte ich den Kopf geschüttelt, doch ich war mir der zahlreichen Kameras nur zu bewusst, die meine Fassungslosigkeit dann für die Nachwelt festgehalten hätten. Ich hatte natürlich damit gerechnet, dass Fans und einige Reporter erscheinen würden. Das MET hatte mir eine Securityfirma empfohlen, und wir hatten den Bereich abgesperrt, damit alle – wie bei den roten Teppichen im Fernsehen – in Ruhe von ihrem Wagen ins Gebäude laufen konnten. Wie sich zeigte, war das auch nötig, denn es waren alle hier: Fans der geladenen Gäste, Radio-Hosts und Celebrity-Magazine, aber auch die *New York Times*, Fox News und sogar BBC. Ich hatte mit vielem gerechnet, aber nicht damit. Hoffentlich spazierte Owen gleich über den Teppich, damit er den ganzen Trubel live mitbekam. Als ich merkte, dass mein rechter Zeigefinger wie von selbst über Quinns Armband strich, machte sich Wehmut in meiner Brust breit.

Ich wünschte, du könntest dabei sein, Bruderherz.

Er war so stolz auf meinen Wegzug gewesen, und wir hatten uns immer vorgenommen, dass er irgendwann einen Sommer bei mir in der Stadt verbringen würde. Nur war es nie so weit gekommen. Ich drängte den Schmerz, der anzurollen drohte wie eine Welle, zur Seite, bevor er sich Bahn brechen konnte. Stattdessen konzentrierte ich mich auf das Geschehen um mich herum.

Evie fotografierte gerade zwei Models in atemberaubenden schwarzen Kleidern. Sie betrachtete das Display ihrer Kamera, dann gab sie den beiden einen Daumen nach oben. Während sie bei dem Shooting des Teams noch etwas neben der Spur gewesen war, schien sie ihre Balance nun gefunden zu haben. Sie war vollkommen in die Fotografie abgetaucht, wuselte zwischen den Gästen hin und her und schaffte es, dabei nicht über ihr bodenlanges Kleid zu stolpern.

Ich beobachtete das rege Treiben, begrüßte die Gäste und merkte, wie ich mich langsam, aber sicher entspannte. Alles sah großartig aus, die Moderatorin wurde gerade im Green Room geschminkt, Shae und Heather hatten sich mit der Dekoration selbst übertroffen, und die Stimmung war jetzt schon hervorragend, dabei ging es noch gar nicht los.

»Echt gut, dass du Gold für den Teppich gewählt hast.« Evie stand plötzlich neben mir, ein Strahlen im Gesicht. Sie wirkte wie ausgewechselt.

»Ja, ich dachte, Gold passt besser zum Look der Agentur.«

»Und es beißt sich nicht so mit den Kleidern wie Rot. Die Fotos sind der Hammer! Ich kann es kaum erwarten, sie morgen in Ruhe zu sichten.« Bei der Erwähnung des morgigen Tages huschte für den Hauch einer Sekunde ein Schatten über ihr Gesicht.

»Oh, da ist Owen!«

Ich folgte ihrem Blick, musste jedoch nicht lange suchen, da Evie bereits den Teppich entlanglief, um Owen und Thomas, seinen Mann, abzulichten.

Owen war wie immer vollkommen in Schwarz gekleidet. Doch während normalerweise seine goldenen Ohrringe den einzigen farblichen Kontrast dazu bildeten, erzeugte nun ein hellgrünes Einstecktuch in der Tasche seines Anzugs einen weiteren. Grün. Jeffreys Lieblingsfarbe, wie Owen mir einst verraten hatte. Jeffrey und Owen hatten sich bei der Gründung der Agentur damals wegen der farblichen Gestaltung in die Haare bekommen. Owen war für die gedeckten Töne gewesen, für die die Büroräume von Greenwood & Steele mittlerweile bekannt waren. Jeffrey fehlte die Farbe, weshalb er sich bei den Pflanzen hatte austoben dürfen – auch das hatte sich bis heute gehalten. Nun ja, die Pflanzen waren mit Sicherheit nicht dieselben, aber der grüne Farbakzent war geblieben. Es bestand kein Zweifel daran, dass Owen das Tuch deshalb gewählt hatte.

Wie von selbst zogen sich meine Mundwinkel nach oben. Hoffentlich wurde all das Jeffrey Steele gerecht. Ich hatte ihn nie kennenlernen dürfen, aber Owens Berichte genügten, um zu wissen, was für ein beeindruckender Mann er gewesen sein musste.

»Ariana«, begrüßte Owen mich, als er sich den Weg über den Teppich zu mir gebahnt hatte. »Da hat sich der ganze Aufwand ja gelohnt, was? So viel Presse hatten wir noch nie.«

Stolz durchflutete mich bei seinen Worten, und mein Lächeln wurde noch breiter. »Ja, ich bin echt gespannt auf die Berichterstattung.«

»Ich auch«, erwiderte Thomas. »Aber hauptsächlich, weil unsere Kleine uns in den Ohren liegen wird, dass sie nicht mitdurfte. Sie wollte unbedingt«, fügte er erklärend hinzu.

»Wie alt ist Stefanie mittlerweile?«

»Acht«, antworteten Thomas und Owen simultan, was Thomas zum Lachen brachte. Wie immer versprühte Thomas gute Laune. Ich hatte ihn selten ohne ein Lächeln auf dem Gesicht erlebt. Seine braunen Augen strahlten mit Owens um die Wette, und nicht zum ersten Mal dachte ich, wie gut sie zusammenpassten. Owen machte nie einen Hehl daraus, was für eine große Stütze sein Mann für ihn war.

»Mir graut schon vor dem Tag, an dem ich ihr Alter nicht mehr als Ausrede nutzen kann. Sie möchte ohnehin schon einen Instagram-Kanal.« Owen schüttelte den Kopf. »Wie dem auch sei, gute Arbeit, Ariana. Wir sehen uns dann drinnen.«

»Ja, bis gleich«, entgegnete ich mit einem Nicken und widmete mich wieder dem Treiben auf dem goldenen Teppich, als mein Blick an einem bekannten Gesicht hängen blieb.

Ich riss die Augen auf und blinzelte mehrmals, doch ich hatte mich nicht verguckt. Jared war hier. Mit einem Lächeln im Gesicht und einem Strauß Blumen in der Hand kam er auf mich zu.

»Was machst du hier?«, fragte ich, noch bevor er mich erreicht hatte.

»Meine Freundin unterstützen, was sonst? Ich wusste nicht, welche Farbe dein Kleid hat, deshalb weiße Rosen, auch wenn du natürlich rote verdient hast.« Er trat neben mich und drückte mir einen Kuss auf die Schläfe. Völlig irritiert nahm ich die Blumen, die er mir reichte.

Die Stimmung war in den letzten Tagen mehr als angespannt gewesen. Zwar hatte er sich etliche Male dafür entschuldigt, am Abend des Todestags mit den Jungs feiern gewesen zu sein, hatte den Haushalt geschmissen und sich bemüht, dennoch war es mir schwergefallen, ihm zu verzeihen. Vor allem, da das Gespräch über Quinn von mir ausging. Er hatte den Tag schlicht und ergreifend vergessen. Nie und nimmer hatte ich daher damit gerechnet, dass er hier auftauchen würde. Nicht, nachdem ich ihm die kalte Schulter gezeigt und nicht länger von dem Event berichtet hatte.

»Ich hab Owen geschrieben, ob er mich auf die Gästeliste setzen kann. Ich wollte dich überraschen. Mir ansehen, wie du den Laden zusammenhältst.« Jared lächelte und brachte dadurch das Grübchen in seiner linken Wange zum Vorschein, das schon vor drei Jahren, als wir uns kennenlernten, ein Kribbeln durch mich sandte und es auch jetzt wieder tat.

»Ist dir gelungen«, erwiderte ich und erlaubte mir, meinen Kopf an seine Brust zu lehnen. Nur einen Moment. Ich atmete seinen herben, vertrauten Geruch ein und merkte, wie ich mich entspannte.

Er legte mir die Hand auf den Rücken, den mein mintfarbenes, langes Kleid nicht bedeckte, und strich sanft darüber. »Traurig eigentlich. Ich weiß doch, wie viel dir das heute bedeutet. Als ob ich mir das entgehen lasse.«

Du wusstest auch, wie viel mir Quinns Todestag bedeutet …

Doch ich sprach die Gedanken nicht aus, verschloss die Worte in mir. Ich wollte nicht wie meine Eltern an Vergangenem festhalten. Ich wollte im Jetzt leben. Jetzt war Jared da, und das war es, was zählte.

»Danke«, sagte ich leise, bevor ich mich wieder aufrichtete und seine Hand ergriff. »Sollen wir rein?«

»Unbedingt«, erwiderte Jared, und der warme Druck seiner Finger gab mir das Gefühl, dass alles wieder in Ordnung würde.

14

SHAE

Montag, 22. April

Es war der beste Abend meines Lebens. Das wusste ich schon jetzt, dabei hatte die Benefizgala noch gar nicht richtig angefangen.

Zwar war ich, ganz im Gegensatz zu Tyler, nicht wegen der Influencer und Influencerinnen aus dem Häuschen, aber dafür umso mehr, weil ich die Chance hatte, ein Event zu hosten. Für Onkel Jeffreys Firma, die nun auch ein bisschen meine war. Noch dazu im MET – einem Ort, den ich bisher nur aus dem Fernsehen kannte. Ich hatte Serena und Blair in *Gossip Girl* auf dessen Stufen sitzen sehen, die Architektur bei *Ocean's 8* bewundert – und nun war ich selbst hier. Und ich trug ein Kleid, dessen Wert nicht nur mein Monatsgehalt überstieg, sondern das mit denen der Stars aus *Gossip Girl* auf jeden Fall hätte mithalten können. Es war ein Traum aus dunkelroter Seide mit einem tiefen Beinschlitz und einem Ausschnitt, den ich mich in Phoenix wohl nie zu tragen getraut hätte.

Und in diesem wirst du nachher zu *Beyond Sanity* tanzen …

Mit einem Grinsen schüttelte ich den Kopf, was auf alle Umstehenden komplett bescheuert wirken musste, doch ich konnte es nach wie vor nicht fassen, dass das hier nun mein Leben war. *Beyond Sanity* würden nach dem Auftritt sogar noch bleiben. Vielleicht hatte ich die Chance auf ein Selfie. Bei der bloßen Vorstellung, meine Idole treffen zu können, hoben sich meine Mundwinkel noch weiter.

Und das war wohl das Herausragendste am heutigen Tag: die Tatsache, dass es das erste Mal seit fünf Jahren war, dass ich am 22. April ein Lächeln auf den Lippen trug. Nicht weil ich weniger an Jeffrey und seinen Tod dachte oder daran, wie sehr er mir fehlte, das tat ich – aber ich tat es mit dem Wissen, dazu beizutragen, dass sein Lebenswerk fortbestand. Ich fühlte mich ihm näher, als es sonst an diesem Tag der Fall war. Zu sehen, wie viele Menschen er bewegt hatte, wie viele hier waren, spendeten, über ihn redeten … Ich räusperte mich, als ich den Kloß in meinem Hals bemerkte. Gerade rechtzeitig, denn eine wunderschöne Frau mit langen schwarzen Locken und einem silbernen Kleid betrat das Gebäude und steuerte mit einem Lächeln auf mich zu. Dank meiner Position hinter dem Tresen war ich kaum zu übersehen.

»Yara«, begrüßte ich sie, ebenfalls lächelnd. Ich hatte die letzten Tage damit verbracht, mir alle wichtigen Gesichter und Namen einzuprägen. Sobald die Gäste an der Security vorbei waren, trafen sie auf mich, und ich wollte, dass sie sich von Sekunde eins an wohlfühlten. Yara war Influencerin für Mental-Health-Themen und sprach offen über ihren Umgang mit Depressionen. Ich hatte viel länger auf ihrer Instagram-Seite verweilt als geplant und so einiges lernen können. »Hallo! Ich bin Shae. Wie schön, dass du da bist. Du kannst dir oben im Foyer einen Welcome Drink aussuchen. Die Gala selbst findet im Seckler-Flügel im Tempel von Dendur statt und startet um sieben. Oben findest du auch den Sitzplan. Solltest du im Laufe des Abends Fragen haben oder Hilfe benötigen, melde dich jederzeit bei mir.«

»Das mach ich! Vielen Dank.«

»Sehr gern.«

Ich sah Yara nach und warf dann, als sie am Ende der Treppe angelangt und in die korrekte Richtung abgebogen war, einen Blick auf die Uhr. In einer halben Stunde würde es schon losgehen. Ein nervöses Kribbeln breitete sich von meinem Bauch bis in meine Fingerspitzen aus, dabei wusste ich, dass alles rundlaufen würde. Der Berg an Arbeit lag bereits hinter mir. Alles sah wunderbar aus, das Essen war grandios, laut Ty wurde bereits gespendet, und gleich könnte ich mich mit den anderen an einen Tisch setzen und entspannt den Rest des Abends genießen.

Als hätten meine Gedanken ihn herbeigerufen, tauchte Ty plötzlich in meinem Sichtfeld auf. Allerdings nicht allein. Er betrat den Raum mit einer zierlichen, brünetten Frau, die ungefähr in meinem Alter sein musste. Ob das Heather war? Zumindest schien sie sich im MET bestens auszukennen und nicht zu den Gästen zu gehören, denn ihr Blick streifte mich nur kurz, bevor er wieder auf Tyler landete. Dieser legte ihr gerade eine Hand an die Taille. Es war doch nicht sein Ernst, während der Arbeitszeit rumzubaggern. Wenn das die anderen sahen!

»Hallo, Shae«, riss mich eine dunkle Stimme aus meinen Gedanken. Owen stand vor mir, neben ihm Thomas, der mir entgegenstrahlte.

»Shae, wie schön. Dich hab ich ja ewig nicht gesehen.«

»Freut mich auch«, erwiderte ich, verwundert, dass er mich überhaupt noch erkannte. Zuletzt hatten wir uns auf Jeffreys Beerdigung vor fünf Jahren getroffen, und da war ich nicht gerade gesprächig gewesen. Anscheinend gingen auch Owens Gedanken in eine ähnliche Richtung, denn er kam ein Stück näher und legte eine Hand auf meine Schulter

»Jeffrey wäre sehr, sehr stolz auf dich. Das sieht alles ganz wundervoll aus.«

»Danke«, erwiderte ich, nun noch überraschter. »Ich hoffe, der Abend wird ihm gerecht.«

»Daran habe ich keinen Zweifel. Es wird bestimmt toll. Und selbst wenn etwas nicht nach Plan läuft: Dein Onkel war immer für etwas Chaos zu haben. Aber das brauche ich dir ja nicht zu erzählen.«

Owen lächelte mich warm an, doch es lag auch eine gewisse Traurigkeit in seinen Augen. Ob er ihn auch immer noch so vermisste? Ob er auch ab und an mit ihm sprach, als könnte er antworten? Das waren keine Fragen, die ich meinem Chef jemals stellen würde. Doch ein wenig hoffte ich, dass dem so war. Dass Jeffrey in Owen noch einen Menschen hatte, der seiner täglich gedachte und ihn so zumindest in Erinnerungen am Leben hielt.

»Wir gehen mal hoch, noch ein paar Leute begrüßen. Außerdem muss ich pünktlich um sieben auf der Bühne stehen.«

Owen klopfte zum Abschied einmal auf die Theke vor mir, Thomas winkte, und dann nahmen die beiden plaudernd die Stufen nach oben. Keiner von ihnen drehte sich noch einmal um – was ein Glück war, denn mittlerweile hatte Tyler beide Hände an Heathers Hüfte gelegt. Ich konnte sein Gesicht aufgrund des schwarzen Huts, den er trug, nicht gut sehen, doch glücklicherweise wirkte es nicht, als ob sie sich küssten. Sie schienen bloß zu sprechen, aber ein Stück näher, und es hätte kein Streifen Papier mehr zwischen sie gepasst. Ich kramte mein Smartphone aus der filigranen Umhängetasche und öffnete den Chat mit Ty.

Shae, 6.33 pm:

Kannst du aufhören, mit dem Personal zu flirten? Du bist zum Arbeiten hier. Owen war gerade bei mir, du hast Glück, dass er dich nicht gesehen hat!

Ich blickte auf und sah, wie Ty etwas auf Abstand ging und sein Handy aus der Anzugtasche nahm. Er warf mir einen Blick zu, die Brauen zusammengezogen, die Augen verengt, dann tippte er eifrig eine Antwort in sein Handy. Kurz darauf vibrierte meines.

Tyler, 6.33 pm:
Du bist ja nur neidisch, dass du deine Wette heute zum zweiten Mal verlieren wirst.

Tyler, 6.34 pm:
Ich hab meine Pizza übrigens immer noch nicht gesehen. Ich glaube, ich möchte noch Dessert dazu.

Shae, 6.34 pm:
Du bist unverbesserlich.

Ty, 6.34 pm:
Und dafür liebst du mich.

Shae, 6.35 pm:
Leider ja.

»Wer hätte gedacht, dass wir uns so schnell wiedersehen?«

Oh shit. Mit heftig klopfendem Herzen ließ ich das Handy auf die Theke sinken. Ich kannte die Stimme. Sehr gut sogar, denn ich hatte mir ihre letzten Worte noch etliche Male im Kopf herumgehen lassen, um herauszufinden, ob ich irgendwas falsch interpretiert hatte. Auch jetzt jagte sie mir einen wohligen Schauer über den Rücken.

»Sagtest du nicht, dass du heute die Moderatorin schminkst?«, fragte ich, blickte auf und versuchte, mich von Cams blauen Augen nicht zu sehr aus der Balance bringen zu lassen.

»Ja, aber ich habe nicht damit gerechnet, so ein Glück zu haben, dass du das Erste bist, was ich sehe, wenn ich ankomme.« Meine Augen weiteten sich wie von selbst, denn abrupter Abgang hin oder her: Das war definitiv geflirtet. »Außerdem hab ich die Moderatorin schon geschminkt, sie ist gerade backstage, und ich hab noch etwas Zeit, dir Gesellschaft zu leisten.«

»Tja, klingt so, als wäre heute dein Glückstag.«

»Kommt drauf an, darf ich dich auf einen Welcome Drink einladen, oder steckst du hier noch lange fest?«

»Die Drinks sind kostenlos«, gab ich mit erhobenen Brauen zurück.

»Immerhin müsstest du sie heute nicht selbst mixen.« Ein feines Lächeln umspielte seine Züge. »Ist das ein Nein?«

Ich ließ meinen Blick durch die Halle wandern. Meine Ablösung müsste jeden Augenblick hier sein. Tatsächlich wollte ich nichts lieber, als mit Cam mitzugehen – zumal ich einen Aperitif für die Nerven wirklich gut gebrauchen konnte.

»Wie könnte ich zu Getränken auf Kosten meiner Agentur Nein sagen?«, fragte ich zurück. »Leider bin ich noch an diese Theke gebunden, bis jemand vom MET kommt und mich ablöst, damit die Nachzügler begrüßt werden.«

»Stört es dich, wenn ich hier warte?«

»Ganz und gar nicht.« Obwohl ich es versuchte, konnte ich mein Lächeln nicht im Zaum halten. Hatte ich mich auf der Party also doch nicht getäuscht! »Hattest du noch eine gute Zeit auf der Feier letztens?«

»Ja …« Cameron legte den Kopf schief. »Wenn ich ehrlich bin, geht so. Lag null an der Party, aber ich war mit einem Freund da, dem es nicht so gut ging. Deshalb war ich auch so schnell wieder weg. Ich hätte gern länger mit dir geredet.«

»Wir haben heute sicher mehr als genug Gelegenheit, das nachzuholen«, gab ich zurück und konnte nicht leugnen, dass ich Erleichterung spürte, nun, da ich den Grund für seinen plötzlichen Abgang kannte.

»Ja. Heftig, dass ich eingeladen wurde«, sagte Cam und ließ den Blick über die prunkvolle Decke und die Inneneinrichtung schweifen. »Ich war noch nie hier, dann auch noch zu einem solchen Event geladen zu sein … Das hätte ich mir vor einem Jahr nicht geglaubt.«

»Dito«, gab ich lachend zurück. »Ich denk mir das jeden

176

Morgen, wenn ich mit meinem Kaffee auf der Feuerleiter sitze.«

»Neid. Ich wollte unbedingt eine, kann aber nur mit einer Aussicht auf die Wand des Nachbarhauses dienen.«

Bei seinem frustrierten Gesichtsausdruck musste ich lachen, und als er einfiel, löste der tiefe Laut eine angenehme Wärme in meinem Bauch aus. Cam war schön, das stand außer Frage. Um seine blauen Augen lagen sympathische Lachfalten, er war einen Kopf größer als ich, hatte muskulöse Oberarme und war leicht gebräunt, wodurch sich die blonden Haare noch mehr abhoben. Doch seine Ausstrahlung beeindruckte mich weit mehr. Er wirkte selbstsicher, jedoch ohne sich in den Mittelpunkt zu drängen und zu viel Raum einzunehmen. Es war viel eher so, als ruhe er vollkommen in sich selbst. Und obwohl wir nur nebeneinanderstanden, uns nicht einmal berührten, übertrug sich diese Ruhe auf mich.

»Wenn du neu bist, hast du ihn gar nicht mehr kennengelernt, richtig? Jeffrey Steele meine ich.«

Zu der Wärme in mir gesellte sich Wehmut, wie immer bei der bloßen Erwähnung von Jeffs Namen.

»Wobei das wohl den meisten so geht, auf der Einladung stand, dass es sein fünfter Todestag ist.«

»Ehrlich gesagt hab ich ihn gekannt. Er war mein Onkel.« Die Worte waren raus, bevor ich über sie nachdenken konnte. Niemand im Büro wusste davon – abgesehen von Owen und Tyler natürlich. Aber ich wollte nicht, dass irgendjemand dachte, dass ich den Job Jeffrey zuliebe bekommen hatte. Ich hatte mich extra nicht bei Owen, sondern ganz normal über die Personalabteilung beworben, hatte mir ein Empfehlungsschreiben erarbeitet … doch bei Cam schien der Filter, der diesbezüglich sonst auf meinem Mund lag, keine Wirkung zu zeigen.

»Oh shit. Shae, ich hatte keine Ahnung. Wie geht es dir heute mit dem ganzen Trubel?«

»Gut … Bitte sag es keinem.«

Cam zog die Brauen zusammen. »Dass Jeffrey Steele dein Onkel war?«

Ich nickte. »Ja. Das weiß keiner, und das soll auch so bleiben.«

Cam ahmte das Schließen eines Reißverschlusses vor seinem Mund nach. »Ich schweige wie ein Grab, versprochen.«

Ich erwiderte sein Lächeln zaghaft, als ich aus dem Augenwinkel wahrnahm, wie mein Handydisplay aufleuchtete. Ich schaute nach unten, um zu sehen, ob es etwas Wichtiges war.

Ty, 6.40 pm:

> AHAHAHAHAHA! Hörst du, wie ich lache? Rate, wieso!

»Alles in Ordnung?«, fragte Cam, der meinen irritierten Gesichtsausdruck bemerkt haben musste.

»Ja, alles bestens«, erwiderte ich. »Nur mein bester Freund.«

Kaum dass ich die Worte ausgesprochen hatte, leuchtete mein Smartphone schon wieder auf.

Ty, 6.41 pm:

> Spielverderberin, dann rate halt nicht. Das war das Gelächter der Doppelmoral. Ich soll also nicht flirten, aber du tauschst heiße Blicke mit Mr. Guyliner. Das ist der Typ von der Rooftopbar, hab ich recht?!

Ich schüttelte den Kopf und warf Tyler, der nach wie vor an der Wand neben dem Eingangsbereich stand – mittlerweile allerdings ohne Heather –, einen giftigen Blick zu. Dieser grinste nur und wackelte mit den Augenbrauen.

»Es tut mir leid, wenn ich die Stimmung gedrückt habe«, sagte Cam leise. Er schien von dem Austausch gar nichts bemerkt zu haben, und als mein Blick seinen traf, nahm ich den besorgten Ausdruck in seinen Augen wahr. »Vermutlich ist es heute nicht so leicht für dich, oder?«

»Leichter, als ich dachte.« Ich lächelte. »Sollte irgendjemand eine emotionale Rede halten, werde ich bestimmt trotzdem in Tränen ausbrechen. Aber um deine Frage zu beantworten: Mir geht's gut. Insbesondere, weil dahinten meine Ablösung kommt und du mich endlich zu dem versprochenen Welcome Drink bringen kannst.«

Erneut jagte Cams Lachen Schauer durch meinen gesamten Körper. Als die Mitarbeiterin des METs mich abgelöst und ich mein Handy wieder in der kleinen Tasche verstaut hatte, bot Cam mir seinen Arm an.

»Na dann, bereit?«

»Und wie«, erwiderte ich mit einem Lächeln und versuchte, mich von meinem viel zu schnell klopfenden Herzen nicht aus der Ruhe bringen zu lassen, als ich nach seinem Arm griff. Hinweg war die Ruhe, denn was er nun in mir auslöste, fühlte sich mehr nach einer Achterbahn an. Ich flirtete gern und liebte den Nervenkitzel dabei. Doch dass mich jemand so aus der Fassung brachte, solche Gefühle in mir heraufbeschwor – das sah mir eigentlich gar nicht ähnlich.

Eine Viertelstunde später, als die kleine Glocke im Foyer ankündigte, dass wir uns zu den Plätzen begeben sollten, raste mein Herz zwar nicht mehr, doch das Adrenalin und die Glücksgefühle waren immer noch da. Mit einem Strahlen bahnte ich mir den Weg zu meinem Tisch, an dem Zoey, Tyler, Evie, Ariana und ein Mann, der ihr Freund sein musste, bereits saßen. Ich nahm die aufwendige Blumendekoration, die ich ausgewählt hatte, nur am Rande wahr und ließ mich mit einem Seufzen auf meinen Platz sinken.

»Na, da wirkt aber jemand glücklich. Ich frag mich, wieso. Oh, halt, warte. Ich weiß es!«

»Wieso wundert es mich nicht, dass du das Wort Guyliner kennst?«, unterbrach ich Tylers neckende Worte, bevor er vor Ariana herausposaunen konnte, dass ich auf der Gala mit unserem Visagisten geflirtet hatte. Doch die Sorge war unbegründet, denn ich nahm gerade noch Tylers Grinsen wahr, dann begannen die Wände um uns herum und der Boden unter uns, golden zu glitzern. Ein Raunen ging durch die Menge und wurde von Tisch zu Tisch getragen. Als ich Arianas breites Lächeln sah, war mir klar, dass sie das Ganze geplant haben musste. Leise Musik erklang, und das Gold löste sich funkelnd auf und machte breiten Lettern Platz, die sich zum Logo von Greenwood & Steele zusammenfanden.

»Nicht schlecht«, flüsterte Tyler neben mir, und ich nickte gebannt. Aus dem Flüstern der gut 250 Gäste wurde Klatschen, und ich sah nach rechts, wo Owen gerade die Bühne betrat. Wobei Bühne eine absolute Untertreibung war. In der Mitte des Raums befand sich eine kleine Erhöhung, die von Stücken des Tempels eingerahmt wurde, die dem Raum seinen Namen gaben.

Die Musik wurde lauter und lauter, nur um in dem Moment zu verklingen, in dem Owen die Mitte der Fläche erreichte. Das Gold funkelte sacht am Boden und den Wänden weiter und machte den ersten erstrahlenden Lichtern New Yorks Konkurrenz, die durch die Fensterfront zu erblicken waren.

»Herzlich willkommen. Wie schön, dass Sie alle da sind.« Owens Stimme war fest, es lag nicht einmal ein Hauch von Aufregung in ihr. Womöglich war man mit so viel Erfahrung im Business auch nicht mehr nervös. Selbst dann nicht, wenn sich die angesagtesten Models, Künstler, Geschäftsleute und Influencer in einem Raum versammelt hatten. »Wie mittlerweile sicher alle mitbekommen haben, findet die Benefizgala zu Ehren von Jeffrey Steele statt. Meinem besten Freund und Mitgründer von Greenwood & Steele, der vor fünf Jahren viel zu früh von uns gegangen ist. Doch bevor Sie alle betreten zu Boden schauen, lassen Sie mich eine Sache über Jeffrey sagen: Er liebte Menschen. Er hat es geliebt, Geschichten zu hören, Menschen zusammenzubringen und aus jedem Einzelnen das besondere Etwas herauszukitzeln. Für ihn war von Anfang an klar, dass unsere Arbeit nicht nur Geld eintreiben und uns erfüllen musste, sondern dass sie einem größeren Zweck dienen sollte. Er wusste, dass nicht nur ein Arzt oder eine Lehrerin eine Verantwortung gegenüber der Gesellschaft haben, sondern jeder von uns. Jeder von Ihnen in diesem Raum trägt eine Verantwortung. Denn jeder von Ihnen hat die Macht, etwas zu bewirken. Dass Sie heute Abend hier sind, zeigt, dass Sie sich dieser Verantwortung bewusst sind, und ich weiß, dass das Jeffrey mit Stolz erfüllt hätte.«

Jeffrey wäre sehr, sehr stolz auf dich.

Owens Worte am Empfang kamen mir ins Gedächtnis und ließen seine aktuellen zu einem Hintergrundrauschen verebben. Hoffentlich hatte er recht. Ich wusste nicht, ob ich an ein Leben nach dem Tod glaubte, wusste nicht, ob ich darauf hoffen konnte, dass Onkel Jeff mich beobachtete und sah, wie sein Lebenswerk weitergeführt wurde. Doch selbst wenn das nicht der Fall war, wollte ich so leben, dass es ihn stolz gemacht hätte. Meine Eltern waren nicht gerade begeistert gewesen, dass ich in seine Fußstapfen treten und nach New York gehen wollte. Meine Mom war in erster Linie besorgt gewesen, was meine Angststörung betraf, mein Dad hatte bis heute nicht verstanden, warum ich mit Menschen arbeiten wollte, die Fotos ins Internet stellten. Die Einzige, die meine Entscheidung gutgeheißen hatte, war meine kleine Schwester Emely gewesen. Da sie auch das Einzige gewesen war, was mich noch an Phoenix gebunden hatte, war der Entschluss schnell gefallen. Es war, wie Owen sagte: Wir alle hatten Verantwortung. Doch nicht nur anderen gegenüber, auch uns selbst. Denn wie sollten wir anderen helfen, wenn wir nicht dafür sorgten, dass wir selbst glücklich waren? Wie sollte ich irgendwas in dieser Welt bewegen, wenn ich mir selbst im Weg stand oder mich von Hindernissen zurückhalten ließ?

Ich wurde erst aus meinen Gedanken gerissen, als die letzte Silbe von Owens Rede durch den festlich geschmückten Raum hallte und Beifall aufbrandete. Irgendwo an einem der Tische hinter uns pfiff sogar jemand. Ich klatschte so heftig, dass meine

Handflächen zu kribbeln begannen, und unterbrach nur kurz, um mir die Tränen wegzutupfen, die über meine Wangen liefen, genau wie ich es Cam gegenüber vorhergesagt hatte.

»Ich wünschte, ich hätte ihn kennengelernt«, sagte Ariana, als der Applaus verebbte und die ersten Gerichte aufgetischt wurden. »Er muss ein großartiger Mensch gewesen sein.«

»Das war er«, sagte Zoey mit einem Lächeln. Ich war froh, dass die Rezeptionistin bei uns saß und wir einmal mehr Worte als das übliche Hallo wechseln konnten.

»Ja«, stimmte ich ihr zu. »Also, ich meine, ich hätte ihn auch gern kennengelernt.«

»Das mit den Effekten war übrigens eine tolle Idee!«, sagte Evie.

»Ja«, stimmte Ty ihr zu. »Passt perfekt zur Stimmung im Saal.«

»Ariana hatte schon immer ein Auge fürs Detail«, sagte der Mann neben ihr mit Stolz. »Ich bin übrigens Jared, ich habe mich dir noch gar nicht vorgestellt, entschuldige.«

»Freut mich«, erwiderte ich. »Ich bin Shae.« Ich wollte gerade fragen, ob die beiden sich in New York kennengelernt hatten, als mein Smartphone in der Tasche, die um meine Stuhllehne hing, vibrierte. »Entschuldigt bitte«, sagte ich und nahm den Anruf der unbekannten Nummer entgegen.

»Hallo … ich … Anna …«

»Einen Moment«, sagte ich ins Telefon, stand auf und ging schnellen Schrittes nach draußen. Inmitten der Gespräche, der Musik und des Klirrens von Besteck auf Tellern war es unmöglich, etwas zu verstehen.

»Entschuldigung. Noch einmal bitte, jetzt kann ich Sie hören.«

»Hallo. Spreche ich mit Shae Wright?«

»Ja, genau.«

»Hier ist Anna. Ich bin die Tourmanagerin von *Beyond Sanity*. Sie sollten in etwas über einer Stunde beim Livekonzert in New

182

York sein. Ihre Firma hatte sie gebucht, und Ihre Handynummer stand beim Kontakt.«

»Ja«, sagte ich und merkte, wie mir das Herz in die Hose rutschte. »Gibt es ein Problem?« *Bitte, bitte, bitte lass alles gut gehen. Beyond Sanity* sollten direkt nach dem Dinner performen und ordentlich einheizen, damit alle sich zur Tanzfläche bewegten. Außerdem waren sie eine der angesagtesten Bands aktuell, und sie in einer so kleinen Runde live sehen zu können, glich einem Wunder. Sie waren *das* Highlight des heutigen Tags.

»Leider ja«, erwiderte Anna am anderen Ende und zerstörte so jegliche Hoffnung, dass sie nur ein paar letzte Fragen klären wollte. »Ein Triebwerk am Flugzeug ist ausgefallen. Wir schaffen es heute leider nicht mehr, abzufliegen. Es tut mir wahnsinnig leid. Ich weiß, die Absage kommt total kurzfristig, aber wir haben wirklich alles versucht.«

Mit jedem ihrer Worte war mein Herzschlag schneller geworden, trommelte nun beinahe schmerzhaft in meinem Brustkorb. Ich schluckte, suchte nach einer Antwort, einer Lösung. Aber welche sollte es schon geben? Keiner von uns konnte die Zeit anhalten, damit die Jungs in Seelenruhe nach New York fliegen konnten. Die Show war gelaufen. *Beyond Sanity* würden nicht kommen. Unser größter Programmpunkt fiel flach. Und wir hatten keinen Ersatz. Als die Bedeutung des Anrufs langsam einsickerte, hätte ich am liebsten das Handy weggeworfen, wäre nach Hause gefahren und hätte mich dort verkrochen, um nicht diejenige sein zu müssen, die die schlechten Botschaften weitertrug. All diese Leute erwarteten ein Konzert … Wir konnten ihnen unmöglich nichts geben.

»Miss Wright? Sind Sie noch da?«

»Ja, Entschuldigung. In Ordnung, dann weiß ich Bescheid. Vielen Dank für den Anruf.« Meine Stimme klang schwach, und genau so fühlte ich mich gerade auch.

»Natürlich. Es tut uns wirklich leid.«

Anna verabschiedete sich und legte auf. Ich ließ die Hand mit dem Telefon sinken und blickte in den Raum, in dem gerade alle aßen, lachten und keine Ahnung hatte, dass der Starauftritt, der auf das Essen folgen sollte, ins Wasser gefallen war.

»So ein verdammter Mist«, stieß ich aus. Was sollte ich jetzt tun? Langsam betrat ich den Raum und ließ meinen Blick von Owen zu Ariana schweifen. Ich wollte es keinem der beiden eröffnen. Owen lachte gerade über etwas, das Thomas gesagt hatte, und Ariana wirkte zum ersten Mal, seit ich sie Anfang des Monats in ihrem Büro kennengelernt hatte, entspannt. Aber ich musste es ihnen sagen, sonst würden in knapp neunzig Minuten alle auf eine leere Bühne starren.

»Shit, shit, shit«, murmelte ich vor mich hin, entsperrte mein Handy wieder und googelte New Yorker Bands. Vielleicht ließ sich ja ein Ersatz auftreiben. Ich müsste nur jemanden finden, der hier wohnte, heute Abend Zeit hatte und gut genug war, um auf einer der angesagtesten Galas im MET zu spielen. In eineinhalb Stunden. Einer Stunde, wenn man den New Yorker Verkehr miteinberechnete. Einer halben Stunde, wenn man bedachte, dass die Band ihre Instrumente sicher noch holen musste. Ich schnaubte frustriert und sperrte das Handy wieder. Das hatte keinen Sinn.

Mein Blick schnellte nach oben, als ich bemerkte, dass Ty aufgestanden war und zu mir an den Rand des Raums gelaufen kam.

»Alles in Ordnung? Du siehst aus, als hättest du einen Geist gesehen. Ist es wegen Jeff? Magst du kurz raus an die frische Luft?«

Ich schüttelte den Kopf. »Glaub mir, ich hätte lieber eine Geisterbegegnung gehabt. *Beyond Sanity* können nicht kommen. Ihr Flugzeug ist defekt.«

»Oh shit.«

»Das kannst du laut sagen.« Frustriert fuhr ich mir durchs Haar, bis ich bemerkte, dass ich es mit etlichen Haarnadeln hochgesteckt hatte. »Der Auftritt sollte die Leute noch einmal richtig zum Spenden animieren. Wir wollten ihnen was bieten und haben einen Special Guest angekündigt. So schnell finden wir niemals Ersatz.«

»Nein, das können wir knicken.«

Ich riss die Augen auf und boxte ihn gegen die Brust. »Ty!«

»Was?«

»Du sollst sagen, dass alles gut wird! Du bist doch sonst immer so optimistisch.«

»Nein, ich bin immer realistisch. Neben dir Dramaqueen wirkt es nur optimistisch. Aber das ist Mist.« Er hob die Schultern. »Das kann ich nicht schönreden.«

»Oh Gott, Ariana wird so sauer sein.«

»So ein Quatsch, du kannst doch gar nichts dafür.«

»Ja, aber ich hab mit der Band Kontakt gehabt. Ich bin ans Handy gegangen. Wieso geht immer alles schief, sobald ich es anfasse? Und dann auch noch heute. An Onkel Jeffs Feier.« Ich begann, vor Tyler auf und ab zu marschieren, bis er mich an den Armen festhielt.

»Jetzt beruhig dich und atme mal tief durch. Wir gehen zurück zum Tisch und erzählen es Ariana.«

»Das wird ihren Abend ruinieren.«

»Es wird ihren Abend viel eher ruinieren, wenn du nicht Bescheid sagst und wir alle auf eine leere Bühne glotzen. Außerdem geht es heute ums Sammeln von Spenden für einen guten Zweck. Nicht darum, ob deine Vorgesetzte eine tolle Zeit hat.«

Tyler nahm meine Hand, und gemeinsam gingen wir zum Tisch, er sehr viel gefasster als ich.

»Was ist los?«, fragte Ariana, kaum dass ich mich gesetzt hatte. Offensichtlich hatte ich nicht gerade ein Pokerface. Ich gab ihr eine Zusammenfassung des Calls mit Anna.

»Das ist … ungünstig.«

»Das ist große Scheiße!«, sagte ich sehr viel aufgebrachter.

»So kurzfristig werden wir wohl niemanden mehr auftreiben können, selbst wenn wir den Programmpunkt nach hinten schieben.«

»Eben. Und wir können ja schlecht selbst Musik machen.« Ich stutzte. »Oder?« Mein Blick flog zu Ty. »Oder?«

»Was?«

»Ty kann Gitarre spielen. Und Klavier!«, sagte ich an Ariana gewandt. »Kann sonst noch jemand aus der Agentur was?«

»Jasper spielt Bass«, antwortete Zoey. »Und ich kann Trompete, auch wenn uns das sicher wenig bringt. Und Ariana …«

»Ich weiß nicht, ob die Leute eine Band aus Mitarbeitenden als Stargast durchgehen lassen«, unterbrach Ariana Zoey.

»Na ja, ich will ja nicht angeben«, sagte Ty, »aber mein Klavierspiel hätte den Titel durchaus verdient.«

Würde ich mich nicht so zwanghaft an die Hoffnung klammern, den Abend zu retten, hätte ich bei Tylers Worten sicher die Augen gerollt.

»Kannst du etwas, Evie?«

»Fotografieren.« Abwehrend hob sie die Hände. »Ihr wollt mich nichts spielen hören, glaubt mir.«

»Was für ein Instrument hast du denn gelernt, Ariana?«, fragte Ty weiter.

»Gar keines.«

»Sie singt. Richtig gut sogar«, führte Zoey aus. »Auf einer Weihnachtsfeier hat sie mal *Ave Maria* gesungen, und es ist kaum ein Auge trocken geblieben.«

»Das lag wohl eher am Alkohol als an meinen Gesangskünsten.«

»Du ahnst ja gar nicht, wie viel Alkohol ich dir in neunzig Minuten besorgen könnte«, erwiderte Ty mit einem Grinsen. Immerhin einer hatte seinen Humor noch nicht verloren.

»Also haben wir ein Klavier, einen Bass, eine Trompete und Gesang«, fasste ich zusammen. »Wilde Mischung.«

»Na ja, haben …«, sagte Zoey und ahmte Anführungszeichen mit den Fingern nach. »Ich hab meine Trompete heute ausnahmsweise nicht mitgenommen. Es bringt ja nichts, wenn wir spielen können, aber nicht wissen, worauf.«

»Gutes Argument. Die neue Ballade von *Beyond Sanity* … da spielt nur ein Klavier.« Ich sah Tyler an. »*I know I did it*, du weißt schon. Hast du es letztens nicht sogar gespielt?«

Tyler nickte. »Ja. Ich bräuchte aber die Noten, auswendig kann ich es nicht.«

Ich sah zu Ariana. »Kennst du das Lied?«

»Ja, in- und auswendig, so oft, wie es gerade im Radio läuft. Aber ich weiß nicht …« Zögernd sah sie zu Jared, auf dessen Miene ein schiefes Lächeln lag.

»Du singst wunderschön«, ermutigte Zoey sie. »Außerdem hat es doch auch was, wenn die Musik aus den Reihen der eigenen Agentur kommt.«

»Meinst du?«, fragte Ariana im selben Moment, in dem Jared auflachte.

Irritiert sah ich ihn an. Auch die Blicke der anderen lagen auf ihm, und er verschränkte die Arme vor der Brust. »Ihr glaubt doch nicht wirklich, dass die Leute in Begeisterungsrufe ausbrechen, wenn sie einen Stargast erwarten und dann euch auf der Bühne sehen? Nichts für ungut. Und Babe … ich liebe dich, und du singst nicht schlecht, aber du bist auch nicht gerade für die Bühne gemacht.«

»Bitte?«, fragte Ty, während mir die Kinnlade herunterfiel. Jared hingegen blickte Ariana liebevoll an, als meinte er es nur gut mit ihr. War das sein Ernst? Und wollte Ariana sich das wirklich gefallen lassen? Sie setzte sich doch sonst bei allem durch.

Anscheinend bewirkten Jareds Worte auch jetzt genau das, denn die Unsicherheit schwand aus Arianas Blick. Stattdessen taxierte sie Jared und stand auf.

»Ty, such ein Klavier, an dem wir üben können. Ich bin sicher, das da oben ist nicht das einzige im MET. Zoey, könntest du bitte jemandem Bescheid sagen, damit Ty und ich an die Technik angeschlossen werden? Wenn noch jemand die Noten ausdrucken kann, wäre das großartig.«

»Das kann ich machen«, sagte ich und merkte, wie mein Herz einige Takte schneller schlug. Wir würden es wirklich tun. Klar, es würde *Beyond Sanity* nicht ersetzen, aber alle in der Firma kannten Ariana, und die meisten der anwesenden Gäste hatten mit Sicherheit auch schon einmal Kontakt zu ihr gehabt. Vielleicht würde es nicht so professionell werden, dafür aber umso persönlicher.

»Kannst du nicht«, erwiderte Ariana, und ihr Blick löste sich endlich von dem ihres Freundes. »Du moderierst uns an.«

»Ich … was?«

»Überleg dir was, ich will, dass die Leute den Auftritt so richtig feiern.«

Dann ging sie mit einem letzten »Komm mit« zu Tyler aus dem Raum und ließ uns zurück. Ich hätte nicht sagen können, wer von ihrem Abgang verblüffter war: ich, vor Bewunderung, oder Jared, vor offensichtlicher Verwirrung.

15

TYLER

Montag, 22. April

Dieser Abend lief in eine Richtung, die ich nicht erwartet hätte. Ariana und ich hatten die letzte Stunde miteinander geübt und uns auf den Song eingestimmt. Nach einigen Startschwierigkeiten hatte ich das Lied in eine andere Tonart gesetzt und die Geschwindigkeit leicht verändert. Die Ballade war eigentlich sehr getragen, doch wir hatten eine verspieltere Version daraus gemacht, die Ariana die Chance ließ, zu improvisieren. Ich hatte bemerkt, dass sie lockerer wurde, wenn sie mehr Freiheiten beim Singen bekam. Zudem hatte Ariana ein tolles Gespür für Musik. Auch Shae hatte während der Probe immer wieder den Kopf in den Raum gesteckt, um zu checken, ob wir vorankamen. Ich hatte sie irgendwann mit den Worten »Nicht, wenn du dauernd störst« endgültig rausgeschmissen.

Eine Stunde später traten Ariana und ich also auf die Bühne, auf der bereits der Flügel und ein Mikrofonständer aufgebaut waren.

»Das wird cool«, sagte ich, weil ich merkte, wie sie Klopftechniken auf ihrer Hand ausführte, wie es Shae oft machte.

»Ich hoffe.« Ariana atmete durch und nahm das Mikro. Ich lächelte sie aufmunternd an, setzte mich hinter den Flügel und ließ meine Finger über die kühlen Tasten gleiten. Probehalber spielte ich ein paar Töne und hoffte, dass das Instrument gestimmt war. Zum Glück passte aber alles.

Ich warf erst Ariana einen Blick zu, dann Shae, die jetzt ebenfalls auf die Bühne kam, um uns anzukündigen. Sie hatte ihr eigenes Mikro mitgebracht, das sie mit bebenden Fingern festhielt.

»Hi zusammen«, sagte mit zitternder Stimme. Ich sandte ihr in Gedanken Kraft. »Eigentlich sollte jetzt *Beyond Sanity* auf der Bühne stehen. Wie ihr seht, ist das nicht der Fall. Die Band steckt leider fest und kann heute nicht kommen, aber wir haben uns etwas anderes für euch ausgedacht.«

Shae wartete einen Moment, ehe sie fortfuhr. »Wie es der Zufall will, kann die Belegschaft von Greenwood & Steele nicht nur tolle Galas ausrichten, sondern hat auch ein Talent für Musik. Hier sind Tyler Mitchell und Ariana Hunt, die ihre Version von *I know I did it* vortragen werden. So holen wir einen Hauch von *Beyond Sanity* in diese Hallen. Viel Spaß.« Shae atmete durch, die Leute klatschten noch etwas verhalten, und ich lockerte die Schultern. Erwartungsvoll blickte ich Ariana an, die mir schließlich ein Zeichen gab, dass sie bereit war.

»I know I lost my way, searching for a thing that was never meant to be«, begann sie zu singen, und ich stimmte langsam mit den Akkorden ein. »I know I lost myself on this road to nowhere. I know I lost my soul. I did what I never wanted to. I forgot about my dreams. I forgot about my heart. I know I did it. I know it's wrong.«

Aus dem Augenwinkel bemerkte ich, wie Evie Bilder von uns schoss. Ariana und ich fanden einen guten Rhythmus miteinander, ich passte mich ihrer Geschwindigkeit an, und sie ließ nach dem ersten Refrain mehr los. Im Mittelteil improvisierte sie, bis wir schließlich zum Ende kamen. Ich spielte die letzten Töne und lächelte. Ariana ließ das Mikro sinken und atmete durch. Täuschte ich mich, oder glitzerten Tränen in ihren Augen? Sie warf ihrer Begleitung Jared einen kurzen Blick zu, drehte sich dann weg und steckte das Mikro zurück auf den Ständer. Applaus erklang, Heather rief meinen Namen und pfiff durch die Zähne. Ich blickte über die Menge, die uns gelauscht hatte. Die meisten lächelten und schienen zufrieden mit unserer Darbietung, aber der Funke war anscheinend nicht ganz übergesprungen. Vielleicht hätten wir doch nach einem Bass und einer Trompete suchen sollen, um mit Zoey und Jasper zu spielen.

Shae trat auf die Bühne, bedankte sich bei uns und sah unsicher in die Menge. Die meisten wandten sich schon wieder ihren Getränken oder Gesprächen zu. Shae kam zu mir an den Flügel.

»Es funktioniert nicht, Ty«, sagte sie. »Die Leute sollen in Stimmung kommen, wir wollten mit der Livemusik die Spendierlaune heben, aber es sieht nicht so aus, als würde irgendwer seinen Geldbeutel öffnen.«

Ich kratzte mich am Kinn, Ariana schloss ebenfalls zu uns auf. »Wir könnten mehr Songs spielen«, sagte sie. »Was kannst du noch?«

»Hauptsächlich Rockballaden wie diese eben oder Musicals. War in der Highschool in der Theatergruppe.«

»Ich auch«, sagte Ariana und lächelte.

»Ich denke aber nicht, dass Rockballaden oder Musicalsongs für aufgeheizte Stimmung sorgen«, sagte Shae. »Das entspannt die Leute doch eher.«

Ich hörte ein Klicken neben mir und blickte herum. Evie hatte ein weiteres Foto von uns geschossen. »Sorry, aber ihr werdet gerade so schön von dem Bühnenlicht angestrahlt, das musste ich festhalten.«

»Das Leuchten unserer Verzweiflung«, sagte Shae und rieb sich über die Stirn. »Vielleicht sollten wir doch besser Musik auflegen? Irgendwas mit Tempo.«

»Welche Musicals kannst du?«, fragte Ariana und sah mich an. Ich runzelte die Stirn. »Die Klassiker wie *Les Mis*, *Cats*, *Jekyll & Hyde*. Von den aktuellen hab ich Songs aus *Waitress* oder *Dear Evan Hansen* schon gespielt, oh, und mein Lieblingsstück natürlich. *Hamilton*. Mein zweiter Vorname ist immerhin Alexander.«

Ich merkte, wie Shae die Augen rollte. In Arianas Gesicht hingegen blitzte etwas auf.

Ich legte den Kopf schräg und lächelte. »Echt jetzt?«

»Ich bin recht textsicher.«

»Ich glaube nicht, dass wir mit *Hamilton* …«, setzte Shae an, aber ich hob die Hand.

»Lass uns mal machen, Süße.« Ich stand auf, nahm mir den Mikrofonständer, den Ariana eh nicht brauchte, und stellte ihn so auf, dass ich gleichzeitig spielen und singen konnte. Dann schnappte ich mir Shaes Mikro und scheuchte sie von der Bühne.

Ariana sah mich erwartungsvoll an und nickte. Ich merkte, dass Evie jetzt mit Heather redete und dabei auf ihre Kamera zeigte. Vielleicht besprach sie mit ihr weitere Motive.

Ich legte die Hände auf die Tasten und spielte die ersten Töne von *Alexander Hamilton*. Ariana stieg sofort ein und fing tatsächlich an zu rappen.

»How does a bastard, orphan, son of a …«

Ich wippte im Takt mit, spielte die Akkorde, die ich in- und auswendig konnte, und übernahm die zweite Strophe. Ariana wieder die dritte, bis wir irgendwann zum Refrain kamen, den ich mit den Worten: »My name is Alexander Mitchell, not Hamilton«, einleitete. Gelächter drang aus dem Publikum, und ich fuhr fort. »Her name is Ariana Hunt which doesn't rhyme. And there's just one dream that we have for tonight.«

»Donate a lot!«, sprang Ariana ein. »Donate a lot!«

Shae lachte auf und klatschte in die Hände. Die Gäste schenkten uns nun ebenfalls mehr Aufmerksamkeit, während Ariana und ich in die nächste Strophe einstiegen und immer wieder improvisierten. Es reimte sich nicht perfekt, aber es machte verdammt viel Spaß. Das schien sich auch auf unser Publikum zu übertragen, denn die Ersten standen auf und gingen zum Spendentisch. Ariana und ich kamen zum Ende vom Lied, doch um die Stimmung nicht abreißen zu lassen, stimmte ich gleich *Guns'n'Ships* an. Ariana stieg wieder voll ein, und ich unterstützte sie zwischendurch mit meinen Gesangseinlagen.

Irgendwann bei der zweiten Strophe sah ich etwas neben mir aufblitzen. Ich blickte herum. Evie hatte eine Kamera auf uns gerichtet, und wie durch Zauberhand projizierte sie damit Arianas und meine Performance auf den Boden und den Tempel. Unsere Gestalten pulsierten, lösten sich auf und formten sich wieder neu, ähnlich der Projektion, die am Anfang des Abends gezeigt worden war. Keine Ahnung, wie Evie das aus dem Ärmel geschüttelt hatte, aber es sah fantastisch aus. Sie drehte sich mit der Kamera, fing auch die Gäste und die Lichter ein und projizierte das ebenfalls in den Saal. Alles um uns herum leuchtete in bunten Farben auf, die im Takt zu unserer Performance pulsierten. Ich konnte leider nicht alles mitverfolgen, weil ich mich aufs Spielen konzentrieren musste, bemerkte aber aus dem Augenwinkel, dass viele ihr Handy gezückt hatten und unsere Performance filmten.

Shae strahlte übers ganze Gesicht und schüttelte immer wieder ungläubig den Kopf. Als wir am Ende des zweiten Liedes ankamen, winkte ich sie zu mir.

»Schnapp dir ein Mikro und mach mit«, sagte ich.

»Was? Ich kann doch gar nicht singen.«

»Musst du auch nicht. Das meiste wird eh gerappt.«

Ariana trat mit geröteten Wangen zu uns, nahm Shae an der Hand, ehe diese sich wehren konnte, und zerrte sie mit auf die Bühne. »Er hat recht, mach mit.«

»Ich kenn nicht mal alle Lyrics!«, sagte sie.

»Wir improvisieren doch eh«, antwortete ich. »Abgesehen davon hörst du sie mich ständig singen.« Ich stimmte *My Shot* an.

Shae zückte ihr Handy, vermutlich, um die Texte aufzurufen, dann fing Ariana schon an zu rappen. Sie hielt Shae irgendwann das Mikro hin. Die verpasste erst ihren Einsatz, doch dann ließ sie los und änderte *My Shot* in *Your Shot* ab. Shae forderte die Gäste auf, ihre eigenen *Shots* nicht zu verschwenden und diese Gelegenheit zu nutzen, um etwas in der Welt zu verändern. Gemeinsam mit Ariana heizte sie die Stimmung ordentlich auf, sodass am Ende vom Lied fast niemand mehr auf seinem Stuhl saß. Am Spendentisch hatte sich sogar eine Schlange gebildet, und ich war von der Bühne gesprungen und lief durchs Publikum, damit dieses das Geld direkt in meinen Hut werfen konnte. Mir stand der Schweiß auf der Stirn, und ich war ziemlich außer Atem, aber es hatte sehr viel Spaß gemacht.

Evie beendete ihre Projektion und strahlte ebenfalls von einem Ohr zum anderen. Shae und Ariana gaben sich High five. Ich stand auf, ging zu ihnen und umarmte Shae. Sie drückte sich fest an mich und gab ein freudiges Quieken von sich.

»Das war unglaublich. Schau dir die Leute an!«

Ich löste mich von Shae, wollte Ariana auch ein High five geben, doch sie schüttelte den Kopf und umarmte mich ebenfalls.

»Danke«, sagte sie, ehe sie mich wieder losließ.

»Es war mir ein Fest«, sagte ich.

»Leute«, hörte ich Owen sagen. Er kam klatschend auf die Bühne und strahlte übers ganze Gesicht. »Was habt ihr noch für versteckte Talente, von denen ich nichts weiß?«

»Ich kann einen Kirschstängel mit meiner Zunge verknoten«, sagte ich.

»Ich denke, dass er nicht die Art von Talent meint, Ty«, sagte Shae und gab mir einen Klaps.

»Aber damit war ich der Star in der sechsten Klasse! Und auch heute beschwert sich niemand über meine Zungenfertigkeit.«

Owen lachte und legte mir eine Hand auf die Schulter. Ich schluckte gegen die Enge an, die sich bei der Geste in mir einstellte.

Was musste ich auch mit meiner Zungenfertigkeit angeben?

Ehe sich das Engegefühl weiter aufbauen konnte, ließ Owen mich los, bat Ariana um ihr Mikrofon und richtete seine Worte nun ebenfalls an die Gäste.

»Ich weiß nicht, wie es euch geht, aber ich bin fast froh, dass *Beyond Sanity* nicht kommen konnte. Ich liebe die Band, doch das eben war ein Highlight. Wir lassen die Spendenkassen natürlich weiterhin offen und freuen uns über jede Unterstützung. Unsere Fotografin Evie hat mir soeben mitgeteilt, dass die Bilder, die sie von der Performance gemacht hat, in diesem Moment ausgedruckt werden.«

Wieder applaudierten die Leute. Ich atmete durch. War froh und dankbar, das durchgezogen zu haben.

»Macht erst mal eine Pause und atmet durch«, sagte Owen zu uns. »Das habt ihr euch verdient.«

»Danke«, sagte ich.

»Ich brauch einen Drink«, sagte Ariana und sprang von der Bühne.

Das klang nicht schlecht. Ich nahm Shae an der Hand und folgte Ariana zurück zu unseren Plätzen. Jared lümmelte auf einem Stuhl, die Beine locker übereinandergeschlagen, einen Arm auf der Lehne abgelegt. Er tippte auf seinem Handy herum.

»Da bist du ja endlich«, sagte er und richtete sich auf.

»Es hat so viel Spaß gemacht«, sagte Ariana und trank einen Schluck Wasser, während ich einen Kellner anhielt, der gerade mit einem Tablett mit gefüllten Sektgläsern an uns vorbeikam. Ich gab Shae eins davon, nahm auch eins für Ariana und eins für mich.

»Das glaub ich. Dann ist ja jetzt alles Wichtige erledigt. Ich würde gern heim, Babe«, sagte Jared. »Hab morgen ganz früh ein Meeting mit Kyle und Omar. Wir wollen die aktualisierten Businesspläne besprechen, damit wir sie abgeben können. Hier ist deine Handtasche, hab auch gleich deine Jacke aus der Garderobe geholt, dann musst du nach dem langen Tag nicht anstehen.«

Er gab Ariana die Handtasche und nahm ihre Jacke vom Stuhl. Sie umschloss die Tasche nur zögernd. »Äh, ich kann noch nicht gehen. Ich hab hier zu tun.«

»Ach ja? Was denn noch? Du ackerst doch schon seit heute Morgen in der Firma. Es kann wohl keiner von dir verlangen, dass du bis Mitternacht hier rumhockst, oder?«

»Es verlangt keiner von mir, ich mache es gern. Abgesehen davon möchte ich nachher noch was trinken gehen.«

»Da wäre ich auf alle Fälle dabei«, sagte Shae und hob ihren Sekt. Ich gab Ariana das Glas und sah sie fragend an. Sie reagierte nicht, sondern musterte Jared, der die Augen verdrehte.

»Feiern könnt ihr doch auch am Wochenende«, sagte er. »Der Termin morgen früh ist wichtig, und ich muss fit sein. Nicht jeder genießt den Luxus, frei entscheiden zu können, wann er zur Arbeit kommt, so wie du.«

Wow, was stimmte bei dem Typen nicht? Das war jetzt schon der zweite bissige Spruch, den er Ariana an den Kopf warf. Ich wollte gerade etwas erwidern, als Evie neben mir auftauchte, mir das Glas Sekt aus den Händen riss und es auf ex leerte.

»Was für ein Abend«, sagte sie. »Die Bilder von euch sind unglaublich geworden, und ich habe schon drei für je zweitausend Dollar verkauft.«

»Respekt«, sagte ich und schlug mit ihr ein.

»Ja. Ich …« Sie warf Ariana einen Blick zu, den sie aber ignorierte. Ihre Aufmerksamkeit galt noch Jared.

»Ich lieb diese Arbeit einfach sehr«, fügte Evie an.

»Babe?«, fragte Jared, der ihr die Jacke hinhielt. »Machst du Feierabend?«

»Ich fände es cool, wenn wir noch was trinken gehen«, sagte ich. »Komm doch einfach mit.«

Jared hob die Augenbrauen, als hätte ich ihn gerade beleidigt. Er ignorierte meinen Vorschlag und wackelte mit der Jacke vor Arianas Nase herum. »Wie sieht es aus?«

Ariana stöhnte leise und massierte sich den Nasenrücken. »Nein«, sagte sie und blickte auf. »Ich komme nicht. Ich bin kein bisschen müde und hab keine Lust, nach Hause zu gehen.« Jared runzelte die Stirn und verzog das Gesicht. »Sagst du nicht immer, eine Beziehung ist ein Geben und Nehmen auf Augenhöhe? Ich hab mir extra den Abend für dich freigeschaufelt, und du kannst nicht mal mit mir gemeinsam nach Hause gehen? Weil du feiern willst?«

»Es hat dich niemand gezwungen, hier abzuhängen«, sagte Ariana leise.

»Ja, das war offensichtlich ein Fehler.« Jared schüttelte den Kopf, zog seine Jacke an und trottete davon. Ariana starrte ihm hinterher, dann trank auch sie ihr Glas Sekt in einem Zug aus und blickte uns an.

»Ich bin definitiv bereit für etwas Spaß. Wie sieht es mit euch aus?«

»Immer«, sagte ich.

»Absolut«, antwortete Shae.

»Ich mach bei allem mit«, sagte Evie. »Also fast allem. Falls ihr nachher nackt über die Straßen Manhattans laufen wollt, wär ich raus.«

Ich schüttelte den Kopf, besorgte einen neuen Drink für Ariana und Evie. »Auf diese Nacht. Das haben wir heute ziemlich gut gemacht.«

»Und wie«, sagte Ariana und stieß mit uns an.

Montag, 22. April

Meine letzten Worte an Jared klangen mir selbst dann noch in den Ohren, als wir vor der Bar zum Stehen kamen, auf die Shae bestimmend ihren Zeigefinger richtete. *The Orchard* stand in leuchtend pinken Buchstaben über dem Eingang des unscheinbaren, mit Efeu behangenen Ladens. Eine Menschentraube hatte sich vor dem Lokal versammelt, und aus dem Inneren schallten uns Musik und das Leben entgegen. Wir waren direkt durch den Central Park gelaufen, und ich hatte mich einmal mehr in New York verliebt. In die Ruhe des Parks inmitten all des umliegenden Trubels, in die funkelnden Lichter der Stadt, in die Tatsache, dass keiner Tyler Aufmerksamkeit schenkte, wie er seine TikToks während unseres Spaziergangs drehte.

»Ich fass es immer noch nicht«, sagte er in diesem Moment, als könnte er meine Gedanken lesen.

»Das hast du dir durch den Hammer-Auftritt verdient!« Shae klopfte ihm stolz auf die Schulter.

Unsere Darbietung auf der Gala wurde von etlichen Gästen

gefilmt und auf diversen sozialen Kanälen hochgeladen. Yara Al ashqar, eine der Mental-Health-Größen auf TikTok, hatte Tyler in ihrem Post verlinkt, was seinem Kanal ordentlich Aufschwung gegeben hatte.

»Darauf stoßen wir an!«, meinte Tyler, bahnte sich einen Weg durch die Menge und hielt uns dreien dann die Tür auf. Wenig später saßen Evie, Shae, Tyler und ich mit Gin Tonic, Mojito und Wein an einem kleinen runden Tisch in einer abgelegenen Ecke. Die Bar war gut besucht, aber so verwinkelt, dass es sich dennoch nicht überfüllt anfühlte. Unser Platz wurde von einer kleinen Deckenlampe in warmes Licht getaucht. Neben Tyler hing ein verschnörkeltes dunkelbraunes Regal mit alten Büchern an der Wand, hinter Evie stand ein Elefantenfuß, der definitiv schon bessere Zeiten gesehen hatte. Seine Blätter hingen trocken und traurig nach unten. Der bloße Anblick versetzte auch mich in Melancholie. Ich fühlte mich ähnlich geknickt, dabei wusste ich doch, dass Jared es nicht böse gemeint hatte. Er war schon immer direkt gewesen, doch aus irgendeinem Grund trafen mich seine Worte heute tiefer als sonst. Ich streckte die Hand an Evies Rücken vorbei und strich über eines der grünbräunlichen Blätter. Er hatte nicht einmal was zu unserem Auftritt gesagt, sondern aufs Handy geguckt.

Zu der Verletztheit kroch Schuld, denn was er gesagt hatte, stimmte: Ich predigte ständig, dass eine Beziehung ein Geben und Nehmen war. War es unfair gewesen, ihn allein nach Hause gehen zu lassen?

»Alles okay?« Evie sah mich besorgt an, dabei war ich doch eigentlich diejenige, die sich um sie kümmern sollte. Sie hatte den Abend hervorragend gemeistert, doch mir war ihr Gesicht nicht entgangen, wann immer sie dachte, dass niemand hinschaute. Es war offensichtlich, dass die Sache mit ihrem Visum sie nicht in Ruhe ließ.

»Alles bestens, ich merk nur die Drinks«, erwiderte ich. Fehlte gerade noch, dass sie sich meinetwegen sorgte. Ihr Blick sowie der der anderen zwei zeigte mir jedoch, dass sie mir die Lüge nicht abkauften. Also griff ich trotz meiner Aussage nach dem Weißwein vor mir und hob das Glas. »Auf einen echt gelungenen Abend und eine *Hamilton*-Performance, die selbst Lin-Manuel Miranda neidisch gemacht hätte.«

Ich hätte Tyler am liebsten umarmt, als er keine Sekunde zögerte und seinen Gin Tonic hob. »Raise a glass to freedom«, zitierte er das Musical weiter und grinste so breit, dass auch Evie und Shae einfielen. Tylers Charme und gute Laune schafften es, auch meine Stimmung wieder ein wenig aufzuhellen. Es war nicht so, dass es mir wehtat, dass Jared gegangen war, ich hatte ja schon kaum damit gerechnet, dass er überhaupt auftauchte. Vielmehr hatte mir die Reaktion der anderen gezeigt, dass meine nicht übertrieben war. Dass ich eben doch nicht zu sensibel war, sondern Jareds Verhalten daneben. Und ich wusste noch nicht, was ich mit der Erklärung machen sollte.

»Ich fass es nicht, dass ich da mitgemacht habe«, sagte Shae, als sie das Glas absetzte. »Vollkommen durchgeknallt.«

»Aber es hat geklappt!«, sagte Evie. »Ich glaube, ich konnte echt jeden einmal beim Spenden und Ausstellen von Schecks fotografieren. Ihr habt dem Laden echt eingeheizt.«

»Und ich hätte nie gedacht, dass du so singen kannst, Ariana.« Shae schüttelte ungläubig den Kopf. »Das war der Hammer!«

»War es wirklich«, stimmte Tyler zu, und auch Evie nickte.

Du singst nicht schlecht, aber du bist auch nicht gerade für die Bühne gemacht.

Die Worte kannte ich bereits, doch dieses Mal war ich nicht verstummt. Dieses Mal hatten sie das Gegenteil in mir bewirkt, ich war für mich eingestanden. Endlich. Auf Roadtrips sang ich nicht einmal mehr zum Radio mit, zu Hause nur noch, wenn Jared unterwegs war, um ihn nicht zu stören. Wann hatte er sich so viel Raum genommen? Warum hatte ich ihm diesen gegeben, anstatt meinen zu verteidigen? Wieso musste ich meinen Raum überhaupt verteidigen?

Ich nippte an meinem Wein und schluckte gegen den Kloß in meinem Hals an. Doch die Zweifel und Fragen, die sich in meinem Kopf eingenistet hatten, die wurde ich so nicht los.

»Danke. Nicht nur für die Worte, für den ganzen Abend. Ich hatte so viel Spaß wie lange nicht mehr«, erwiderte ich aufrichtig. Ich konnte mich nicht daran erinnern, wann ich zuletzt so sehr gelacht hatte – oder mich so etwas Verrücktes wie heute getraut hatte. Als ich mit Tyler dort oben auf der Bühne stand, hatte ich mich für einen kurzen Augenblick wie die alte Ariana gefühlt. Die, die ihre Träume anging, die Dinge wagte, über ihren Schatten sprang. Die locker war und losließ. Ich hatte keine Ahnung, wann ich mich zuletzt so gefühlt hatte. Vor Quinns Tod vermutlich. Das war Jahre her. Die Ariana war nach New York gezogen, hatte sich hochgearbeitet, ein Apartment geholt und allen Widrigkeiten getrotzt. Doch jetzt …

Ich steckte in einem Trott fest. Einem Alltag, der mich – fernab der Arbeit – nicht erfüllte. Einer Beziehung, die mehr Kampf als liebevoll geworden war. Ich kippte den Rest meines Weins in einem Zug hinunter.

»Ich hol uns Nachschub«, sagte ich und zog endgültig jegliche Aufmerksamkeit auf mich.

»Meintest du nicht, du trinkst nicht oft? Sicher, dass das eine gute Idee …«

Ich winkte ab, bevor Shae den Satz beenden konnte. »Heute ist ein besonderer Tag. Außerdem bin ich morgen so oder so verkatert, da kommt es auf ein wenig mehr oder weniger auch nicht mehr an.« Ich griff nach meiner Tasche, die neben Evie auf der runden Bank lag, dann stand ich auf. »Noch einen Wein?«, fragte ich an sie gerichtet und wandte mich, als sie nickte, den anderen zu. »Und ihr? Das Gleiche wie eben oder was anderes? Geht auf mich für die Rettungsaktion!«

»Wenn das so ist …«, meinte Ty. »Dann nehm ich diesmal einen Cuba Libre.«

»Ich bleib beim Mojito«, meinte Shae.

»Kommt sofort«, sagte ich und ging zum Tresen, froh, die Musterung für einen Moment hinter mir zu lassen. Ich war zum Feiern hier, verdammt. Ich wollte den Tag genießen. Das neue Konzept der Gala war meine Idee gewesen, und nun hatten wir es wirklich geschafft. Heute sollte besonders werden, stattdessen saß ich da rum wie ein Trauerkloß. Jared war nicht einmal hier, und ich hing trotzdem in Gedanken bei ihm und der Diskussion, die wir daheim unweigerlich führen würden.

Eine hübsche Frau mit seidigem schwarzem Haar lächelte mir entgegen, als ich an die Bar trat.

»Hi! Was darf's sein?«

»Ein Mojito, ein Cuba Libre und zwei Weißwein bitte.«

»Den gleichen wie eben?«

»Ja«, erwiderte ich, überrascht, dass sie sich meine Bestellung in all dem Trubel gemerkt hatte. »Oh, und zwei Wasser.«

»Kommt sofort«, erwiderte die Frau, und ich schob mich auf den Barhocker, während ich wartete, da meine Füße in den Heels langsam schmerzten.

»Hey, na?«

Ich wandte den Kopf nach rechts und blickte in das Gesicht eines braunäugigen Mannes mit brünettem Haar. In das viel zu nahe Gesicht. Unweigerlich wich ich ein Stück zurück, als mir seine Fahne entgegenwehte. Dabei roch ich mittlerweile sicherlich selbst nach Alkohol.

»Du bist mir eben schon aufgefallen, aber du saßt da die ganze Zeit mit deinen Freunden. Schön, dass ich dich jetzt allein erwische.«

»Kein Interesse, sorry. Aber schönen Abend dir«, sagte ich, wandte mich ab und sah der Barkeeperin dabei zu, wie sie Shaes Mojito zubereitete. Plötzlich berührte mich etwas am Bein. Ich sah nach unten und schlug in der nächsten Sekunde die Hand des Mannes weg. »Sag mal, geht's dir zu gut? Was ist an *Kein Interesse* so schwer zu verstehen?«

Wütend funkelte ich den Kerl an, der abwehrend die Hände hob. »Ey, kein Drama. Ich wollte nur reden.«

»Das tut man üblicherweise mit dem Mund, und in Zeichensprache betatscht man niemanden.«

»Jetzt stell dich nicht so an, ich …«

Ich stand auf und baute mich vor dem Kerl auf. Dankenswerterweise blieb er sitzen, sodass ich ihn überragte. Das waren die Momente, in denen ich froh war, mit dem Krav Maga begonnen zu haben. Ich setzte mein zuckersüßestes Lächeln auf. »Wenn du mich noch ein Mal ungefragt anfasst, sorg ich dafür, dass du die nächsten Wochen nicht einmal selbst Hand anlegen, geschweige denn eine Frau in der Bar aufreißen kannst. Verstanden?«

Er nickte, stand auf und ging beinahe fluchtartig mit seinem Getränk davon. Als ich mich wieder zur Theke traute, stand die Barkeeperin mit den fertigen Getränken vor mir. Ihre Augenbrauen hatte sie gehoben, doch auf ihrem Gesicht lag ein Grinsen.

»Wow. Ich wollte dir gerade zu Hilfe eilen und den Kerl rauswerfen, aber anscheinend hast du keine nötig.«

»Danke trotzdem«, erwiderte ich und hielt meine Karte zum Bezahlen an das Kartenlesegerät, das sie mir entgegenstreckte.

»Solltest du mal eine Anstellung als Türsteherin brauchen, meld dich gern bei mir.«

»Ich bin jobtechnisch versorgt«, erwiderte ich mit einem Schmunzeln. »Aber ich merk's mir.«

»Ich bin Layla«, entgegnete die Frau und verstaute das Kartenlesegerät wieder unter der Theke.

»Ariana, freut mich. Gehört die Bar dir?«

»Ja, seit fast fünf Jahren.«

»Scheint ja gut zu laufen.«

»Zum Glück. Aber heute ist besonders viel los.« Sie nickte zu meinen Getränken. »Ich helf dir besser mal, die an den Tisch zu bringen.«

»Du kannst mir auch ein Tablett geben. Ich hab früher gekellnert, ich verschütte schon nichts.«

»Ach, Quatsch. Ein wenig Hilfe ist das Mindeste, nachdem du meiner Kundschaft schon Manieren beibringst.«

So ungern ich Hilfe auch annehmen mochte, bei Laylas Zwinkern erstarb mein Widerstand. Stattdessen nickte ich und klemmte den Cuba Libre, den Mojito und eines der Wassergläser zwischen meine Hände. Layla nahm das andere und die beiden Weißweingläser. Ich wollte ihr gerade sagen, wo wir saßen, als sie schon auf unseren Tisch zusteuerte. Zum zweiten Mal überrascht von ihrer Auffassungsgabe, folgte ich ihr zurück zu den anderen.

»Der Weißwein?«, fragte Layla und stellte ihn vor Evie, als diese die Hand hob. Das zweite Glas landete vor dem freien Stuhl, auf dem ich mich niederließ, nachdem ich Tyler und Shae versorgt hatte.

»Und das zweite Wasser?«

»Auch für mich«, entgegnete ich.

»Angst vor einem Kater?«, fragte Layla mit neckendem Tonfall.

»Nein, eher vor deinem schwarzen Daumen«, erwiderte ich, ohne nachzudenken. Ich nahm ihr das Glas ab und kippte es in die Pflanze hinter Evie. Shae blickte mich schockiert an, während Layla in schallendes Gelächter ausbrach.

»Du bist echt eine Nummer«, sagte sie grinsend. »Ja, die muss ich dringend mal austauschen. So wenig Licht, wie sie hier kriegt, war sie ja zum Sterben verurteilt.«

»Nein!«, sagte ich eine ganze Spur zu laut, sodass alle ihren Kopf zu mir wandten. Layla zog die Brauen fragend zusammen.

»Gib ihr noch eine Chance. Nur weil etwas verkümmert, heißt es doch nicht, dass es keine zweite Chance verdient hat. Ich bin mir sicher, sie rafft sich wieder auf.«

Auf Laylas Gesicht erschien ein sanftes Lächeln. »Na gut, weil du's bist. Aber dann schau ab und an mal vorbei und pfleg sie weiter, ja?«

Sie zwinkerte mir zu und ging daraufhin zurück zum Tresen.

»Was war das denn?«, murmelte Shae und sah Layla nach.

»Cheers, Leute!«, sagte Evie, völlig unbeirrt von allem, hob ihr Weinglas und setzte es im nächsten Moment an ihre Lippen. Offensichtlich war ich nicht die Einzige, die ihre Sorgen heute in Alkohol ertränkte.

»Cheers!«, erwiderten Shae und ich und nahmen ebenfalls einen Schluck. Tyler hingegen blickte weiter nachdenklich zur Pflanze. Schließlich nahm er das Wasserglas, das ich mir geholt hatte, beugte sich über Evie und kippte die Hälfte über dem Elefantenfuß aus.

»Hiermit taufe ich dich auf den Namen Audrey!«, verkündete er mit feierlicher Stimme, was mich zum Lachen und Shae zum Kopfschütteln brachte.

»Ihr habt sie nicht mehr alle«, sagte Shae.

»*Little Shop of Horrors?*«, fragte ich an Tyler gewandt, der breit grinsend nickte.

Er hielt sich eine Hand an die Brust und fing an zu singen. »Suddenly Seymour …«

Ich stieg sofort ein und sang Audreys Part.

Shae rollte mit den Augen und schüttelte den Kopf. »Sie haben die Jukebox wieder angemacht.«

Tyler lachte, hörte auf zu singen und schlug mit mir ein. »Wusste doch, dass du es erkennst!«

»Ich hätte nie gedacht, dass du so ein Musical-Fan bist.«

»Und wie. Shae tut immer so, als wäre ich ihretwegen nach New York gekommen, aber eigentlich ist es der Broadway, der mich hergelockt hat.«

»Ach ja?« Shae hob spöttisch die Brauen. »Gut. Merke ich mir für morgen, wenn du Katerfrühstück oder Kaffee möchtest. Oh Gott, wie sollen wir morgen arbeiten?«

»Morgen wird entspannt«, erwiderte ich. »Owen wird selbst durch sein, und wir können alle später zur Arbeit. Außerdem sollten wir jetzt nicht an morgen denken. Auf heute.« Erneut hob ich mein Weinglas und merkte erstaunt, dass ich tatsächlich runterkam. Ich fühlte mich wohl hier, bei diesen Menschen, in dieser Bar, in der ich für mich selbst eingestanden war. Zum ersten Mal seit Jareds Abgang legte sich ein aufrichtiges Lächeln auf mein Gesicht. Heute Abend hatte ich ein Stück von mir selbst zurückerlangt. Mit etwas Glück würden weitere folgen.

»Das muss aber wirklich der letzte sein«, nuschelte ich eine gute Stunde später mit Blick auf mein Tequila-Glas.

»Spielverderber«, erwiderte Ty ähnlich undeutlich. »Dann müssen wir aber auf was riiichtig Gutes anstoßen.«

»Meine Kreativität ging beim Rappen drauf.« Shae hob abwehrend die Hände. »Ich denk mir keinen Toast aus, ich musste schon spontan eine Rede halten. Ich hab Feierabend.«

Ich drehte das kleine Glas in meinen Händen und beobachtete die durchsichtige Flüssigkeit dabei, wie sie einen Strudel in der Mitte bildete. Die Bewegungen waren seltsam faszinierend.

»Ariana?«

»Hm?« Ich blickte auf. »Ich kann keine Trinksprüche, ich trink fast nie.« Eine Tatsache, die der schwankende Raum mir gerade zu deutlich zeigte, denn dieser drehte sich ähnlich schnell wie der Shot in meinem Glas. Ich hätte schon vor zwei Drinks aufhören sollen, doch in meinem Kopf schwirrten Jareds Kommentare, Glücksgefühle, Ausgelassenheit – und seltsamerweise auch immer wieder Laylas Blick und ihr Zwinkern … Ich schüttelte den Kopf. Es hatte nichts zu bedeuten. Ich war einfach durch. Mit Zeige- und Mittelfinger meiner freien Hand massierte ich die Stelle zwischen meinen Augen, wo es mittlerweile heftig pochte.

»Auf meine letzte Nacht in New York!«, rief Evie neben mir plötzlich so laut, dass es in meinem Kopf dröhnte.

»Waaas?«, fragte Shae noch lauter.

»Wieso letzte Nacht?« Ty sah Evie verwirrt an.

»Weil ich morgen sicher im Knast sitz.« Evie hob das Glas noch ein Stück höher. »Cheers!« Sie trank den Tequila in einem Zug aus und verzog das Gesicht, während Tyler und Shae sie schockiert beobachteten.

»Knast? Wieso Knast?«

Ich hielt Evie die Zitronenscheibe entgegen. »Du hast das Salz vergessen und die hier. Und du musst nich in den Knast, wir reden morgen mit Owen.« Mein Blick fiel von Evie auf die Zitrone. »Wie heißt's so schön: When life gives you lemons …«

»Bin mir sicher, wenn ich hinter Gittern sitz, kann ich keine Limonade machen«, gab Evie zurück und vergrub das Gesicht in ihren Händen. »Hab kein Visum«, sagte sie so dumpf, dass ich es nur verstand, weil ich bereits von der Sache wusste. Shae und Tyler hingegen schienen weniger Verständnisprobleme zu haben, denn Shaes Lippen formten ein perfektes, rundes O, und Tyler legte den Kopf schief.

»Was? Wie bist'n du eingereist?«

»Auf einem Touristenvisum. Ich darf eigentlich gar nich für Greenwood & Steele arbeiten. Ich darf für niemanden arbeiten.« Evie lachte auf, doch es klang verzweifelt. »Und bald kann ich auch für niemanden mehr arbeiten, denn wenn das rauskommt, bin ich geliefert. Ich komm ins Gefängnis. Ganz sicher. Ich hab mal 'ne Reportage gesehen, in der sie erzählt haben, dass man dort nur zwei Mal die Woche duschen darf. Zwei Mal! Es sei denn, man arbeitet so riiichtig hart und schweißtreibend, aber guckt euch meine Oberarme an.« Wie zum Beweis streckte sie die Arme über den Tisch. »Und selbst wenn ich nich ins Gefängnis komm, kann ich nie wieder nach Amerika zurück. Nie wieder, hört ihr? In Deutschland bucht mich sicher auch niemand mehr, wenn das rauskommt. Mein Ruf wird ruiniert sein, und ich muss zurück zu meinen Eltern ziehen, die sowieso nicht verstehen, wieso ich fotografiere. Dann muss ich was mit Steuern machen, und das is fast genauso schlimm wie nie wieder fotografieren, und dann geh ich vielleicht sogar freiwillig ins Gefängnis und …«

Ein Handyklingeln unterbrach Evies Redeschwall, und nach einiger Zeit hatte sie ihr Smartphone aus der kleinen Handtasche gefischt. Beim Blick auf das Display verfinsterte sich ihre Miene noch weiter.

»Alles okay?«, fragte Shae sanft.

»Muss ran«, erwiderte Evie. Sie stand auf, schwankte kurz, hatte sich aber sofort wieder gefangen. Während sie nach draußen ging, nahm sie das Telefonat an. Allerdings war über den Lärm der Kneipe unmöglich herauszuhören, wer wohl am anderen Ende sein mochte.

»Wir müssen ihr helfen«, sagte Shae bestimmt.

Ich nickte so heftig, dass mein Kopf schon wieder schmerzte. Doch Shae hatte recht. Evie war zu gut, als dass wir sie an die Bürokratiehölle verlieren konnten.

»Yep. Ich hol noch mehr Alkohol«, erwiderte Ty.

»Ich dachte dabei eigentlich an etwas anderes«, murmelte Shae, doch Tyler war bereits in Richtung Tresen verschwunden.

»Ich red morgen mit Owen«, sagte ich. »Er ist cool. Er weiß bestimmt weiter.« Das wäre immerhin ein Problem, das ich angehen konnte. Shae nickte, sah jedoch ähnlich überzeugt aus wie Evie heute Morgen.

»Wie geht's dir denn?«, fragte Shae leise. »Ich will dir nich zu nahetreten, und es geht mich auch gar nichts an, aber Jared … Er is … Er wirkt sehr anders als du.«

Ich wandte den Blick ab und wäre Evie am liebsten nach draußen gefolgt. Weg von dieser Unterhaltung. Weg von den Gedanken an Jared und an die bevorstehenden Diskussionen. Als ich nicht antwortete und die Stille zwischen Shae und mir nicht weiter ertrug, erhob ich mich, die Finger um die Tischplatte gekrallt, damit ich nicht vornüberkippte. »Ich geh Tyler mal eben beim Tragen helfen.«

Shae nickte, wirkte nun jedoch noch unglücklicher als während Evies Monolog. Doch darum konnte ich mich nicht auch noch kümmern. Ich war zu sehr damit beschäftigt, vor meinen Problemen davonzulaufen.

Montag, 22. April

Gott, war mir übel. Ich trat aus der Tür und atmete erst mal tief ein. Die Wärme der Kneipe wurde von der kühlen New Yorker Nachtluft abgelöst. Mich fröstelte wegen des Temperaturunterschieds und weil ich nur dieses dünne, sündhaft teure Kleid trug. Auch das wäre morgen vorbei. Ich würde nie wieder so etwas Schönes anziehen dürfen, sondern künftig in diesen hässlichen Knastklamotten rumlaufen müssen. *Orange Is the New Black*, oder wie hieß die Serie?

Ich gab einen verzweifelten Laut von mir, wollte mir an die Stirn fassen und merkte erst da, dass ich noch mein Handy fest umklammerte. Es hatte mittlerweile aufgehört zu klingeln und zeigte mir einen verpassten Anruf meines Bruders an.

Eigentlich sollte ich mich darüber freuen. Immerhin versuchte ich seit Tagen, ihn zu erreichen. Beim Anblick seines Namens und des Fotos, das ihn kopfüber baumelnd an einem Ast zeigte, zog sich jedoch mein Magen zusammen. Das Bild hatten wir vorletzten Sommer aufgenommen, als er und ich uns zu einem gemeinsamen Wanderwochenende getroffen hatten.

Ich seufzte, lehnte mich an die Wand und war kurz versucht, mir die High Heels von den Füßen zu streifen. Sie schmerzten ziemlich, weil ich es nicht gewohnt war, auf hohen Hacken durch die Gegend zu laufen. Es war aber recht kühl heute Nacht, und eine Blasenentzündung wäre das Letzte, was ich auf dem Berg meiner Probleme brauchte.

Um meinen Kopf zu klären, gönnte ich mir ein paar weitere Atemzüge. Der Alkohol rauschte nach wie vor durch meine Adern, doch die Anspannung wegen Marians Anruf und die frische Luft halfen ein wenig, die Wirkung zu vertreiben. Als ich mich einigermaßen wach und aufnahmebereiter fühlte, hob ich das Handy erneut und rief zurück. In New York war es bereits halb zwei in der Früh, in Deutschland wäre es halb acht.

Es klingelte dreimal, ehe jemand abhob.

»Hallo, Evie«, sagte allerdings nicht mein Bruder, sondern eine Frauenstimme.

»Antonia?«, hakte ich nach. Zwar kannte ich die Verlobte meines Bruders, aber in meinem Alkoholrausch wollte ich sichergehen.

»Schön, dass du zurückrufst.«

»Ist was passiert?« Ich schluckte trocken und stieß mich von der Mauer ab. Schwindel schoss mir durch den Kopf, und ich lehnte mich wieder an. Oh Gott. Vielleicht war was mit meinem Vater oder meiner Mutter! Sie hatte letztes Jahr mit Herzrhythmusstörungen ins Krankenhaus gemusst. Mittlerweile war sie zwar in Behandlung, aber man konnte nie wissen, wann das wieder zuschlug.

»Es geht um deinen Bruder. Ich …« Antonia unterdrückte ein Schluchzen, und jetzt machte ich mir richtig Sorgen.

»Was ist los?«

»Er hatte … einen Unfall.«

»Was?« Mein Herz schlug augenblicklich schneller. »Wie geht es ihm, was ist passiert? Wann? Wie?«

»Es war heute Nacht. Er war unterwegs und hatte zu viel getrunken. Leider hat er sich hinters Steuer gesetzt und ist gegen eine Hauswand gefahren, als er eine Kurve geschnitten hat. Er liegt im Krankenhaus. Sein linker Arm ist gebrochen, dazu hat er eine heftige Rippenprellung, ein Schleudertrauma und natürlich viele blaue Flecken. Ansonsten ist er recht fit. Den Umständen entsprechend eben.«

»Ich fasse es nicht.« Ich schlug mir die Hand vor den Mund und konnte nicht glauben, was ich gerade hörte. Mein Bruder war besoffen Auto gefahren? Der Mann, der sich akribisch an jede Geschwindigkeitsbegrenzung hielt, der bei jedem Abbiegen blinkte, immer den Schulterblick machte und seinen Wagen hegte und pflegte? Das passte doch überhaupt nicht zusammen! »Ich bin … Ich brauch einen Moment, das zu begreifen.«

»Natürlich. Es tut mir leid, dass ich dich mitten in der Nacht anrufe, vermutlich hast du schon geschlafen.«

»Nein, hab ich nicht.« Auf einmal kamen mir meine Probleme viel kleiner vor. Der Ärger, weil ich Marian die letzten Tage nicht erreicht hatte, verpuffte, und ich stellte mir vor, dass das heute auch anders hätte ausgehen können. Durch meinen Geist zogen alle möglichen Horrorszenarien, angefangen von einem zertrümmerten Auto mit Totalschaden, in dem mein Bruder eingequetscht war, bis hin zu dem Bild, wie Sanitäter versuchten, ihn wiederzubeleben, und es nicht schafften. Ich hätte ihn heute Nacht verlieren können! Wenn er schneller gefahren wäre, mit jemand anderem zusammengeprallt wäre oder sich mit dem Auto überschlagen hätte. Mir wurde übel.

»Wo war er denn, wenn er so viel getrunken hatte? Das sieht ihm überhaupt nicht ähnlich«, fragte ich.

»Ach, Evie …« Antonia schnappte nach Luft. Die Schluchzer wurden lauter, und ich hörte die pure Verzweiflung aus ihnen heraus.

»Toni?«, fragte ich sanft, weil sie sich kaum beruhigen konnte.

»Es tut mir so leid«, sagte sie schließlich. »Aber ich kann nicht mehr.«

»Du ...« Wollte sie sich etwa von ihm trennen? Das wäre furchtbar. Sie waren seit acht Jahren ein Paar und so glücklich miteinander. Vor drei Monaten hatten sie sich verlobt, planten eine große Hochzeit im Herbst. »Ihr werdet ...?« Ich konnte es nicht mal aussprechen, weil es sich so unpassend anfühlte.

»Nein, wir werden uns nicht trennen, aber Marian braucht sehr dringend Hilfe.«

»Wie meinst du das?«

»Er hat ... Das ist nicht das erste Mal, dass er sich betrinkt.« Ich runzelte die Stirn. Meine Kinnlade klappte runter.

»Marian ist spielsüchtig, Evie. Es geht seit ungefähr zwei Jahren so. Erst hat es ganz harmlos angefangen.« Sie musste sich erneut unterbrechen, weil weitere Schluchzer sie packten.

Meine Kehle war so staubtrocken, dass ich kein Wort mehr hervorbrachte.

»Er war öfter mal im Casino, hat auch gewonnen. So konnten wir den tollen Urlaub auf den Malediven letztes Jahr bezahlen.«

»Ich dachte, er hat eine Prämie von der Firma gekriegt.« Das hatte er mir zumindest erzählt.

»Auch, aber das meiste haben wir von seinem Gewinn bezahlt. Danach wurde er recht übermütig. Er hat immer höhere Summen gesetzt und verloren. Es ist richtig schlimm, Evie.«

Ich schloss die Augen. Ihre Worte trafen mich wie Peitschenhiebe. Jetzt rannen auch mir die Tränen übers Gesicht, und die Übelkeit kroch von Neuem in mir hoch.

»Ich wünschte, ich könnte dir was Schöneres erzählen. Wirklich.«

»Warum habt ihr nie was gesagt?«

Antonia schluchzte erneut. »Er hat sich so geschämt. Und natürlich alles verdrängt. Bis ich überhaupt erkannte, dass er ein Problem hatte, war schon viel von unserem Ersparten weg.

Wir haben geredet, er hat geschworen, aufzuhören, aber er ist immer wieder ins Casino gegangen. Heimlich. Er hat auch seine Freunde angelogen, deine Eltern, jeden.«

»Mein Gott.«

»Gestern hat er mir gesagt, dass der Druck zu groß für ihn ist. Er fühlt sich verantwortlich für die Firma deiner Eltern und für mich, für dich, für jeden. Er will es allen recht machen, Marian ist kein schlechter Mensch.«

»Nein, das ist er ganz und gar nicht.«

»Aber er ist sehr vom Weg abgekommen. Er muss erst wieder zurückfinden.«

»Ich komme nach Hause.«

»Nein! Das musst du nicht. Er hat gesagt, dass du das anbieten würdest, aber ich musste ihm versprechen, dass ich es dir ausrede. Unter allen Umständen.«

»Aber ich kann doch nicht …«

»Du kannst ihm nicht helfen. Er muss für die nächsten Tage im Krankenhaus bleiben, ich kümmere mich gerade um Therapiemöglichkeiten für ihn. Ganz sicher meldet er sich noch bei dir, wenn er sich dazu in der Lage fühlt. Marian ist sehr erschöpft. Das heute Nacht hat ihn erschüttert. Er wollte mich erst auch nicht sehen, aber ich habe darauf bestanden, mit ihm zu sprechen. Schließlich ist er der wichtigste Mensch in meinem Leben. Ich will ihn nicht verlieren.«

Ich auch nicht.

»Ich weiß gerade echt nicht, was ich sagen soll.«

»Verdaue das erst mal.«

Das musste ich definitiv. Ich rieb mir über den Magen, der so hart war, als hätte ich eine Ladung Ziegelsteine verschluckt.

»Ich danke dir«, sagte ich.

»Wir reden später wieder, okay? Sobald ich mehr von Marian weiß, meld ich mich.«

»Bitte tu das.«

Sie legte als Erste auf. Ich hielt das Handy fest umklammert, sah in den New Yorker Nachthimmel, der eher orange als schwarz wirkte. Ein einziger Stern war zu sehen, der Rest wurde von den Lichtern der Stadt absorbiert. Mit wackeligen Beinen drehte ich schließlich um, stakste mechanisch zurück zur Bar und öffnete die Tür. Gelächter empfing mich. Genau wie die Wärme und der Geruch nach Essen und Alkohol. Es fühlte sich so unwirklich an. Vorhin noch hatte ich halb über dem Tisch gehangen, das Herz schwer vor Angst, dass ich in den Knast wandern könnte, und jetzt war ich einfach nur erleichtert, dass ich meinen Bruder nicht verloren hatte. Ich ging weiter zu unserem Tisch, wo sich drei Köpfe in meine Richtung drehten. Tyler hatte gerade ein Glas mit einem weiteren Tequilashot erhoben und war kurz davor gewesen, es auszutrinken.

»Evie?« Shae sah mich fragend an.

»Ist alles okay?«, hakte Ariana nach.

»Was ist passiert?«, fragte Ty.

Ich setzte mich neben ihn, nahm ihm das Glas ab und kippte es auf ex. Der Alkohol brannte in meiner Kehle nach und breitete sich in meinem eh schon gereizten Magen aus. Ich schüttelte mich, eine weitere Träne löste sich und kullerte über meine Wange.

»Mein Bruder hatte einen Autounfall und liegt im Krankenhaus«, sagte ich. »Er ist spielsüchtig. Seit zwei Jahren. Es geht ihm nicht gut.«

»Oh mein Gott, wie schrecklich«, sagte Shae.

Ich blinzelte. Nickte. Die Lichter und Farben verschwammen vor mir. Alles zog sich zusammen. Ty nahm Shae ihren Shot ab und schob ihn mir hin.

»Was können wir für dich tun?«, fragte er.

»Ich …« Mein Atem beschleunigte sich. Alles tanzte vor meinen Augen. Ich sah in die Runde, auf das volle Glas vor mir und kippte auch den Shot auf ex hinab. Die fragenden Blicke der anderen hafteten auf mir. Ich würgte trocken, versuchte, das alles zu begreifen und nicht durchzudrehen.

»Ich bin …«, setzte ich wieder an. Die Galle stieg mir nach oben, mein Kreislauf sackte ab, und ich verlor nun endgültig die Kontrolle. Rasch wandte ich mich von den anderen ab und erbrach den Stress dieser Nacht in Audrey.

»Jetzt ist es wohl doch um die arme Pflanze geschehen«, nuschelte Ariana und hob ihr Glas. »RIP.«

18

SHAE

Dienstag, 23. April

Alles tat weh. Mein Kopf, meine Füße, meine Lider, mit denen ich gerade mühsam gegen das viel zu grelle Licht anblinzelte.

»Oh Gott«, stöhnte ich und merkte, wie unangenehm trocken sich meine Zunge im Mund anfühlte. Wasser. Ich brauchte Wasser.

»Das kannst du laut sagen«, erklang es neben mir, und ich zuckte so heftig zusammen, dass ich mit dem Fuß gegen etwas trat, woraufhin ein gezischtes »Autsch« ertönte.

»Evie?«

Ich rollte mich zur Seite, und tatsächlich. Evie lag neben mir im Bett, die dunklen Haare zerstrubbelt, die Augen so verquollen, wie meine sich anfühlten. Ich hatte vollkommen vergessen, dass wir sie mitgenommen hatten.

»Wer denn sonst? Hast du auf diesen hotten Kerl von der Rooftopparty gehofft? Cam oder wie er hieß?«, nuschelte sie und schützte ihre Augen mit der Hand vorm Sonnenlicht, das durchs Fenster hereindrang. Anscheinend hatten wir es gestern nicht mehr geschafft, die Vorhänge zuzuziehen. »Oh Gott, wie viel Uhr haben wir?«

»Keine Ahnung.« Über Evies Körper hinweg tastete ich nach meinem Handy, fand es jedoch nicht wie üblich auf dem Nachttisch. Mein Herzschlag beschleunigte sich und ließ mich endlich wacher werden. Ich durfte auf keinen Fall zu spät zur Arbeit kommen. Zwar hatte Ariana gesagt, dass heute niemand in der Früh auftauchen würde, aber was, wenn wir bereits Nachmittag hatten? Ich musste unbedingt duschen, so konnte ich unmöglich in der Agentur auftauchen. Eilig strampelte ich die Decke von meinem Körper, was Evie ein genervtes Stöhnen entlockte. Sie zog sie sich quengelnd über den Kopf und wirkte noch fertiger als ich, was mich nicht überraschen sollte, immerhin hatte sie einiges mehr getrunken.

Ich richtete mich auf und versuchte, auf Zehenspitzen das Bett zu überqueren, verheddete mich jedoch so sehr in dem Deckenbezug, dass ich ins Straucheln geriet und genau in dem Moment auf Evie plumpste, als die Tür mir gegenüber geöffnet wurde und Tyler das Zimmer betrat.

»Au!«, stöhnte Evie auf und strampelte nun ihrerseits mit den Beinen, damit ich mein Gewicht verlagerte. Ich rollte von ihr herunter und nahm an der Bettkante Platz.

»Ähm«, machte Tyler. »Ich lass das mal unkommentiert.«

In der Hand hielt er zwei bis zum Rand gefüllte Wassergläser. Der Anblick entlockte mir ein Seufzen.

»Du bist das Schönste, was ich je gesehen habe«, sagte ich und streckte die Hände danach aus.

»Danke«, erwiderte Tyler trocken. »Wünschte, ich könnte das Gleiche sagen.« Seine Augen weiteten sich. »Oh Mann, du siehst ja gar nicht gut aus.«

»Na, danke«, sagte ich.

»Dich meinte ich nicht.« Er nickte hinter mich, wo Evie mittlerweile aus der Decke hervorgekrochen war.

»Oh.«

»Ja, oh ... Hier, trinkt das.« Er reichte uns jeweils ein Glas, und ich trank so hastig daraus, dass Wasser mein Kinn hinabrann, doch das war mir in dem Moment egal. Evie schien ähnlich dehydriert zu sein, so gierige Schlucke, wie sie nahm.

»Du bist ein Engel«, sagte ich mit einem Seufzen.

»Ich weiß.«

»Wieso siehst du so fit aus?«, fragte Evie, als sie das Glas abgesetzt hatte. »Das ist unfair.«

»Jahrelange Übung.«

»Wie viel Uhr haben wir?«, fragte ich, als mir wieder einfiel, warum ich mich aus dem Bett hatte kämpfen wollen.

»Neun.«

»Gott sei Dank! Ich dachte schon, ich muss ungeduscht ins Büro.«

»Oh Mann, ich kann so nicht ins Büro. Ich kann überhaupt nicht ins Büro«, sagte Evie und vergrub das Gesicht in den Händen. Ein gedämpftes Stöhnen erklang. »Mir ist schlecht.«

»Ich google mal Katerrezepte für Deutsche«, meinte Ty und zückte sein Handy.

»Als ob ihr Magen anders funktioniert als unserer.« Kopfschüttelnd zog ich mein Kissen auf den Schoß. Es tat gut, mich an etwas festzuhalten. Der Raum drehte sich nach wie vor ziemlich doll. »Evie, wir kriegen das hin. Du wirst nicht verhaftet.«

»Ich will auch nicht nach Deutschland.«

»Rollmops ...«, las Tyler leise vor. »Süße, haben wir Gewürzgurken, Zwiebeln und Hering?«

Irritiert blickte ich ihn an. »Willst du sie umbringen?«

»Hier steht, das ist ein gutes deutsches Rezept gegen Kater.«

»Das klingt kriminell!«

»Ich glaub, ich muss brechen«, sagte Evie, und ich war mir unsicher, ob Tylers Rezept dazu führte, die Sorge um ihr Visum – oder ob der Restalkohol schuld war.

»Ich dachte an einen Smoothie oder so was.«

Tyler steckte das Handy in die Tasche seiner Jeans. »Ich hol uns Burger und Pommes.«

»Ich mach dir einen Smoothie«, sagte ich an Evie gewandt, die wirklich nicht gut aussah. »Nährstoffe sind wichtig!«

»Fett ist wichtig! Warst du noch nie verkatert?«

»Ihr Magen ist doch sicher total gereizt!«

»Na, deiner aber nicht, wenn du schon wieder so aufmüpfig sein kannst.«

»Ich bin gar nicht aufmüpfig!«

»Ihr seid wie ein altes Ehepaar«, fuhr Evie dazwischen. »Erinnert mich an daheim.«

Eine Weile blickten wir drei uns bloß an, dann begannen wir, gleichzeitig zu prusten. Die Sorge wich aus Evies Gesicht, und das Lächeln ließ sie wieder fitter aussehen.

»Smoothie und Burger klingen toll. Danke, Shyler.«

»Shyler?«, fragte Ty immer noch lachend.

»Euer Shipname.«

»Ich hab dir schon erklärt, dass aus uns beiden nichts wird, oder?« Mit erhobenen Brauen sah ich Evie an, die jedoch abwinkte.

»Weiß ich doch, aber einen Shipname kriegt ihr trotzdem.« Sie sah mit großen, leicht geröteten Augen zu Ty auf. »Kann ich einen Halloumi-Burger bekommen?«

»Na klar«, sagte Ty. »Shae?«

»Cheeseburger bitte und Süßkartoffelpommes.«

»Kommt sofort. Evie, nimm dir gern ein Shirt aus meinem Schrank, Shaes sind dir sicher zu klein. Aber vielleicht kann sie dir einen Rock leihen oder so?«

Ich nickte, und Tyler zeigte auf unsere Wassergläser.

»Davon trinkt ihr auch noch eins. Sofort!«

»Jawohl, Sir!«, erwiderte ich und salutierte spaßeshalber, woraufhin Ty schmunzelnd mein Zimmer verließ. »Ich geh in die Küche, Smoothies und Kaffee machen«, meinte ich, stand auf und hielt mich kurz darauf an der Bettkante fest, da alles bedrohlich wankte.

»Ich lüfte mal durch.«

Ich nickte Evie zu. »Du kannst dich auch auf die Feuerleiter setzen, die Aussicht ist toll, gerade morgens.«

Sie schüttelte den Kopf, hielt dann jedoch mit einem »Au« inne. »So wie sich mein Schädel anfühlt, trau ich mir keine Leitern oder Treppen zu, aber danke.« Ein feines Lächeln legte sich auf ihre Züge. »Gestern war schön. Trotz allem. Vielleicht auch deshalb, weil ich es jetzt noch mehr zu schätzen weiß. Ich will nicht, dass das aufhören muss. Dass ich solche Abende in New York nicht länger erleben darf, Jobchancen wie die Gala gestern ausschlagen muss … Ich will hierbleiben. Ich liebe diese Stadt nicht nur, es ist, als würde ich sie atmen, verstehst du? Als könnte ich nur hier atmen, während daheim alles einengend ist.«

Ich nickte und merkte, wie plötzlich Tränen in meinen Augen aufwallten. Und wie ich Evie verstand. Ohne weiter darüber nachzudenken, machte ich einen Schritt auf sie zu, ging in die Hocke und zog sie in meine Arme. »Wir schaffen das. Du bist nicht allein, ja?«

Diese Sätze hatte ich schon einmal gesagt. Zu Emely. Kurz bevor ich nach New York gezogen war, der Stadt, in der ich mich genau so fühlte, wie Evie es gerade beschrieben hatte. Emely hatte mir den finalen Schubs gegeben, den Job trotz ihrer Einweisung in die Klinik anzunehmen, hatte mir ins Gewissen geredet, bis ich zugesagt hatte – und doch hatte ich mein Versprechen gebrochen und sie alleingelassen.

Evie legte die Arme um mich. Ich drückte sie etwas fester und schloss meine Augen, stellte mir für einen kurzen Moment vor, dass es sich nicht um meine Freundin, sondern um meine kleine Schwester handelte, der ich Trost spenden konnte. Und auch wenn es nicht das Gleiche war, so empfand ich doch Dankbarkeit. Denn meine Worte beinhalteten einen wahren Kern: Wir waren nicht allein. Tyler und ich mochten allein in diese Stadt gekommen sein, doch wenn der gestrige Tag eines gezeigt hatte, dann, dass New York nicht bloß die Stadt unbegrenzter Möglichkeiten, sondern auch die unwahrscheinlicher Freundschaften war.

»Na endlich!«, erklang Arianas Stimme, als wir knapp zwei Stunden später das Büro betraten. In meinem angeschlagenen Zustand hatte ich mich nicht überwinden können, den Aufzug zu nehmen. Leider war es so verkatert selbst nach dem stärkenden Essen kein Vergnügen, die zwanzig Stockwerke zu Fuß zu nehmen. Völlig geschafft und verschwitzt bewegten wir uns auf Ariana zu, die um einiges fitter und adretter wirkte als wir.

Mit verschränkten Armen, die einen Laptop umklammerten, wartete sie vor der Tür ihres Büros. Ein ernster, beinahe kämpferischer Ausdruck lag in ihren Augen. Hätte diese Frau mir im nächsten Moment verkündet, dass sie jetzt auf ihren High Heels nach Washington, D. C. losziehen und die Regierung stürzen würde, ich hätte wohl keine Sekunde daran gezweifelt.

»Oje, das riecht nach Ärger«, murmelte ich.

»Deine Vorgesetzte, nicht meine«, flüsterte Tyler zurück.

»Bestimmt meinetwegen«, sagte Evie kleinlaut, und als Arianas Blick auf ihr ruhen blieb, beschlich mich der Verdacht, dass sie wohl recht hatte. Nervös spielte sie mit dem zu großen Shirt, das Tyler ihr geliehen und das sie sich über dem Bauch am Bund meines Rockes geknotet hatte.

»Wie lang bist du schon hier?«, fragte ich Ariana, in deren Gesicht keinerlei Zeichen von Müdigkeit zu erkennen waren, dabei war sie gestern als Erste betrunken gewesen und hatte sich auch den restlichen Abend nicht gerade zurückgehalten.

»Seit sechs Uhr.«

»Was?«, fragten wir gleichzeitig, und mir wäre beinahe die Kinnlade runtergeklappt.

»Hast du überhaupt geschlafen?«, sprach Ty aus, was auch mir durch den Kopf gegangen war. Ich hatte keine Ahnung, wann wir gestern heimgekommen waren, aber es musste auf jeden Fall nach drei gewesen sein.

»Nein, ich hatte zu tun.«

»Du hattest zu tun?«, fragte Evie neben mir.

»Ja, siehst du gleich. Owen meinte, wir sollen jederzeit reinkommen. Brauchst du noch einen Moment, oder bist du so weit?«

Ich blickte zu Evie, deren Augen sich weiteten, die Angst stand ihr förmlich ins Gesicht geschrieben. Ariana war wieder ganz die Senior-Managerin. Nicht dass mich das groß wunderte, aber ich hatte doch gedacht, dass sich durch unseren gemeinsamen Abend etwas geändert hatte, das Eis nun endgültig gebrochen war.

»Lasst mich nicht allein!«, flüsterte Evie neben mir, wobei ich mir nicht sicher war, ob es leise genug war, um Arianas Ohren zu entgehen. »Wenn Owen die Polizei ruft, brauch ich Backup.«

»Er wird nicht die Polizei rufen, er ist viel zu cool«, sagte Ty, definitiv laut genug, dass Ariana es hören konnte, denn ihre Brauen schossen nach oben.

»Erstens das, zweitens habe ich einen Plan«, sagte sie.

»Ja?«, fragte Evie mit Hoffnung in der Stimme. »Können die beiden mit?«

Arianas Blick flog zu Ty und mir. »Mit zu Owen?«

»Ja …«

Entweder lag es an Evies flehendem Ton, oder aber gestern hatte doch ein Band zwischen uns allen erschaffen, denn zu meiner Überraschung nickte Ariana.

»Klar. Ihr seht ehrlich gesagt sowieso nicht aus, als ob ihr heute groß arbeiten könnt.«

»Oh Gott, oh Gott, oh Gott«, murmelte Evie, als Ariana sich langsam in Richtung von Owens Büro bewegte. Dennoch folgte sie ihr mit etwas Abstand.

»Du schaffst das«, sprach ich ihr Mut zu.

»Mir ist schon wieder schlecht«, sagte sie leise.

»Wehe, du kotzt ihm auch noch in einen Pflanzenkübel, nachher muss ich das wegmachen«, sagte Ty.

»Als ob Owen verlangen würde, dass du ihm hinterherräumst«, protestierte ich.

»Leute.« Vor Owens Tür kam Ariana zum Stehen und wirbelte herum, sodass ihre rotblonden Haare hinter ihre Schultern fielen. Ihrer Bewegung nur zuzusehen, verstärkte meine Kopfschmerzen. »Reißt euch zusammen. Ich hab mir nicht die Nacht um die Ohren geschlagen und alles vorbereitet, damit ihr es jetzt kaputt macht. Ihr sitzt da, hört zu und nickt meinetwegen zustimmend, ja?«

Wir nickten alle drei, und ich biss mir auf die Zunge, um nicht wieder ein »Jawohl, Sir« rauszuhauen wie zuvor bei Tyler.

»Gut«, sagte Ariana, wandte sich zur Tür und klopfte zweimal.

»Herein.«

Ich griff nach Evies Hand und drückte sie kurz, dann folgten wir Ariana in Owens Büro.

»Hallo«, begrüßte Owen uns, doch es klang mehr wie eine Frage. Er war sichtlich überrascht, uns alle vier hier zu sehen.

»Guten Morgen. Können wir uns hierhin setzen?« Owen nickte, und Ariana ging sicheren Schritts zu dem Sessel in der Ecke des Büros, stellte ihren Laptop auf dem kleinen Tisch davor ab und ließ sich dann nieder. Owen setzte sich auf den neben ihr, und wir anderen drei bezogen auf der Couch Stellung, die eigentlich nur für zwei gedacht war. Evie saß eingequetscht zwischen Ty und mir und sah auch ansonsten nicht gerade aus, als würde sie sich wohlfühlen.

»Du wolltest mich sprechen, weil es ein Problem gibt?« Owen ließ den Blick über uns schweifen. »Und ihr seid alle darin verwickelt?«

»Nein«, sagte Ariana, bevor einer von uns antworten konnte. »Evie hat kein Arbeitsvisum.«

Wow, Ariana war wirklich niemand, der um den heißen Brei herumredete. Ich spürte, wie Evie neben mir die Muskeln anspannte, als wäre sie bereit, jederzeit zu fliehen, sollte tatsächlich die Polizei das Büro stürmen.

»Stimmt das? Du bist ohne Visum hier?«

Owen richtete den Blick aus den dunkelbraunen Augen auf Evie, und es war unmöglich, seine Stimmung daraus abzulesen. Jetzt wusste ich, was Tyler damit gemeint hatte, dass Owen cool war. Er wirkte nicht gleichgültig, aber in ihm schien sich nichts zu regen. Es war beeindruckend und musste echt hart sein, mit ihm Geschäfte zu machen.

»Nicht ohne Visum«, erwiderte Evie und klang, entgegen ihrer sonstigen Art, beinahe schüchtern. »Ich hab ein Touristenvisum.«

»Aber damit darfst du in den Staaten kein Geld verdienen.«

Sie nickte.

»Und du hast bereits mehrere Aufträge von uns angenommen.«

Wieder nickte sie und presste die Finger so fest in den Stoff meines Rocks, den sie trug, dass ihre Knöchel weiß hervortraten.

»Hast du das wissentlich getan?«

Ich musste nichts aus Owens Gesicht ablesen, um zu merken, dass sich das in keine gute Richtung entwickelte.

»Nein«, sagte Evie sofort.

»Also wusstest du bis heute Morgen nicht, dass du nicht arbeiten darfst?«

»Also …«, druckste Evie. »Doch. Ich wusste es schon ein bisschen länger, aber ich hab alles darangesetzt, das Problem zu beheben, hab einen Anwalt kontaktiert. Oder eher: Mein Bruder hat einen kontaktiert. Dachte ich zumindest. Er meinte, der Anwalt wollte viel Geld, was ich bezahlt habe und wofür mein Konto jetzt heftig im Dispo ist. Dann hat sich tagelang nichts getan, mein Bruder war auch nicht mehr zu erreichen. Deshalb hab ich den Anwalt angerufen. Herrn Stuckmann. Von der Anwaltskanzlei Schwartz, Wellenscheidt & Stuckmann in Köln?«

Sie sah Owen fragend an, als müsste er wissen, wer das ist.

»Tut wohl nichts zur Sache. Herr Stuckmann hatte nichts vorliegen, und ich war ganz aufgelöst, was wiederum Ariana mitbekommen hat. Aber es war der Tag der Gala, und wir wollten die ordentlich durchziehen, deshalb haben wir nichts gesagt und …«

»Wir haben entschieden, dass die Gala in diesem Moment Vorrang hat«, schritt Ariana ein, bevor Evie weiterplappern konnte. »Evie hat einen Fehler begangen, aber da bisher keine finanziellen Transaktionen erfolgten, ist das nichts, was wir nicht in den Griff bekommen können.«

Evie lächelte Ariana dankbar zu.

Owen nahm sich eine Minute, ehe er weitersprach. »Wir können dir kein Geld überweisen, geschweige denn dich für Jobs engagieren, wenn du illegal hier arbeitest. Das muss dir doch klar gewesen sein? Dabei handelt es sich um eine Straftat. Sowohl von deiner als auch von unserer Seite aus, wenn wir dich nun wieder einstellen.«

»Es tut mir leid«, sagte Evie, und ich meinte, ihre Stimme zittern zu hören.

Sogar Tylers Lächeln war verrutscht. Klar wusste ich, dass man ein Visum brauchte, um hier zu arbeiten. Aber wieso konnte das nicht einfach rückwirkend beantragt werden?

»Könnte das Ganze denn nicht zurückdatiert werden?«, sprach ich meine Gedanken nun aus. Owen hob die Brauen, und so wenig ich ihn verärgern wollte, sosehr ich Jeffrey nicht enttäuschen wollte – es ging hier um Evies Zukunft. »Das ist viel verlangt, ja, aber Evie leistet tolle Arbeit, und Fehler sind menschlich.«

Ariana räusperte sich. »Ich weiß, die Situation ist ernst«, begann sie. »Doch ich glaube, es gibt eine Lösung, und ich weiß, dass diese für alle Beteiligten von Vorteil wäre. Denn Shae hat recht: Evie leistet gute Arbeit. Und das kann ich belegen.« Sie klickte auf ihrem Laptop herum und drehte ihn dann so, dass wir ihn sehen konnten. Ich zog die Brauen zusammen und sah aus dem Augenwinkel, dass Evie und Tyler ähnlich überrascht waren. Selbst in Owens Gesicht glaubte ich, so etwas wie Verwunderung zu erkennen.

»Ist das … eine PowerPoint-Präsentation?«, fragte er.

Auf Arianas Bildschirm waren mehrere Fotografien zu sehen, und in der Mitte stand in filigraner Schrift »Evie Voss for Greenwood & Steele«.

»Ja. Wir wissen seit gestern Abend von Evies Situation. Sonst hätten wir natürlich früher mit dir geredet. Aber ich bin der Meinung, dass wir Evie weiter beschäftigen sollten – mehr noch, ich habe Zahlen, die belegen, warum wir es sollten.« Owen hob die Brauen, doch bevor er eine Zwischenfrage stellen konnte, fuhr Ariana fort. »Ich weiß, dass wir das aktuell nicht können. Aber noch haben wir nichts an Evie ausgezahlt, ergo: Noch liegt kein Delikt vor. Sie kann ein Arbeitsvisum beantragen, und wir können sie rückwirkend bezahlen. Wir müssen natürlich darauf achten, dass wir den Leistungszeitraum anders datieren, und Evie benötigt dringend einen Petitioner für ihr O-1-Visum.«

»Da soll ich ins Spiel kommen?« Begeisterung klang eindeutig anders.

»Ich zeige dir gern, warum sich der ganze Aufwand lohnt.« Ariana drückte aufs Trackpad ihres MacBooks und rief die nächste Seite auf. »Ich hab einige KPIs zusammengetragen … Key-Performance-Indikatoren«, fügte sie mit Blick zu Evie und Tyler hinzu, »und hier zeigt sich deutlich, wie viel besser unser Engagement ist, wann immer wir eine Fotografie von Evie geteilt haben. Sowohl auf unseren Kanälen selbst, aber auch extern, da etliche Onlinemagazine und digitale Meinungsmacher auf Evies Fotos referiert haben.« Sie sah kurz zu Owen. »Mehr noch. Ich habe, so gut es in der kurzen Zeit ging, eine Sentimentanalyse gemacht und die Kommentare unter den einzelnen

Beiträgen qualitativ ausgewertet. Sie zeigen ganz deutlich, dass Evies Arbeit den Kern unserer Zielgruppe trifft, Augenmerk auf Inklusion und Diversität legt, wofür unsere Agentur seit Jahren steht und ...«

»Das hat sie alles gemacht, während wir unseren Rausch ausgeschlafen haben?«, raunte Tyler mir hinter Evie herübergelehnt zu. Ich hob die Schultern, selbst völlig baff. Kein Wunder, dass sie so schnell zur Senior befördert worden war. Seite für Seite folgten weitere Daten, Evies Portfolio und sogar eine persönliche Rückmeldung von Dawn zu Evies hervorragender Arbeit. Ariana hatte wirklich alles gegeben.

»Und deshalb sollten wir Evie helfen, ihr Visum zu erhalten, damit sie weiter Teil der Erfolgsgeschichte von Greenwood & Steele wird.« Sie klickte ein letztes Mal auf ihren Laptop und faltete dann die Hände vor ihrem Körper. »Danke für eure Aufmerksamkeit.«

»Das ... ist ein Feuerwerk«, bemerkte Owen trocken. Ariana beugte sich vor den Laptop und sah auf die letzte Folie, auf der tatsächlich eine bunte Seite mit explodierenden Feuerwerkskörpern zu sehen war.

»Ups, ja.« Schnell blätterte sie zurück. »Hier wollte ich eigentlich fragen, was du sagst. Das Feuerwerk sollte dann nach deiner Antwort aufploppen. Ich war gestern etwas ... na ja. War ein langer Abend.«

»Ganz schön selbstsicher, dass du von einer positiven Antwort ausgegangen bist«, meinte Owen, und ich merkte, wie alle im Raum die Luft anhielten, in der Hoffnung, dass er mehr sagte. Dass er zustimmte, Evies Petitioner zu werden und ihr mit dem Visum zu helfen. Stattdessen blieb es still im Raum. Nur das Rauschen der Autos und Klingeln entfernter Telefone im Büro drang zu uns durch.

»Du hast mir beigebracht, mehr Vertrauen in mich und meine Arbeit zu haben«, sagte Ariana schließlich. »Das habe ich. Ebenso in Evies und in mein Urteilsvermögen.«

Owen nickte. »Danke, Ariana. Lasst ihr mich bitte allein?«

Völlig verdutzt sah ich ihn an, doch er stand bereits auf. War das alles? Er warf uns raus? Was bedeutet das für Evie? Wollte er nicht mehr zu Arianas Präsentation sagen?

»Alle außer dir, Tyler. Ich würde gern mit dir die Aufgaben durchsprechen.«

Ich warf Tyler einen Blick zu, der jedoch nur unauffällig mit den Schultern zuckte, als wollte er mir sagen, dass er auch keine Ahnung hatte, was das gerade sollte. Unsicher schaute ich zu Ariana, die allerdings bereits ihren Laptop zusammenpackte. Ihre Miene war beinahe so unergründlich wie Owens. Sie musste doch innerlich glühen, dass ein einfaches Danke alles war, was er ihr zu sagen hatte.

»Danke für deine Zeit, Owen. Bis später.«

Er nickte, und Ariana verließ das Büro. Unsicher folgte ich ihr. Evie trottete hinter mir her, ihre Bewegungen wirkten steif. »Das war's«, hörte ich sie murmeln. »Es ist aus.«

Ich hoffte mit allem, was ich hatte, dass sie sich irrte.

Dienstag, 23. April

Oh Gott, oh Gott. Das war's. Ich wusste es. Jeden Moment würden die Bullen durch die Türen rauschen, mich auf den Boden werfen und mir Handschellen anlegen. Einer würde mir meine Rechte aufsagen, und der andere würde Schaulustige zurückhalten. Dann würde ich zur Polizeistation gefahren werden, man würde mir so eine Tafel in die Hand drücken, wo ich eine Nummer bekäme, und sie würden mich vor dieser hässlichen Wand fotografieren. Ich würde mit anderen Schwerverbrechern in eine Zelle gepfercht werden, und gemeinsam müssten wir warten. Oder sie würden mich gleich in einen Verhörraum bringen, mir die Hände an den Tisch ketten und mich durch das verspiegelte Fenster beobachten. Sie würden mich warten lassen. Stundenlang. Das machte mürbe. Ich würde irgendwann einbrechen und alles gestehen. Weil ich ja auch schuldig war! Ich hatte mir das selbst eingebrockt. Naiv und unbedacht war ich mal wieder an alles rangegangen. Meine Mutter hatte echt recht! Sie sagte mir ständig, dass ich zu sehr in den Tag hineinlebte und endlich mein Leben auf die Reihe bekommen solle, wenn ich es zu was bringen wollte. Wollte ich ja, hier in Amerika! Und das sah wohl nicht nur ich so.

Als Ariana die Präsentation vorgeführt hatte, wäre ich fast in Tränen ausgebrochen. Sie hatte sich so viel Mühe gegeben – und das nur, um mir zu helfen. Einer Frau, die sie fast nicht kannte. Die sie seit Wochen wegen des Visums belogen hatte und es noch immer tun würde, wenn sie mich nicht zufällig in einem schwachen Moment erwischt hätte.

»Evie?«, fragte Shae und tippte mir auf die Schulter. Ich zuckte zusammen und fuhr herum. Mein Herz flatterte, und meine Augen brannten. Nicht nur von dem Kater, der mir noch immer nachhing, auch Marians Unfall ploppte immer wieder in meinem Kopf auf, dann noch der ganze Stress. Ich war völlig überfordert. Die Angst, die Fürsorge der anderen, Owens Gelassenheit. Wenn er rumgebrüllt hätte, hätte ich damit vermutlich besser umgehen können als mit dieser stoischen Ruhe. Was sollte ich denn jetzt denken? Oder fühlen? Oder machen?

»Brauchst du was? Kaffee? Tee? Wasser? Noch einen Burger?«, fragte Shae.

»Ich glaub nicht, danke.«

»Das wird schon«, sagte Ariana. Sie hatte den Laptop unter den Arm geklemmt, den Blick noch auf Owens Büro gerichtet. »Ich glaube, er war beeindruckt.«

»Glaube allein hilft mir nur leider nicht«, sagte ich und hasste mich gleich dafür, dass ich so schnippisch klang. Ariana hatte sich für mich die Nacht um die Ohren geschlagen. »Tut mir leid. Ich bin völlig überdreht.«

»Schon gut.«

Ich wandte mich ihr zu, atmete durch und rang mir ein Lächeln ab. »Danke dafür.« Ich deutete auf den Laptop. »Ich muss zugeben, dass ich nur die Hälfte von dem verstanden habe, was du gesagt hast, aber es hat sich toll angehört.«

»Hab ich gern gemacht und es genau so gemeint. Du bist eine

Bereicherung für diese Agentur. Deine Bilder sind einzigartig, genau wie du. Hab Vertrauen, ja?«

»Ich versuche es.«

Sie nickte, drückte meine Schulter und wandte sich ab. »Ich mach mich mal an die Arbeit.«

»Ich ebenfalls«, sagte Shae. »Wenn was ist, komm rüber an meinen Platz, okay?«

»Ja. Danke. Ich … ich werde hier einfach weiter abhängen und darauf warten, dass ich abgeführt werde.«

»Du wirst nicht abgeführt.« Shae zog mich an sich und drückte mich kurz. Ich erwiderte die Geste, dankbar um diese wundervollen Menschen, mit denen ich die letzte Nacht und den Morgen verbringen durfte.

Shae ließ mich los, lächelte mir noch mal aufmunternd zu und ging dann ebenfalls zu ihrem Arbeitsplatz. Ich rieb mir über die Stirn, starrte auf Owens geschlossene Bürotür, dann auf die Leute in der Agentur.

Alle waren beschäftigt. Zoey nahm ein Paket in Empfang, Tony schloss einen Monitor für einen Kollegen an, Alice und Sophie saßen vor einem Whiteboard, wo sie Bilder angepinnt hatten und anscheinend ihre Ideen für die nächste Werbekampagne brainstormten. Es duftete nach Kaffee, Zitrone und ganz leicht nach Blumen. Die Sonne strahlte durch die seitlichen Fenster, irgendwo klingelte ein Telefon.

Ich lauschte all diesen Geräuschen, und mein Herz wurde noch schwerer. Schwindel schoss mir in den Kopf. Ich atmete durch und ließ mich auf einen freien Stuhl sinken, der an einem leeren Schreibtisch stand. Kaum saß ich, sackten meine Schultern nach unten, und die wenige Energie, die ich heute hatte, verpuffte. Auf keinen Fall durfte ich im Büro zusammenbrechen. Ich wollte nicht vor diesen Menschen heulen, auch wenn mich vermutlich niemand dafür verurteilen würde.

Ich stemmte die Ellbogen auf den Knien ab, stützte den Kopf in die Hände und sah zu Boden. Nicht nur dieses Gespräch und mein Kater machten mir zu schaffen, auch das, was mit meinem Bruder passiert war. Er lag im Krankenhaus.

Ich richtete mich wieder auf, zückte mein Handy und rechnete kurz nach, wie spät es in Deutschland war. Halb sieben. Vielleicht sollte ich es einfach probieren. Noch während ich auf mein Handy starrte, klingelte es, und das Display zeigte das Gesicht meines Bruders. Das war nicht das erste Mal, dass ich an ihn dachte, und er rief dann eine Minute später an. Er schien es zu spüren. Oder es war wieder Antonia und gar nicht er. Vielleicht war noch was passiert. Ich nahm ab, machte mich darauf gefasst, ihre Stimme zu hören.

»Evie«, sagte mein Bruder.

»Marian«, gab ich zurück, und auf einmal schien die Zeit für mich anzuhalten.

Auch mein Bruder schnappte hörbar nach Luft. Es rauschte und knackte in der Leitung. Ich schluckte trocken, überlegte, was ich sagen sollte, aber mir fiel nichts ein. Mein Hirn war wie leer gefegt, genau wie mein Herz. In diesen letzten Stunden hatte es zu viel aufnehmen und verarbeiten müssen. Alles in mir schmerzte, und ich hatte das Gefühl, gleich auseinanderbrechen zu müssen.

»Ich …«, fing ich an, unterbrach mich wieder.

»Ja …«, sagte er und verstummte ebenfalls.

So schwiegen wir für eine gefühlte Ewigkeit und lauschten unserer Stille. Ich schluchzte, wischte mir über die Augen, schluchzte wieder.

»Es tut mir so leid«, flüsterte er schließlich.

Ich nickte, presste die Lippen aufeinander, bis mir einfiel, dass er die Geste gar nicht sehen konnte. »Schon gut.«

»Nein! Nichts ist gut. Ich hab richtig Mist gebaut. Nicht nur mit meinem Leben, auch mit deinem. Ich weiß nicht, wie das passieren …« Er lachte traurig. »Doch, ich weiß genau, wie es passieren konnte. Ich hab den Abgrund gesehen, auf den ich zugerast bin, aber statt vom Gas zu gehen, hab ich das Pedal weiter durchgedrückt.«

»Hauptsache, du wirst wieder gesund, alles andere wird sich irgendwie fügen.« Ich warf einen weiteren Blick auf Owens Bürotür. »Wie geht es dir denn?«

»Hab Schmerzen, aber die sind auszuhalten. Mein Körper wird schon heilen, wie es mit allem anderen aussieht, weiß ich nicht.«

»Antonia wird für dich da sein. Sie hat mir gestern gesagt, wie sehr sie dich liebt.«

»Ja. Ich …« Jetzt war es mein Bruder, der schluchzte.

Ich umklammerte das Telefon fester, weil ich ihn bisher nur ein einziges Mal hatte weinen sehen, als unsere Großmutter vor fünf Jahren gestorben war. Ansonsten zeigte er nie derartige Gefühlsregungen. Wenn ich recht überlegte, machte das niemand in unserer Familie. Auch meine Mutter legte ständig diese Fassade aus Kälte und Ignoranz auf. Waren wir verkorkst, oder was?

»Scheiße. Tut mir leid, dass ich flenne.«

»Nein. Entschuldige dich bitte nicht dafür.« Ich würde glatt mitweinen, wenn ich nicht im vollen Büro säße. »Du kommst da wieder raus, hörst du?«

Er atmete erneut durch, schnäuzte sich die Nase und fing sich langsam wieder. »Antonia hat dir von meinen Spielschulden erzählt.«

»Hat sie.«

»Glaube, sie hat dir aber nicht alles gebeichtet.«

Ich spannte mich an. Gab es echt noch mehr? Konnte ich noch mehr verkraften? »Ich … ich weiß nicht.«

»Ich hab nicht nur unser Geld verzockt. Ich hab deine Kreditkarte überzogen und die achttausend Euro verspielt, die du mir für den Anwalt gegeben hast.«

»Oh, Marian.« Ich schloss die Augen, atmete durch und hatte keine Ahnung, wie ich jetzt reagieren sollte. Eine gefühlte Ewigkeit sagte keiner von uns etwas.

»Evie? Bist du noch da?«

»Natürlich bin ich das.«

»Red mit mir. Was geht in dir vor?«

»Willst du das wirklich wissen?«

»Sonst würde ich nicht fragen.«

»Ich hasse alles an dieser Situation. Auf der einen Seite bin ich überglücklich, dass dir nichts passiert ist, auf der anderen würde ich dir am liebsten eine reinhauen für das, was du getan hast.«

»Das hätte ich auf alle Fälle verdient.«

»Du hast mein gesamtes Geld verzockt!« Schwindel schoss mir durch den Kopf, und mit einem Schlag wurde mir bewusst, dass das Loch, in dem ich mich befand, noch tiefer geworden war. Auf einmal brodelten all die Emotionen in mir hoch, die ich eigentlich zurückhalten sollte, aber sie wollten raus. »Ich hab mich für diesen ganzen Anwaltskram verschuldet. Ich sitze illegal in diesem Land fest, meine Hotelrechnung steht aus, die ich leider nicht bezahlen kann. Ich werde höchstwahrscheinlich diesen Job verlieren, der mir die Welt bedeutet und für den ich so hart gearbeitet habe. Du bist so ein ...« Ich schluckte das Wort runter, das mir auf der Zunge lag. Marian mochte meine Wut verdient haben, aber es war der falsche Moment, sie rauszulassen. Mein Magen krampfte, und der Burger, der mir heute Morgen noch so gutgetan hatte, lag wie ein Stein darin.

»Ich bin ein Arsch. Sag es ruhig.«

Ich brummte nur zustimmend.

»Wie kann ich es wiedergutmachen? Was brauchst du?«

Jede Menge Kohle. »Ich brauche einen gesunden Bruder, der sich die Hilfe sucht, die er nötig hat.«

Wir schwiegen erneut. Die Angst und Sorge brodelten in mir nach. Ich hatte keine Ahnung, wie es jetzt weitergehen sollte, was aus mir werden würde, aber ich musste eine Lösung finden. Und ich musste mich darauf konzentrieren, dass nicht alles hoffnungslos war. Marian war am Leben, er würde gesund werden, Hilfe bekommen.

Ganz langsam legte sich Ruhe auf meine Seele. Einfach nur, weil er da war. Marian hatte das schon immer gut gekonnt. Er vermittelte mir dieses Gefühl, dass mir nichts Schlimmes passieren konnte, weil er mir Rückendeckung gab. An meiner Situation hatte sich nichts geändert, dennoch konnte ich freier atmen.

»Ich werde eine Therapie machen«, sagte er schließlich.

»Gut.«

»Antonia sucht bereits nach Psychiatern, die sich auf Suchtverhalten spezialisiert haben.«

»Das ist ein Anfang.«

»Und ich zahl dir dein Geld zurück. Ich muss es leider abstottern, weil wir nichts mehr haben, aber ich verspreche, dass du jeden Cent wiederbekommst.«

»Mach dir darüber keinen Kopf.«

»Ich ... du musst ... Hast du mit dem Anwalt über deinen Fall reden können?«

»Nein, so weit waren wir noch nicht. Aber ich klär das schon.« Es hatte keinen Sinn, Marian von meiner Lage zu erzählen. Dann würde er sich nur noch mehr um mich sorgen, statt sich darum zu kümmern, gesund zu werden. Abgesehen davon konnte er nichts dran ändern. Er konnte das Gesetz nicht für mich verbiegen. Nicht mal Owen war dazu in der Lage, aber der konnte wenigstens entscheiden, wie es weitergehen sollte. Wenn ich Ariana richtig verstanden hatte und Owen mich nicht anzeigte, wäre keine Straftat begangen worden. Ich könnte meine Sachen packen und ganz normal zurück nach Hause. Aber auch das fühlte sich so falsch für mich an. Alle Leute redeten immer davon, wie wichtig es war, die eigene Bestimmung zu finden. Nun, ich hatte sie gefunden, aber das half mir gerade nicht weiter.

Die Tür neben mir klickte, und ich war sofort wieder hellwach. »Marian, ich muss leider aufhören. Wir reden später noch mal, ja?«

»Natürlich. Ich hab dich lieb.«

»Ich dich auch. Bis bald.«

236

Ich steckte das Handy weg, sprang vom Stuhl auf und musste mich an der Tischkante festhalten, weil mein Kreislauf nicht ganz nachgekommen war. Tyler stand im Türrahmen und blickte mich an.

»Und?«, fragte ich und rieb nervös die Hände aneinander.

»Du sollst zu Owen rein.«

»Was … was hat er gesagt? Hat er die Bullen gerufen?«

»Geh einfach rein und hör es dir selbst an.«

»Tyler!«

Er deutete mit einem Nicken hinter sich. Aus seiner Miene war nicht abzulesen, was bei dem Gespräch herausgekommen war. Vielleicht hatte Owen ihn auch gar nicht eingeweiht.

Ich sah über meine Schulter zu Shae, die mit dem Telefonhörer am Ohr zu uns starrte und genauso gespannt wirkte, wie ich mich fühlte. Ein letztes Mal atmete ich durch und trat zu Tyler an die Tür.

»Wird schon«, sagte er und ließ mich eintreten. Obwohl ich eben erst in Owens Büro gewesen war, kam es mir jetzt viel größer vor. Genau wie Owen selbst. Er saß hinter seinem Schreibtisch, blickte nur kurz von seinem Rechner auf und bat mich, auf dem Stuhl vor dem Tisch Platz zu nehmen. Mit unsicheren Schritten durchquerte ich das Büro und ließ mich auf die Kante der Sitzfläche nieder. Alles in mir war fluchtbereit. Ich tippte mit dem Fuß auf den Boden, die Anspannung breitete sich in meinem gesamten Körper aus.

»Ich …«, setzte ich an, aber Owen hob die Hand.

Er drehte sich zu mir und blickte mich intensiv an. Seine dunkelbraunen Augen scannten mich ab, verursachten eine Gänsehaut nach der anderen in mir. Wie konnte der Mann nur so verschlossen und offen zugleich wirken? Wie schaffte er es, diese Mischung aus Güte und Strenge derart gekonnt zu vereinen?

»Was du getan hast, war unbedacht, übereilt und nicht in Ordnung.«

»Ja«, sagte ich nur. »Ich hätte mich im Vorfeld viel besser über die Einreisebestimmungen informieren sollen. Ich hab mich so gefreut, dass ihr mich haben wolltet, dass ich an nichts anderes mehr denken konnte. Für Greenwood & Steele zu arbeiten, ist mein absoluter Traum.«

»Das hab ich begriffen.«

Ich klappte den Mund zu und biss mir auf die Zunge, damit ich nicht schon wieder losplapperte.

»Die Einreiseregeln in die USA sind komplex. Nicht umsonst gibt es Fachanwälte zu diesem Thema, die sich mit nichts anderem beschäftigen. Ich verstehe, wieso es dich überfordert hat; was ich aber nicht verstehe und auch nicht dulde, sind Lügen.«

»Ich habe nicht …«

Owen zog eine Augenbraue hoch, und ich verstummte erneut.

»Du hättest uns sofort informieren müssen, als es dir aufgefallen ist, statt Ariana mit Ausreden hinzuhalten, warum du dein Visum nicht vorlegen kannst. Dein Verhalten hat nicht nur dich gefährdet, sondern auch die Agentur.«

»Ich weiß.« Ich blickte zu Boden, merkte, wie meine Augen sich schon wieder füllten. Hastig wischte ich darüber und hoffte, dass ich nicht gleich zusammenbrach. Das wäre viel zu peinlich.

»In dir steckt sehr viel, Evie. Ich sehe die Leidenschaft in dir brodeln. Nicht nur, wenn du fotografierst. Du hast ein Talent, das nicht viele besitzen. Du kannst Menschen für dich und deine Arbeit begeistern, du siehst das Besondere in deinem Gegenüber, und du schaffst es auch noch, genau das festzuhalten.«

»Danke.«

Owen griff die Mappe, die neben ihm auf dem Tisch lag, und schob sie mir entgegen. Mein Herz beschleunigte sich.

»Mach sie auf«, sagte Owen.

Ich nahm sie mit zitternden Fingern und rechnete fest damit, dass es ein Schreiben war, in dem ich die Agentur entlastete. Owen wollte sicherstellen, dass ihm keine Schuld nachgewiesen werden konnte, was ich völlig verstand. Ich würde alles unterschreiben, wenn ich dadurch Schaden von Greenwood & Steele abwenden konnte.

Ich klappte das Deckblatt zur Seite und scannte den Text. *26.04. 10.30 am. Shooting mit Yara Al ashqar auf der Staten Island Ferry.*

»Äh«, machte ich und las es noch mal. Das war ein Fotoauftrag. Ganz unten stand mein Name. »Ich … ich versteh noch nicht ganz.«

»Das könnte dein nächster Job für uns sein.«

»Aber ich kann nicht …« Ich blätterte weiter. Beim Honorar für den Gig stand eine Null. »Oh. Verstehe.« Ich sollte also umsonst für die Agentur arbeiten. So bekämen sie keinen Ärger, genauso wenig wie ich. Die Geste war lieb gemeint, aber dank meines Bruders war mein Konto zweitausend Euro im Dispo. »Das ist eine wahnsinnig tolle Möglichkeit, aber ich brauche leider langfristig auch Geld.«

»Das weiß ich. Hier kommt mein Angebot: Die nächsten Honorare, die du erhalten solltest, fließen direkt zu uns, oder eher in die Bezahlung deines Anwalts. Ein Freund von mir arbeitet in einer großen Kanzlei Downtown. Ich ruf ihn gleich an, und er kann sich deiner Sache annehmen. Wir werden dein Visum ordnungsgemäß beantragen, und wie Ariana schon vorgeschlagen hat, würde ich dein Petitioner sein. Sobald du das Honorar und alle Gelder bezahlt hast, die mit diesem Fall zusammenhängen, bekommst du deine Gage ganz normal ausbezahlt. Was du für die Gala und den Job mit Dawn hättest bekommen sollen, wird allerdings gespendet. Ich will hier einen sauberen Schlussstrich ziehen, und eine Spende kann ich am besten verbuchen.«

»N-natürlich.«

»Ich weiß, dass du so einiges an Zeit überbrücken müsstest, in der du nichts verdienst. Wenn du sagst, dass es nicht geht, verstehe ich das. Du kannst jederzeit zurück nach Deutschland.

Dann warst du einfach als Touristin hier und hast für uns ein paar kostenlose Fotos geschossen, die …«

»Nein!«, unterbrach ich ihn. »Ich will auf keinen Fall zurück. Ich brauche zwar wirklich irgendwann Geld, aber wenn ich in Zukunft welches in Aussicht habe, ist das okay. Die nächste Zeit kann ich irgendwie überbrücken. Hauptsache, ich darf weiter hier sein.«

Owen nickte. »Das ist deine zweite Chance bei uns. Du wirst ab sofort absolut ehrlich sein, was deine Zusammenarbeit mit uns betrifft.«

»Ja! *Ja!* Unbedingt.« Ich sah noch mal auf das Blatt Papier vor mir und versuchte, zu begreifen, was es für mich bedeutete. Ich bekäme also erst Geld, wenn mein Anwalt und das ganze Visumszeug erledigt wären. Sobald ich ein Visum hätte, könnte ich aber auch kellnern gehen oder so. Ich bräuchte natürlich ein billigeres Hotel und müsste meine Lebenskosten auf ein Minimum reduzieren. Machbar für eine gewisse Zeit.

»Danke«, sagte ich, und jetzt kullerte mir doch eine Träne die Wange hinunter. Ich wischte sie weg, aber Owen reichte mir bereits eins der Papiertücher, die auf seinem Tisch standen. Ich schnäuzte lautstark meine Nase.

Owen wartete, bis ich mich wieder gefangen hatte, und lehnte sich im Stuhl zurück. Das Zeichen für mich, dass dieser Termin beendet war. Sofort sprang ich auf, drehte um und war schon auf dem halben Weg zur Tür.

»Evie, du hast was vergessen.«

Ich hielt inne und blickte zurück. Owen hielt die Mappe hoch, die er mir eben angeboten hatte. Ich schlug mir an die Stirn und eilte zu ihm.

»Sorry, bin aufgeregt.«

»Schon gut. Nimm dir für heute frei und verdaue das erst mal.«

»Klar.« Ich drückte die Mappe an meine Brust, lächelte und ging zur Tür.

Kaum war ich draußen, sah ich die drei schon. Tyler, Shae und Ariana lehnten an der Kante zu Tys Schreibtisch und blickten mich erwartungsvoll an.

»Und?«, fragte Shae.

»Was hat er gesagt?«, fragte Ariana.

»War er cool?«, fragte Ty.

»Total«, sagte ich und grinste. »Owen war richtig cool.«

20

TYLER

Mittwoch, 01. Mai

Ich presste die Langhantel nach oben, stieß die Luft aus und genoss den sanften Schmerz in meinen Brustmuskeln. Aus den Earpods plärrte Guns n' Roses' *Welcome to the Jungle,* mein Körper fühlte sich wundervoll warm und bereit fürs Training an.

Ich freute mich, dass ich endlich mal wieder Zeit gefunden hatte, ins Gym zu gehen. Die letzten Tage waren recht chaotisch gewesen. Nachdem Evie bleiben durfte, aber leider keinen Cent mehr in der Tasche hatte, hatten Shae und ich ihr angeboten, dass sie bei uns pennen könne. Wir hatten zwar nur eine Couch übrig, doch so sparte sie sich wenigstens das Hotel. Sie hatte erst rumgedruckst, doch mit ein wenig Überzeugungsarbeit von Ariana war es uns gelungen, sie zu überreden. Shae, sie und ich hatten ihre Sachen geholt und sie bei uns einquartiert. Eigentlich war es ganz lustig mit den beiden Mädels, aber auch ungewohnt. Jetzt musste ich mir das Badezimmer nicht nur mit Shae, sondern mit Evie teilen, die verdammt lange brauchte, um sich fertig zu machen. Shae hatte schon gescherzt, dass sie es

242

nicht für möglich gehalten hätte, mal jemanden zu treffen, der meine Zeiten im Bad überbot. Wir drei hatten diese Woche also erst unseren Rhythmus finden müssen, damit jeder seine Sachen auf die Reihe bekam und es pünktlich zur Arbeit schaffte. Evie hatte zwar einen ganz anderen Tagesablauf als wir, weil sie selten in der Agentur war, trotzdem kollidierten unsere Zeiten regelmäßig. Sie beteuerte stets, dass sie sofort eine Wohnung suchen würde, sobald das mit dem Visum geklärt sei und sie etwas Geld verdiente.

»Willst du ihr sagen, wie hoch die Mietpreise in Manhattan sind, oder soll ich das machen?«, hatte Shae mich vorgestern gefragt.

»Lass sie noch ein wenig in ihrer rosa Blase leben und von einem schicken Apartment träumen, sie macht gerade genug mit«, war meine Antwort gewesen. Und so machte ich mich schon mal drauf gefasst, dass Evie unsere Couch noch eine ganze Weile in Beschlag nehmen würde.

In der Agentur ging es zum Glück etwas gemächlicher zu, da das große Event vorüber war. Wir kehrten zum alltäglichen Ablauf zurück, und ich bekam mehr und mehr ein Gefühl dafür, was Owen von mir erwartete. Der Job war cool, wenn auch manchmal ein wenig unterfordernd. Ich war oft schon gegen Mittag mit allem fertig und suchte mir dann andere Beschäftigungen. Anfang der Woche hatte ich Owens Ordnerstruktur komplett überarbeitet und neu sortiert. Der Mann mochte die Agentur mit viel Coolness schmeißen, aber sein Desktop war ein Bild des Grauens. Genau wie der ganze Datenmüll, der sich auf seinem Rechner angesammelt hatte, aber mittlerweile bekam ich Ordnung rein. Ich hatte sogar schon überlegt, Owen ein kleines Programm zu schreiben, das seinen Rechner regelmäßig scannte und aufräumte. Manchmal fehlte es mir, mich in Codes zu verlieren und mir neue Programme auszudenken.

Dafür blühte Shae umso mehr auf. Sie tüftelte mit Ariana an neuen Ideen, organisierte Treffen zwischen Influencern und

Sponsoren und wurde mit jedem Tag selbstsicherer in ihrem Job. Im Moment saß sie viel auf ihrer Feuerleiter und schrieb Briefe an Onkel Jeffrey.

Wir kamen in New York City an.

Ich beendete meinen Satz Bankdrücken, wippte im Takt meiner Musik mit und nahm mir zwei Zehn-Kilo-Scheiben, die ich rechts und links auf die Hantel setzte. Heute wollte ich es auf fünfundachtzig Kilo schaffen. Nicht meine besten Werte, aber langsam musste ich mich an die alte Form rantasten. Immerhin hatte ich ein nettes Studio, nur drei Blocks von unserem Apartment entfernt, gefunden. Es war nicht riesig, bot keine Kurse an und hatte auch keinen Pool. Genau das, was ich gesucht hatte. Ich brauchte keinen Schnickschnack. Solange der Freihantelbereich sauber und gut gestaltet war, war ich glücklich.

Ich setzte mich zurück auf die Bank, nahm die Hantel erneut in die Hände und schaffte gerade so zwölf Wiederholungen.

»Lachhaft«, murmelte ich und richtete mich wieder auf. Ich gab mir einen Moment, bis sich mein Atem und meine Muskeln beruhigt hatten, und sah kurz hoch zum Bildschirm, der über mir angebracht war und auf dem tonlos die News liefen. Der Reporter schien gerade von irgendeiner Veranstaltung zu berichten, die am Wochenende im Madison Square Garden stattfinden sollte. Ich musste mir unbedingt noch einen Überblick über kommende Events verschaffen, denn ich würde gern mal wieder auf ein Konzert gehen.

Ich wartete noch einen Moment, bis sich meine Muskeln erholt hatten, und betrachtete die Leute um mich herum im Spiegel. Viel war nicht los. Ein Stück rechts von mir trainierten zwei Jungs Kreuzheben und battelten sich, wer mehr schaffte, eine Frau verausgabte sich am Rope, und eine weitere lief hinter mir entlang und begutachtete die Hanteln, die noch frei waren. Sie hatte lange dunkelblonde Haare, die sie zu einem Zopf zusammengebunden hatte. Ihre helle Haut war mit einem leichten Schweißfilm bedeckt, und auch ihr kurzärmeliges Shirt zeigte die Anstrengung des Trainings. Ihre Muskeln waren schön definiert und toll proportioniert. Man sah ihr an, dass sie regelmäßig Sport trieb und wohl einen guten Weg für sich gefunden hatte. Außerdem war sie verdammt hübsch. Das erregte nicht nur meine Aufmerksamkeit. Auch die beiden Jungs, die Kreuzheben machten, hatten sie bemerkt. Einer hob gerade die Langhantel mit ziemlich viel Gewicht hoch und gab einen kehligen Laut von sich. Statt die Hantel richtig abzusetzen, ließ er sie fallen und stieß einen Triumphschrei aus.

Angeber.

Die Frau schüttelte den Kopf und trat zu den Jungs. Ich bekam nicht mit, was sie zu ihnen sagte, weil meine Musik zu laut war, aber sie deutete auf eine der Stangen, die vor den beiden auf dem Boden lagen. Die Jungs hatten sich breitgemacht und recht viele der Gewichte für sich beansprucht. Einer der beiden grinste sie an und verschränkte die Arme vor der Brust, sodass seine aufgepumpten Bizepse sich nach oben wölbten. Ich rollte mit den Augen und widmete mich wieder meinem nächsten Satz. So ganz konnte ich allerdings nicht ausblenden, was neben mir passierte. Nach etwas Rumdiskutieren bekam die Frau eine der Stangen und trat damit in meinen Bereich. Sie platzierte sie auf einem Rack neben mir und bestückte sie mit den Gewichtsscheiben, die unterhalb des Spiegels aufgereiht hingen. Ich presste meine letzte Wiederholung heraus, die mir eigentlich leichter hätte fallen sollen, und setzte das Gewicht ein weiteres Mal ab.

Die Frau fing mit Kniebeugen und ersten Aufwärmsätzen an. Die beiden Jungs pausierten und tauschten sich ganz offensichtlich über sie aus. *Können Leute andere nicht einfach in Ruhe trainieren lassen?* Als sie fertig war, legte sie das Gewicht zurück aufs Rack, einer der Jungs kam zu ihr.

Ich stellte die Musik leiser, damit ich mehr von meiner Umgebung mitbekam, und massierte meine Brustmuskeln, die leicht zitterten.

»Du musst das Gewicht mehr in den Ballen halten, außerdem kippst du zu sehr im unteren Rücken ab. So trainierst du deinen Hintern kaum mit.« Er deutete auf ihren Po. »Wäre doch echt schade drum.«

Die Frau runzelte die Stirn und seufzte. »Danke. Ich komm zurecht.«

»Ich zeig es dir gern.« Er hob eine Hand und zeigte auf ihre Hüfte. Ich spannte mich an, war schon kurz davor, einzugreifen, doch die Frau funkelte ihn derart herausfordernd an, dass er von selbst innehielt.

»Noch mal für dich zum Mitschreiben, falls das Blut nicht richtig durch dein Hirn fließt: Ich brauche keine Hilfe.« Sie sagte die letzten Worte langsam und betont, dabei hielt sie seinen Blick fest und kniff die Augen zusammen.

»Kein Grund, gleich so kratzbürstig zu sein. Ich mein's nur gut. Die meisten trainieren falsch und wundern sich dann, warum sie keine Ergebnisse erzielen.«

Sie hob die Augenbrauen, denn ihr durchtrainierter Körper zeigte sehr deutlich, was für Ergebnisse sie erzielte.

»Ich würde mich gern wieder konzentrieren«, sagte sie und deutete auf ihre Hantelstange, wo sie bereits zwei weitere Zehn-Kilo-Scheiben aufgelegt hatte.

Der Typ verzog das Gesicht und musterte sie mit zusammengekniffenen Augen. »Sag mal, kenn ich dich nicht?«, fragte er.

Die Frau verdrehte die Augen und gab einen frustrierten Laut von sich. Es wirkte so, als würde ihr das öfter passieren. In meinem Hirn fing es ebenfalls an zu rattern, ob ich sie kennen müsste. In New York liefen viele Promis herum. Letzte Woche war mir Bruce Springsteen im Park entgegengekommen.

»Bist du nicht diese Fitnessschnalle? Wie heißt dein Kanal gleich? Warte, ich hab's … ah! Mooreforyou. Du bist Lily Moore, richtig?«

Lily – falls sie es war – ignorierte ihn weiter.

»Jo, rate, wer das hier ist?«, rief er seinem Kumpel zu. Ich beobachtete Lily, die das Gesicht verzog und sich Mühe gab, sich nicht ablenken zu lassen. An dem Beben ihrer Lippen erkannte ich allerdings, dass es ihr nicht leichtfiel.

»Das ist Lily Moore. Den Kanal haben wir doch neulich erst durchgeschaut.«

»Die, die mal fett war?«

»Ja! Genau.«

»Leute«, sagte ich, weil ich nicht mehr an mich halten konnte. Lily richtete sich auf, setzte das Gewicht ab und drehte sich zu dem Typen um. Ich machte mich drauf gefasst, einzugreifen, aber ich wollte Lily auch nicht das Gefühl vermitteln, als würde sie das nicht allein schaffen. Der Kerl musterte sie von oben bis unten und grinste breit.

»Hast dich ganz schön verändert.«

»Gut erkannt, Sherlock.«

»Krass, hätt ich nicht gecheckt«, rief Jo rüber.

Lily straffte die Schultern. »Da wir das jetzt geklärt haben, wiederhole ich mich ein weiteres Mal. Anscheinend braucht dein Gehirn ein wenig länger, bis es Infos verarbeitet hat: Ich möchte in Ruhe trainieren. Ohne Gequatsche von deiner Seite. Danke.«

»Wissen deine Follower, wie zickig du bist? Zeigst du das auch?«

»Ich zeige mich auf Instagram genau so, wie ich bin, weil ich nichts zu verbergen habe. Nicht mal mein Fett, wie du so schön kommentiert hast. Wenn dir irgendwas daran nicht passt, dann kann ich dir auch nicht helfen. Genauso wenig interessiert es mich, ob du mich zickig findest. Dein Problem. Nicht meins.«

Der Typ zuckte zusammen. Ich dachte schon, dass er sich weiter reinsteigern würde, aber er zog die Nase hoch und drehte um. Lilys Schultern sackten herab, und sie stieß leise die Luft aus.

»Bist du in Ordnung?«, fragte ich vorsichtig.

»Ja. Klar doch.« Sie schüttelte den Kopf und wandte sich wieder ihrem Training zu. »Ist ja nicht so, als wäre ich das nicht gewohnt.«

Mein Mund klappte auf, und ich hätte gern etwas dazu gesagt, aber ich fühlte, dass sie das wohl als übergriffig einstufen würde. Also schwieg ich und widmete mich wieder meinem Training. Ich bestückte meine Stange neu und änderte den Sitzwinkel der Bank, damit ich mehr die Schultern statt der Brust trainierte.

Lily fing auch wieder an und machte einen weiteren Satz Kniebeugen. Wir trainierten schweigend nebeneinanderher, während der Typ und Jo jetzt ihre Handys hochhielten und ganz sicher Fotos von Lily machten. Sie ließ sich nicht ablenken, ächzte aber ganz schön, als sie das Gewicht hochdrückte. Unsere Blicke trafen sich im Spiegel. Ich lächelte sie freundlich an, sie ignorierte es und setzte zwei weitere Zehnerscheiben auf ihre Stange. Das mussten jetzt insgesamt um die siebzig Kilo sein, die sie gleich stemmen wollte. Beeindruckend.

Ich brachte mich ebenfalls wieder in Position. Der Bildschirm über mir erregte allerdings erneut meine Aufmerksamkeit. Jetzt zeigte er eine große Messehalle, wo die Aussteller gerade ihre Regale aufbauten und die Waren auslegten. Sah nach einer Elektro- und Computermesse aus. Nichts Ungewöhnliches, aber das Logo von *Funvironment* erschien. Anscheinend war meine ehemalige Firma Mitsponsor der Messe. Ein ungutes Kribbeln breitete sich in meiner Magengegend aus, wie jedes Mal, wenn ich das Logo sah oder an meinen ehemaligen Arbeitgeber erinnert wurde. In meinem Alltag wurde ich bedauerlicherweise viel zu oft damit konfrontiert. Nicht nur Owen nutzte die App, auch viele andere in der Agentur waren davon begeistert. Jetzt machten auch noch einige Promis Werbung dafür, was hieß, dass *Funvironment* bald noch viraler gehen würde.

Ich zwang mich, den Bildschirm nicht länger anzusehen, und widmete mich meinem Training. Lily ging ebenfalls in die Knie. Ihr Gesicht wurde rot, sie japste nach Luft und schien ziemliche

Probleme zu bekommen, sich aufzurichten. Rasch sprang ich auf, trat hinter sie und half ihr mit der Stange, damit sie wieder hochkam. Sie stöhnte auf. Ich legte das Gewicht zurück auf die Halterung, und sie trat einen Schritt nach vorne.

»Scheiße«, sagte sie und stemmte die Hände auf den Knien ab.

»Alles klar?«, fragte ich vorsichtig.

Sie nickte und winkte ab. Ihr Atem kam so schnell, dass sie nicht sprechen konnte.

»Hab doch gesagt, dass dein Training nichts taugt«, sagte einer der Jungs. Die beiden waren fertig, denn sie liefen mit den Handtüchern über ihren Schultern Richtung Ausgang. Die Hanteln, die sie benutzt hatten, lagen noch genau so an Ort und Stelle. Von wegen Aufräumen. Kurz war ich versucht, etwas zu den beiden Jungs zu sagen, aber der finstere Blick, den Lily den beiden nachwarf, sprach bereits Bände.

»Brauchst du einen Schluck?«, fragte ich und bot ihr meine noch geschlossene Wasserflasche an.

Sie kniff die Augen zusammen und wirkte genauso abweisend mir gegenüber wie bei den beiden Jungs.

»Nur ein Angebot«, sagte ich. »Hab auch noch nicht draus getrunken.«

Ihr Blick wurde weicher, sie richtete sich auf, wischte sich über die Stirn und nahm die Flasche. »Danke.« Sie schraubte sie auf und trank ein paar Schlucke.

»Geht's denn wieder?«

»Ja. Das ist mir noch nie passiert. Normalerweise schaff ich das Gewicht, aber ich hab gestern wohl zu viel gemacht. Meine Muskeln sind noch müde.« Sie blickte in die Richtung, in der die Jungs verschwunden waren. »Fiel mir wohl schwerer, mich zu konzentrieren.«

»Kommt vor.«

Sie atmete durch und wollte mir die Flasche zurückgeben, aber ich winkte ab. »Behalt sie, ich zieh mir noch eine am Automaten, wenn ich was brauche.«

Sie reckte das Kinn und umschloss die Flasche fester. »Dann auch dafür danke.«

»Brauchst du noch mal Hilfe damit?« Ich bemühte mich, nicht so zu klingen wie der Typ eben.

»Nein. Das war mein letzter Satz Kniebeugen.«

Ich nickte und trat zurück an meinem Platz. Eigentlich hätte ich dieses Gespräch gern fortgeführt, mich ihr vorgestellt, gefragt, ob sie öfter herkam, aber ich wollte sie nicht überrumpeln und ihr das Gefühl geben, dass sie hier nicht in Ruhe und Sicherheit trainieren konnte.

Sie räumte ihre Gewichte wieder weg und zog auf den Platz um, den die Jungs gerade benutzt hatten. Dort sorgte sie erst mal für Ordnung und griff dann zu einer Kettlebell, mit der sie Kreuzheben machte. Ich sah ihr nur kurz zu und widmete mich meinem nächsten Satz Schulterdrücken.

Ich versuchte es zumindest, denn mein Blick schweifte immer wieder rüber zum Bildschirm, wo sie jetzt auch die ersten Aussteller interviewten. Das Logo von *Funvironment* wanderte erneut durchs Bild, und ich sah, dass meine alte Firma auch einen Stand auf der Messe hatte. Mein Herzschlag beschleunigte sich, was allerdings nicht am Training lag. Halbherzig beendete ich den Satz, stellte das Gewicht ab und starrte weiter den Monitor an.

Und da war sie auf einmal.

Die Frau, die ich am liebsten aus meinem Gedächtnis streichen würde. Meine ehemalige Chefin Rhianna Priceton. CEO von Green Touch Solutions. Der Firma, bei der ich jahrelang gearbeitet hatte. Rhianna wurde im Vollformat mit einnehmendem Lächeln gezeigt. Ihre hellbraunen Haare waren ein ordentliches Stück gewachsen, seit ich sie das letzte Mal gesehen hatte, und fielen ihr bis knapp über die Schultern. Sie war dezent geschminkt, braun gebrannt und wirkte so erholt, als käme sie aus einem vierwöchigen Karibikurlaub. Mit dem Geld, was die App ihr zurzeit brachte, war das auch bestimmt locker drin. Rhianna strahlte mit ihrer üblichen klassischen Schönheit in die Kamera. Sie konnte Menschen sehr gut für sich einnehmen. Wann immer sie einen Raum betrat, drehten sich die Köpfe nach ihr um, und Gespräche verstummten. Rhianna war eine Frau, die Aufmerksamkeit auf sich zog, und das wusste sie ganz genau.

Sie redete in die Kamera, ich verstand kein Wort von dem, was sie sagte, aber ich hörte dennoch ihre Stimme in meinem Ohr.

»Du bist großartig, Tyler! *Funvironment* wird durch die Decke gehen! Ich liebe deine Idee!«

Meine Idee, die nicht mehr meine war, weil ich alles hinter mir gelassen und alle Brücken abgerissen hatte. Nicht nur wegen Shae und ihrem Umzug nach New York, sondern auch, weil ich es keine Minute länger in dieser Firma ausgehalten hätte. Egal, ob meine App das Beste war, was ich je programmiert hatte.

Ich rieb mir über die Stirn, während Rhianna weiter in die Kamera lachte. Übelkeit stieg in mir hoch, und auf einmal kam es mir unmöglich vor, auch nur noch ein Kilo zu stemmen. Diese verdammte Messe war an diesem Wochenende und gar nicht so weit weg von unserem Apartment. Mir wurde heiß und kalt zugleich, denn mir wurde schlagartig bewusst, dass ich Rhianna möglicherweise auf der Straße begegnen könnte. Mein Herz bebte allein beim Gedanken daran. Ich beugte mich nach vorne, stemmte die Ellbogen auf den Knien ab und atmete durch.

Jemand legte eine Hand auf meine Schulter, ich fuhr erschrocken herum und starrte sie an. Sie zuckte sofort zurück.

»Sorry, wollt dich nicht erschrecken, aber du bist auf einmal ganz blass. Brauchst du doch dein Wasser?«

»N-nein. Schon gut.« Ich richtete mich auf und räumte mechanisch meine Hanteln weg.

»Ich bin übrigens Lily«, sagte sie und lächelte mich zum ersten Mal an, seit sie reingekommen war. »Aber das hast du ja schon mitbekommen.«

»Ja. Ich … freut mich.« Ohne mich ebenfalls vorzustellen, drehte ich um und verließ die Trainingshalle. Ich musste ganz dringend an die frische Luft.

SHAE

21

Freitag, 03. Mai

Evie war wie ausgewechselt, wie sie durch die alte, verlassene Fabrikhalle wuselte, die uns heute als Kulisse diente. Sie bestand aus rotem Backstein, die großen Fenster waren teils eingeschmissen, und zwischen den Bodenplatten drangen Gräser und Unkraut hervor. In der Ecke wuchs sogar ein kleiner Baum. Alles wirkte postapokalyptisch, sorgte jedoch dafür, dass die bunt gekleideten Frauen, die Evie fotografierte, noch deutlicher hervorstachen.

»Amber, das Kinn etwas höher, ja, genau so! Lily, ein Stückchen nach links. Ja!«

Die Kamera klickte mehrmals, und die beiden Influencerinnen warfen sich in eine neue Pose, als handelte es sich bei ihnen um professionelle Models – in gewisser Weise tat es das wohl auch. Es war beeindruckend, wie stark sie wirkten. Nicht nur, weil sie als Fitness-Influencerinnen körperlich stark waren, sondern weil ihre Blicke so viel Kraft transportierten.

Es war die erste Kampagne, die ich ganz allein begleitete.

Ariana hatte mir bei der Organisation zwar noch über die Schulter geschaut, aber der Rest war auf meinem Mist gewachsen.

April Dreams war mein erster eigener Kunde. Greenwood & Steele arbeitete regelmäßig mit der Sportmarke zusammen, produzierte Kampagnen und Content für ihre Social-Media-Kanäle. Heute war ein Produktshooting der Linie angesagt, die im Spätsommer in die Läden kommen würde. Ich hatte im Vorfeld Influencer und Influencerinnen ausgewählt, die sich alle auf unterschiedliche Weise für einen positiven Umgang mit dem eigenen Körper einsetzten. *April Dreams* konzentrierte sich auf unterschiedliche Körpergrößen und -formen, retuschierte ihre Produktfotos bewusst nicht, sodass einem in New York regelmäßig Billboards mit knapper Sportkleidung und Dehnungsstreifen, Hautunreinheiten oder Cellulite begegneten. Als Ariana mir die Organisation der künftigen Kampagnen übertrug, hätte ich am liebsten Luftsprünge gemacht, denn ich besaß selbst zwei Sportoutfits von *April Dreams* und folgte der Marke bereits eine Weile. Sie hatten einiges zur Akzeptanz meines eigenen Körpers beigetragen und mir geholfen, meine Makel mehr als das zu sehen, was sie waren: normal.

Lächelnd beobachtete ich Evie dabei, wie sie sich auf den Boden legte, die Linse der Kamera weiter auf die beiden Models gerichtet. Ich konnte es kaum erwarten, das Endresultat zu sehen. Die Fotos der Gala waren perfekt geworden, was sich schon dadurch zeigte, dass die Gäste sie auf ihren sozialen Kanälen teilten. Einige hatten Evie sogar getaggt, was ihr einen richtigen Aufschwung beschert hatte. Wie sie nun um die Models herumsprang, ihnen Anweisungen gab und sie in Szene setzte, wirkte es, als wären zentnerschwere Steine von ihren Schultern gefallen.

»Ich hab gehofft, dass ich dich wiedersehe.«

Mein Herz machte einen aufgeregten Hüpfer, als ich die tiefe, samtige Stimme hinter mir hörte. Ich hatte mich schon gefragt, wann er aus der Maske zu uns kommen würde. Mit einem vermutlich viel zu breiten Lächeln drehte ich mich um.

»Hi, Cam! Sind alle bereit?«

Er nickte und klopfte auf die Make-up-Tasche, die um seine Hüfte hing. »Und ich auch, sobald jemand zu glänzen beginnt.«

Ich hatte gezögert, Cam als Visagisten für das heutige Shooting vorzuschlagen, doch Ariana hatte ihn direkt abgenickt, war sogar begeistert gewesen, dass ich die Rooftopparty wirklich zum Netzwerken genutzt hatte. Dass mein Interesse an Cam über bloßes Netzwerken hinausging, hatte ich für mich behalten. Ich war mir nicht sicher, wie die Regeln bezüglich Flirten mit den Dienstleistern aussahen, aber ich wollte nicht provozieren, eine Rüge zu kassieren. Was sich schwieriger gestaltete als gedacht, wenn ich Cam betrachtete. Es war das erste Mal, das ich ihn in normaler Kleidung und Arbeitsequipment antraf. Während ich ihn auf der Rooftopparty noch in Verlegenheit gebracht hatte, strahlte er nun eine Ruhe aus, die sich direkt auf mich übertrug. Überraschenderweise wirkte er im schwarzen Shirt noch einnehmender als in dem Anzug auf der Gala, er schien mehr er selbst.

»Ich wusste gar nicht, dass du auch hier sein würdest«, sprach er weiter. »Ich dachte, du hütest das Büro. Nicht dass ich mich beschweren würde.«

»Einer muss ja auf euch aufpassen«, gab ich zurück.

»Du bist also zum Babysitten hier?« Ein Lächeln umspielte seine Lippen.

»Ganz genau«, sagte ich grinsend. »Nein, ich hab den Kunden übertragen bekommen. Ich hätte Hallo gesagt, aber ich habe Evie noch beim Aufbau geholfen, und sie meinte, du wärst bereits in der Maske, die anderen am Schminken. Da wollte ich nicht stören.«

»Du störst nicht, ich freu mich, dich zu sehen.«

Ein sanftes Prickeln schoss von meinem Bauch ausgehend durch meinen Körper. Ich hatte Cam bereits als schlagfertig erlebt, dass er so direkt war, überraschte mich dennoch. So sehr, dass etwas passierte, was mir nicht weniger neu war: Ich wusste nicht, was ich sagen sollte. Mir lag bereits eine flapsige Erwiderung auf den Lippen, doch Cams Blick sorgte dafür, dass sie dahinschmolz.

»Dito«, sagte ich stattdessen leise. Einen Moment sahen wir uns einfach an, nicht ewig und doch lang genug, dass ich die kleinen gelben Sprenkel in seinen hellblauen Augen ausmachen konnte. Die Bartstoppeln an seinem Kinn, die dafür sorgten, dass ich am liebsten die Hand ausgestreckt hätte und mit den Fingern …

Himmel, reiß dich zusammen, Shaelynn Wright.

Ich war hier zum Arbeiten, nicht, um diesen Kerl abzuschleppen. Es wurde wohl höchste Zeit, dass ich meine Durststrecke beendete, mit der Ty mich mittlerweile schon täglich aufzog. Ich hatte neben der Arbeit kaum Zeit, Männer kennenzulernen, Kollegen waren definitiv tabu und mein Satisfyer eine zu bequeme Alternative geworden. Meine Hormone, meine Libido und ich waren das nicht gewohnt.

»Ist … alles in Ordnung?« Zwischen Cams Augen erschien eine kleine Furche, und ich nickte eilig. Hoffentlich hatte man mir meine Gedanken nicht am Gesicht ablesen können.

»Klar, alles bestens. Was soll schon sein? Alles läuft, der Tag ist prima, Evie ist in ihrem Element …« Ich räusperte mich. »Apropos, ich sollte mal nach ihr schauen. Fragen, ob sie Hilfe braucht oder so.«

»Okay«, sagte Cam gedehnt, offensichtlich verwundert über den abrupten Themenwechsel. Ich lächelte ihm noch einmal kurz zu, drehte mich dann um und ging beinahe fluchtartig zu Evie hinüber, die gerade die Aufnahmen auf ihrer Kamera betrachtete.

Ich musste raus, ins New Yorker Nachtleben. Ich konnte unserem Visagisten nicht hinterhersabbern, das war unprofessionell! Gleichzeitig schien er mich auch zu mögen, also vielleicht …

»Hey, alles in Ordnung?«

Ich zuckte zusammen. »Gott, hast du mich erschreckt.«

Evie schmunzelte amüsiert. »Ähm, du hast dich neben mich gestellt, aber ich hab dich erschreckt?«

»Sorry, war in Gedanken.«

»Alles gut. Schau mal!« Ihr Schmunzeln wuchs zu einem begeisterten Lächeln an, als sie mir die Kamera unter die Nase hielt. »Sie sind so gut geworden! Das Licht hier ist der Hammer und die Models sowieso!« Sie blickte auf und sah zu den anderen beiden. »Ihr könnt ruhig gucken kommen.«

Als wir alle vier über die Kamera gebeugt dastanden, flippte Evie durch die Bilder, und ich musste ihr zustimmen. Eines war schöner als das andere. Wir hatten insgesamt acht Influencer und Influencerinnen, immer in Zweierteams, und brauchten nur eine Handvoll Fotos pro Gruppe. Ich war froh, dass Evie die Erstauswahl treffen musste, nicht ich, denn ich hätte mich unmöglich entscheiden können.

»Wow!«, stieß Amber bei einem Close-up von ihr aus.

»Ja, oder? Dein Ausdruck auf dem Foto, ich bin hin und weg.« Evie strahlte zu Amber auf, klickte in der nächsten Sekunde jedoch schon weiter.

»Fällt es dir manchmal schwer, Fotos umsonst gemacht zu haben?«, fragte ich. »Wenn Favoriten von dir nicht verwendet werden, beispielsweise?« Ich sah weiter zu, wie Evie die Fotos durchging, während Lily und Amber sie über die andere Schulter gebeugt beobachteten.

»Puh, gute Frage. Ich hab noch nicht so häufig für große Kunden gearbeitet. Aber umsonst ist es ja nicht wirklich, ich lern dazu. Hauptsache, am Ende sind alle mit den Ergebnissen zufrieden.« Sie blickte auf, und das Strahlen in ihren Augen war unverkennbar. Sie liebte ihren Job nicht bloß, sie lebte ihn. »Ich hätte nicht weniger Spaß bei einem privaten Shoot. Dass dieser Job die Miete zahlt, ist einfach ein Bonus. Na ja, nicht direkt die Miete, du weißt schon.« Ihr Lächeln verrutschte, aber nur für den Hauch einer Sekunde. Owen hatte Wort gehalten und seinen Freund in der Kanzlei auf Evies Fall angesetzt. Vorgestern Abend hatten wir in der WG gemeinsam einen Berg von Papieren durchgehen müssen. Ty und ich hatten ihr, so gut es ging, bei den englischen Fachbegriffen geholfen, aber die meisten hatten wir selbst googeln müssen. Ich verstand wirklich nicht, wieso man es den Menschen so schwer machte und nicht zumindest normales Englisch verwendete. Hoffentlich konnten Ty und ich dafür sorgen, dass sie sich, bis alles geklärt war, bei uns zu Hause fühlte. Ich wollte nicht, dass sie ein schlechtes Gewissen hatte, weil sie bei uns wohnte. Ich wusste selbst zu gut, wie es sich anfühlte, für einen Traum zu kämpfen.

»Okay, das sind jetzt aber zu viele gute Fotos. Da kann ich mich unmöglich entscheiden.«

Lily hinter ihr lachte. »Das nehme ich mal als Kompliment.«

»Kannst du auch! Ihr habt beide toll posiert, und eure Ausstrahlung ist der Wahnsinn.«

»Ich hab mich bei dir auch direkt wohlgefühlt. Normalerweise sitze ich nicht gern auf Fotos. Ich komme mittlerweile ganz gut mit meinem Körper zurecht, aber im Sitzen mag ich meine Oberschenkel überhaupt nicht.«

»Wieso denn das?«, fragte ich überrascht. Denn wenn ich mir Lily so ansah, fiel es mir schwer, mir vorzustellen, dass sie irgendetwas an sich nicht absolut lieben könnte. Sie war fit, hatte ein bildschönes Gesicht und lange, blonde Haare, die an ihrem Kopf geflochten waren und in einen hohen Pferdeschwanz übergingen.

Lily zögerte einen Augenblick, als wäre sie nicht sicher, ob sie die Frage beantworten wollte. Hoffentlich war ich nicht zu weit gegangen. Blöde Neugier.

»Ich hab mal hundertzwanzig Kilo gewogen. Damals hab ich mit dem Sport angefangen, um abzunehmen, nicht, um fitter zu werden. Ich hab etliche Diäten, eine Essstörung und zwei Jahre Therapie durch«, sagte sie schließlich, und ich schluckte gegen den Kloß in meinem Hals an, der plötzlich da war. »Mittlerweile weiß ich natürlich, dass das Quatsch ist, und der Sport hat mir wirklich geholfen, zu meinem Körper zurückzufinden und ihn zu akzeptieren. Auch psychisch hilft er mir total. Aber manchmal ist da doch noch diese Unsicherheit. Meine Beine so auf diese Betonplatte gepresst zu sehen, die Dellen hinten am Po …« Sie hob die Schultern. »Ungewohnt, ich bin ehrlich. Auf Instagram hätte ich das Bild so auf jeden Fall nicht gepostet.«

Evie sah von ihrer Kamera auf und über ihre Schulter zu Lily. »*April Dreams* veröffentlicht nur Fotos, mit denen du einverstanden bist.«

»Ich weiß«, erwiderte Lily. »Ich will das. Diesen Schritt gehen. Wenn ich damit auch nur einer Person helfen kann …«

»Ich finde das sehr toll und mutig«, sagte Evie mit einem Lächeln. »Und falls es dich beruhigt, ich war während des Shoots nur neidisch auf deinen Hintern.«

»Dito«, warf Amber ein, was Lily zum Lachen brachte. Ich lachte mit, doch mein Hals war trocken, und das Geräusch drang mehr krächzend als fröhlich aus meiner Kehle.

»Die Therapie …«, begann ich. »Hat sie dir geholfen, die Essstörung zu überwinden?«

Hoffentlich war die Frage nicht übergriffig, doch ich brauchte die Antwort.

»Ja, hat sie.« Lily wiegte den Kopf hin und her. »Also, es ist nicht so, dass ich nicht manchmal noch Probleme damit habe. Ich glaube, da wieder rauszukommen, ist ein echt langer Prozess. Aber mir geht es besser denn je.«

Ich erwiderte ihr Lächeln und merkte, wie der Knoten in meiner Brust sich ein wenig löste. Wenn Lily es schaffen konnte …

»Hast du damit auch Erfahrungen?«

»Nicht direkt, meine Schwester …« Ich hob die Schultern. Außer mit Tyler hatte ich bislang mit niemandem darüber geredet. Selbst meine Eltern mieden das Thema, so gut es ging. Dabei sollte es kein Tabu sein, sollte nicht totgeschwiegen werden. »Emely ist gerade in einer Klinik«, fuhr ich schließlich fort. »Dass du es rausgeschafft hast, macht mir echt Hoffnung. Danke, dass du mir das erzählt hast.«

»Sehr gern«, erwiderte Lily. »Ich rede auch auf Instagram offen darüber. Ein Teil meiner Community war oder ist auch betroffen. Deine Schwester ist nicht allein.«

»Das wusste ich gar nicht. Ich werd dir gleich mal folgen.« Ich lächelte, doch etwas nagte an meinen Gedanken, stupste sie hin und her. »Eigentlich schade, dass wir diese Message nicht einfach durch die Fotos rüberbringen können.«

»Was genau meinst du?«, fragte Evie.

»Die Geschichten, die dahinterstehen. Die Bilder und die Körper erzählen ja auch eine Geschichte, aber ich fände es toll, noch mehr zu erfahren.« Ich sah zu Lily. »Was dir damals geholfen hat, ob es Worte oder Sätze gibt, die dich triggern und die wir vermeiden sollen.« Mein Blick wanderte zu Amber. »Du bist im Wrestling unterwegs und darfst dir bestimmt auch einiges anhören.«

Amber lachte auf. »Wenn du wüsstest.«

»Und das ist es: Ich würd es gern wissen. Würde ich noch bei der Zeitung schreiben, hätte ich mir euch sofort für ein Interview geschnappt.«

»Kannst du doch trotzdem.« Evie sah mich an und wackelte mit der Kamera. »Ich hab so viele Fotos, wir können sicher welche für den Kanal der Agentur verwenden und etwas mehr über die Models dazuschreiben, oder?«

»Ich kann Ariana auf jeden Fall fragen. *April Dreams* muss natürlich auch einverstanden sein.«

»Kann mir kaum vorstellen, dass sie was dagegen haben, ist ja weitere Werbung. Oder du machst was für die Website.«

»Gar keine schlechte Idee«, stimmte ich zu und machte mir eine mentale Notiz, Ariana darauf anzusprechen.

»Also, wenn du magst, steh ich dir gern für ein Interview zur Verfügung«, sagte Lily.

»Total gern«, erwiderte ich begeistert. »Sollen wir Nummern tauschen? Dann würde ich dich die Tage mal anrufen.«

»Klar«, sagte Lily und holte lächelnd ihr Handy hervor.

Ich tat es ihr gleich. Als ich mein Handy entsperrt hatte und ihr entgegenhielt, merkte ich, wie ihre Mundwinkel sich senkten. Ob es unklug gewesen war, nach ihrer Nummer zu fragen? Sie hatte es sicher täglich mit Fans zu tun und musste vorsichtig sein.

»Du musst mir deine Nummer nicht geben!«, beeilte ich mich zu sagen. »Ich kann dir auch einfach eine E-Mail …«

»Nein, alles gut!« Lily sah mich an, doch in ihren Augen lag trotz ihrer Worte eine gewisse Skepsis. »Ist das …« Sie deutete mit einem perfekt manikürten Fingernagel auf das Bild von Tyler und mir, das seit einigen Monaten mein Handyhintergrund war. »Ist das dein Freund?«

»Bester Freund«, korrigierte ich, während ich meine Nummer in Lilys Smartphone tippte. Ihre Miene klärte sich, kaum dass die Worte meinen Mund verlassen hatten.

»Puh«, machte sie und tippte sichtlich besser gelaunt ihre Nummer in mein Handy ein, bevor sie es mir wieder reichte.

»Wieso? Kennt ihr euch etwa?«

»Nicht so richtig. Wir haben uns nur mal kurz im Studio unterhalten.«

Ich nickte und verkniff mir jegliche Nachfragen. Unterhalten hieß bei Tyler so viel wie Flirten. Bilder der Gala, wie Tyler und Heather eng beieinander im Foyer herumstanden, tauchten vor meinem inneren Auge auf. Besser, ich behielt meine Neugier für mich, bevor Tyler und Lily anbandelten und er noch einen beruflichen Kontakt bezirzte. Ich musste mehr ausgehen mit diesem Mann, damit er sein Jagdgebiet erweiterte!

»Wir sind hier fertig, oder?« Fragend sah Lily zu Evie, die nickte.

»Ja, ich schnapp mir jetzt die nächsten beiden, ihr seid erlöst. Das Buffet in der Maske müsste jetzt aber auch da sein, also bleibt gern noch.«

»Klingt perfekt, ich hatte eben schon Magenknurren«, sagte Amber. »Wenn ich was gegessen hab, können wir auch gern noch übers Wrestling reden.«

Sie lächelte mir zu, und meine Mundwinkel hoben sich wie von selbst, als Adrenalin meinen Körper durchflutete. Ich liebte den Job, doch wenn es mir möglich wäre, die Geschichten, die ich aufschnappte, niederzuschreiben, von den Menschen, die ich traf, zu lernen – es wäre die sprichwörtliche Sahnehaube dieses Postens.

Einige Stunden später hätte ich Cam und seinen Puder, mit dem er immer wieder übers Set geschwirrt war, selbst gut gebrauchen können. Die Halle hatte sich ordentlich aufgeheizt, und obwohl ich die Temperaturen aus Phoenix gewohnt war, machte mir die Hitze zu schaffen. Vielleicht lag es aber auch daran, dass Evie und ich einen Teil des Equipments abbauten, den wir für die Kulisse genutzt hatten.

»Bis dann, danke noch einmal! Ich bin schon gespannt auf die Ergebnisse.«

Jacob, Influencer und ehemaliger Paralympics-Teilnehmer, winkte uns zu und bewegte sich auf seinem Rollstuhl in Richtung des Ausgangs.

»Wir danken!«, rief ich ihm zu, das Grinsen nach wie vor auf meinem Gesicht, wo es so schnell auch nicht verschwinden würde. Dieser Tag war, gemeinsam mit der Gala, bisher der schönste, den ich in der Agentur gehabt hatte. Ich liebte es, all diese Menschen und ihre Geschichten kennenzulernen, mit ihnen gemeinsam die Welt zu verändern – wenn auch nur im Kleinen. Tatsächlich hatte sich jeder der Anwesenden für ein Interview bereit erklärt, und mein Kopf war zum Bersten voll mit ihren Erlebnissen, Kämpfen und Träumen. Ich hätte nicht sagen können, wann ich zum letzten Mal so glücklich gewesen war.

Amber und Gülçan verabschiedeten sich als Nächstes und

folgten Jacob nach draußen. Sie waren bis zum Ende des Shoots geblieben, weil sie sich völlig verquatscht hatten. Gut für mich, denn sie hatten sich sogar spontan animieren lassen, einige Videos für den TikTok-Kanal der Agentur aufzunehmen – der noch nicht existierte. Dank Tyler, der immer wieder Videos zu seinem Leben in New York hochlud, fand ich langsam in das Netzwerk hinein. Unsere Agentur war bislang nur auf Instagram vertreten, ich wollte Ariana aber unbedingt vorschlagen, einen TikTok-Kanal zu starten. Kundenkampagnen betreuten wir auf dem Netzwerk ohnehin schon, und ich war mir sicher, dass wir sowohl unseren Ruf als auch die Aufmerksamkeit uns gegenüber steigern könnten. Hoffentlich überrannte ich sie nicht mit den vielen Ideen, mit denen ich aus diesem Tag zurückkehrte, doch ich für meinen Teil war Feuer und Flamme. Außerdem fiel all das doch auch unter PR, richtig?

»Braucht ihr noch Hilfe?« Cam trat mit seiner gepackten Tasche aus dem Raum, den er bis eben zu seinem Make-up-Studio erklärt hatte.

Ich schüttelte den Kopf. »Sind so gut wie fertig. Es sei denn, du hast einen Handventilator dabei, dann nur zu. Ich schmelze.«

»Leider nicht, aber wenn du magst …« Er zögerte, als müsste er überlegen, ob er weitersprechen sollte. Dann entschied er sich jedoch dafür. »Ich könnte dich auf ein paar erfrischende Drinks einladen? Diesmal musst du sie weder selbst zubereiten, noch sind sie gratis, versprochen.«

Im Gegensatz zu Cam zögerte ich keine Sekunde und warf meine guten Vorsätze von vor wenigen Stunden über Bord. Vielleicht lag es an der guten Laune durch das geschaffte Projekt, vielleicht an Cams eindringlichem Blick, auf jeden Fall nickte ich sofort.

»Supergern. Dann kannst du testen, ob mein Mai Tai mit dem eines richtigen Barkeepers mithalten kann.«

»Die Erwartungshaltung nach deinem ist auf jeden Fall groß.«

Unser Blick wurde von dem Nachrichtenton meines Handys unterbrochen.

»Entschuldige«, murmelte ich.

»Gar kein Thema! Schau ruhig nach.«

»Nein, muss ich nicht, ist bestimmt ...« Mein Handy piepte erneut, und ich rollte die Augen. »Okay, eine Sekunde! Sorry!« Ich holte mein Smartphone aus der Hosentasche und sah aus dem Augenwinkel, dass auch Evie ihr Handy zückte. Kein Wunder, denn die Nachricht war in unserem frisch eröffneten WG-Gruppenchat eingegangen und von niemand Geringerem als unserem WG-Chaoten.

> **Tyler, 4.03 pm:**
> Party, Ladys?

> **Tyler, 4.04 pm:**
> Okay, Party! Cool!

Was zur Hölle hatte dieser Mann schon wieder vor?

> **Shae, 4.04 pm:**
> Was?

> **Tyler, 4.04 pm:**
> Party heute bei uns!

> **Shae, 4.04 pm:**
> Welche Party? Wieso Party?

> **Tyler, 4.04 pm:**
> Wieso nicht?

Shae, 4.04 pm:

Ich hab schon ein Date, bin für Drinks verabredet.

Tyler, 4.05 pm:

Ha! Endlich hat die Durststrecke ein Ende und das gleich doppelt.

Tyler, 4.05 pm:

Verstehst du? Wegen Durststrecke ... Drinks ... Durst– egal. Bring ihn mit!

Shae, 4.05 pm:

Auf keinen Fall, ich mag ihn nämlich ganz gern.

Tyler, 4.05 pm:

Also sollen wir ohne dich feiern? Tu das Evie nicht an, sonst weint sie.

Evie, 4.05 pm:

Würde ich nicht!

Tyler, 4.05 pm:

Wer keine Miete zahlt, fällt mir nicht in den Rücken!

Shae, 4.05 pm:

Du hast einen Schaden.

Tyler, 4.06 pm:

Acht Uhr, ich lad Ariana und ein paar andere Leute ein. Freu mich! ♡

»Ich lebe mit einem Irren zusammen«, murmelte ich und steckte kopfschüttelnd das Handy weg, während ich Evie leise lachen hörte.

»Alles okay?«

»Ja. Was hältst du davon, wenn doch ich dir die Drinks mixe? Sieht aus, als veranstalte ich heute Abend eine WG-Party.«

ARIANA

Freitag, 03. Mai

»Schönen Feierabend!«

Cat aus dem Social-Ads-Team erschien in der Tür und winkte mir zu. »Ich hab die Kaffeemaschine schon gereinigt, ich hoffe, das war okay.«

»Ja klar, ich mach nicht mehr lang«, log ich. »Hab ein schönes Wochenende.«

»Du auch! Hast du was geplant?«

»Nichts Besonderes«, erwiderte ich mit einem Lächeln. Noch eine Lüge, ich hatte nämlich rein gar nichts geplant. Ich war nicht der größte Fan von Wochenenden, da an diesen kein Training stattfand und ich, seit Owen herausgefunden hatte, dass ich an einem Sonntag Mails beantwortet hatte, auch nicht wirklich an meinen Projekten weiterarbeiten konnte. Ich hatte das Problem erst nicht verstanden, doch Owen wollte nicht, dass die Agentur nach außen hin wirkte, als wäre sie der einzige Lebensinhalt ihrer Mitarbeitenden. Als hätten diese keine Work-Life-Balance. Dabei war beides bei mir der Fall. »Hast du was vor?«, fragte ich Cat, als mir wieder einfiel, wie man Small Talk führte.

»Wir haben Tickets für *Hadestown*. Das Musical«, fügte sie hinzu, als hätte ich die Playlist nicht schon hundertmal rauf und runter gehört.

»Oh toll! Das ist großartig. Ganz viel Spaß.«

»Hast du es schon gesehen?«

Ich schüttelte den Kopf. »Nein, noch nicht.« Was vor allem daran lag, dass Jared kein Musical-Fan war und ich nicht hatte allein gehen wollen. Vielleicht sollte ich mir einen Ruck geben und genau das demnächst tun. Oder aber ich fragte Tyler. Keine Ahnung, ob das unangebracht war, aber er schien Musicals genauso sehr zu lieben wie ich. Außerdem hatten wir gemeinsam auf einer Bühne gestanden und zu *Hamilton* gerappt. Da sollte das Eis wohl langsam gebrochen sein … Ich durfte nicht länger zulassen, dass ich mein Leben für Jared pausierte. Dass ich wartete, bis er den Durchbruch geschafft hatte, von dem er immer sprach. Mein Leben passierte jetzt, und wenn ich nicht langsam etwas änderte, sah ich willenlos dabei zu, wie es an mir vorbeizog. Ich seufzte, und Cat lächelte mir aufmunternd zu.

»Ich hoffe, du kannst auch bald rein«, sagte sie und bezog mein Seufzen sicher noch auf *Hadestown*. »Ich wünsch dir ein schönes Wochenende. Mach nicht mehr zu lang.«

Ich verabschiedete mich von ihr und lehnte mich, als sie außer Sichtweite war, mit einem Seufzen im Stuhl zurück. Es war bereits kurz nach fünf, und wenn ich nicht bald aufbrach, würde Owen mir wegen meiner Überstunden in den Ohren liegen. Doch Lust auf daheim hatte ich auch nicht recht. Die Situation zwischen Jared und mir war … angespannt, um es nett zu formulieren. Er warf mir vor, aus einer Mücke einen Elefanten zu machen, doch irgendwie trug ich ihm die Sache von der Gala immer noch nach. Mein Versuch, die Situation zu klären, hatte wie immer im Streit geendet. Dass er die Business-Idee, für die er mich am Todestag meines Bruders versetzt hatte, schon wieder verworfen hatte, half auch nicht gerade dabei, mich optimistischer zu stimmen. Vielleicht hatte er aber auch recht, und ich war unfair. Zu festgefahren in meinem Nine-to-five-Job, den ich mehr als einmal die Woche zu einem Seven-to-six-Job umwandelte. Immerhin war Evie auch Künstlerin, impulsiv und sorglos, und für sie hatte ich mich eingesetzt …

Ich strich mir die langen Haare aus dem Gesicht und griff nach meinem Handy, das umgedreht auf dem Schreibtisch lag. Ich hatte mich völlig in der Konzeptentwicklung eines neuen Stream-Formats verloren, das ich gemeinsam mit einer der Gamerinnen, die wir vertraten, entwickelte. Ich hatte keine Ahnung vom Gaming, aber seltsamerweise ergänzten sich gerade deshalb unsere Ideen so gut, und ich war völlig fasziniert von der neuen Welt, in die ich abtauchen konnte.

Überrascht hob ich die Brauen, als ich mein Handy entsperrte und eine Nachricht von Tyler vorfand. Ich blickte auf die Sportuhr an meinem Arm, die Nachricht war fast eine Stunde alt.

Tyler 4.16 pm:
> Hey, Ari!
> Shae und ich schmeißen heute um acht 'ne Party. Du bist herzlich eingeladen, und wenn du nicht kommst, fasse ich das als persönliche Beleidigung auf. See you!

»Ari?«, wiederholte ich lachend, gleichzeitig versetzte es mir einen Stich, den Spitznamen laut ausgesprochen zu hören. So hatte Quinn mich immer genannt.

Ari, ich weiß nicht, ob es eine gute Idee ist, zu Dads Geburtstag heimzukommen …

Es war die letzte Nachricht, in der er meinen Spitznamen verwendet hatte.

Hätte ich etwas merken müssen? Hätte ich etwas sagen sollen, als er Ende März wirklich nicht zu Dads Geburtstag erschienen war? Er hatte die lange Fahrt und die Verpflichtungen bei der Navy als Grund genannt, aber vielleicht hätte ich stärker nachhaken sollten. Zwei Wochen später erreichte uns die Nachricht von seinem Tod.

Nicht Tod, Suizid, korrigierte ich mich in Gedanken, während meine Fingerspitzen so fest auf das filigrane Bettelarmband drückten, dass es schmerzte.

Was war so schlimm gewesen, dass der Tod ihm leichter erschien als das Leben? Und wieso hatte ich es nicht mitbekommen? Wieso hatte er nicht mit mir geredet, mich helfen lassen?

Mir war klar, dass diese Fragen nichts brachten. Dass eine Antwort mir Quinn nicht zurückbringen konnte. Das hatte ich in den Stunden mit meiner Therapeutin, die ich nach dem Verlust aufgesucht hatte, verstanden. Sie hatte mir das endlose Grübeln nehmen können, nicht jedoch die Schuldgefühle, die mich immer wieder heimsuchten. Während ich die Schuld bei mir, meinen Eltern und Quinns Umfeld suchte, suchten Mom und Dad sie weiterhin bei der Navy, waren sich sicher, dass sie uns Dinge verschwiegen.

Ich öffnete den Familienchat und scrollte durch die Nachrichten meiner Mom, die ich unbeantwortet gelassen hatte. Sie hatte berichtet, dass der Navan Criminal Investigation Service, also die Strafverfolgungsbehörde, noch aktiv an dem Fall arbeitete, was sie für eine bloße Verzögerungstaktik hielt. Der angeheuerte Detektiv knöpfte sich wohl gerade die Kollegen meines Bruders vor.

Ich legte das Handy zur Seite und rieb mir die Schläfen. Wie immer, wenn ich über das Thema nachdachte, protestierte mein Kopf. Ich war mir nicht einmal sicher, ob es sich um echte Schmerzen handelte oder um Phantomschmerzen – ein Warnschuss meines Körpers, dass ich mich nicht in Grübeleien verlieren durfte, die ins Nichts laufen würden.

Das aufleuchtende Display des Telefons erinnerte mich daran, dass ich Tylers Nachricht noch nicht beantwortet hatte.

Tyler, 5.23 pm:
Shae wird es auch als persönliche Beleidigung auffassen und künftig nur noch problematische Influencer zu Events einladen! Oh wait, tut sie eh schon ...
Also, kommst du?

Widerwillig musste ich lachen. Tyler war wirklich eine andere Nummer. Obwohl ich eigentlich hatte absagen wollen, sah ich nun nachdenklich aus dem Fenster auf den New Yorker Verkehr. Wenn Tyler es schon per Textnachricht schaffte, mich abzulenken, war ein Abend in der WG vielleicht gar keine blöde Idee. Es war nicht so, dass ich etwas Besseres vorhatte.

Ariana, 5.24 pm:
Bin dabei, kann ja keinen Skandal für Greenwood & Steele riskieren. Bis um acht. Schickst du mir noch eure Adresse?

Ich spürte, wie sich meine Mundwinkel wie von selbst nach oben zogen. Seit ich auf Tyler, Shae und Evie getroffen war, war ich mehr unterwegs als in den Monaten zuvor. Ich konnte es nicht wirklich beschreiben, aber ich hatte ein gutes Gefühl bei den dreien. Ich war mehr ich selbst, traute mich Dinge und hatte nicht die Sorge, ihnen zu steif zu sein oder dass sie mich für meine Art verurteilten. Ich war weder so aufgeweckt wie Evie noch so extrovertiert wie Shae oder so lässig wie Tyler – und es schien ihnen egal zu sein.

Ich beschloss, die Arbeit für heute ruhen zu lassen, schloss alle Programme und fuhr den PC herunter. Während ich die Lampen in meinem Büro ausschaltete und die Blumen goss, öffnete ich den Chat mit Jared. Für gewöhnlich ging ich nach der Arbeit nach Hause und kochte für uns – sosehr ich es auch hasste, da hatte meine Mutter am Telefon recht gehabt. Es war nie so, dass Jared es explizit verlangt hatte, doch irgendwie schaffte er es immer, mir ein schlechtes Gewissen zu machen, wenn ich dem nicht nachkam. Dass meine Eltern die traditionellen Rollen lebten und mir von klein auf meine angeborenen Pflichten vorbeteten, trug mit Sicherheit ebenfalls dazu bei. New York hatte mich aus diesen starren Formen geschüttelt, mir andere Lebenswege gezeigt, mir geholfen, mich zu entfalten. Doch wenn ich ehrlich zu mir selbst war, fühlte es sich immer mehr so an, als wollte Jared mich nicht aus dieser Form ausbrechen lassen. Mit klopfendem Herzen tippte ich meine Nachricht an ihn. Dabei entging mir die Ironie nicht, dass ich bei der Arbeit jegliche Geschäftsgespräche mit Bravour meisterte und nun ausgerechnet bei einer Textnachricht an den Mann nervös war, den ich doch angeblich liebte.

Angeblich … Das Wort war mir in Gedanken herausgerutscht, doch nun nistete es sich ein, offenbarte weitere Gedankengänge, die ich zu lang ignoriert hatte und auch jetzt niederrang. Stattdessen nahm ich meine Handtasche und drückte auf *Senden*.

Ariana, 5.28 pm:
Bin heute Abend feiern und vorher noch einen Happen essen. Warte nicht auf mich. xx

Als ich das Büro abschloss und in Richtung des Aufzugs lief, der mich nach unten ins Wochenende beförderte, freute ich mich nicht nur zum ersten Mal seit Langem auf dieses, ich fühlte mich auch zum ersten Mal in meinem Leben wie eine echte New Yorkerin – mit Freunden, Plänen und Dingen, die es zu erleben galt.

An der Wohnungstür mit der Aufschrift Mitchell & Wright angekommen, klopfte mein Herz schneller als bei der Präsentation, die ich vor Kurzem für Evie vor Owen gehalten hatte. Ich schmunzelte, als ich das kleine Voss sah, das mit einem Kugelschreiber auf das Namensschild über der Klingel hinzugefügt worden war. Evie war nun also vollwertiges WG-Mitglied. Wie die drei sich wohl in der Wohnung arrangierten?

Die Tür schwang auf, und Tyler stand mir mit einem breiten Grinsen im Gesicht gegenüber. »Krass, du bist echt gekommen!«

Bevor ich antworten konnte, hatte er mich auch schon in seine Arme gezogen. Ich war zu verdutzt, um die Geste zu erwidern, was ihn jedoch nicht groß zu stören schien.

»Magst du was trinken? Komm rein! Zoey ist auch schon da.« Er senkte die Stimme. »Und ein Typ aus der IT, dessen Namen ich vergessen hab. Superunangenehm. Ich hab grad schon ein Bier mit ihm getrunken und den Moment verpasst, unauffällig nachzuhaken. Schwarze Haare, langer Bart, Tattoo von einem Kaktus am Unterarm?«

»Paul?«

»Ha! Ich wusste, es war was mit P! Magst du was trinken? Hab ich das schon gefragt?«

Kopfschüttelnd, aber mit einem Schmunzeln auf den Lippen, ließ ich die Tür hinter mir ins Schloss fallen. Ob Tyler wirklich nur das eine Bier mit Paul gehabt hatte? Vielleicht war er aber auch nur aufgedreht, die Party zu hosten. Gelächter erklang, und Musik schallte zu uns herüber.

»Habt ihr was Alkoholfreies?«

»Ich kann dir einen Virgin Mojito mixen. Oder Cola?«

»Cola wäre erst mal toll.«

»Kommt sofort«, erwiderte Tyler, und ich folgte ihm um die Ecke ins Wohnzimmer, an das eine offene Küche anschloss. Er spazierte auf den Kühlschrank zu, während ich unschlüssig im Raum stehen blieb – jedoch nur einen Moment, denn im nächsten hatte Shae mich erblickt.

»Ariana! Wie cool, dass du gekommen bist.« Sie rutschte ein Stück zur Seite und schaffte so Platz zwischen Zoey und sich auf der Couch. Ihr Lächeln wirkte aufrichtig, und als auch Evie mir von ihrem Platz auf dem Barhocker aus freudig zuwinkte, entspannte ich mich langsam. Dass sie mich wirklich hier haben wollten, war ein schönes Gefühl.

»Für dich.« Tyler hielt mir meine Coke entgegen, zog dann ein Kissen von der Couch, ließ es auf den Boden fallen und setzte sich darauf. Abgesehen von dem blonden Mann zu Shaes Linker waren alle im Raum Kollegen von mir. Schon lustig, dass Tyler sie innerhalb kürzester Zeit einfach zu sich nach Hause einlud, ich es in all den Jahren, die ich bereits in der Agentur war, jedoch nicht ein einziges Mal getan hatte.

»Ich bin Ariana«, stellte ich mich dem noch Fremden vor.

»Cam, freut mich. Ich kenn dich schon von deiner Bühnenperformance auf der Gala.«

»Oh.« Ich merkte, wie mir das Blut in den Kopf schoss. Ich war in sozialen Situationen schon immer viel nervöser gewesen als in beruflichen. Wenn ich mich hinter Zahlen und Kampagnen verstecken konnte, war alles super, doch sobald es um mich ging – Fehlanzeige.

»Ja, die war wirklich großartig!«, fiel Zoey ein. »Das hätte ich mich nie getraut.«

»Ich mich im Normalfall auch nicht, das war eine Notsituation«, erwiderte ich.

»Hast du noch irgendwelche geheimen Talente, von denen wir wissen sollten?«, hakte Paul nach.

»Ich laufe ganz gut, kann Krav Maga und mache den besten Pizzateig New Yorks.«

»Ich laufe auch! Noch eine Gemeinsamkeit! Wir können ja mal zusammen gehen«, sagte Tyler. »Wenn du dann noch hinterherkommst.«

Ich hob die Brauen. »Du bist nach den zwanzig Stockwerken ins Büro doch schon immer außer Atem. Da glaubst du, dass du mich abhängen kannst?«

Shae lachte laut auf, und auch Evie fiel ein.

»Ich glaube, ihr solltet wetten!«, sagte Evie begeistert. »Wobei ich ja das mit der Pizza lieber auf die Probe stellen würde. Ich hab noch nie Pizza selbst gemacht.«

»Was?«, fragten Tyler und ich gleichzeitig.

»Nope. Noch nie.«

»Dann wird es Zeit!«, beschloss Tyler. »Das ist tragisch!«

»Dafür hab ich noch nie in einem anderen Land gelebt«, sagte ich. »Das gleicht es wieder aus.«

»Du stellst Auswandern und Pizzabacken auf eine Stufe?« Evie hob die dunklen Brauen. »Ich hab noch nie eine Power-Point-Präsentation mit Feuerwerk beendet, selbst in der Schule nicht.«

»Was hat es damit denn auf sich?«, fragte Olivia, die gemeinsam mit Hannah aus der Küche zu uns kam.

»Nichts«, sagte ich schnell, und auch Evie schwieg, vermutlich, weil sie wusste, dass sie sich sonst wegen ihres Visums verplappern würde.

»Wie wär's eigentlich mit einer Roomtour?«, fragte Shae an mich gewandt und sorgte somit dafür, dass die Stille nicht zu lang anhielt.

»Klar, gern.« Ich trank noch einen Schluck meiner Coke, stellte sie auf dem Wohnzimmertisch ab und folgte Shae ein Stück weiter weg vom Sofa, wo sie vor einer Tür haltmachte.

»Hier ist die Toilette, vielleicht nicht ganz unwichtig.« Sie drückte die Tür ein Stück auf, und ich sah in das kleine, weiß-grau geflieste Bad hinein. Es hatte kein Fenster, da es innen liegend war, und eine Kerze brannte über dem Waschbecken und spendete sanftes, warmes Licht.

»Ein bisschen klein«, meinte Shae schulterzuckend. »Gerade jetzt zu dritt. Tyler braucht echt lang im Bad.«

Ich erwiderte Shaes Grinsen, weil ich mir das Szenario morgens nur zu bildhaft vorstellen konnte. Shae deutete von uns weg in Richtung Couch und Küche.

»Die Wohnküche kennst du ja schon. Das hier wäre Tylers

Zimmer.« Sie klopfte an die Tür hinter sich. »Ich glaub zwar nicht, dass er ein Problem damit hätte, dass wir reinspazieren, aber das kann er dir später notfalls zeigen. So viel verpasst du nicht, darin sind abgesehen von seiner heiß geliebten Gitarre hauptsächlich Schuhe. Womit wir zum Highlight unserer WG kommen …« Shae ging ein paar Schritte weiter und kam vor der zweiten Tür zum Stehen. »Meinem Zimmer.«

»Hast du das bessere Zimmer bekommen?«, fragte ich, als Shae die Tür aufstieß. »Oder warum Highlight?«

»Wart's ab«, meinte sie, und ich folgte ihr nach innen. Als sie begeistert nach rechts lief und das Fenster öffnete, wusste ich, worauf sie hinauswollte. Nicht nur dass die Aussicht über ihrem Schreibtisch toll war, sie hatte eine Feuerleiter direkt vor ihrem Fenster.

»Wow!«, sagte ich. »Ich würde ständig dort sitzen und lesen.«

»Ja, ich sitz immer da und schreibe.«

»Du schreibst?«

»Also, keine Bücher oder so … eher Gedanken.« Sie hob die Schultern an und lächelte leicht, als wäre es ihr unangenehm, damit herausgeplatzt zu sein.

»Das klingt toll. Ist bestimmt einiges los in deinem Kopf so kurz nach dem Umzug, oder?«

»Kannst du laut sagen.«

Ich riss mich von dem Ausblick über New York los und betrachtete Shaes restliches Zimmer. Etliche Grünpflanzen standen auf den Fensterbänken oder schmalen Regalbrettern an der Wand, ansonsten war der Raum in Weiß und hellen Holztönen gehalten. Es war minimalistisch, schlicht und gemütlich. Über Shaes Schreibtisch klebten etliche Notizzettel mit motivierenden Sprüchen, außerdem gab es ein kleines Bücherregal, in dem sich neben einigen Liebesromanen auch Ratgeber befanden.

»Oh, das hab ich auch gelesen«, sagte ich und deutete auf die Ausgabe von *Nice Girls Don't Get The Corner Office*. »Hat es dir was gebracht?«

»Bleibt noch abzuwarten«, erwiderte Shae. »Ich bin noch nicht ganz durch. Hab die Hoffnung, dass ich dadurch etwas sicherer in Verhandlungen werde. Hat es dir denn geholfen?«

Ich hob die Schultern. »Keine Ahnung. Es war ganz gut zu hören oder zu lesen, dass ich Dinge im Beruf einfordern kann. Aber wir haben auch wirklich großes Glück mit Owen. Er würde uns nie kleinhalten, ganz im Gegenteil.« Meine Mundwinkel hoben sich wie von selbst, als ich an die Beförderung vor wenigen Monaten dachte. »Ich hab zwar mein eigenes Büro, aber nicht, weil ich Tricks aus einem Ratgeber angewandt habe. Wenn du dich reinhängst, wird Owen das sehen, Shae. Mach dir keinen Kopf. Ich hätte mich nie so verrückt zu machen brauchen.«

»*Du* hast dich verrückt gemacht?« Shae sah mich mit geweiteten Augen an, als hätte ich ihr gerade gesagt, dass ich morgen alles hinschmeißen und mit dem Papst durchbrennen würde.

»Wenn du wüsstest«, sagte ich mit einem Lachen. »Ich war so nervös. Nicht nur die ersten Arbeitstage, sondern bei jedem größeren Auftrag.«

»Krass, du bist so professionell. Ich hab dich noch nie unsicher erlebt, außer ...« Shae stoppte mitten im Satz und schüttelte den Kopf. »Vielleicht sollten wir zurück zu den anderen, viel mehr gibt's eigentlich nicht zu zeigen.«

»Außer?«, hakte ich nach. Denn es war offensichtlich, dass Shae noch etwas hatte sagen wollen.

»Kann ich offen reden?«

»Klar, sonst würd ich nicht nachfragen.«

Sie nickte. »Außer bei Jared. An dem Abend der Gala. Du warst so ... anders. Schon noch du, aber als würde man dich durch eine Milchglasscheibe betrachten. Etwas verschwommen, nicht ganz so bunt. Weißt du, was ich meine?«

Ich schluckte. Mir war klar gewesen, dass ich Shaes Antwort nicht lieben würde. Dass sie mich so sehr traf, dass mein Bauch heiß und mein Hals trocken wurde, überraschte mich jedoch. Hatte sie recht?

Eine fiese kleine Stimme in meinem Inneren lachte mich aus, dass ich mir diese Frage überhaupt stellte. Denn wenn ich ehrlich zu mir war, kannte ich die Antwort.

»Entschuldige. Mir steht nicht zu, über deine Beziehung zu urteilen. So lang kennen wir uns ja noch nicht, aber ...« Shae verzog den Mund. »Seine Kommentare waren wirklich fies, und du wirkst auf mich eigentlich nicht wie die Person, die so etwas duldet.«

Ich schluckte und nickte dann langsam. »Ich weiß. Ich ... ich bin nicht mehr wirklich ich selbst, wenn ich bei Jared bin.« Es war das erste Mal, dass ich diese Gedanken laut aussprach. Und obwohl etwas in mir drin zerbrach, spürte ich auch Erleichterung.

»Das tut mir leid«, sagte Shae, und in ihren dunkelbraunen Augen las ich, dass es sich nicht bloß um Mitleid handelte. »Hast du mit ihm mal geredet?«

»Ist nicht so einfach. Aktuell gehen wir uns eher aus dem Weg.« Eine Sekunde hielt ich inne. Eine Sekunde, in der ich mir zu bewusst war, dass mir Shae untergeben war, dass wir Kolleginnen waren, dass ich mein Innerstes vermutlich nicht offenbaren sollte. Doch dann wurden diese Zweifel verdrängt – von der Gewissheit, dass sie mich weder verurteilen noch etwas weitersagen würde, und von dem dringenden Wunsch, endlich einmal über alles sprechen zu können. Denn die Wahrheit war: Ich hatte niemanden. Zwar wusste ich, dass meine Kolleginnen und Owen für mich da waren, doch ich wollte unsere beruflichen Beziehungen nicht gefährden. Mit meinen Eltern konnte ich nicht länger reden, mit Quinn ebenso wenig, und die Versuche, mit Jared zu kommunizieren, hatten alle in Streit geendet.

»Ich hab nicht das Gefühl, dass wir uns noch etwas zu sagen haben«, gab ich zu. »Wir sind mehr Mitbewohner. Nein, nicht mal. Denn eigentlich miete ich diese Wohnung, doch er nimmt immer mehr und mehr Raum ein. Manchmal so viel, dass ich nicht richtig atmen kann. Seine Sachen sind überall in der Wohnung und seine Worte überall in meinem Kopf. Als wir zusammenkamen, hat er mich in allem unterstützt, fand es toll, dass ich so große Ziele hatte, diese verfolgte. Jetzt hab ich mich nicht einmal getraut, ihm von der Beförderung zu erzählen.« Bei der Erinnerung lachte ich auf. »Ganze elf Tage hab ich gewartet. Weil ich einen guten Tag erwischen wollte. Nicht wollte, dass er sich schlecht fühlt.« Ich schüttelte den Kopf – fassungslos über mich selbst. »Kannst du dir das vorstellen? Die eigenen Erfolge nicht mit dem Partner zu teilen, weil man um dessen Launen besorgt ist?« Ich biss mir auf die Zunge, immer noch kopfschüttelnd. Wann war ich so geworden? Wann hatte ich mich selbst so vernachlässigt?

»Kann ich nicht, nein«, sagte Shae sanft. »Aber Ariana … Wieso seid ihr noch zusammen?«

»Meine Eltern mögen ihn echt gern«, sagte ich das Erste, was mir durch den Kopf ging, und hielt mir dann die Hand vor den Mund, als könnte ich die Worte so zurücknehmen. »Oh Gott. Das hab ich grad echt gesagt, oder?«

»Ich fürchte, ja«, erwiderte Shae, und trotz der eigentlich traurigen Situation mussten wir beide lachen.

»Das ist alles so kaputt.« Und nicht alles, was kaputt war, ließ sich reparieren. Vielleicht war es endlich an der Zeit, das einzusehen. »Hey, Shae?«

»Hm?« Sie sah mich mit schief gelegtem Kopf an.

»Danke. Fürs Zuhören und so.« Ich stand auf und strich meinen Rock glatt. »Ich glaub, ich brauche jetzt doch einen Wein.«

Denn auch wenn ich heute nichts an der Situation ändern konnte, so hatte ich doch das Gefühl, dass ich eine Entscheidung treffen musste. Für mich.

Freitag, 03. Mai

»Na, wie war die Roomtour?«, fragte ich, als Shae mit Ariana zurück ins Wohnzimmer kam.

»Ihr habt euch wirklich toll eingerichtet, und ich bin ein kleines bisschen neidisch auf die Feuertreppe.«

»Shae liebt sie auch sehr.« Ich hingegen hatte das größere Zimmer mit einem riesigen Einbauschrank bekommen. Da ich nicht ganz schwindelfrei war, brachte mir das mehr als eine Feuerleiter, die mir die Sicht versperrte.

Die Türklingel läutete, und ich sprang von meinem Platz neben Paul, Hannah und Zoey auf, die sich gerade darüber unterhielten, ob es gesund sei, im Hudson River zu schwimmen.

»Hab neulich beim Joggen einen toten Hund am Ufer liegen sehen«, hörte ich Paul sagen. »Da treiben bestimmt auch Leichen im Fluss rum. Wer weiß, wer dort schon entsorgt wurde.«

»Gar keiner! Du schaust zu viele Crime-Serien«, erwiderte Hannah. »In diesem Sommer wollen sie doch den neu gebauten Strand eröffnen. Glaube, das wird richtig schön.«

»Ja, aber man kann trotzdem nicht drin schwimmen«, sagte Zoey. »Die Strömung ist an manchen Stellen viel zu gefährlich.«

»Stellt euch mal vor, wenn ihr da gemütlich badet, und euch packt was am Fuß«, sagte Paul. »Dann schaut ihr runter, und ein aufgedunsener Körper kommt euch entgegen. Wasserleichen sind echt eklig.«

»Gott, Paul, das bist du auch!«

Ich schmunzelte und öffnete die Tür. Der Pizzabote stand mit zwei großen Kartons davor, und hinter ihm warteten Sophie und Alice. Somit wären wir vollzählig.

»Kommt rein«, sagte ich zu ihnen, während ich die Pizza bezahlte und die Kartons auf den Armen zurück in die Wohnung jonglierte.

»Danke für die Einladung«, sagte Alice und lächelte mich an. Ich erwiderte es über die Pizza hinweg. Der Duft nach warmem Käse und Knoblauch stieg mir in die Nase.

»Fühlt euch wie zu Hause. Was wollt ihr trinken?« Ich stellte einen Karton direkt auf den Wohnzimmertisch, den anderen platzierte ich in der Küche.

»Wer soll das alles essen?«, fragte mich Shae, die Ariana gerade ein Glas Weißwein einschenkte.

»Ich brauch Nahrung«, sagte ich, nahm das erste Stück und sah mich fragend zu Sophie und Alice um. Alice schnupperte an dem Himbeer-Caipi, den ich heute Mittag angesetzt hatte und der nun vermutlich ordentlich Zündstoff besaß.

»Ich steig mit was Sanftem ein«, sagte Sophie und nahm sich den Orangensaft.

»Ich probiere das hier.« Alice deutete auf den Caipi. Sie lehnte sich ein Stück nach vorne, was sicher kein Zufall war, denn ich konnte ihr direkt in den Ausschnitt schauen. Seit ich im Büro verkündet hatte, dass ich nicht mit Shae zusammen war, flirtete Alice noch intensiver mit mir. Ich war mir nicht sicher, ob ich darauf einsteigen sollte. Shae sah es nicht gern, wenn ich was mit Frauen von der Arbeit anfing, und eigentlich hatte ich mir vorgenommen, hier eine Grenze zu ziehen. Auch wenn ich Alice sehr nett fand. Und sie echt heiß war. Ich goss ihr ein Glas von dem Caipi ein und nahm mir selbst ebenfalls eins.

»Könnte ein wenig herber sein«, sagte ich nach dem ersten Schluck, ehe ich es auf ex leer trank.

»Ich finde es perfekt so«, sagte Alice und schenkte mir ein weiteres Lächeln.

»Du legst ganz schön vor.« Shae betrachtete mich mit gerunzelter Stirn.

Ich zuckte mit den Schultern und gab etwas vom Aperol in die Bowle. Der Alkohol stieg mir aber tatsächlich zu Kopf und umnebelte mich mit einer angenehmen Gleichgültigkeit.

Eigentlich ließ ich mich nicht derart volllaufen, doch diese letzten Tage waren ätzend gewesen. Seit ich vorgestern im Fitnessstudio den Bericht über die Messe und Rhiannas Bild gesehen hatte, ging sie mir nicht mehr aus dem Kopf. Ich hatte mich auf dem Weg zur Arbeit derart oft nach Leuten auf der Straße umgedreht, weil ich fürchtete, Rhianna könnte mir über den Weg laufen, dass Shae mich schon gefragt hatte, ob ich jemanden suchte. Da ich keine Lust darauf hatte, ständig daran zu denken, dass diese Frau in diesem Moment in dieser Stadt war, hatte ich beschlossen, die Party zu schmeißen. Hoffentlich vertrieb dieser Abend die Enge aus meinem Herzen. Es reichte schon, dass ich dank Rhianna auf so vieles verzichtet hatte, sie sollte mir nicht noch mein Leben in New York vermiesen.

Ich goss mir ein weiteres Mal von dem Caipi ein und nahm mir ein zweites Stück Pizza, damit der Alkohol was zu tun hatte. Alice lächelte mich erneut an und gesellte sich zu den anderen.

Sophie und Evie hatten es sich mit Pizza auf dem Boden im Schneidersitz bequem gemacht, Hannah, Paul und Zoey redeten noch immer über Schwimmmöglichkeiten in New York, und Cam trat gerade aus dem Bad. Sofort sah er sich nach Shae um. Als er sie erblickte, leuchteten seine Augen auf. Ich stieß Shae in die Seite und lehnte mich zu ihr.

»Ich sehe das Ende der Durststrecke.«

Sie gab mir einen Klaps auf die Brust und lächelte Cam über ihren Drink hinweg an. »Abwarten.«

Mit meinem Drink und der Pizza setzte ich mich neben Evie, die ihr Smartphone in der Hand hielt und sich von Sophie etwas darauf zeigen ließ. Ich spähte nur kurz hinüber, hätte es aber besser nicht tun sollen.

»Ich kann nicht fassen, dass du *Funvironment* noch nicht kennst«, sagte Sophie und zeigte Evie begeistert die geöffnete App.

Ich rollte mit den Augen, biss erst von der Pizza ab und spülte dann mit Alkohol nach.

»Ich auch nicht«, erwiderte Evie und scrollte sich durch die Startseite der App. »Das ist ja der Wahnsinn. Hier stehen sogar Klamottenlabels drin. Man muss sich nie mehr fragen, ob das, was man kauft, nachhaltig produziert wurde. Sobald ich endlich mal wieder Kohle habe, werde ich das definitiv für meine nächsten Einkäufe nutzen.«

»Halleluja«, murmelte ich in mein Glas und exte auch das.

»Was?«, fragte Evie.

»Hast du noch genug zu trinken?«, fragte ich sie, obwohl ihr volles Weinglas die Antwort lieferte. »Gut. Ich auch nicht.« Ich sah in mein leeres Glas und in die Küche, die mir viel zu weit entfernt vorkam.

»Gin Tonic?« Paul deutete auf die beiden Flaschen auf dem Tisch.

»Unbedingt.« Ich hielt ihm mein Glas hin, damit er eingießen konnte, aß jedoch erst meine Pizza auf. Mein Konsum heute musste gut getimt werden. Ich wollte die Party schließlich genießen.

»Es gibt noch so viele Dinge, die ich in New York erleben will«, sagte Evie. »Hab das Gefühl, dass man selbst nach vielen Jahren hier nicht alles sehen kann.«

»Das ist definitiv so«, sagte Ariana. Sie kam mit Shae aus der

Küche und nahm auf dem Sofa neben Paul und Hannah Platz. Langsam wurde es eng, aber Shae verteilte weitere Kissen auf dem Boden und setzte sich zu Cam neben die Couch.

»Ich wollte schon immer mal hoch zu den Cloisters im Fort Tryon Park«, sagte Ariana.

»Oh, was ist das genau?«, fragte Evie.

»Das ist eine Zweigstelle des Metropolitan Museum of Art. Sie liegt im Norden Manhattans und soll wunderschön sein.«

»Dort werden mittelalterliche Kunstwerke ausgestellt«, fuhr ich fort. »Sie haben Architekturfragmente von französischen Klöstern verwendet. George Grey Barnard hat das Gelände 1917 erworben und dem Museum zur Verfügung gestellt. Er hat außerdem auch Land auf der anderen Seite des Hudson gekauft, damit der unverbaute Blick erhalten bleibt.«

»Wow, Ty«, sagte Shae.

»Hat Heather mir erzählt.«

Sie verzog das Gesicht.

»Was denn? Wir hatten nicht nur sagenhaften Sex, sondern haben auch geredet zwischendurch. Und ja: Ich hab zugehört.«

Sie kniff die Augen zusammen und funkelte mich an. »Wie schön für dich.«

»Du kommst auch noch dran, keine Sorge.« Ich trank von meinem Gin Tonic und zwinkerte ihr zu. Sie trat nach meinem Bein, aber ich wich ihr vorher aus und lachte. Cam beobachtete uns interessiert, und Shae schnaubte.

»Was geht bei euch gerade ab?«, fragte Paul und deutete zwischen Shae und mir hin und her.

»Nichts weiter, Shae ist nur frustriert, weil in ihrem Bett nichts los ist.«

»Also gut, ja! Ich hatte noch nie Sex in New York«, platzte es schließlich aus ihr heraus.

Cam verschluckte sich an seinem Bier, während ich lauter lachte und Shae theatralisch den Kopf gegen das Sofa sinken ließ.

»Ach, mach dir nichts draus«, sagte Ariana. »Ich hatte noch nie Sex in Arizona.«

»Und ich noch nie außerhalb Amerikas«, sagte Paul mit einem Grinsen.

»Oh, wow, sind wir bei den College-Spielen angelangt?«, fragte ich und hob mein Glas.

»Warum eigentlich nicht?«, sagte Paul und blickte in die Runde. »Hannah fängt an.«

Sie zuckte zusammen, ihre Wangen färbten sich rot, aber sie fing sich rasch wieder. »Ich hab noch nie zwei unterschiedliche Personen am selben Abend geküsst.«

»Anfängersache«, sagte ich.

»Aber so was von«, erwiderte Cam, und auch Shae griff nach ihrem Drink. Wir prosteten uns zu und tranken einen Schluck.

»Okay, ich will!«, rief Zoey. »Ich hab noch nie Sex im Kino gehabt.«

Ein weiterer Punkt für mich. Ich trank wieder, während Shae die Stirn runzelte. »Zählt Autokino?«

»Klar.«

Mit einem zufriedenen Nicken setzte auch Shae ihr Glas an und trank.

»Evie, du bist dran!«

»Ähm«, sagte Evie und ließ den Blick durch den Raum schweifen. Richtig wohl schien sie sich nicht zu fühlen, wie sie dasaß und die Arme um die Knie gelegt hatte. Außer ihr hatten bisher nur Ariana und Sophie nichts trinken müssen. »Ich hatte noch nie Sex auf einem Küchentisch?«

Ich wollte bereits trinken, hielt jedoch inne und deutete hinter mich. »Zählt diese Theke als Tisch?«

Evie nickte. »Ich denke schon.«

»Perfekt.« Ich trank meinen Gin Tonic leer und schnappte mir die Flasche, um nachzufüllen. Auch Hannah und Paul tranken, doch Shae sah mich entsetzt an und deutete in Richtung Küche.

»Was zur ... auf unserer Theke? An der ich jeden Morgen

mein Müsli esse? Wann? Wie? Tyler Mitchell, ich hoffe, du hast hinterher abgewischt!«

»Klar, für wen hältst du mich? Ein Monster?«

»Ich glaube, ich esse künftig auf der Couch«, sagte Evie und schüttelte den Kopf.

»Also, da hab ich auch schon …«, setzte ich an, schwieg jedoch, als ich Shaes Blick bemerkte. »Was? Es war ein lauer New Yorker Abend, die Gesellschaft war toll, und ihr wart unterwegs …«

»Mit Heather?«, fragte Shae.

»Nein, das war eine einmalige …« Ich runzelte die Stirn. »Na, eher zwei- oder dreimalige Sache. Samantha und ich haben uns beim Einkaufen getroffen. Hab ihr 'ne Tüte Milch spendiert, und dann kam eins zum anderen.«

»Ich will es eigentlich gar nicht wissen«, sagte Shae und rieb sich über die Stirn.

»Ich find es spannend«, ergänzte Alice.

»Na, siehst du.« Ich stieß mit Alice an und zwinkerte ihr zu. Vielleicht sollte ich die Regel mit den Kolleginnen noch mal überdenken. Ich blickte in die Runde und freute mich, dass ich endlich dran war. »Ich hab noch nie …« Ich dachte nach. »Puh. Gar nicht so einfach.«

»Sex auf der Dachterrasse?«, schlug Hannah vor.

»Also bitte, klar.«

»Sex im Pool.«

Ich hob die Brauen und sah Paul vorwurfsvoll an. »Das ist schon fast 'ne Beleidigung, Kumpel.«

»Sex im Aufzug«, sagte Olivia.

»Mehrmals«, entgegnete ich mit einem Seufzen.

»Sex auf einem fahrenden Traktor«, warf Ariana mit einem triumphierenden Lächeln ein.

»Wusstet ihr, dass Arizona in den Staaten Platz zwei für Salat- sowie Spinatproduktion belegt?«, fragte ich mit engelsgleicher Miene.

»Du verarschst mich«, sagte Shae.

»Nein, wirklich. Kalifornien ist Platz eins.«

»Das meine ich nicht. Wann hattest du denn dazu bitte Gelegenheit?«

»Erinnerst du dich noch an Stacey?«

»Die Klassenkameradin meiner Cousine?« Shaes Stimme überschlug sich beinahe. »Sie war doch nur einen Tag zu Besuch?«

»Ja, war in den Sommerferien bei ihrer Familie auf dem Hof. Wusste nie, wie ich es dir beichten soll, schätze, heute ist genauso gut wie jeder andere Tag.«

Shae zog ein Sofakissen hinter ihrem Rücken hervor und warf es nach mir. »Ich fasse es nicht!«

Ich wehrte das Kissen mit den Händen ab. Dann prusteten wir alle gleichzeitig los.

Diese Party wurde von Minute zu Minute besser, und sie war genau das, was ich heute Abend brauchte.

Freitag, 03. Mai

Diese Party wurde von Minute zu Minute schlimmer.

Ich sah den anderen zu, wie sie »Ich hab noch nie« weiterspielten und sich mit Fragen überboten. Hannah und Paul hatten angefangen, sich immer wildere Szenarien auszudenken, in denen sie noch nie Sex gehabt hatten, um Ty endlich auflaufen zu lassen.

Aber egal, ob es um Sex in einem Baumhaus, auf einem Boot, in einem Flugzeug oder bei Vollmond in einem Steinkreis mit Räucherstäbchen ging, der Typ schmetterte jede Situation mit Leichtigkeit ab und trank einen Schluck nach dem anderen.

»Ich glaube, wir müssen langsamer machen, sonst kippt Ty noch um«, meinte Shae kichernd, die ebenfalls ein paarmal dran gewesen und nun ordentlich angetrunken war. *Jeder* war dran gewesen und hatte trinken müssen. Sogar Ariana und Sophie, die am Anfang genauso zurückhaltend gewesen waren wie ich. Die Stimmung war dementsprechend ausgelassen, weil alle beschickert waren. Paul brachte nicht mal mehr zusammenhängende

Sätze heraus. Hannah lachte über so ziemlich alles, Sophie und Alice hatten die Musik lauter gedreht und wippten im Takt mit, Zoey unterhielt sich angeregt mit Ariana, Shae und Cam flirteten derart heftig miteinander, dass Tyler schon gesagt hatte, sie sollten endlich in Shaes Zimmer gehen und es hinter sich bringen. Und ich?

Ich starrte in mein fast volles und vor allen Dingen warmes Glas Weißwein. Zum ersten Mal, seit ich in New York angekommen war, fühlte ich mich fehl am Platz. Dabei sollte dieser Abend richtig toll werden. Ich hatte mich auf die Party gefreut, weil ich so auch gleich auf meine Erfolge anstoßen könnte. Zwar war noch nicht offiziell bestätigt, dass ich das Visum bekäme, aber ich hatte gestern noch mal mit Stanley, dem Anwaltsfreund von Owen, gesprochen. Er meinte, es sähe gut aus. Mein Fall war zwar etwas verzwickter, weil ich bereits in die USA eingereist war und dementsprechend mehr Papierkrieg erledigt werden musste, aber das war okay. Ich würde mich wochenlang durch Anträge wälzen, solange alles gut für mich ausging. Dann könnte ich endlich nach einem Kellnerinnenjob suchen und was zum Lebensunterhalt beitragen. Ich hasste es, Tyler und Shae auf der Tasche zu liegen, auch wenn sie beteuerten, dass es überhaupt kein Problem sei und ich so lange bleiben durfte, wie ich wollte. Ihre Wohnung war ja toll, die Couch bequem, wobei ich mir nicht vorstellen durfte, was Tyler alles schon da drauf getrieben hatte. Trotzdem hätte ich gern meine eigene Bude gehabt, wo ich meine Sachen aufstellen konnte und meine Bilder an der Wand hingen. Ich sehnte mich danach, mich in der Stadt zu entfalten, doch bis dahin war es noch ein weiter Weg.

»Evie?«, fragte Hannah mich und stupste mich gleichzeitig an. »Wie ist es bei dir?«

»Wie ist was bei mir?«

»Hattest du schon mal Sex in einem Strandkorb?«

Ich lachte innerlich auf, sah in mein Glas, schwenkte die helle Flüssigkeit darin herum und seufzte. »Nein.«

Hannah nickte und exte ihren Drink. Ich blickte mich in der Runde um. Tyler stand auf und schwankte zum Bad, Shae lachte über irgendwas, das Cam zu ihr gesagt hatte, Ariana saß im Schneidersitz und mit einem zufriedenen Grinsen auf der Couch. Zoey aß das letzte Stück Pizza, Paul hing halb über der Lehne und gähnte herzhaft. Ich wusste nicht mal, wie spät es war, hatte aber das Gefühl, dass wir seit Stunden redeten. Immer wenn ich dachte, dieses bescheuerte Spiel wäre vorbei, warf wieder jemand eine Frage ein, und die Runde ging von Neuem los.

»Evie ist mal wieder dran«, sagte Sophie mit einem Lächeln. »Du hast schon lange keine Frage mehr gestellt.«

»Kann sein.«

»Wir sollten noch auf Tyler warten«, sagte Alice.

»Auf keinen Fall«, sagte Shae. »Der hatte echt genug. Gönnt ihm 'ne Pause.«

Die Blicke richteten sich auf mich, und ich merkte, wie mir die Hitze in die Wangen stieg. Ich schloss die Augen, rieb mir über den Nasenrücken, was vermutlich so aussah, als würde ich angestrengt über eine Frage nachdenken, aber mein Kopf war leer. Und mein Herz irgendwie auch. Ich liebte diese Leute. Ich liebte es, in dieser Stadt zu wohnen, ich liebte es, dass ich so herzlich aufgenommen worden war, ich liebte es, dass Shae und Ty mir bedingungslos geholfen hatten, ich liebte es, dass Ariana sich die Nacht für mich um die Ohren geschlagen hatte.

Aber ich hasste mich gerade selbst. Weil das Thema Sex in meinem Kopf viel größer war, als es eigentlich sein musste. Weil ich mich wie ein Loser zwischen all diesen wundervollen Menschen fühlte, die schon so viel erlebt hatten und mir meilenweit voraus waren. Weil ich mich nicht dazu überwinden konnte, mich einem Mann hinzugeben. Weil es mir jedes Mal, wenn es intimer wurde, alles zusammenschnürte und etwas in mir dichtmachte. Weil ich keinen Grund für diese Engegefühle hatte. Mir war noch nie etwas Schlimmes passiert. Mir war noch nie ein Kerl zu nahegetreten, ich war nicht missbraucht worden oder so etwas in der Art, und dennoch reagierte mein Körper mit Ablehnung auf Sex. Da war diese unüberwindbare Hürde vor mir, die gefühlt alle anderen Menschen auf der Welt mit Leichtigkeit nahmen, die mir aber wie der Mount Everest vorkam.

Ich öffnete die Augen wieder, blickte in die Runde und verkündete lauthals: »Ich hatte noch nie Sex! Weder in New York noch in Deutschland, noch auf einem Traktor, im Pool, auf einer Dachterrasse oder sonst wo. Niemals. Evie Voss ist Jungfrau. So.« Und dann trank ich einfach den warmen Weißwein in großen Schlucken leer, bis nichts mehr übrig war. Der Alkohol brannte in meiner Kehle und in meinem Herzen. Aber jetzt war es wenigstens raus. Jetzt hatte ich das Unaussprechliche gesagt und war darauf vorbereitet, dass gleich das Gelächter losging.

Ich setzte das Glas ab und sah in die Runde. Hannah zuckte mit den Schultern und murmelte ein leises »Cool«. Paul nickte und richtete sich auf. Ariana legte den Kopf leicht schräg und sah in ihren Drink. Shae rückte näher an Cam heran und flüsterte ihm etwas ins Ohr. Er lächelte daraufhin, nahm ihre Hand und stand mit ihr auf.

Ich war etwas verdutzt, weil keiner auf die Tatsache einging, dass ich gerade mein Innerstes offenbart hatte. Fast fühlte es sich ein wenig beleidigend an, und in mir wuchs der Wunsch, aufzuspringen und laut zu rufen: »*Hallo? Ich bin noch Jungfrau, habt ihr das kapiert?*«

»Wo wollt ihr denn hin?«, fragte Sophie stattdessen Shae.

»Ich werde Cam die Feuerleiter zeigen. Er war noch nie auf einer.«

»Aha. *Feuerleiter zeigen* nennt man das heutzutage«, sagte Paul, was ihm einen Klaps von Shae einbrachte.

»Ich glaube, es wird eh Zeit für den Abflug«, sagte Sophie und dehnte ihren Nacken, während ich noch immer darin festhing, dass niemand auf meine Offenbarung reagierte.

»Bin auch bereit«, erwiderte Alice.

Zoey nickte den beiden zu, und Tyler kam aus dem Bad zurück.

»Hab ich was verpasst?«, fragte er mit schwerer Stimme.

»Nur eine weitere Frage, auf die du ganz sicher trinken müsstest«, sagte Shae, die mit Cam schon bei ihrer Zimmertür angekommen war.

»Ach«, meinte Tyler und ging in die Küche. Zum Glück nahm er sich aber keinen weiteren Alkohol, sondern ein Glas Wasser. »Klärt ihr mich auf?«

»Evie hatte noch nie Sex«, sagte Paul nebenbei und stand auf. »Und ich muss nach Hause, Leute. So schön es hier ist, aber ich brauch mein Bett.«

Ich sah zu Tyler, der meine Jungfräulichkeit genauso unbeeindruckt zur Kenntnis nahm wie der Rest. Verwirrt blickte ich in die Runde und wartete, dass doch noch jemand etwas sagte. Dass irgendwer mich schräg musterte, mir abfällige Blicke zuwarf. Schließlich kannte ich die Sprüche. Ich hatte sie mir oft genug anhören müssen. *»Willst keinen ranlassen, oder was?«*, *»Hältst du dich für was Besonderes?«*, *»Oh, wartest du auf die Ehe?«*, *»Bist du frigide?«*, *»Was stimmt nicht mit dir? Magst du keinen Sex?«*.

Stattdessen kam jedoch Aufbruchstimmung auf. Alle suchten ihre Sachen zusammen. Prima. Ich hatte die Stimmung gekillt. Ich erhob mich ebenfalls, half dabei, die Gläser und leeren Teller einzusammeln, die wir für die Pizza hervorgeholt hatten, und brachte sie zurück in die Küche, wo Tyler sich gerade an der Arbeitsplatte abstützte und schwankte.

»Alles klar bei dir?«, fragte ich ihn und legte ihm eine Hand auf die Schulter.

»Ja«, murmelte er, aber ich sah ihm an, dass er sehr zu kämpfen hatte. Vermutlich doch zu viel Alkohol. Er hatte ja auch alles Mögliche durcheinandergetrunken.

»Danke für die Party«, sagte Sophie.

»Brauchst du was?«, hakte ich nach.

»Glaub nicht. Danke.«

»Okay. Falls doch, sag Bescheid, ja? Ich helf mal, die anderen rauszuwerfen.«

Ich wartete Tylers Nicken ab, dann brachte ich die Gäste zur Tür. Paul und Hannah gingen als Erste, dicht gefolgt von Alice, Sophie und Zoey. Ariana war die Letzte. Sie sah noch mal bei Tyler vorbei, redete kurz mit ihm und umarmte ihn schließlich. Dann schnappte sie sich ihre Handtasche, die an der Lehne der Couch hing, und trat zu mir an die Tür.

»Könntest du dich um Tyler kümmern?«, fragte sie. »Ich glaube, er hat etwas zu viel getrunken.«

»Klar, kein Ding.« Ich sah zu Shaes Zimmer, aber die Tür war geschlossen, und ich war mir ziemlich sicher, dass sie heute nicht mehr rauskommen würde.

»Danke für den tollen Abend«, sagte Ariana, und zu meiner Überraschung umarmte sie mich. Etwas perplex erwiderte ich die Geste. Ariana lächelte mir zu, dann verschwand sie.

Ich schloss die Tür ab und kehrte zu Tyler zurück, der noch immer an der Arbeitsplatte lehnte und ins Leere starrte.

»Hey«, sagte ich, als ich ihn erreichte. »Was brauchst du eher? Das Bett oder die Kloschüssel?«

Er brummte. »Bett.«

»Gut, dann komm.« Ich trat neben ihn, schlang einen Arm um seine Taille und dirigierte ihn in Richtung seines Zimmers.

»Warte! Wo sind die anderen?« Er deutete perplex in die nun leere Wohnung.

»Gerade gegangen.«

»Echt?«

»Ja. Ich bin wohl 'ne Partybremse.«

»Wie meinst du das?«

Ich seufzte. »Nicht so wichtig. Abgesehen davon muss wohl irgendwann mal Schluss sein.«

»Das wünsch ich mir auch.«

»Dass Schluss ist?«

»Ja. Hier drin.« Er zeigte auf seinen Kopf, aber ich konnte ihm nicht ganz folgen. »Und hier wäre auch gut.« Jetzt deutete er auf sein Herz.

»Was ist denn damit?«

Tyler lachte auf. Es klang aber eher frustriert als belustigt. »Zuu kompliziert. Dafür war die Party tolll.«

»Das war sie«, wiederholte ich und fragte mich, was er eben gemeint hatte und warum in seinen Worten so eine Schwere mitgeklungen hatte. Tyler war eine absolute Frohnatur. Ich konnte mir nur schwer vorstellen, dass ihn etwas umtrieb. Aber sagte man das nicht so? Dass die, die nach außen hin fröhlich wirkten, oft innerlich zu kämpfen hatten?

Wir kamen in sein Zimmer, ich knipste das Licht an und steuerte zum Bett. »Schaffst du es, die Jeans auszuziehen?«, fragte ich.

»Klar«, sagte Tyler. Ich ließ ihn los, er plumpste direkt auf die Matratze und machte keinerlei Anstalten, irgendetwas auszuziehen.

Ich stemmte die Hände in die Hüfte und überlegte, ihn einfach liegen zu lassen, aber ich war immer dankbar gewesen, wenn mir jemand aus meiner Kleidung geholfen hatte.

»Also gut. Vielleicht machst du ja mit.« Ich beugte mich über Tyler, zögerte aber, ehe ich mich am Knopf und Reißverschluss seiner Jeans zu schaffen machte. Wieder stieg mir Hitze in die Wangen, und dieses Gefühl, einen Makel zu haben, erwachte in meinem Herzen. In meinem Kopf war es immer eine große Sache gewesen, dass ich noch Jungfrau war, während alle um mich herum ihre ersten Erfahrungen gesammelt hatten. Für mich hatte es sich aber nie richtig angefühlt. Küssen und ein wenig Fummeln waren schon drin gewesen. Mit Sven war es sogar ein bisschen weiter gegangen, und ich hatte mich von ihm ausziehen lassen. Zumindest bis wir zu meiner Unterhose gekommen waren. Als er die Finger unter meinen Slip hatte schieben wollen, hatte sich alles in mir verkrampft, und ich hatte es gestoppt. Erst hatte er es verstanden, mir gesagt, dass wir uns Zeit lassen könnten. Aber nach dem dritten, vierten, fünften Mal, bei dem ich ihn nicht rangelassen hatte, war er ungeduldig geworden und hatte es schließlich beendet.

Und so war das seither. Irgendetwas in mir machte dicht, sobald es ernst wurde. Ich hatte zig Ratgeber gewälzt, mir Hilfe auf YouTube und anderen Medien gesucht, aber noch nichts gefunden, was diese Barriere in mir löste. Ich hatte sogar schon überlegt, zum Psychiater zu gehen, war mir aber albern vorgekommen. Es gab Menschen da draußen, die richtige Probleme hatten. Ich wollte niemandem den Platz wegnehmen, nur weil ich keinen Sex haben konnte oder wollte, oder was auch immer da los war.

Ich schüttelte mich und bemühte mich, das alles von mir zu schieben. Etwas umständlich öffnete ich Tylers Jeans und zog sie nach unten. Zum Glück half er mit, sodass wir sie gemeinsam von seinen Beinen streiften.

»Soll ich dir einen Eimer holen?«, fragte ich, während ich die Bettdecke zurückzog. »Denkst du, dass du dich übergeben musst?«

»Glaub nich.«

Glauben war nicht wissen. Ich wollte umdrehen, um einen Eimer zu holen, als Tyler nach meiner Hand griff.

»Warte.«

Ich hielt inne.

»Ich …« Er sah mich aus trägen Augen an. »Is alles okay bei dir? Du wars so still zwischendurch.«

»Das ist dir aufgefallen?«

Er zuckte mit den Schultern. »Du muss nicht in den Knast, falls du dir noch Sorgen drüber machst.«

Ich lächelte. »Ja, das glaub ich mittlerweile auch nicht mehr.«

»Was is dann los?«

Ich ließ mich auf der Bettkante nieder. Tyler rückte näher an mich heran und lehnte sich gegen die Wand hinter ihm.

»Nichts weiter«, sagte ich.

»Fühlst dich nich wohl bei uns?«

»Doch! Ihr seid super! Und ich bin mehr als dankbar, dass ich hier wohnen darf. Ich bin nur … Das Spiel hat mir nicht so gefallen.« Keine Ahnung, warum ich überhaupt darüber redete. Wahrscheinlich, weil Tyler so dicht war, dass er sich morgen höchstwahrscheinlich an nichts mehr erinnern konnte.

»Warum?«

»Weil ich nicht mitreden kann. Ich hab nichts davon erlebt.«

»Is doch nich schlimm.«

»Na ja, für dich vielleicht nicht. Du hast schon so viel Erfahrung gesammelt, dass du wohl ein Buch drüber schreiben könntest.«

Tyler schnaubte. »War nur Sex.«

»Genau das ist es ja«, sagte ich leise. »Mir kommt es vor, als wäre ich die Einzige, die so große Probleme damit hat. Ich fühle mich so … ungenügend.«

Tyler sah mich eine Minute lang an, dann schüttelte er den Kopf, griff nach meiner Hand und zog mich mit sich aufs Bett.

»Tyler! Was wird das?«

»Glaub, du brauchs ne Umarmung.«

»Ich …«

Er legte den Arm um mich, hielt aber inne, als er merkte, wie ich mich versteifte. »Oder ist dir das zu viel? Das is keine Anmache, ja? Ich bin nich … also schon gar nich mehr heute.«

Ich horchte in mich und überlegte, das zu beenden, aber eigentlich wollte ich das nicht. Es war schön, von einem Freund gehalten zu werden. Einfach so. Ohne mehr. Ohne weniger.

»Es ist in Ordnung«, sagte ich, und erst da legte Tyler wieder den Arm um mich und gab ein zufriedenes Seufzen von sich.

»Ich mag dich, Evie Voss«, sagte er leise.

»Ich mag dich auch, Tyler Alexander Mitchell.«

»Es is voll okay, dass du noch nie Sex hattest, und bitte denk nicht, dass du deshalb ungenügend bis, ja?«

Ich atmete aus. »Ich versuche es.«

Er zog mich enger an sich. »Irgendwann kommt der Richtige, und dann rammelt ihr wie die Kaninchen.«

Ich lachte auf und gab ihm einen Klaps auf die Brust.

»Is so. Vertrau mir.«

Ich schloss die Augen und merkte, dass ich das wirklich tat. Ich vertraute Tyler und Shae und auch Ariana. Sie waren für mich da gewesen, als ich Hilfe gebraucht hatte. Sie hielten mich fest, ohne etwas von mir zu verlangen.

Ich atmete aus und sah an die Zimmerdecke, an der sich die Lichter New Yorks abzeichneten, die durch die Fensterscheiben drangen. Tyler gab ein zufriedenes Brummen von sich. Es konnte nicht mehr lange dauern, bis er eingeschlafen war.

»Ty?«

»Mh.«

»Fändest du es sehr schlimm, mit einer Frau zu schlafen, die mit fast dreißig noch Jungfrau ist?« Meine Wangen glühten schon wieder, obwohl Tyler mich nicht mal sehen konnte. Die Frage beschäftigte mich schon lange, und ich würde sie ihm niemals im Hellen oder nüchternen Zustand stellen, aber gerade fühlte es sich wie ein Safe Space an. Als könnte ich hier einfach ich sein.

Die Kissen raschelten, als er das Gewicht verlagerte und mich ansah. »Ich bin ziemlich betrunken, okay? Also bin jetzt nich mehr so eloq… so … gut mit Worten. Aber wenn ich mit 'ner Frau ins Bett geh, ist es mir total egal, mit wie vielen sie geschlafen hat oder ob sie es überhaupt schon mal getan hat. Es ist dein Körper, klar? Du bestimmst, was damit passiert. Ob du Sex has oder nich, is wurscht. Also egal. Deine Sache. Nich die des Kerls. Stress dich nich. Has du gar nich nötig.«

Ich atmete noch mal ein und hielt die Luft an. Dann stieß ich sie mit einem wohligen Gefühl im Bauch und einem leisen »Danke« wieder aus.

»Klar doch.«

Ich schloss die Augen, dachte über Tylers Worte nach und schlief schließlich darüber ein. Mit etwas mehr Leichtigkeit im Herzen und dem Wissen, dass ich ziemlich gute Freunde hatte.

25

SHAE

Samstag, 04. Mai

Hey, Onkel Jeff,

tut mir leid, dass ich mich so lang nicht bei Dir gemeldet hab. Es war eine Menge los! Ich weiß jetzt, was Du damit meintest, dass die Zeit in New York schneller vergeht. Ich glaub, Du hast das nur gesagt, weil ich Dich wegen Deiner Falten geärgert habe, aber Du hattest trotzdem recht. Ich bin jetzt fast einen Monat hier und hab so viel erlebt wie sonst in einem Jahr. Ich hab neue Menschen kennengelernt, Fuß in meinem Job gefasst, an der Gala zu Deinen Ehren teilgenommen, wieder Lust aufs Schreiben bekommen, hatte endlich Sex hier – oh shit. Das ist was, was ich Dir definitiv nicht ins Gesicht gesagt hätte, ups. Aber durchstreichen fühlt sich auch albern an und …

»Guten Morgen, Schönheit.«

Ich schlug mein Notizbuch so schnell zu, dass der Wind mir die Haare über die Schulter wehte.

»Hi!«

Cam stand mit verstrubbelter Frisur am Fenster – mit verstrubbelter Frisur und ohne Hemd. Das trug ich nämlich gerade. Eigentlich, weil es griffbereit auf dem Fußboden lag, aber dass Cam dadurch oberkörperfrei herumlaufen musste, war ein netter Nebeneffekt. Wie ich gestern festgestellt hatte, zierten seinen durchtrainierten Oberkörper einige Tattoos, die nun, als er sich auf mich zubewegte, auf seinen Muskeln tanzten.

»Jetzt weiß ich wohl auch, wo mein Oberteil ist. Schreibst du?«, fragte er, bevor ich meine Gedanken – und Blicke – weiterwandern lassen konnte.

Ich nickte. »Ja, einfach ein paar Notizen, Erlebnisse und so was. Eine Art Tagebuch.« Dass ich meinem verstorbenen Onkel schrieb, wusste nur Tyler. Nicht dass ich Cam nicht vertraute, aber es fühlte sich zu intim an, ihm das zu erzählen.

»Das klingt schön.« Cam deutete auf die Feuerleiter. »Darf ich?«

»Klar«, erwiderte ich schmunzelnd und legte mein Notizbuch zur Seite. »Ihr habt euch gestern ja schon bestens miteinander vertraut gemacht.«

Bei meinen Worten umspielte ein Lächeln Cams Lippen. »Kann man wohl so sagen.« Er kletterte aus dem Fenster zu mir und setzte sich mir gegenüber auf die Stufe. Mit den Fingern malte er Muster auf meine nackten Beine und rief somit Bilder des gestrigen Abends hervor. Wir hatten uns auf der Feuerleiter geküsst, doch aus dem Kuss war schnell mehr geworden. Cam hatte immerhin genug Geistesgegenwart besessen, uns nach drinnen und ins Bett zu befördern, bevor ich in meinem angetrunkenen Zustand über das Geländer fallen konnte.

»Das war wirklich gut«, murmelte ich, die Bilder von gestern vor dem geistigen Auge, und beugte mich zu Cam. Einen Moment später berührten sich unsere Lippen. Ich schloss die Lider und genoss das Gefühl von ihm, den ersten warmen Sonnenstrahlen auf meinem dunklen Haar und der New Yorker Luft, die mir über Arme und Beine strich. Unser Kuss war sanft, zart, beinahe vorsichtig, dabei hatten wir vor wenigen Stunden noch nackt in meinem Zimmer gesessen.

»Das war es«, bestätigte Cam und ließ seine Finger von meinem Gesicht meinen Arm hinab bis zum Saum des Hemds wandern, wo er meine nackten Beine berührte. »So gut, dass wir eigentlich auch eine zweite Runde einleiten könnten, oder?«

Schmunzelnd presste ich einen weiteren Kuss auf seine weichen Lippen. »Hab ich schon mal gesagt, dass ich mag, wie du denkst?«

»Noch nicht, aber das war ein Ja?«

Ich nickte und küsste ihn erneut, inniger. Meine Zunge strich über seine Lippen, bat um Einlass. Er gewährte ihn mir und grub seine Finger in das lange Hemd. Als er versuchte, mich mit dem Stoff ins Innere meines Zimmers zu ziehen, schüttelte ich jedoch den Kopf.

Er ließ kurz von mir ab und sah mich mit erhobenen Brauen an. Ein Lächeln breitete sich auf seinen Zügen aus, als er verstand.

»Was sollen die Nachbarn denken?«

»Wir sind in New York«, gab ich schulterzuckend zurück. »Es ist früh. Paul wollte gestern schon, dass ich dir die Feuerleiter besonders gut zeige ...« Ich presste meine Handflächen auf seine Brust, fühlte die Muskeln, die nackte Haut, die ich gestern so ausgiebig erkundet hatte. Ich wollte mehr.

»Und außerdem sollten wir sichergehen, dass du bei Ich-hab-noch-nie-auf-einer-Feuerleiter nicht in Verlegenheit gerätst.«

»Wie ehrenhaft. Nicht alle Helden tragen Capes.«

»Ja«, erwiderte Cam ernst. »Manche tragen nur Boxershorts.«

»Und damit immer noch zu viel«, hauchte ich an seinem Mund, hakte meine Finger in den schwarzen Stoff und zog seine Shorts langsam nach unten. Fasziniert betrachtete ich die feine Spur aus dunkelblonden Haaren, die von Cams Bauchnabel nach unten verlief. Als ich mit den Daumennägeln die

Linie sacht nachfuhr, sog Cam zischend die Luft ein. Mein Blick schoss nach oben, und als ich sah, wie er sich auf die volle Unterlippe biss, stellte ich mich auf die Zehenspitzen und strich mit meiner Zunge über die Stelle.

Cam zog mich enger an sich, umfasste meinen Kopf mit seinen Händen und küsste mich innig. In meinem Magen flatterte es so sehr, dass ich kurz wankte, doch Cam hielt mich fest. Mehr noch, er drückte mich nach hinten, bis mein Po und mein Rücken die Außenwand des Hauses berührten. Sein Gewicht so auf mir zu spüren, gemeinsam gegen die Wand gepresst, verstärkte das Kribbeln, das durch meinen gesamten Körper schoss, noch weiter. Ich vertiefte den Kuss, krallte meine Finger in das letzte Stück Stoff, das Cam trug. Stöhnte auf, als er mit seinen Lippen auf Wanderschaft ging, meine Haare über meine Schulter schob und mit der Zunge feine Muster von meinem Hals bis hin zu meinem Schlüsselbein zeichnete.

Jegliche rationalen Gedanken wichen aus meinem Kopf, als ich spürte, wie Cam an meinem Körper hart wurde. Ich blinzelte durch halb geschlossene Lider an uns hinab, während ich seine Boxershorts langsam gen Boden zog, bis sie auf dem schwarzen Metall der Feuerleiter landete. Cams Finger wanderten meinen Hals hinab bis zu dem Hemd, das ich ihm geklaut hatte. Quälend langsam öffnete er Knopf für Knopf, bis der Stoff aufglitt und die noch kühle Morgenluft meine Brüste streifte. Als Cam die leichte Gänsehaut mit seinen Fingern nachfuhr, richteten sich meine Brustwarzen unter der Berührung auf.

»Du bist so heiß«, sagte er mit rauer Stimme.

»Kann ich nur zurückgeben.«

Ich presste meine Hände auf Cams nackte, tätowierte Brust. Gestern war es zu dunkel gewesen, und nun fehlte mir die Geduld, aber ich würde mich mit den schwarzen Linien auf seiner Haut noch genauer befassen müssen. Doch nicht jetzt. Jetzt wollte ich nur eines: ihn.

Ich schob Cam von mir, doch bevor er die Frage aussprechen

konnte, die in seinen Augen lag, hatte ich ihn bereits nach unten auf die Stufe der Feuerleiter geschubst und setzte mich mit nichts als meinem String bekleidet auf ihn. Sein Stöhnen, als unsere Körper wieder aufeinandertrafen, war die beste Belohnung, die ich mir hätte wünschen können.

»Doch Angst, dass man uns sieht?«, murmelte er, die Lippen bereits wieder gegen meinen Hals gepresst.

»Vielleicht ein bisschen«, gab ich zu, dann fehlten mir jedoch die Worte, als Cam die Finger seiner rechten Hand in meinen Slip schob und sanft über meine empfindlichste Stelle strich. Vergessen war die Sorge, gesehen zu werden, da war nur noch seine Haut an meiner. Ich merkte, wie ich an seinen Fingern feucht wurde, als er meine Klitoris mit genau dem richtigen Druck stimulierte. Als ich laut aufstöhnte, schob er ungeduldig den Fetzen Stoff von meinen Beinen und warf ihn zu seinen Boxershorts. Mein Stöhnen wurde lauter, als Cam zwei seiner Finger in mich schob und in genau dem richtigen Rhythmus in mich und wieder aus mir glitt. Ich biss mir auf die Zunge, um nicht noch lauter zu werden, da ich auf keinen Fall wollte, dass die anderen uns hörten – wobei die Bemühungen nach letzter Nacht wohl ohnehin vergeudet waren.

Cam erhöhte das Tempo und beugte sich zu mir, um mit seiner Zunge über meine Brust zu streichen. Mit der freien Hand fuhr er sanft über die andere. Ich legte den Kopf in den Nacken. Cam erhöhte das Tempo, verstärkte den Druck seines Daumens an meiner Klitoris. Dass ich mir seiner Erektion dabei nur zu bewusst war, machte mich noch mehr an. Der New Yorker Morgenhimmel verschwamm vor meinen Augen, sodass ich sie schloss und mich vollends seinen Berührungen hingab. Er war überall: auf mir, in mir – und auch in meinen Gedanken. Mein Atem wurde flacher, und als er sanft in meine Brustwarze biss, konnte ich das Stöhnen doch nicht mehr zurückhalten. Im nächsten Moment hätte ich es ohnehin nicht mehr geschafft, denn seine Finger trafen genau die richtige Stelle. Ich bäumte

mich auf, drückte den Rücken durch und kam mit einem er-
stickten Laut an seinem Ohr.

»Das … wow. Normalerweise … brauche ich … länger«,
stieß ich atemlos hervor. Wenn ich denn überhaupt kam. Denn
das war gewöhnlich der Nachteil an One-Night-Stands: Entweder nahm sich mein Date nicht die Zeit, oder aber ich konnte
mich nicht genug fallen lassen, um zum Höhepunkt zu kommen. »Danke«, flüsterte ich und hauchte ihm einen Kuss auf
die Wange.

»Nichts lieber als das«, gab Cam zurück, als handelte es
sich dabei um eine Selbstverständlichkeit. Eine Weile saß ich
nur schwer atmend auf ihm, spürte die Luft an meiner Haut,
nahm den Straßenlärm wieder wahr. Als Cam Anstalten machte,
aufzustehen, schüttelte ich den Kopf und sah mit erhobenen
Brauen zu seinem nach wie vor erigierten Penis.

»Wir sind hier noch nicht fertig.«

»Du musst nicht …«

»Ich weiß, aber ich will«, unterbrach ich Cam und rutschte
langsam von seinem Schoß, bis meine Knie das kalte Metall der
Feuerleiter berührten. Ich legte meine Finger um seine Länge,
fuhr langsam an ihr hinauf und wieder herab, spürte, wie er
unter meinem Griff noch härter wurde. Ich blickte Cam in die
vor Lust verhangenen Augen und senkte meinen Kopf dann
langsam. Als meine Lippen seine Härte umschlossen, stöhnte
er leise auf und ließ den Kopf in den Nacken sinken. Wenn wir
diese Feuerleiter schon einweihten, dann wollte ich es richtig
tun.

Einige Minuten später lehnten wir beide schwer atmend und
immer noch nackt an dem kalten Geländer. Die Sonne war fast
vollständig aufgegangen, und Gespräche drangen von der Straße
nach oben. Doch trotzdem war ich seltsam entspannt, während
ich an Cams Brust gekuschelt dasaß und er mit seinen Fingern
sanft über meinen Oberarm strich.

Irgendwie fühlte sich dieser Mann richtig an. Wie wenn man den perfekten Schuh findet, der auf Anhieb passt, oder ein Buch liest, das von Seite eins an Heimkommen vermittelt. Ein wohliger Schauer ging durch meinen gesamten Körper, als Cam mich näher zog und einen Kuss auf meinen Scheitel drückte. Daran könnte ich mich definitiv gewöhnen. So angesehen zu werden, wie als er heute Morgen zu mir getreten war, so aufzuwachen, so zu empfinden.

»Sollen wir uns mal anziehen, uns in die Küche wagen und Tylers und Evies Kommentare über uns ergehen lassen?«, schlug ich dennoch vor. »Dann haben wir's hinter uns.«

»Können wir tun«, antwortete Cam, und als ich nach vorn rutschte und ihn ansah, stand er mit schiefem Grinsen auf. Er streckte mir die Hand entgegen, an der ich mich ebenfalls in den Stand zog. Ich schnappte mir meine Unterwäsche vom Boden, doch bevor ich – hoffentlich ungesehen – durchs Fenster ins Innere meines Zimmers huschen konnte, legte Cam die Hand an meine Wange und zog mich noch einmal zu sich.

»Ich würde mich freuen, wenn wir das wiederholen«, flüsterte Cam an meinem Mund. Seine Lippen strichen zärtlich über meine. »Nicht den Sex, also nicht nur. Die gemeinsame Zeit, meine ich. Ich würd dich gern besser kennenlernen.«

Ich konnte nichts dagegen tun, dass seine Worte meinen Bauch zum Kribbeln brachten. Ich wollte auch gar nicht.

»Nichts lieber als das«, sagte ich, drückte ihm einen schnellen Kuss auf den Mund und verschwand durchs Fenster ins Innere.

»Hast du heute schon was vor?«, fragte Cam, als er das Fenster hinter sich geschlossen hatte.

Ich hob die Brauen. »Gleich heute?«

»Sorry, ich wollte nicht aufdringlich sein.«

»Bist du nicht«, widersprach ich schnell und merkte, wie mein Herz einen freudigen Hüpfer machte. »Ich bin das nur nicht gewohnt. Keine nervige Drei-Tage-Regel, kein Hin und Her … Ich würd mich wirklich freuen, dich zu treffen.«

»Ich hab Tickets für einen Comedy-Abend in einem Pub in SoHo, das wäre heute Abend. Hab die Tickets bei einem Ausschreiben gewonnen.« Er hob die Schultern. »Aber fühl dich nicht unter Druck gesetzt, ansonsten zwing ich meinen Mitbewohner. Es ist nur … du bist umwerfend. Ich weiß, das klingt abgedroschen, aber es stimmt. Das dachte ich schon auf der Rooftopparty.«

»Danke. Du bist auch ganz okay«, erwiderte ich, doch die Hitze, die meinen gesamten Körper flutete, strafte die lockeren Worte Lügen. Cam war mehr als ganz okay, und sein Grinsen zeigte, dass ihm sehr wohl bewusst war, welche Wirkung er auf mich hatte. Männer brachten mich nicht schnell aus der Fassung. Ich liebte Flirten, und ich liebte Sex. Aber irgendetwas an Cam ließ mich hoffen, dass das zwischen uns auf mehr hinauslaufen würde als auf ein paar gemeinsame Nächte. Vielleicht war es die Art, wie mein gesamter Körper gerade unter Strom stand, während er mich mit nichts als seinen Blicken berührte.

»Morgen!«, begrüßte Tyler uns grinsend, als wir wenige Minuten und einen Outfitwechsel später aus meinem Zimmer traten. »Kaffee?«

»Unbedingt«, erwiderte ich und schob mich auf einen der Barhocker.

»Ich würde liebend gern, aber ich muss leider gleich los, ich hab in drei Stunden eine Show, für die ich schminken muss, und ich muss noch mal heim, duschen und meinen Kram holen.«

»Du arbeitest an einem Samstag?«, fragte ich überrascht.

»Selbstständig. Selbst und ständig. Ich hasse den Spruch, aber leider ist auch was dran. Die Welt des Make-ups ruht nie.« Er zwinkerte mir zu, trat dann zu mir an den Barhocker und drückte mir einen Kuss auf den Scheitel. Alles an ihm fühlte sich seltsam vertraut an, dabei kannten wir uns erst wenige Tage. Es war ein bisschen wie mit dieser Stadt – sie offenbarte noch so viel Neues, Unentdecktes, und dennoch fühlte ich mich angekommen.

»Dann bis später«, sagte ich lächelnd.

»Bis später. Ich schreib dir noch mal alle Infos. Ich freu mich.«

»Ich mich auch.«

»Bis dann, Tyler!« Cam winkte Tyler und wandte sich dann zum Gehen.

»Ciao! Bis bald hoffentlich«, rief Ty und drehte sich, als die Tür hinter Cam ins Schloss fiel, mit einem breiten Grinsen zu mir. »Soso.«

»Soso was?«

»Ist da jemand verschossen?«, fragte Tyler und wackelte mit den Brauen.

»Auf jeden Fall ist jemand müde und wird grumpy, wenn sie nicht den versprochenen Kaffee erhält.«

»Ich mach ja schon«, erwiderte Ty. Er schaufelte Kaffeepulver in die Maschine und deutete dann mit dem kleinen Löffel auf mich. »Aber du berichtest trotzdem. Durststrecke vorbei, nehme ich an?«

»Aber so was von«, erwiderte ich mit einem breiten Grinsen. »Wenn wir das nächste Mal spielen und jemand zufällig was von Sex und einer Feuerleiter sagt, werde ich wohl trinken müssen.«

Tylers Lächeln schwand. Er ließ den Löffel sinken und sah mich mit großen Augen an. »Oh mein Gott.«

»Was? Es ist nichts passiert, keiner ist gestürzt oder so.«

»Ich fass es nicht …«

»Was?«, fragte ich nun beunruhigter und folgte seinem Blick, der geradeaus an mir vorbei starrte – doch da war nichts. »Was?«, wiederholte ich nun lauter.

»Ich …« Seine Augen fokussierten wieder, und er schüttelte den Kopf. »Unglaublich.«

»Tyler Alexander Mitchell! Was zur Hölle ist los?«

»Ich hatte noch nie Sex auf einer Feuerleiter.«

»Bitte sagt mir, dass wir nicht schon wieder dieses bescheuerte Spiel spielen. Nicht um diese Uhrzeit, nicht vor meinem ersten Kaffee.« Ich wandte den Kopf nach links, wo Evie gerade aus Tylers Zimmer kam. Ich wusste nicht, was mich mehr irritierte: Tylers ernsthaft besorgter Gesichtsausdruck oder die Tatsache, dass unsere Freundin und neue Mitbewohnerin bei Tyler geschlafen hatte – oder sogar *mit* Tyler?

»Evie, das ist eine ernste Angelegenheit, kein Spiel.« Tyler stützte sich mit der Hand an der Küchentheke ab und schüttelte erneut den Kopf. »Ich fass es nicht. Vollmondrituale, Traktoren und dann so etwas?«

»Na ja, zu deiner Verteidigung: In Phoenix gab es nicht so viele Feuerleitern wie hier.«

»Ich habe eine Mission«, sagte Tyler ernst. »Gib mir eine Woche.« Er runzelte die Stirn. »Ach was, gib mir einen Abend! Ich darf nicht nachlassen!«

»Du kriegst meinetwegen auch einen Monat, du kannst es nämlich knicken, dass du es auf meiner Feuerleiter treibst! Such dir eine eigene.«

Aus dem Augenwinkel nahm ich wahr, wie Evie langsam zur Seite in Richtung Küche trat.

»Hey, alles in Ordnung? Magst du einen Kaffee? Tyler hat mir eigentlich auch gerade einen gemacht, doch dann kam seine Sinnkrise.«

»Das wäre toll«, sagte Evie, doch sie klang verunsichert. War es ihr unangenehm, dass ich sie aus Tylers Zimmer hatte sehen kommen? Nach gestern wusste ich, dass sie Jungfrau war, was, wenn sich das in der Nacht geändert hatte? Ich wollte nicht, dass sie sich unwohl fühlte. Sie sollte sich nicht meinetwegen sorgen.

Evie ließ sich neben mir auf dem Hocker nieder, und ich lächelte ihr zu, während Tyler ihr einen Kaffee hinstellte.

»Danke«, sagte Evie und nahm ihn entgegen. »Auch für das Gespräch gestern.«

Tyler sah sie fragend an. »Gespräch?«

»Du. Ich. Im Bett?«

Er öffnete den Mund, als es ihm anscheinend dämmerte. »Stimmt. Es war gut, oder?«

»Ja, war sehr gut.«

»Und ich hab kluge Dinge gesagt.«

»Hast du.«

Er grinste und wandte sich wieder von ihr ab, um den nächsten Kaffee vorzubereiten. Mir fiel allerdings auf, dass Evie immer mehr in sich zusammensackte.

»Tyler«, begann ich gedehnt.

»Hm?«

»Weißt du, was super zu diesem Kaffee passen würde?«

»Konterbier?«

»Ich dachte eigentlich an Croissants.«

»Oh.«

Ich setzte meinen besten Welpenblick auf und versuchte, ihm gleichzeitig zu verstehen zu geben, dass ich kurz mit Evie allein sein musste. Keine Ahnung, ob er es richtig deutete oder einfach ein zu großes Herz hatte – vermutlich Letzteres –, doch er nickte seufzend.

»Na gut, ich hol uns welche. Habt ihr sonst noch Wünsche?«

»Nein«, sagte ich. »Du bist ein Schatz!«

»Soll ich mitkommen?«, bot Evie an, doch zu meiner Erleichterung schüttelte Ty den Kopf.

»Ach was, das schaff ich. Bis gleich!« Tyler schnappte sich sein Handy von der Theke, zwinkerte uns beiden zu und zischte an uns vorbei. Wie konnte dieser Mann nur schon wieder so fit sein?

Kaum dass die Tür hinter ihm ins Schloss gefallen war, drehte ich mich auf dem Barhocker zu Evie um. »Also …«, begann ich und wackelte mit den Brauen.

»Hm?«

Bildete ich es mir ein, oder wurden ihre Wangen rot? »Du und Tyler …«

»Da ist nichts!«, unterbrach Evie mich, bevor ich meinen Satz beenden konnte. »Tyler ging es nicht so gut. Ich hab ihn ins

Bett gebracht und bin aus Versehen bei ihm eingeschlafen. Das ist alles.«

»Oh, okay. Ihm ging es nicht so gut … aber dir auch nicht, oder? Ich hab das Gefühl, dass dich was bedrückt. Ist es wegen Tyler und dir? Hast du deshalb Sorgen? Wenn da was wäre, wäre es okay, ja?«

»Danke«, murmelte Evie, sah dabei jedoch aus, als wünschte sie sich, dass sich der Boden unseres Apartments auftun und sie verschlucken würde. »Aber da wird nichts passieren.«

»Du redest nicht gern darüber, oder?«, hakte ich vorsichtig nach. Vermutlich war ich wieder einmal zu neugierig, aber irgendetwas ging in Evie vor, und wenn ich ihr helfen konnte, es zu lösen, dann wollte ich das tun.

»Worüber?«

»Sex.«

Kaum dass ich die drei Buchstaben ausgesprochen hatte, wandte Evie den Blick ab, und nun war sie definitiv rot. Interessant. Evie Voss war sonst die Schlagfertigkeit in Person, managte Fotoshoots mit berühmten Models und fasste ganz allein im Big Apple Fuß – aber Sex warf sie aus der Bahn.

»Nein«, sagte sie leise. Dann seufzte sie. »Es ist nicht so sehr das Gespräch an sich, ich …«

»Das gestern war zu viel?«

Sie hob die Schultern. »Ich kann da einfach nicht mithalten.«

»Das musst du doch gar nicht. Es ist kein Wettbewerb! Okay, das Spiel gestern hat es echt so aussehen lassen.«

»Ja, und dann sind alle meinetwegen heimgegangen.«

»Was?« Irritiert sah ich sie an. »Evie, niemand ist deinetwegen heim. Es war einfach schon spät, Ty war komplett hinüber, und ich wollte nichts dringender, als mit Cam abzuhauen. Das hatte rein gar nichts mit dir zu tun, okay?«

»Ich hatte den Eindruck, dass meinetwegen die Stimmung gekippt ist. Weil ich noch keinen Sex hatte und nicht mitreden konnte.«

»So ein Quatsch!«

»Aber ihr habt alle nicht reagiert«, sagte sie leise.

»Wäre dir lieber gewesen, wenn wir mehr dazu gesagt hätten? Entschuldige. Ich wusste nicht, dass es so eine große Sache ist.«

»Vielleicht ist es das auch nicht, aber … normalerweise kriege ich so viele Sprüche ab. Ich hab mich innerlich schon richtig dagegen gewappnet. Doch dann kam gar nichts, kein einziger Kommentar.« Sie lachte leise. »Total bescheuert, eigentlich sollte ich mich darüber freuen, aber irgendwie war auch das komisch.«

»Wie geht es dir denn damit? War einfach noch nicht der richtige Mann dabei? Oder die richtige Frau?« Ich dachte an die Rooftopparty und daran, wie Evie den Barkeeper hatte abblitzen lassen. An Interesse mangelte es ihr auf jeden Fall nicht.

»Keine Ahnung. Ich war ja schon in einer Beziehung, aber …« Sie schnaubte. »*Beziehung*. Der Typ wollte mir eigentlich nur an die Wäsche, und als ich nicht mitgemacht habe, hat er mich sitzen lassen.«

»Dann war er definitiv nicht der Richtige.«

»Das sag ich mir auch ständig. Manchmal fühle ich mich, als gäbe es diese zwei Seiten in mir. Wie der Engel und das Teufelchen. Auf der einen Seite will ich mich nicht einem x-beliebigen Mann hingeben, weil ich mir zu schade dafür bin, auf der anderen will ich es endlich hinter mich bringen. Aber es fällt mir so schwer. Ich hab schon rumgeknutscht und so, aber sobald ich merke, dass es ernst wird, macht etwas in mir dicht, und dann geht gar nichts mehr. Ich weiß doch selbst nicht, was mit mir nicht stimmt.«

»Hey.« Ich griff nach ihrer Hand. »Mit dir stimmt alles. Ob du Sex hast oder magst oder sonst was, ändert daran nichts. Es ist nur Sex. Keinen zu wollen, ist vollkommen in Ordnung.«

Erneut lachte Evie auf, doch diesmal klang es frustrierter. »Das hat Tyler gestern auch gesagt. Es sagt sich so leicht, *nur Sex*. In jedem Film, jeder Serie, jedem Buch, jeder Werbung, jedem zweiten Partygespräch geht es darum.«

»Ja, das stimmt. Ich glaub, weil es vielen so wichtig ist. Mir zum Beispiel auch, aber das heißt ja nicht, dass mein Weg der richtige ist. Es tut mir leid, dass du dich gestern unwohl gefühlt hast, das wollte ich nicht.«

Diesmal war das Lächeln, das sich auf Evies Züge legte, echt. »Danke, dass du das sagst. Wirklich, Shae.«

»Gern. Und ich sag es nicht einfach nur so. Gib mir das nächste Mal einen Wink, und ich wechsle das Thema. Wir könnten uns ein Codewort ausdenken …« Ich hörte, wie sich in meinem Rücken der Schlüssel im Schloss drehte und Tyler wieder die Wohnung betrat. »Croissant. Das ist unser Safe Word! Das nächste Mal sagst du Croissant, und ich rede über irgendwas anderes, ja?«

»Hab ich Safe Word gehört? Was mich dazu bringt: Ihr ahnt ja gar nicht, wie viele Feuerleitern es in Midtown Manhattan gibt!«

»Croissant!«, sagte Evie, und als Tyler ihr kommentarlos eines reichte, bevor ich das Thema wechseln konnte, mussten wir beide lachen. Ich nahm Tyler dankend das zweite ab, als mein Handy auf der Theke vibrierte. Mein Magen flatterte schon, als mein Blick die drei Buchstaben streifte, die den Absender verrieten.

Cam, 10.02 am:
Freu mich auf unser Date später!

»Na, da hat aber jemand gute Laune«, meinte Tyler, als er Evie ihre Tasse reichte.

»Und allen Grund dazu«, erwiderte ich. »Rate, wer heute Abend ein Date hat.«

»Oha, also nicht nur ein Mann für eine Nacht.«

»Nope, definitiv nicht!«, stimmte ich Ty zu.

»Arbeitet er eigentlich Vollzeit als Visagist?«, fragte Evie.

»Denke schon. Er schminkt heute eine Show.«

»Was für eine?« Evie sah mich interessiert an, doch ich zuckte mit den Schultern.

»Hab ich gar nicht gefragt, wenn ich ehrlich bin.«

»Kannst du nachschauen? Klingt total spannend.«

»Ähm«, machte ich und griff wieder zum Handy. »Schätze, ich kann auf Instagram schauen. Ich weiß nur ehrlich gesagt seinen Nachnamen nicht …«

Tyler lachte, während Evie die Brauen hob. »Das ist mein Mädchen.«

Ich schüttelte Tylers väterlich aufgesetzte Hand von meiner Schulter und lachte auf, als ich die Anfrage sah, die mir in der App gestellt wurde.

»Anscheinend kennt er dank des Klingelschilds aber meinen«, sagte ich und winkte mit dem Handy. »Er hat eine Anfrage geschickt.«

Ich klickte zu seinem Profil und nahm die Anfrage an. Seine Fotos zu sehen genügte, damit sich ein warmes Gefühl in meiner Brust ausbreitete. Mit seinem offenen Lächeln und dem Funkeln in den blauen Augen sah er einfach zu gut aus.

»Warte«, sagte Ty hinter mir, bevor ich scrollen konnte. »Ich kenne sie.«

Mein Blick folgte Tylers Finger, der auf Lily Moore landete. »Ja, das sagte sie auch«, gab ich zu. »Sie hat unser gemeinsames Foto gesehen und meinte, ihr trainiert im selben Studio?«

»Ja …«, erwiderte Tyler gedehnt. »Haben wir einmal. Und ich habe einen glorreichen Abgang hingelegt. Sie denkt bestimmt, ich bin komplett Panne.«

»Was ist denn passiert?«, wollte Evie wissen, und Tyler gab uns eine kurze Zusammenfassung seines Besuchs im Fitnessstudio.

»Ach, aber das könnt ihr doch klären, wenn ihr euch das nächste Mal seht.« Evie winkte ab. »Du hast ihr ja keine Gewichte auf den Fuß gepfeffert, und sie wirkt echt nett.«

»Ich weiß nicht«, gab Ty schulterzuckend zurück. »Also, ob ich das so einfach klären kann, mein ich. Nett ist sie definitiv.

Und heiß. Aber genau da liegt das Problem: Sie wird ständig von irgendwelchen Typen belangt, obwohl sie nur in Ruhe trainieren will. Da reihe ich mich nicht ein.«

»Tja, dann musst du dir wohl jemand anderen für die Nummer auf der Feuerleiter suchen«, sagte ich. Ich ließ meinen Blick weiter über Cams Fotos wandern. »Ihr findet es nicht komisch, wenn ich mit ihm ausgehe, oder?«

»Wieso, weil er jünger ist?«, fragte Evie und tippte auf die Zweiundzwanzig in Cams Bio. Dass er vier Jahre jünger war als ich, war mir gar nicht aufgefallen – und interessierte mich nicht die Bohne, wenn ich ehrlich war.

»Nein, aber weil wir zusammenarbeiten.«

»Er ist ja nicht in der Agentur«, erwiderte Ty und winkte ab. »Glaub nicht, dass das jemanden juckt. Du zerdenkst die Dinge nur wieder.«

»Du hast recht.« Ich schenkte Ty und Evie ein dankbares Lächeln und öffnete, während sie sich bereits anderen Themen zuwandten, meine Nachrichten-App.

Shae, 10.11 am:

> Hey, Em, sorry, dass ich dir gestern kein Tages-Update geschickt habe, wir hatten spontan eine WG-Party. Dafür hab ich heute richtig gute News: Ich hab ein Date! Ein richtiges!

Emely, 10.11 am:

> Waaas? Erzähl mir mehr! Das klingt ja fast, als hättest du ihn sogar im Real Life kennengelernt anstatt über eine App?

Grinsend tippte ich meine Antwort. Denn bevor ich ihr von Cam erzählte, wollte ich erst sichergehen, dass bei ihr nach wie vor alles in Ordnung war.

Shae, 10.12 am:

Berichte du lieber erst einmal. Geht es dir gut? Wie war die Gruppentherapie? Ist dir Beatrice wieder auf die Nerven gegangen? Und wann ist das nächste Mal Musiktherapie?

Emely, 10.12 am:

Ja, gerade ist alles echt gut. Bis auf Beatrice. Du glaubst nicht, was sie gestern wieder rausgehauen hat ...

Mit einem Lächeln im Gesicht las ich die Ausführungen meiner Schwester, ließ mich auf den neuesten Stand bringen und merkte, wie das Schuldgefühl, das tief in mir schlummerte, ein wenig nachließ. Em ging es gut. Es ging bergauf, sie lernte neue Menschen kennen, war in guten Händen. Dann erzählte ich ihr von Cam und konnte nicht verhindern, dass mein Herz bei dem bloßen Gedanken an ihn wieder ins Stolpern geriet.

Evies und Tylers Gespräch zeichnete eine sanfte Hintergrundmelodie, während die morgendliche Sonne unsere Wohnküche flutete, der Geruch von Kaffee in der Luft lag und ich mit Emely meine Vorfreude auf das Date mit Cam teilen konnte. Ich war genau da, wo ich all die Jahre hatte sein wollen.

Montag, 06. Mai

Verfluchte Scheiße, ich bekomm gleich einen Herzstillstand.
Meine Lunge klang ebenfalls, als würde sie auf dem letzten Loch pfeifen. Von meinen Beinen wollte ich gar nicht erst anfangen. Die Muskeln brannten, und ich hatte bei jedem Schritt das Gefühl, als wollten sie unter mir wegbrechen.

»Alles klar, Ty?«, fragte Ariana fröhlich. Sie joggte mit beneidenswerter Eleganz vor mir her, drehte sich im Laufen sogar zu mir um und lächelte mich an. »Brauchst du 'ne Pause?«

»Fuck.« *Ich brauch ein Sauerstoffzelt!*
Ich atmete hektisch ein, versuchte, mich auf die Umgebung zu konzentrieren statt auf meinen hämmernden Puls, aber nicht mal die Schönheit des Central Parks konnte mich ablenken. Dabei war es so ein toller Morgen. Ariana und ich hatten uns um sieben am Columbus Circle getroffen. Von dort waren wir einer der unzähligen Joggingrouten durch den Park gefolgt. Eigentlich hätte es der perfekte Start in einen netten Arbeitstag werden sollen, aber jetzt würde ich mich lieber ins Bett legen, statt

nachher ins Büro zu fahren. Ich verlangsamte mein Tempo, hielt mir die Seite und atmete hektisch ein und aus.

»Nicht stehen bleiben«, trieb Ariana mich an. »Jogge locker weiter, bis sich dein Puls beruhigt hat.«

»Ja, Coach.« Ich rang mir ein Lächeln ab, setzte mich wieder in Bewegung und versuchte, das Seitenstechen zu ignorieren. Ich war ja selbst dran schuld. Ich hatte Ariana unbedingt zum Joggen rausfordern müssen und großspurig behauptet, ich könne mit ihr mithalten.

Sie hatte mich gewarnt. Mehrfach. Ich hatte es abgetan, und nun musste ich wohl oder übel vor dieser Sportskanone kapitulieren. Ariana tänzelte locker um mich herum, während ich mich bemühte, zu Atem zu kommen.

»Du schlägst dich gut«, sagte sie.

Ich warf ihr einen zweifelnden Blick zu.

»Das mein ich ernst. Hatte ehrlicherweise mit Schlimmerem gerechnet.«

»Wow.« Ich legte die Hand aufs Herz und verzog das Gesicht. »Danke, dass du die Klinge nicht ganz so tief reintreibst.« Zum Glück kam langsam mein Puls zur Ruhe, und meine Atmung normalisierte sich.

»Du machst zum Krafttraining vermutlich keine Ausdauer, oder?«

»Doch, ich gehe zwanzig Minuten aufs Laufband.«

»Vielleicht würde es dir mehr helfen, ein- oder zweimal pro Woche richtige Joggingeinheiten einzuplanen. Wenn du zudem an deiner Technik feilst, rennst du bald allen davon.«

Ich runzelte die Stirn. »Du bist die erste Frau in meinem Leben, die meine Technik bemängelt.«

Sie rollte mit den Augen und schmunzelte. »Du fußt zu weit vorne und auf der Ferse auf, dadurch verlierst du Schwung. Versuch, das Knie mehr anzuwinkeln und den Schub aus dem hinteren Bein zu nutzen. Die Bewegung ist ähnlich, wie wenn du über ein Hindernis steigst. Das überträgst du aufs Laufen.

So.« Sie joggte ein paar Schritte vor mir her und zeigte mir, was sie meinte. Tatsächlich sah es recht locker aus, aber bei Ariana wirkte jede Bewegung locker. Sie hatte das ziemlich gut drauf.

»Ich werde es versuchen. Danke.«

»Klar. Willst du die Runde noch fertig drehen?«

»Auf keinen Fall, sonst brech ich zusammen. Lass uns zurück. Ich will 'ne Dusche. Kaffee. Frühstück.« Und dieses Sauerstoffzelt wäre auch nicht schlecht.

»Alles klar.« Ariana drehte um und wollte schon los.

»Warte kurz«, sagte ich und kramte mein Handy aus der Tasche. »Muss meine Niederlage für TikTok festhalten.«

Sie runzelte die Stirn und sah mir zu, wie ich die App startete und ein Video aufnahm. »POV: Du denkst, du siehst nach dem Joggen so aus …« Ich filmte einige der Leute, die an uns vorbeiliefen. Ich suchte mir die aus, bei denen es locker und leicht aussah.

»Wer folgt dir da eigentlich?«, fragte sie.

»Unterschiedliche Leute. Mittlerweile viele New Yorker, weil ich ab und an Tipps für Orte poste oder Szenen zu meinem Leben in New York drehe. Darf ich dich auch filmen?«, fragte ich Ariana. »Ich will der Welt zeigen, wer mich abgezogen hat.«

Sie lachte. »Meinetwegen.«

Ich schwenkte mit der Kamera auf sie. Ariana winkte und sah dabei so taufrisch aus, als käme sie gerade von einer Wellnessmassage, nicht von einem Mörderlauf, bei dem sie mich fertiggemacht hatte. Ich schüttelte den Kopf und drehte auf mich. »Aber die bittere Wahrheit lacht dir ins Gesicht.« Ich lächelte ebenfalls in die Kamera und gab mir nicht mal Mühe, mir den Schweiß von der Stirn zu wischen. Ich war gebrochen, fertig und desillusioniert.

»In ein paar Wochen rennst du allen davon«, sagte Ariana.

»Dein Mitleid macht es gerade nicht besser.«

»Das ist kein Mitleid, sondern Motivation.«

Ich lachte auf, beendete mein TikTok, taggte Ariana und

steckte das Handy wieder ein. »Wir können weiter. Langsamer bitte, sonst brech ich echt zusammen.«

»Kein Problem.« Sie grinste mich an und verfiel in einen lockeren Dauerlauf. Ich folgte ihr und fragte mich, wie ich nachher noch arbeiten sollte.

Etwa zwei Stunden später saß ich an meinem Arbeitsplatz und beantwortete die ersten Mails. Zum Glück konnte ich mir meine Zeit relativ frei einteilen. Solange Owen mich nicht dringend für einen Termin benötigte, konnte ich kommen, wann ich wollte. Daher hatte ich die Dusche vorhin ausgedehnt und das warme Wasser meine Muskeln massieren lassen. Meine Beine fühlten sich zwar noch immer an wie Wackelpudding, aber es war okay. Ich merkte mal wieder, wie gut es mir tat, mich körperlich zu verausgaben. In den Momenten schwieg alles in mir, und ich konnte abschalten. Das war auch nötig, denn seit ein paar Tagen war es fast unmöglich geworden, mich *Funvironment* zu entziehen. Die Messe war für meine ehemalige Firma ein voller Erfolg gewesen. Sie hatte die App ausgebaut und bewertete nun auch Hotels und Flugreisen. Zudem hatte Elon Musk getwittert, dass er *Funvironment* nutzte und sehr begeistert war. Sogar auf dem Times Square schrie mich Werbung auf den großen Leuchtreklameschildern an. Ich bemühte mich, nicht zu viel drüber nachzudenken, aber es fiel mir mit jedem Tag schwerer. Rhianna und diese ganze Scheiße hatten sich mal wieder in mein Herz geschlichen und sorgten für ziemlichen Aufruhr.

Ich trank einen Schluck von meinem Kaffee und rief unsere Webseite auf, weil ich ein Datum aus dem Eventkalender brauchte. Als ich den Browser öffnete, kam allerdings die Meldung, dass sie nicht erreichbar sei. Ich aktualisierte meine Verbindung, probierte es auch mit einem anderen Browser, kam aber zum selben Ergebnis.

»Merkwürdig.« Ich checkte Google, um zu sehen, ob es an meinem Internet lag oder an uns. Das ließ sich aber problemlos starten, also stand ich auf und ging rüber zu Shaes Arbeitsplatz. Evie saß zwei Tische weiter, bemerkte mich aber nicht, weil sie so vertieft in ihre Bildbearbeitung war. Shae blickte hoch, als sie mich kommen sah, und lächelte mich an.

»Na, wie geht es deinen Beinen?«

»Ganz okay. Darf ich mal kurz was an deinem Rechner nachsehen? Unsere Webseite geht bei mir nicht.«

»Klar.« Sie rollte ein Stück zur Seite, damit ich an ihre Tastatur konnte. Ich öffnete die Seite der Agentur. Bei ihr ging sie auch nicht auf. Machte die IT möglicherweise ein Update? Wobei sie das in der Regel ankündigten und eigentlich auf die Abende verschoben, wenn die meisten nicht mehr daran arbeiten mussten.

Ich aktualisierte den Browser noch mal, aber ein merkwürdiges Gefühl setzte sich in meinem Nacken fest. Eine Vorahnung, die mir ganz und gar nicht gefiel. Und als hätte er mich gehört, ging Owens Tür auf. Er sah erst auf meinen leeren Arbeitsplatz, dann fand er mich bei Shae.

»Tyler.«

Sofort ging ich zurück zu ihm.

»Irgendwas stimmt mit meinem Computer nicht.«

»Was ist passiert?« Ich folgte Owen in sein Büro und setzte mich auf seinen Stuhl, ohne abzuwarten, ob er mir das Okay dafür gab.

»Zoey hatte mir vorhin einen Link geschickt, den ich mir ansehen wollte, da ist mein Rechner eingefroren, und seither geht nichts mehr. Ich kann ihn nicht mal runterfahren.«

»Hast du einen Virencheck gemacht?«

»Natürlich.«

Ich rief Owens Posteingang auf und sah die Mail von Zoey direkt als Erstes. »Frag sie, ob sie dir wirklich diese Mail geschickt hat.«

Owen zögerte kurz, doch dann griff er nach dem Telefon und rief Zoey an. Ich hörte nur mit halbem Ohr zu, schaltete Owens Rechner aus und startete ihn im abgesicherten Modus neu. Aber auch da kam ich nicht weit. Also stand ich auf und ging zurück an meinen Rechner. Dort griff ich zum Telefon und rief in der IT an.

»Was kann ich für dich tun?«, fragte Paul.

»Ich fürchte, wir wurden gehackt.«

»Was?«

»Check den Virenscan und nimm uns offline.« Ich erläuterte Paul rasch das Problem, während ich auch meinen Rechner neu im abgesicherten Modus startete. Meine Finger rasten über die Tasten, und ich merkte, wie irgendetwas in mir die Kontrolle übernahm. Ich musste nicht mal großartig nachdenken, die Befehle und Codes flossen einfach so aus mir heraus. Seit ich in New York arbeitete und lebte, hatte ich nichts mehr programmiert oder mich auch nur ansatzweise mit meiner früheren Tätigkeit beschäftigt. Ich hatte diesen Teil von mir tief in mir eingesperrt, weil es so verdammt wehtat, darüber nachzudenken. Aber jetzt, da ich dieses bekannte Klicken der Tasten hörte, Zahlen und Ziffern über den Bildschirm huschen sah, merkte ich erst, wie sehr mir das gefehlt hatte.

»Fuck, du hast recht, Ty«, sagte Paul, den ich auf Lautsprecher gestellt hatte.

»Wie schlimm ist es?«

»Wir haben einen Trojaner, der sich gerade in unsere Adressdatenbank eingeloggt hat und Daten abgreift.«

»Kannst du ihn aussperren?«

»Ich versuche es.«

»Arbeitet ihr mit einer Cyberabwehrfirma zusammen?«

»Bis vor vier Wochen haben wir das. Der alte Vertrag ist ausgelaufen, Stephen hat bereits Angebote von neuen Firmen, aber noch nichts unterschrieben.«

»Na, perfekt.« Genau das sollte in einem Unternehmen nie passieren.

Ich hörte Schritte hinter mir, und kurz darauf trat Owen an meinen Schreibtisch. Er war blass geworden.

»Zoey sagt, dass sie mir nichts geschickt hat.«

Wie anzunehmen gewesen war. »Ich bin mit Paul schon dran. Wir müssen den Trojaner finden und aussperren. Das kann dauern.«

»Wir?« Owen trat näher und sah über meine Schulter. Erst jetzt merkte ich, wie komisch das auf ihn wirken musste. Owen hatte keine Ahnung von dem, was ich vorher gemacht hatte. Ich hatte absichtlich meinen Lebenslauf runtergeschraubt, um die Assistenzstelle bei ihm zu bekommen und mit Shae hier zu arbeiten.

»Ja, ich … ich kenn mich mit so Sachen ganz gut aus.«

»Ty ist der Beste«, hörte ich Shae sagen. Sie kam ebenfalls näher. Auch die anderen im Büro hatten innegehalten und blickten sich fragend um, warum ihre Rechner nicht mehr gingen.

»Er hat vor ein paar Jahren einen Cyberangriff auf seine Firma abgewehrt«, sagte Shae. »Er bekommt das sicher hin.«

»Ach ja? Wie das?«, fragte Owen.

»Weil er verdammt gut ist und völlig in seinem Job aufgegangen ist. Ty hat extra Programme geschrieben, die …«

»Das interessiert doch gerade keinen, Shae«, zischte ich. »Außerdem lenkt ihr mich ab. Ich würde gern in Ruhe arbeiten.« Ich blickte abwechselnd Owen und Shae an.

Er kniff die Augen zusammen, und ich sah ihm an, wie die Rädchen in seinem Kopf arbeiteten. Ich kannte Owen mittlerweile recht gut. Erkenntnis flackerte in ihm auf, und mir war jetzt schon klar, dass wir hierüber noch sprechen würden. Er nickte mir zu und trat mit Shae von meinem Tisch weg. Ich atmete durch, widmete mich erneut meinem Rechner und dem Telefonat mit Paul.

»Stephen ist auch informiert«, sagte er. »Er versucht, den Server neu aufzusetzen, aber er kommt gerade nicht ins System.«

»Okay, warte kurz. Ich hab vielleicht was, das uns helfen wird.« Ich nahm mein Smartphone zur Hand. »Vor zwei Jahren hab ich ein Programm entwickelt. Es funktioniert ähnlich wie ein Trojaner und schleust sich ins System ein. Allerdings nicht, um Schaden anzurichten, sondern um diesen zu beheben. Im Grunde ist es wie ein Spürhund, den ich auf alles ansetzen kann. Wenn er einmal die Fährte aufgenommen hat, lässt er nicht mehr los. Warte.«

Ich loggte mich mit dem Handy online auf meinen Server ein, den ich nur für mich aufgesetzt hatte und der mir früher dazu gedient hatte, neue Programme zu testen. Es war mein virtueller Parkplatz geworden, auf dem ich alles Mögliche ablegen konnte, an dem ich arbeitete. Als ich damals *Funvironment* programmiert hatte, hatte ich den Server genutzt, weil ich nicht wollte, dass jemand in der Firma vorher davon erfuhr. Ich hatte Rhianna mit dem Konzept überraschen wollen, was mir auch gelungen war.

»Ich lade Spike bei uns rein«, sagte ich.

»Spike?«

»Mir ist kein besserer Name eingefallen.« In meiner Vorstellung war mein Programm wie ein Rottweiler mit einem Stachelhalsband und gefletschten Zähnen. Ich koppelte das Handy mit meinem Rechner und rief weitere Befehle auf. »Dann mal los, Junge. Zeig, was du kannst.«

Ich loggte mich in Spikes Datenbank und folgte seiner Spur. Er fing an, die Festplatten zu durchforsten, und breitete sich dabei immer weiter aus. Spike war so konzipiert, dass er eigenständig suchen konnte und den vielversprechendsten Fährten nachging. Ich tippte auf dem Rechner herum, öffnete Codes, stellte sie mit Spikes Hilfe um, gab mich diesem Rausch hin, der mich früher gepackt hatte, wenn ich programmiert hatte. Das war mein Ding. Mit zwölf hatte ich mir von meinem ersten Ersparten meinen eigenen Rechner zusammengebaut. Kurz danach hatte ich angefangen, Programme zu schreiben, die mein Betriebssystem besser und schneller machten. Ich hatte sogar eine Weile Apps erfunden und sie in den Stores verkauft. Jeden Cent hatte ich in meine Hardware gesteckt, mich stetig weiterentwickelt, mir immer weitere Dinge einfallen lassen, wie ich mir selbst und anderen das Leben leichter machen konnte. Mir war damals schon klar gewesen, dass ich tiefer in diese Welt eintauchen musste. Dass es meine Bestimmung war, mich in diesen Codes und Zahlen zu verlieren, und dass ich verdammt gut darin war.

Ein Stich fuhr mir durchs Herz, weil mir klar wurde, wie sehr ich diesen Teil von mir eingesperrt hatte. Ich biss fest auf die Innenseite meiner Wange und schob es nach hinten. Hier und jetzt war keine Zeit, mich diesem alten Müll hinzugeben. Ich hatte mir fest vorgenommen, es hinter mir zu lassen, und genau das musste ich mir wieder und wieder klarmachen, bis es sich in jede meiner Zellen gebrannt hatte.

SHAE

Montag, 06. Mai

Es war ungewöhnlich still im Büro. Nachdem der Angriff bekannt geworden war, hatten die meisten ihre Telefone auf die Diensthandys umgestellt und waren nach Hause gegangen. Kein Klingeln, kein Geplauder an der Kaffeemaschine, nur einzelne Gespräche und leise Geräusche des Trubels draußen waren zu hören. Als Owen uns offenbart hatte, dass wir ruhig heimgehen konnten, hatte ich ihn zum ersten Mal gestresst erlebt, beinahe besorgt. Doch Stephen hatte ihn beruhigt und versprochen, alles in den Griff zu kriegen – blieb zu hoffen, dass er damit recht behielt.

Im Gegensatz zu den anderen war ich nicht nach Hause gegangen. Evie und ich nutzten die Ruhe, um die Bilder des Shoots zu sichten, dafür brauchte es immerhin kein Internet.

»Oh Mann«, sagte Evie verzweifelt. »Die anderen können sich genauso wenig entscheiden wie ich. Es sind einfach zu viele gute Fotos dabei. Sie sind alle perfekt.«

»Einmal dein Selbstbewusstsein«, meinte ich und stupste Evie grinsend in die Seite.

»Ich lob ja nicht nur mich, sondern auch deine Auswahl an Models, die Kulisse, Cams Make-up, das Licht, für das ich nun wirklich nichts kann, und …«

»Evie, das war ein Scherz!«

»Oh.«

Lachend beugte ich mich näher an den Desktop und scannte die Auswahl an Fotos, die sie in Abstimmung mit den Sportlern und Sportlerinnen getroffen hatte. Es waren wirklich viel zu viele für die Kampagne. Eigentlich ein Traumszenario, aber irgendwie auch schade, da einige der Fotos umsonst waren.

»Die sind wirklich toll«, flüsterte Evie. »Auf der Rooftopparty hab ich mit Dawn gesprochen, sie hätte mich gern für einen Shoot zum Thema Body Positivity. Ich glaub, ich sprech sie noch einmal auf das Angebot an. Das hier …« Sie nickte in Richtung des Desktops, auf dem gerade Bild für Bild erschien – eines beeindruckender als das andere. »Das ist es, weshalb ich fotografiere.«

»Tu das auf jeden Fall!«, stimmte ich zu. »Und Evie?«

»Hm?«, machte sie, während sie weiter durch die Auswahl scrollte.

»Du meintest ja, ich sollte vielleicht was für die Website machen …«

»Hab ich?«

»Ja. Und als wir mit Lily über unsere Körper gesprochen haben und über ihre Essstörung … Ich überlege, ob ich wirklich was darüber schreibe. Ich hab schon immer gern geschrieben, und hinter diesen Bildern steckt noch so viel mehr, als man durchs bloße Betrachten sieht. Ich fände es toll, mit allen ein Interview zu führen. Die Fotos machen Mut, aber in Kombination mit den Geschichten noch mehr. Das Ganze könnten wir auch auf Social Media spielen – sofern die Brand zustimmt natürlich. Vielleicht können wir was mit Dawn auf die Beine stellen, ganz allgemeine Beiträge fernab unserer Klienten schreiben, das ist ja auch gute Imagearbeit und …«

»Shae?«

»Ja?«

»Hab ich lange, rotblonde Haare?«

»Ähm, nein. Was?«

»Du musst mir deine Idee nicht pitchen.« Sie deutete mit dem Kopf nach schräg hinten. »Da ist Arianas Büro.«

Ich biss mir auf die Unterlippe und folgte Evies Blick zu der geöffneten Tür. »Weißt du was? Du hast recht. Ich geh da jetzt rein.«

»Tu das«, meinte Evie und war im nächsten Moment wieder in ihre Fotos vertieft. Es war beinahe wie beim Fotografieren: Wenn Evie künstlerisch tätig sein konnte, war sie wie in einem Tunnel. Nicht dass ich ihr einen Vorwurf machte, es war ein Gefühl, das ich selbst zu gut vom Schreiben kannte. Und genau deshalb würde ich jetzt bei Ariana reinspazieren und fragen, ob ich den Artikel machen durfte. Was hatte ich schon zu verlieren? Jeff hatte immer gesagt, dass ich mehr daraus machen, es verfolgen sollte. Doch alles, was ich seit seinem Tod verfasst hatte, waren die Briefe an ihn – Briefe, die er nicht einmal lesen konnte. Wenn ich diesen Artikel schrieb, würde er gelesen werden. Ich würde Menschen erreichen.

Ein aufgeregtes Kribbeln schoss von meinem Bauch bis in meine Fingerspitzen, und ein Lächeln legte sich auf mein Gesicht. Ich war bereit. Keine Ahnung, was sich geändert hatte, doch zum ersten Mal seit einer halben Ewigkeit fühlte ich mich wirklich bereit, mein Geschriebenes zu teilen – und das sogar, bevor auch nur ein Wort von meinem Kopf aus über meine Finger auf das Papier gewandert war. Vielleicht, weil sich die Geschichte, die ich erzählen wollte, schon in mir geformt hatte, als ich noch mit Lily gesprochen hatte. Vielleicht war sie aber schon länger da, seit dem Moment, in dem Emely in der Klinik war.

»Hi«, begrüßte Ariana mich lächelnd, bevor ich überhaupt die Gelegenheit hatte, mich bemerkbar zu machen.

»Hey, hast du kurz Zeit?«

»Klar. Ist nicht so, als ob ich groß arbeiten könnte, solange wir aus dem Netz draußen bleiben sollen. Ich dachte, ich jongliere noch ein paar Zahlen und erstell schon mal die Budgetpläne für die nächsten Kampagnen. Wie läuft es bei dir?«

»Gut«, sagte ich. »Mir kam gerade eine Idee zu *April Dreams*.«

»Ist die Kampagne nicht so gut wie durch?«

»Ja, es ist auch nichts Aufwendiges oder mit Kosten verbunden«, sagte ich sofort und nahm Ariana gegenüber Platz. Kurz dachte ich an den WG-Abend zurück und wie vertraut wir dort gesprochen hatten. Es war etwas seltsam, nun wieder im Büro zusammenzusitzen und ihr etwas zu pitchen, doch als ich mich räusperte und ihr schilderte, was ich bereits Evie erzählt hatte, verflog das Gefühl schnell wieder. Ariana verzog keine Miene und hörte mir ruhig zu. Ein wenig erinnerte mich ihr Ausdruck an Owen, als wir ihn überzeugen wollten, Evies Petitioner zu werden. Ich hatte gerade den letzten Satz gesagt und wappnete mich innerlich schon für eine Absage, als sich ihre Mundwinkel hoben und sie nickte.

»Ich sehe nichts, was dagegenspricht. *April Dreams* ist dein Kunde, wenn sie das Go geben, nutz es gern für Social. Das mit der Website besprich am besten mit Owen. Hannah betreut den Blog der Agentur, aber ich bin sicher, du kannst sie unterstützen.«

»Kann ich Owen denn gerade stören? Wegen des Hacks, meine ich.«

»So wie ich ihn kenne, freut er sich über Ablenkung. Ihm sind gerade ohnehin die Hände gebunden.«

»Okay. Wow, danke. Ich rufe *April Dreams* sofort an und kläre mit den Models, ob sie auch einverstanden wären. Und dann geh ich zu Owen«

»Mach das. Evie hat mir heute schon die ersten Ergebnisse gezeigt. Ihr habt großartige Arbeit geleistet. Wirklich, Shae. Das war dein erster Job, und du warst nicht nur selbstständig und proaktiv, sondern auch kreativ und superorganisiert. Ich bin mir sicher, *April Dreams* wird begeistert sein.«

»Danke …«, sagte ich erneut, diesmal völlig baff. Wenn ich meinen ersten Arbeitstag mit diesem verglich, lagen wirklich Welten dazwischen. Endlich schien ich meinen Platz gefunden zu haben.

»Du kannst für die Telefonate und zum Schreiben auch gern heimgehen. Wer weiß, wie lange es dauert, bis sie diesen Angriff abgewehrt haben … Ich hab gehört, Tyler hilft mit?« Ihr Lächeln wurde breiter und brachte ihre Augen zum Funkeln. Sie wirkte ganz anders als Anfang April, als ich ihr Büro zum ersten Mal betreten hatte. Glücklicher, mehr sie selbst. »Denkst du, er muss sich beweisen, weil ich ihn heute Morgen beim Joggen fertiggemacht habe? Wir waren im Central Park. Ich hab ihn komplett abgezogen!«

»Möglicherweise«, gab ich zurück. »Aber ich freu mich, dass er endlich mal zeigen kann, was er draufhat.«

»Ja, Owen und Paul meinten schon, dass er ihnen gerade die Haut rettet. Vorhin war wirklich Alarmstufe Rot. Ich wollte nur fragen, ob ich ihnen Kaffee bringen kann, und Paul hat mich beinahe mit seiner Topfpflanze beworfen.«

»Okay, dann meide ich diesen Ort besser und ziehe Ty heute Abend mit seiner Niederlage gegen dich auf, damit er keinen Höhenflug bekommt. Ist notiert.«

Ariana lachte, und ich stimmte mit ein, doch meine Brust wurde von Stolz erwärmt. Ich würde ihn nicht aufziehen, denn so schlimm der Angriff auch war, freute ich mich, dass Tyler endlich wieder programmierte. Sofern man das, was er tat, als Programmieren bezeichnen konnte, diesmal schrieb er an keiner App oder Ähnlichem. Aber er hatte, soweit ich wusste, nicht mehr gecodet, seit wir nach New York gezogen waren. Obwohl er mir immer wieder versichert hatte, dass es ihm nicht fehlte, dass er in seinem Job glücklich war, fragte ich mich doch manchmal, ob er ihn nicht unterforderte. Vielleicht würde den anderen sein Talent ja auffallen, und er würde einen Posten in der IT erlangen. Ich musste mit ihm reden, das wäre womöglich seine Chance.

»Danke für die Hilfe«, sagte ich an Ariana gewandt. »Ich rede dann mal mit Owen.« Und danach würde ich in die IT gehen und mir Tyler schnappen. Topfpflanze hin oder her.

»Klingt gut«, meinte Owen nickend, als ich zum dritten Mal an diesem Vormittag von meinem Plan berichtete. »Die Log-in-Daten zum Blog sind in unserem System hinterlegt, wobei ich mir nicht sicher bin, wie es da gerade aussieht. Frag am besten mal in der IT nach. Aber schreiben kannst du den Beitrag ja schon einmal.«

»Danke«, sagte ich und konnte das Grinsen kaum unterdrücken. »Auch dass du dir die Zeit heute genommen hast trotz des Trubels.«

»Nichts lieber als das. Hättest du mich nicht unterbrochen, hätten die Pfade, die ich durchs Büro getigert bin, bald Spuren auf dem Parkett hinterlassen.« Ein Lächeln umspielte Owens Mund. »Jeffrey meinte damals schon, dass du das Schreiben liebst. Er wäre sicher begeistert, dass du das hier ein wenig verfolgen kannst.«

»Ja, das glaube ich auch. Apropos Dinge verfolgen … Ariana meinte, Tyler hilft gerade bei dem Hack?«

»Ja. Er ist der Grund, dass ich nicht mehr komplett durchdrehe. Anscheinend haben sie das meiste unter Kontrolle und konnten einen Datenleak verhindern. Gott sei Dank. Ich wusste gar nicht, dass er solche IT-Kenntnisse hat!«

»Echt nicht? Doch, er ist grandios.« Stirnrunzelnd betrachtete ich Owen. Wieso wusste er davon nichts? Gut, vermutlich hatte HR Tylers Bewerbung gesichtet, und Owen hatte Tylers Jobs im Lebenslauf nicht extra gegoogelt.

»Ja, das habe ich heute auch bemerkt. Wieso hat er sich nicht in dem Bereich beworben? Hat er nichts in die Richtung studiert?«

Okay, ganz offensichtlich hatte Owen Tylers Bewerbung keine große Aufmerksamkeit geschenkt. Womöglich hatte er zu viel zu tun, und ihm war es wichtiger, dass es zwischen ihm und seinem Assistenten auf persönlicher Ebene harmonierte.

»Doch. Er hat mit Bestnoten abgeschlossen«, erwiderte ich.

»Aber er liebt seinen Job bei dir.« Zumindest betonte er das mir gegenüber immer wieder … Was, wenn er log? Wenn er diesen Job nur angetreten hatte, damit wir nicht getrennt wurden? Damit ich mit all meinen Sorgen und Ängsten nicht allein nach New York musste?

Das schlechte Gewissen, das ich die letzten Wochen erfolgreich verdrängt hatte, kam nun mit voller Wucht zurück. Ich musste mit ihm reden. Er hatte seine Arbeit geliebt, insbesondere die an *Funvironment* – und die App ging durch die Decke. Ich hatte heute einen Bericht in der *New York Times* darüber gelesen, und sogar Promis nutzten sie. Tyler hingegen hatte all das mit keinem Wort erwähnt. Doch zeigte heute nicht, dass er dafür gemacht war? Dass er zu begabt war, um Owens Assistent zu sein?

»War sonst noch was?« Owen sah mich mit schief gelegtem Kopf an. Ich war so in Gedanken verloren gewesen, dass ich völlig vergessen hatte, wo ich war. Und warum.

»Nein, danke. Das war alles. Dann schreib ich wohl mal drauflos.«

»Mach das. Ich besorge uns eine Cyberabwehrfirma, bevor Tyler mir noch einmal die Hölle heißmacht. Das hätten wir nicht schleifen lassen dürfen …«

Ich nickte und schloss leise hinter mir die Tür. Dann ließ ich geräuschvoll Luft aus meinen Wangen entweichen. Ich musste zu Tyler.

Gerade als ich mich in Bewegung setzte, um der IT einen Besuch abzustatten, betrat er das Großraumbüro. Er gab Stephen ein High five, der daraufhin in Richtung der Toiletten abbog. Als er mich entdeckte, kam Ty mit einem breiten Grinsen auf mich zu. »Ich bin der Held des Tages, der König der Welt!« Er reckte beide Hände in die Höhe. Von Stress war kaum noch etwas zu sehen. Er wirkte erschöpft, aber auch … erfüllt?

»Wir haben es wirklich geschafft. Es dauert noch etwas, bis die Systeme wieder online sind, und ein paar Daten konnten sie leider abgreifen, das wird Stephen Owen gleich beichten müssen – aber das war's. Wir haben echt das Schlimmste verhindern können.«

Ich lächelte, doch etwas legte sich bleischwer auf meinen Magen. Das hier war es, was Tyler liebte. Wie hatte ich das so einfach verdrängen können?

»Du brauchst einen Kaffee«, sagte ich bestimmt.

»Seh ich so fertig aus?« Tyler hob die Brauen. »Aber gut, wenn du meinst. Den hab ich mir jetzt redlich verdient.« Er hob die Schultern und steuerte die Agenturküche an, doch ich packte ihn gerade noch rechtzeitig am Ärmel seines Hemds.

»Wir gehen ins Café.«

Ich wollte, dass Tyler redete und mir endlich die Wahrheit sagte – und das ging am besten unter vier Augen.

»Geht auf mich«, murmelte ich zehn Minuten später und hielt dem Barista meine Karte hin, bevor Ty protestieren konnte.

»Okay«, erwiderte er gedehnt, als er zur Seite ging, um auf unsere Bestellung zu warten. »Was hab ich angestellt, dass du mir was ausgibst?«

Als ich nicht direkt antwortete, kniff er die Augen zusammen und sah mich skeptisch an. »Shaelynn Wright, du machst mir Angst.«

»Nenn mich nicht so. Das macht nur mein Dad, wenn ich was ausgefressen habe.«

»Na, dann weißt du ja, wie ich mich gerade fühle.«

»Owen war irritiert, dass du IT-Kenntnisse hast«, platzte es aus mir heraus.

»Ach ja?«, fragte Tyler. Er wirkte beiläufig, mimte Überraschung. Doch er war mein bester Freund, meine zweite Hälfte.

Und an dem feinen Zug um seinen Mund, an der Art, wie seine Stimme bei der Frage nach oben ging, erkannte ich, dass er etwas verbarg. Owen hatte die Bewerbung nicht einfach unaufmerksam gelesen. Etwas anderes steckte dahinter.

»Warum war er irritiert?«

Ty hob die Schultern, doch als ich ihn mit meinem Blick gefangen hielt, ihn nicht abwandte, knickte er ein. Er hatte mich noch nie gut belügen können.

»Vielleicht hab ich beim Lebenslauf ein kleines bisschen geflunkert. Nichts Wildes. Ich wollte nur nicht alles reinpacken, ist doch mein gutes Recht.«

»Aber warum? Warum hast du dich nicht einfach bei der IT beworben?«

»Warum sollte ich? Ist doch okay, mal was Neues zu probieren.«

Ich schüttelte den Kopf. Nicht, weil ich seinen Worten nicht zustimmte, sondern weil das nicht der Grund war.

»Ich wollte mit dir in New York bleiben. In der IT war keine Stelle frei, als Owens Assistenz schon. Also hab ich mich darauf beworben.«

»Vermisst du es nicht? Das Coden? Das Entwickeln von Apps? Die Arbeit an *Funvironment*?«

»Nein.« Ein Schatten huschte über Tylers Gesicht, und zum ersten Mal, seit wir das Café betreten hatten, hatte ich das Gefühl, dass er vollkommen aufrichtig war. Vielleicht übertrieb ich auch, doch ich kannte Tyler so gut, hatte das Feuer in seinen Augen und die Leidenschaft in seinen Erzählungen miterlebt – ich konnte mir nicht vorstellen, dass er all das einfach so aufgab, ohne es zu bereuen.

»Du weißt, dass du dir jederzeit einen anderen Job suchen kannst, oder? New York ist voller Möglichkeiten, und du bist großartig.«

»Ich bin auch großartig in meinem jetzigen Job«, erwiderte Tyler.

»Ja, natürlich, das wollte ich damit auch gar nicht sagen, aber …«

»Ein Iced Coffee und ein Americano?«

Tyler nahm dem Barista die Bestellung ab und reichte mir den Iced Coffee.

»Danke«, sagte ich und setzte an, die Unterhaltung wieder aufzugreifen, doch Ty hob die freie Hand.

»Lass gut sein, Shae. Ich bin zufrieden in meinem Job für Owen, okay?«

»Zwischen zufrieden und glücklich liegt aber ein nicht unbedeutender Unterschied. Ich mach mir nur Sorgen, dass …«

»Brauchst du nicht«, unterbrach Ty mich und lächelte schief. »Wirklich nicht. Ich hab alles im Griff. Damit das so bleibt, sollte ich langsam zurück zur Arbeit. Ich kann Stephen nicht ewig allein lassen, es gibt noch einiges zu tun.«

Ich nickte, doch trotz Tylers Lächeln wurde ich diese Schwere in meinem Bauch einfach nicht los, das Gefühl, dass etwas nicht stimmte.

»Kommst du?«, fragte Ty, als ich mich nicht in Bewegung setzte, um ihm zu folgen.

Langsam schüttelte ich den Kopf. »Nee, ich glaub, ich bleib hier.« Ich klopfte auf die Tasche, die über meiner Schulter hing. »Hatte vor, heimzugehen, um dort weiterzuarbeiten, aber das kann ich hier genauso gut.« Dass ich schreiben wollte, sprach ich nicht aus. Es war meine Leidenschaft, und aus irgendeinem Grund wollte Tyler seine nicht weiterverfolgen …

»Okay. Dann sehen wir uns später daheim, ja? Würde sagen, du kochst, immerhin muss ich weiter den Tag retten.«

Ty zwinkerte in gewohnt unbeschwerter Manier, und ich rang mir ein Lächeln ab. Es schien ihn zu überzeugen, denn er lief auf mich zu, drückte mich und war kurz darauf aus dem Café verschwunden. Ich sah ihm nach, bis er um die Ecke gebogen war, dann erst setzte ich mich auf einen der freien Plätze und holte meinen Laptop heraus.

Das bleierne Gefühl in meinem Magen vermischte sich mit der Aufregung, endlich wieder zu schreiben. Nicht an Jeffrey, sondern an eine breite Masse da draußen. Natürlich war es kein Artikel in der *Vogue* oder der *New York Times*, aber meine Worte würden doch Leser und Leserinnen finden. Meine Mundwinkel hoben sich wie von selbst, als ich das Dokument öffnete, und zum ersten Mal seit Langem hatte ich keinerlei Angst vor der leeren Seite vor mir, sondern verspürte nur Vorfreude. Und dann begann ich zu tippen.

Ein Bild sagt mehr als tausend Worte, doch die Menschen hinter diesen Bildern haben noch weit mehr zu sagen. Bodyshaming, Essstörungen, Ausgrenzungen, Ableismus und der oft nicht enden wollende Kampf gegen den eigenen Körper – diese Geschichten stecken hinter den Fotos. Sie werden erzählt von Narben, Dehnungsstreifen, aber auch von Lachfalten und einem Strahlen in den Augen. Gemeinsam mit April Dreams *haben zehn Sportler und Sportlerinnen die Maske der Instagram-Filter und Photoshop-Retuschen fallen lassen und wichtige Messages zur Selbstakzeptanz, um die es heute gehen soll …*

Freitag, 10. Mai

Mein Fuß wippte nervös auf und ab, während ich auf den noch geschlossenen Brief blickte, der vor mir auf dem Tisch lag. Die Sonne schien durch unsere Fenster und strahlte das Ding an, als wäre es der nächste Broadwaystar, der gerade im Spotlight seinen großen Auftritt mit der Showstoppernummer hinlegte.

Ich lachte auf, weil der Brief tatsächlich mein Showstopper werden könnte. Er kam von der Anwaltskanzlei *Uplegal*, die sich seit ein paar Wochen mit meinem Visumsfall herumschlug. Vorgestern hatte ich wieder mit Stanley telefoniert. Er meinte, es sähe gut aus, konnte mir aber keine endgültige Entwarnung geben. Das könnte aber dieser Brief, denn er enthielt das Schreiben der Botschaft. Entweder stand da drin, dass ich sofort meine Koffer packen und nach Hause fliegen konnte, oder ich durfte bleiben und weiter meinen Traum leben. Ich rieb die Hände aneinander, nahm den Brief, fuhr mit dem Daumen über die zugeklebte Stelle und legte ihn wieder hin. Mein Puls hämmerte gegen meine Brust. Vermutlich war es albern, dass ich mich so anstellte, aber dieses letzte Restrisiko machte mich wahnsinnig. Wenn ich ihn öffnete und sie mich trotz allem auswiesen, konnte ich das nicht mehr ungeschehen machen. Ich konnte nicht mehr länger so tun, als hätte ich eine Chance hier, als könnte ich Teil dieser Stadt werden. In diesem kleinen Stück Papier steckte meine Zukunft.

Die Haustür ging auf, und ich zuckte zusammen.

»… das war nicht Channing Tatum, du kannst dich wieder entspannen, Shae«, hörte ich Tyler sagen.

»Aber er sah genauso aus! Ich hätte ihn ansprechen sollen. Das nächste Mal hältst du mich nicht auf.«

»Hey, ich wollte dich nur vor einer Peinlichkeit bewahren, aber bitte. Renn ins Verderben, wenn du willst.«

»Spinner.« Shae lief an mir vorbei und stellte die Einkäufe in der Küche ab. »Was machst du denn da?«

»Bilder bearbeiten.« Ich deutete auf den Laptop, der aufgeklappt neben dem Brief auf dem Tisch stand.

»Also, ich hab ja keine Ahnung von dem Zeug, aber das sieht eher aus, als wolltest du den Brief hypnotisieren«, sagte Tyler.

Ich schnaubte und schüttelte den Kopf. »Ich habe Bilder bearbeitet, als die Post kam. Auf der Theke liegt auch 'ne Karte für dich, Ty. Sieht nach 'ner Einladung aus.«

»Hoffentlich zu 'ner fetten Party«, sagte er und ging ins Bad, um sich die Hände zu waschen. »Ich schau's mir gleich an.«

»Oh, die Einladung ist von Green Touch Solutions. Tylers ehemaliger Firma«, sagte Shae, die gerade die Tüten ausräumte, die sie mitgebracht hatte. Im Bad klirrte es. Irgendetwas war zu Bruch gegangen.

»Ty?«, fragte Shae, und auch ich blickte von meinem Brief auf.

»Alles in Ordnung, hab nur eine der Kerzen umgeworfen. Was stehen diese Scheißdinger auch überall rum?«

Ich runzelte die Stirn, warf Shae einen fragenden Blick zu. Dieser Tonfall passte überhaupt nicht zu Tyler, aber mir war schon in den letzten Tagen aufgefallen, dass er gereizt und dünnhäutiger war. Gestern wollte ich ihn was wegen dieser *Funvironment*-App fragen, weil ich von Shae wusste, dass er sie mitentwickelt hatte. Ich kam noch nicht mit allen Funktionen klar, die sie bot, und hatte gehofft, dass Ty mir helfen würde, aber er war mit den Worten »Könnt ihr mich mit dem Mist in Ruhe lassen?« in sein Zimmer gegangen und war den ganzen Abend nicht mehr rausgekommen.

»Brauchst du Hilfe?«, fragte Shae, die die letzten Einkäufe verstaute.

»Nein.«

Ty kam aus dem Bad zurück und rieb sich über die Stirn. Er sah angespannt aus. Seine Wangen waren ein wenig eingefallen, und er hatte dunkle Ringe unter den Augen.

»Alles klar?«, fragte ich.

»Natürlich.« Er schüttelte sich und setzte ein Grinsen auf. »Jetzt hör auf, abzulenken, und erzähl, was das für ein Brief ist.«

Er ließ sich neben mir auf der Couch nieder und tippte mich mit dem Knie an. Ich öffnete den Mund und hätte gern nachgehakt, ob wirklich alles in Ordnung war, aber ich verkniff es mir. Ty und Shae waren mir zwar in dieser kurzen Zeit sehr ans Herz gewachsen und meine engsten Freunde in New York geworden, aber ihn jetzt zu bedrängen, kam mir falsch vor.

»Darin steht, ob mein Visum genehmigt wurde.«

»Was?«, fragte Shae und kam ebenfalls auf die Couch. »Du musst ihn öffnen! Sofort!«

»Ja.« Aber ich tat nichts. Ich saß einfach nur da und starrte den weißen Umschlag an.

»Soll ich das machen?«, fragte Shae.

Ich schüttelte den Kopf.

»Ich stell mich auch gern zur Verfügung«, sagte Tyler.

Ich schüttelte wieder den Kopf. »Da muss ich selbst durch.«

Nun starrten wir alle drei auf den Brief. Keiner sagte ein Wort, keiner bewegte sich. Bis auf das leise Hintergrundrauschen der Stadt und das Brummen des Kühlschranks war nichts zu hören.

»Das ist ja nicht auszuhalten«, sagte Tyler, schnappte sich den Umschlag und riss ihn einfach auf. Ich hielt die Luft an, wollte ihn aufhalten, aber es war zu spät. Er nahm den gefalteten Zettel heraus und legte ihn vor mir auf den Tisch. »Hier. Lies.«

Ich atmete durch. *Ein. Aus. Ein. Aus. Los.*

Mit zittrigen Händen griff ich danach. Auf dem Briefkopf war die US-Flagge abgebildet, darunter die Adresse des Konsulats. Das Papier war dick, und an einer Stelle war ein Logo eingestanzt. Alles an diesem Schreiben wirkte hochoffiziell.

Meine Zukunft. Mein Auftritt im Rampenlicht.

Ich räusperte mich, entfaltete ihn weiter und suchte nach den Worten, die mein Aus oder Go bedeuteten.

»Hiermit bestätigen wir Ihren Antrag 13G8 im Fall von Evie Voss, geboren in … Oh mein Gott!«

»Du hast es!?«, fragte Shae und riss schon die Arme hoch.

»Ja. *Ja!*« Ich schlug die Hand vor den Mund, Tränen füllten meine Augen, während ich wieder und wieder die Zeilen las, die bestätigten, dass ich ab heute offiziell in den USA arbeiten, wohnen und träumen durfte. »Oh mein Gott. Ich fass es nicht. Lies du das noch mal! Nur um sicherzugehen, dass ich es richtig verstehe.«

Ich hielt das Schreiben Shae hin, die es überflog und genauso strahlte wie ich. »Du hast es geschafft.« Sie hob die Hand, und ich klatschte mit ihr ab. Tyler schlang den Arm um meine Schulter, drückte mich an sich und hauchte mir einen Kuss auf die Haare.

»Herzlichen Glückwunsch.«

»Danke, Leute.« Ich schluchzte, wischte mir die Tränen weg und nahm den Brief wieder von Shae entgegen. »Den muss ich mir einrahmen, oder?«

»Aber so was von«, sagte Tyler. »Außerdem müssen wir das feiern! Heute. Let's parteeey.«

Ich lachte, nickte, weinte, fühlte. Ich war glücklich. Hier und jetzt verstand ich, wenn die Leute von dem perfekten Moment sprachen, an den man sich noch Jahre später erinnern konnte. Das war definitiv einer.

»Ohne euch hätte ich das nie geschafft«, sagte ich und blickte abwechselnd Shae und Tyler an. »Ich weiß nicht, wie ich euch je danken soll. Das ist euer Verdienst.« Ich hob den Brief an, und mir wurde klar, dass eine Person fehlte, die mit uns hier sitzen sollte und die ich mindestens genauso ins Herz geschlossen hatte wie Shyler. »Wir müssen unbedingt Ariana anrufen und ihr das erzählen.«

»Wir laden sie natürlich zur Party ein.« Tyler hatte schon sein Smartphone gezückt und rief die Nachrichten-App auf. »Werde es wohl nicht schaffen, 'ne Bowle anzusetzen, aber ich kann improvisieren. Wen soll ich sonst noch einladen?«

Ich holte Luft und dachte kurz darüber nach. »Ganz ehrlich würde ich am liebsten nur mit euch dreien darauf anstoßen. Bei einem gemütlichen Abend mit Pizza oder Sushi, Wein und guten Gesprächen. Ihr seid mein Anker in dieser Stadt. Ihr seid mit mir durch diesen Bürokratiesumpf gewatet, und ich will nichts lieber, als diesen Moment voll und ganz mit euch zu teilen.« Außerdem musste ich Christin anrufen. Und meinen Bruder! Er war mittlerweile aus dem Krankenhaus entlassen worden.

»Klar«, sagte Tyler und tippte eine Nachricht. »Das ist dein Abend. Du bestimmst.«

Nein. Es war *unser* Abend, und ich würde ihn mit den besten Leuten feiern, die es hier gab.

»Herzlichen Glückwunsch!« Ariana breitete lachend die Arme aus und zog mich an sich. Ich erwiderte die Geste und drückte sie fest. Als ich sie losließ, hob sie die Tüten mit unserem Essen an und deutete nach drinnen. »Hier ist das Sushi. Das ich ganz schön hart verteidigen musste.«

»Oh, warum das?« Ich nahm ihr eine Tüte ab und trat mit ihr ins Innere. Aus den Lautsprecherboxen dudelte leise Klaviermusik, Shae hatte noch mehr Kerzen aufgestellt, und Tyler roch am Rotwein, den er vor einer Stunde in eine Karaffe umgefüllt hatte.

»Ach, zwei Typen waren im Restaurant, wo ich das Sushi gekauft habe, und warteten auch auf ihre Bestellung. Sie haben mich die ganze Zeit über angeglotzt und sogar miteinander getuschelt. Als ich meine Bestellung hatte, sind sie mir gefolgt und haben sich an meine Fersen geheftet. Einer von ihnen hat irgendwann angefangen, laut zu stöhnen, und ist im Kreis um mich herumgelaufen.«

»Das ist ja furchtbar. Bist du okay?«

»Ja, geht schon wieder, muss mich nur noch kurz sammeln.«

»Brauchst du was?«, fragte Shae, die bei Tyler in der Küche stand. »Wein?«

»Gleich.« Ariana stellte ihre Tüte auf dem Couchtisch ab, ich parkte meine daneben.

»Wie bist du sie losgeworden?«

»Erst wollte ich es ignorieren, aber ich hab schließlich die Tüten abgestellt und ihn direkt angesprochen, dass er das bleiben lassen und abhauen soll. Dann hab ich ein Foto von den beiden geschossen. Das hat sie wohl so verunsichert, dass sie tatsächlich gegangen sind. Natürlich nicht, ohne mich vorher eine dumme Schlampe zu nennen.«

»Männer«, sagte ich und schüttelte den Kopf. »Warum müssen die so was machen?«

»Um ihre Überlegenheit zu demonstrieren, cool dazustehen oder ihr Ego zu streicheln, was weiß ich. Das ist einer der Gründe, warum ich mit Krav Maga angefangen habe. Früher hätte ich mich nie getraut, mich gegen so was zu wehren, und wäre verängstigt weitergelaufen.«

»Ich sollte auch damit anfangen.« Shae stellte ein Glas Rotwein vor Ariana, die es dankend annahm und einen Schluck daraus trank. Tyler lehnte mit vor der Brust verschränkten Armen in der Küche an einer Arbeitsplatte und starrte ins Leere.

»Wir können einen Kurs zusammen besuchen.« Ich nahm mir ebenfalls ein Glas Wein. »Seit ich mehr Follower auf Instagram habe, hab ich auch mein erstes Dickpic erhalten. Was denken sich Männer denn dabei? Dass ich total ausflippe und sage: Oh ja, den brauch ich unbedingt? Erwarten sie darauf ernsthaft eine Reaktion?«

»Das hab ich mich auch schon gefragt.« Shae setzte sich auf die Couch und packte die erste Tüte aus. »Mir hat mal einer geschrieben, dass sein Penis genau die richtige Form hätte, um meinen G-Punkt zu erreichen. Ob ich es nicht mal ausprobieren wolle.«

»Widerlich.« Ich nahm auch eine Sushipackung und brach zwei Stäbchen auseinander. Mein Blick fiel auf Tyler, der noch immer in der Küche stand. »Kommst du auch?«

»Ja.« Er stieß sich von der Theke ab und lief zu uns rüber, allerdings ohne sich hinzusetzen.

»Bei mir hat sich mal einer befriedigt«, sagte Ariana. »Wir waren allein im Waggon, und er hat irgendwann seine Hose aufgemacht und an sich rumgefummelt.«

»Was?«, fragte ich. »Was hast du getan?«

»Bin an der nächsten Station ausgestiegen und zehn Blocks nach Hause gelaufen. Das war ganz am Anfang, als ich noch neu in der Stadt war.«

»Einfach unglaublich.« Ich hob mein Glas und stieß mit den Mädels an.

Tyler blieb vor dem Tisch stehen, die Hände zu Fäusten geballt, das Gesicht starr.

»Du kannst echt froh sein, dass dir so was nicht passiert«, sagte ich. »Ich bezweifle, dass Frauen ihre Vagina knipsen und sie dann fremden Kerlen über Instagram zuschicken.«

»Was bin ich doch für ein Glückspilz.« Tyler sagte es so leise, dass es kaum zu hören war.

»Hey, alles klar?«, fragte Shae.

»Natürlich ist alles klar. Warum sollte es das nicht sein? Ich als Mann steh total über solchen Dingen und darf mich glücklich schätzen, dass ich nicht belästigt werden kann, weil ich einen Schwanz habe.«

Ich zuckte zusammen, weil ich solche Worte und diesen Tonfall überhaupt nicht von ihm gewohnt war.

»Ich … tut mir leid«, sagte er, dann drehte er sich um, ging in sein Zimmer und schlug die Tür hinter sich zu.

Wir blieben mit offenen Mündern zurück.

»Was war das denn?«, fragte ich. »Hab ich was Falsches gesagt? Er weiß hoffentlich, dass ich nicht ihn meine, wenn ich von *solchen Männern* rede, oder?«

»Ich denke schon.« Shae stellte das Glas Wein und das Sushi ab, stand auf und ging auf Tylers Tür zu. Sachte klopfte sie an, aber ich hörte seine Antwort nicht.

Ich schluckte trocken. Das schlechte Gewissen kroch in mir hoch, und ich betete inständig, dass ich nicht an diesem Ausbruch schuld war.

Freitag, 10. Mai

Ich stand mit geballten Fäusten vor meinem Fenster und starrte auf die Lichter der Stadt unter mir. New York funkelte in all seiner Pracht. Ich trat näher an die Scheibe, legte meine Hand darauf und merkte ein leichtes Vibrieren. Zitternd atmete ich ein, versuchte, dadurch meinen Puls und meine Nerven zu beruhigen. Das eben war alles andere als nett von mir gewesen, aber es war aus mir herausgeplatzt. Der Druck, der sich seit Wochen in mir aufbaute, war zu viel geworden. Dabei konnte Evie überhaupt nichts dafür.

»Ty?« Shae klopfte schon zum zweiten Mal. Mir war klar, dass sie das nur aus Höflichkeit machte, denn sie würde so oder so gleich in meinem Zimmer stehen. Diese Frau kannte mich einfach zu gut. Sie wusste, wann es Zeit war, mich in Frieden zu lassen, und wann sie nachhaken sollte.

Ich spürte den Luftzug in meinem Rücken, als sie die Tür öffnete und leise eintrat. »Hey.«

Ich brummte zur Antwort, hielt meinen Blick weiter auf die

Straßen unter mir gerichtet und wünschte, ich könnte mich in eins der unzähligen Autos setzen und davonfahren. Zum ersten Mal, seit ich hier war, überkam mich wieder der Drang, wegzugehen. Weg von diesem Gefühl. Weg von dieser Enge. Weg von der Scham, und vor allen Dingen: weg von meiner Vergangenheit. Aber wie sagten alle immer? *Du kannst nicht vor deinen Problemen davonlaufen.* So langsam glaubte ich, dass etwas dran war.

Die Tür klickte, als Shae sie hinter sich schloss und dort stehen blieb. Ich spürte ihre Präsenz, die sich im Raum ausbreitete und wie eine weiche Decke um mich legte. Shae war für mich da. Schon immer. Früher. Morgen. Heute.

»Was ist los?«

»Nichts.«

»Lügner.«

»Ich wollte Evie nicht so anfahren, ich entschuldige mich gleich.«

Ich hörte Schritte, als sie langsam näher kam, und kurz darauf merkte ich ihre Wärme im Rücken. »Rede mit mir. Bitte.«

»Ich hab nichts zu sagen.«

»Ty.« Sie legte eine Hand auf meine Schulter.

Ich drehte mich sofort weg, weil ich im Moment keine Berührung ertragen konnte.

»Ich mach mir gerade echt Sorgen um dich.«

»Das … das musst du nicht.«

»Ach ja?«

»Scheiße, ich bin …« Ich fuhr mir durch die Haare. Meine Augen füllten sich mit Tränen, die ich genauso wegwischte wie die Gefühle, die in mir hochkamen. Bei meinen Tränen mochte es mir noch gelingen, beim Rest scheiterte ich kläglich.

»Willst du wieder weg aus der Stadt? Brauchst du doch einen anderen Job?«

»Nein. Ich hab dir schon hundertmal gesagt, dass ich mich wohl in der Agentur fühle.«

»Aber trotzdem geht irgendwas in dir vor. Red bitte mit mir! Du hast deinen Lebenslauf gefälscht, bist seit Wochen angespannt. Ich merke doch, dass dich etwas belastet.«

Ich brummte erneut.

»Wir sind Seelenverwandte, Ty. Ich bitte dich wirklich von Herzen, mich einzulassen.«

»Ich … ich kann nicht.« Wieder kamen die Tränen, wieder wischte ich sie weg. »Scheiße.« Mein Herz raste, mir brach der Schweiß aus, und ich hatte das Gefühl, keine Luft mehr zu kriegen.

»Ist irgendwas passiert?«

In meinem Bauch krampfte alles, und ich gab ein merkwürdiges Geräusch von mir, das ich nicht mal genau deuten konnte.

»Oh Gott, Ty. Was ist es?«

»Ich … nicht … nicht hier.«

»Wie meinst du das? Willst du nicht hier darüber sprechen? Soll ich die anderen heimschicken?«

»Nein. Auf keinen Fall. Ich … ich meine, nicht hier in der Stadt. Es ist nicht hier passiert.«

»In Phoenix?«

»Ja.«

Sie kam wieder näher, berührte mich aber dieses Mal nicht. Ich spürte sie so deutlich. Ich spürte, wie sie nachdachte, wie sie alle Infos langsam zusammensetzte und sich ein Bild formte. »Wurdest du … Du hast eben so heftig reagiert bei dem Thema mit der Belästigung. Ist … ist es das?«

Ich schluckte. Wischte schon wieder diese verdammten Tränen weg. Alles in mir bebte. Ich wollte raus. Ich wollte Shae stehen lassen. Ich wollte in die Nacht hinaus und davonlaufen. Weiter und weiter. Aber gleichzeitig wollte ich darüber sprechen. Dieses hässliche Gefühl wohnte schon viel zu lange in mir. Ich hatte gedacht, ich könne es irgendwo hier auf den Straßen verstecken, aber das war nicht der Fall.

»J-ja.« Das Wort kam leise.

Shae schnappte nach Luft. Ich spürte ihre Anspannung als wäre es meine eigene. »Ich bin da.«

Das Drücken in mir schwoll an, alles zog sich zusammen.

»Kannst du es mir erzählen?«, fragte sie vorsichtig.

»Ich … ich weiß es nicht.«

»Wurdest du angegangen? So wie Ariana eben?«

»Nein, es war Rhianna, und es … es war schlimmer.« Da. Jetzt war es draußen. Ich zitterte, fasste mir an den Bauch und hatte das Gefühl, dass ich mich gleich übergeben musste. Langsam drehte ich mich zu Shae um, deren Gesicht mit Sorge erfüllt war.

»Oh, Ty.«

»Ich bin … sie hat mich nicht … es ging nicht aufs Äußerste oder so, aber ich …« Ich fuhr mir wieder durch die Haare. Schuld und Scham stiegen in mir auf. Auch etwas, das ich sehr lange in mir vergraben hatte. »Sie hat mir … Ich weiß nicht, wie ich es sagen soll.«

»Ich umarme dich auch einfach, wenn dir das hilft.«

»Nein. Im Moment nicht.«

»Okay.«

Ich atmete durch, ertrug es gerade nicht, Shae anzusehen, also blickte ich wieder zum Fenster hinaus. Eine gefühlte Ewigkeit sagte niemand was. Ich starrte nur in die Nacht, während alles in mir mit jedem Atemzug krampfte.

»Es war damals, als wir *Funvironment* entwickelten«, fing ich schließlich an. »Die App war so vielversprechend. Rhianna hatte mir ihre volle Unterstützung zugesagt. Ich saß mit meinem Team ewig lange im Büro und hab daran getüftelt.«

»Ich erinner mich sehr gut. Du hast sogar vergessen zu essen und kaum geschlafen. Ich hab dir Lunchpakete gepackt.«

»Ja.« Ich rang mir ein bitteres Lächeln ab. Damals hatte ich gedacht, ich wäre der König der Welt. Ich hatte mich großartig gefühlt, war im Flow versunken und bin auf dieser Welle aus Energie und Euphorie geritten. So ähnlich wie vor ein paar Tagen, als ich den Hack in der Firma abgewehrt hatte.

Als ich *Funvironment* entwickelte, hatte ich gleich gewusst, dass ich etwas Großes erschaffen hatte. Dass meine Idee die Welt ein Stückweit besser machen konnte. Heute dachte ich nur noch mit Grauen an diese Zeiten zurück, nicht mehr mit Stolz.

»Manchmal waren Rhianna und ich allein im Büro. Sie hat mir Kaffee oder Energydrinks gebracht, mit mir Pläne geschmiedet, wie wir die App aufziehen würden. Wir hatten richtig große Ziele, die sie letztlich auch alle durchgesetzt hat, nur ohne mich.« Ich atmete durch. Meine Seele brannte. Jedes Wort fühlte sich wie Säure an, die sich durch mich hindurchfraß. »Irgendwann ging es los. Sie hatte mich angegraben. Erst subtil, dann deutlicher. Ich … Sie war damals noch verheiratet. Für mich kam das überhaupt nicht infrage, und das hab ich ihr auch gesagt. Sie hat es erst so hingenommen, aber ich spürte deutlich, dass sie verletzt war. Bei Meetings ist sie mir über den Mund gefahren, wollte meine Ideen nicht mehr anhören, hat anderen aus meinem Team den Vorzug gegeben, auch wenn deren Vorschläge schlechter waren als meine. Rhianna hat mir klar verdeutlicht, dass sie in der Machtposition war und all meine Träume mit der App mit nur einem Fingerschnippen beenden könne. Manchmal hat sie mich abgepasst und … mich berührt. Also mehr als nur eine zufällige Geste. Sie hat auch … Eines Abends hat sie mich in der Kaffeeküche überrascht. Keine Ahnung, ob sie betrunken war, auf alle Fälle hat sie sich anders benommen als sonst. Ich wollte weg, aber sie hat mich gepackt, mich geküsst und sich an mich gedrängt. Ich hab nicht gewusst, was ich tun soll. Mein Körper hat voll auf sie reagiert. Ich bin sogar …« Ich wandte mich wieder ab, biss mir fest auf die Lippen und atmete durch. »Sie meinte, dass ich sie ganz offensichtlich wolle und ich dem Drang ruhig nachgeben könne, aber ich hab sie weggeschoben und bin gegangen.«

»Warum hast du mir das nicht erzählt? Oder jemand anderem im Büro? Ihr hattet doch einen Betriebsrat.«

Ich lachte auf. »Ich war kurz davor. Rhianna hat aber mitbekommen, was ich tun wollte. Sie hat mich in ihr Büro gerufen und mir klipp und klar verdeutlicht, dass sie alles abstreiten würde, wenn ich diesen Vorfall meldete. Mehr noch, sie wollte behaupten, dass ich derjenige war, der sie belästigt hatte.«

»Aber das stimmt doch gar nicht!«

»Tja. Ihr Wort hätte gegen meins gestanden. Du kannst dir sicher vorstellen, wem eher geglaubt werden würde.«

»Du … Ich hätte dir geholfen. Ich wäre für dich da gewesen.«

»Ich hab mich aber geschämt, Shae. Ich hab nicht verstanden, warum es meinen Körper erregte, als sie sich an mir gerieben hat. Ich hab nicht verstanden, was überhaupt mit mir passierte. Ich hab es einfach nicht verstanden.«

»Natürlich nicht. Du standest völlig unter Schock.«

»Dann hast du die Bewerbung geschrieben, und ich dachte, dass ich so aus der Nummer rauskomme. Dass ich einfach gehen kann und diesen Scheiß hinter mir lasse. Ich hab die Dinge erledigt, die ich für die App noch zu tun hatte, und hab gekündigt. Nun verfolgt mich *Funvironment* überallhin, genau wie Rhianna. Ich kann sie nicht loswerden.«

»Das solltest du auch nicht. Was du erlebt hast, ist schrecklich. Ich verstehe, wenn du es ignorieren willst, aber das darfst du nicht machen, Ty. Du brauchst Hilfe, und Rhianna muss trotzdem angezeigt werden.«

»Was denkst du denn, wie Erfolg versprechend das ist, mh? Ich hab überhaupt keine Beweise dafür. Sie ist die toughe, erfolgreiche Geschäftsfrau, und ich bin … ich bin ein Idiot.«

»Nein! Du wirst nicht so von dir reden, Tyler Alexander Mitchell, hörst du?« Sie stach mir in die Schulter. »Du bist der beste, klügste, aufmerksamste, liebevollste Mann, den ich kenne. Du bist unglaublich talentiert, und du hast überhaupt nichts falsch gemacht. An dieser Situation trägst du keine Schuld! Hast du das verstanden?«

»Ich … J-ja.«

»Gott, wenn ich könnte, würde ich sofort zurück nach Phoenix und ihr eine reinhauen.«

Ich schmunzelte. »Schätze, da hätte sie guten Grund, *dich* anzuzeigen.«

»Ist mir egal.« Shae legte ihre Hand flach auf meinen Oberarm. Dieses Mal zuckte ich nicht zurück. »Darf ich dich jetzt umarmen?«

Ich nickte, drehte mich um und zog sie an mich. Shae schlang die Arme um meine Taille, drückte mich so fest, dass mir beinahe die Luft wegblieb. Ich atmete ihre Nähe und ihre Liebe ein, verlor mich in diesem Gefühl der Vertrautheit. In mir rumorte es, die Tränen kamen weiter, aber ich hielt sie nicht mehr zurück.

»Es tut mir so leid, dass du das durchmachen musstest, Ty.«

Ich vergrub mein Gesicht an ihrem Hals, und dann merkte ich, wie etwas in mir brach. Keine Ahnung, warum hier und jetzt, aber es kam ohne mein Zutun nach oben. Ich klammerte mich fester an Shae, bohrte meine Fingernägel in ihre Schultern und ließ los. Ich weinte und schluchzte und zitterte. Ich entließ die Scham, die Schuld, das Gefühl der Machtlosigkeit. Ich zerbrach an der Schulter meiner besten Freundin, und sie hielt mich einfach fest und wartete, bis es vorbei war.

Irgendwann war meine Kehle trocken und mein Herz leer. Irgendwann kam nichts mehr. Ich löste mich von Shae und zeigte auf ihr Shirt, das ich tatsächlich durchgeheult hatte. »Sorry.«

»Nein.« Auch sie wischte sich über die Augen. Ihre Finger zitterten genauso wie meine. »Danke, dass du dich mir anvertraut hast. Du kannst jederzeit mein Shirt durchheulen, klar?«

»Klar.« Ich atmete tief ein und aus. »Ich … ich glaub, ich bräuchte 'nen Drink.«

»Gern.«

Ich blickte zur Tür, ohne mich in Bewegung zu setzen. Da draußen waren noch Ariana und Evie.

»Du musst nicht darüber reden, wenn du das nicht willst«,

sagte Shae. »Ich kann ihnen auch sagen, dass es heute nicht passt. Sie verstehen das bestimmt.«

Ich schloss die Augen. »Das ist nicht nötig, ich finde es schön, dass sie da sind.«

»Okay. Und … irgendwann … wenn du bereit bist, wäre es gut, wenn du dir Hilfe suchst. Du solltest das nicht so in dich hineinfressen.«

»Ich weiß.« Ich schüttelte den Kopf. »Mich wundert es sowieso, dass es noch niemandem aufgefallen ist. Ich bin sogar zusammengezuckt, als Owen mich mal beiläufig berührt hat.«

»Du denkst aber nicht, dass er auch so was tun würde, oder?«

»Nein. Owen ist ein völlig anderer Mensch als Rhianna. Das weiß ich mittlerweile, aber zu Beginn war es komisch. Sophie und Alice haben sich mal drüber unterhalten, dass er sich nur schöne Assistenten vors Büro setzt, und das hat mich echt zum Nachdenken gebracht.«

»Das glaub ich. Oh Mann. Du hast das alles mit dir selbst ausgemacht.«

»Ja.« Ich blickte zu ihr, wischte mit dem Daumen eine Träne von ihrer Wange. »Nicht, weil ich dir nicht vertraue, ich hoffe, das weißt du?«

Sie nickte.

»Ich liebe dich. Du bist der wichtigste Mensch in meinem Leben, aber ich konnte es einfach nicht erzählen.«

»Das ist okay.«

Ich ließ von ihr ab, atmete durch und trat zurück ins Wohnzimmer. Ariana und Evie hockten im Schneidersitz auf der Couch und stocherten in ihrem Sushi herum. Es war offensichtlich, dass keiner von ihnen großartigen Appetit hatte.

»Es tut mir so leid!«, rief Evie, sprang auf und warf sich mir in die Arme, noch ehe ich irgendetwas sagen konnte. »Ich wollte nichts falsch machen, der Spruch vorhin war so dumm! Bitte hass mich nicht, ja?«

»Was? Warum sollte ich dich denn hassen?«

»Weil du sonst nie so einen Abgang hinlegst. Also muss es richtig, richtig schlimm gewesen sein und …« Sie löste sich von mir und sah mir in die Augen. »Du hast geweint.« Sie blickte zu Shae. »Oh Gott. Ich bin ein schrecklicher Mensch.«

»Das hat überhaupt nichts mit dir zu tun, und ich muss mich bei dir entschuldigen«, sagte ich und ergriff ihre Hände. »Ich wollte dich nicht anfahren, du hast auch nichts Falsches gesagt. Es ist nur … Es gibt einige Dinge in meiner Vergangenheit, die ich versuche zu verdrängen. Was mir offensichtlich nicht gut gelingt. Ich … ich weiß nicht, ob ich jetzt noch mal darüber sprechen kann.« Ich senkte den Blick, atmete durch, spürte wieder die Enge in mir. »Aber es wäre schön, wenn wir trotzdem gemeinsam den Abend genießen. Zusammen. Einfach so.«

Ariana richtete sich auf und schenkte mir ein Glas Wein ein. Sie hielt es mir hin und lächelte mich an. »Nichts lieber als das, Ty.«

Ich nahm ihr den Wein ab, Shae und Evie griffen ebenfalls nach ihren Getränken. Wir stießen gemeinsam an, ich atmete durch und war dankbar hierfür. Ich trank einen Schluck von dem Wein und genoss die Wärme, die der Alkohol in mir hinterließ. Genau wie diese wundervollen, starken und einzigartigen Frauen. Ich war ein verdammter Glückspilz, solche Leute zu kennen.

»Ich sterbe vor Hunger«, sagte ich schließlich und schnappte mir einen der Sushibehälter. »Hoffentlich habt ihr nicht schon alles weggefuttert.«

»Würden wir nie tun.«

Ich nahm in der Mitte der Couch Platz, Shae zu meiner Rechten, Evie und Ariana zur Linken. Shae gab mir einen Kuss auf die Wange und bediente sich ebenfalls.

Wir redeten nicht viel während des Essens, aber das mussten wir auch gar nicht. Alles, was rausgewollt hatte, war für heute gesagt.

30
ARIANA

Samstag, 11. Mai

Etwas stieß sacht gegen meinen Oberschenkel und weckte mich auf. Ich blinzelte durch meine Lider hindurch und hätte am liebsten laut aufgestöhnt, so hell war es schon. Wie lange hatte ich geschlafen? Ich hatte gar nicht vorgehabt, überhaupt hier einzuschlafen. Nach einigen Gläsern Wein und zu viel gutem Essen hatten wir es uns alle auf der Couch bequem gemacht, dabei musste ich weggenickt sein.

Mit einem Mal war ich hellwach. Ich hatte bei Shyler übernachtet und Jared nicht Bescheid gesagt. Bestimmt machte er sich Sorgen. Oder war wütend. Oder beides gleichzeitig. Ich riss die Augen auf, nur um sie im nächsten Moment verwirrt zusammenzukneifen, als ich direkt in eine Handykamera blickte.

»Was zur …«

»Oh, guten Morgen«, erklang Tylers Stimme. Er lag neben mir und war somit wohl derjenige, der mich geweckt hatte.

»Was machst du da?«

»Pscht, die anderen beiden schlafen noch«, flüsterte er und deutete mit dem Kopf neben sich, wo ich ein Büschel schwarzer Haare entdeckte, das zu Shae gehörte.

»Hast du mich fotografiert?«

»Nein«, sagte Tyler, doch der Tonfall verriet mir, dass das nur die halbe Wahrheit war.

»Gib das her«, sagte ich und versuchte, ihm das Smartphone aus der Hand zu reißen, doch er war schneller und hielt es grinsend weg. Sosehr es mich freute, ihn nach dem gestrigen Abend wieder so fröhlich zu sehen, so nervenaufreibend war er auch schon wieder.

»Tyler! Du weißt ganz genau, dass ich dich nicht nur beim Laufen fertigmachen kann. Gib mir sofort dein Handy.« Ich beugte mich über ihn und versuchte, seinen Arm in meine Richtung zu ziehen, was leider nicht gelang.

»Ich hab ein TikTok gemacht, okay?«

»Von mir?«

»Von uns. Aber man sieht nur eure Haare.«

Ich beugte mich noch weiter über Tyler, um das kurze Video zu sehen, das er gefilmt hatte. Tatsächlich erkannte man keinen von uns, man sah lediglich, dass Tyler inmitten einer Gruppe aus Frauen lag.

»Hashtag I woke up like this«, murmelte er und tippte die Buchstaben in sein Handy ein, sodass sie auf dem Bildschirm erschienen.

»Dein Ernst?«, fragte ich, musste aber ebenfalls lachen. »Du bist unverbesserlich.«

Er hob die Schultern, woraufhin Shae ein Stöhnen ausstieß. »Seid leise«, nuschelte sie und zog sich die Sofadecke über den Kopf.

»Da, schau.« Tyler streckte mir das Handy entgegen. »Ich poste es eh nur, wenn ihr alle einverstanden seid.«

Ich wartete, bis es einmal durchgelaufen war. »Von mir aus. Man sieht uns ja nicht.«

»Danke.« Ty grinste. Es war schön, ihn wieder gelöster zu sehen, auch wenn die Schatten unter seinen Augen davon zeugten, dass er diese Nacht um einiges schlechter geschlafen hatte als ich. Zu gern hätte ich gewusst, was los war, und ihm geholfen. Shae hatte uns gestern mit Blicken zu verstehen gegeben, dass Evie und ich nicht nachfragen sollten, doch es war offensichtlich, dass Tyler etwas bewegt hatte. Nicht nur, dass er verweint aus seinem Zimmer zurückgekommen war, es hatte auch eine ganze Weile gedauert, bis er sich wieder entspannt hatte. Ich wollte seine gute Stimmung nicht zerstören, aber ich wollte auch, dass er wusste, ich wäre für ihn da.

»Wegen gestern«, begann ich und hob die Hand, als Tyler ansetzen wollte, etwas zu sagen. »Du musst nicht darüber reden. Aber du kannst, wenn du magst. Ich bin da, ja?« Ich sah ihn mit Nachdruck an, damit er wusste, wie ernst es mir war. Ich war selbst alles andere als gut darin, Hilfe anzunehmen, war auf Owens Angebot, über Quinn zu sprechen, nie zurückgekommen. Doch vielleicht konnte ich das lernen, denn gerade wollte ich nichts lieber, als für Tyler da zu sein. Und vielleicht ging es den Menschen in meinem Leben umgekehrt ja genauso.

Tylers Mundwinkel hoben sich ein Stück, bis ein schiefes Lächeln auf seinem Gesicht lag.

»Danke. Das merke ich mir. Aber momentan will ich lieber Wettrennen mit dir veranstalten oder Musicals besuchen.«

»Deal«, sagte ich.

Tyler speicherte das Video in seinen Entwürfen und legte den Kopf wieder zwischen Shaes und meinen. »Danke, dass ihr da seid«, sagte er leise, und als Shae nur ein tiefes Schnauben von sich gab, mussten wir beide lachen.

Ich hätte dasselbe sagen können, denn ich konnte es mir schon gar nicht mehr anders vorstellen. Ich wusste nicht, wann ich zum letzten Mal so sehr in mir selbst geruht hatte, so sehr ich selbst hatte sein dürfen. Mich so geborgen gefühlt hatte wie an diesem Samstagmorgen, als ich ungeplant auf einer fremden

Couch und mit verwuschelten Haaren aufgewacht war. Ich wusste nur, dass ich dieses Gefühl und diese Menschen behalten wollte.

Es war bereits Mittag, als ich endlich die Tür zu unserem Apartment öffnete. Evie hatte uns Pancakes gemacht – oder, wie sie betonte, deutsche Pfannkuchen. In meinen Augen waren sie einfach etwas dick geratene Crêpes, aber sie hatten hervorragend geschmeckt, also hatte ich mich auf keine Diskussionen eingelassen. Auch ansonsten war es ein perfekter Tag: Die Sonne schien, und selbst die hektischsten New Yorker trugen ein Lächeln auf den Lippen, wenn sie einen beinahe umliefen. Dennoch hatte sich, sobald ich unser Treppenhaus betreten hatte, Schwere auf meine Brust gelegt.

»Hi, ich bin wieder da«, rief ich, als die Tür hinter mir ins Schloss gefallen war.

Zwei Sekunden später erschien Jared im Flur, die Brauen zusammengezogen. »Da bist du ja! Ich hab mir Sorgen gemacht.«

»Hast du meine Nachricht nicht gesehen?«

»Doch, aber als du sagtest, dass es später wird, dachte ich nicht, dass du den nächsten Tag damit meinst.«

»Tut mir leid, wir haben uns verquatscht, das ging länger als erwartet, und dann hab ich bei den anderen geschlafen.«

»Den anderen? Deinen Freunden von letztens?«

»Ja«, erwiderte ich, während ich mir die Heels von den Füßen streifte. Für gewöhnlich musste ich in den Arbeitsschuhen nicht so lange laufen wie heute, und den kühlen Boden unter meinen Fersen zu spüren, ließ mich beinahe dankbar aufseufzen.

»War da nicht auch ein Typ dabei? Der, mit dem du diesen Rap aufgeführt hast?«

Ich ging in die Küche, um mir ein Glas Wasser zu holen, Jared folgte mir.

»Tyler, ja. Evie und Shae waren auch da«, fügte ich hinzu, weil ich plötzlich das Gefühl hatte, mich verteidigen zu müssen.

»Aha.«

Ich trank einen Schluck Wasser, stellte das Glas ab und atmete tief durch. Dann erst sah ich wieder zu Jared. Er hatte die Arme mittlerweile vor der Brust verschränkt und wirkte ganz und gar nicht glücklich – nicht dass mir das durch seinen Tonfall nicht bereits aufgefallen wäre.

»Was, aha?«, fragte ich und merkte erstaunt, dass meine Stimme … genervt klang. Ich war es nach den Jahren so gewohnt, keine Streits zu provozieren, Konflikten mit ihm aus dem Weg zu gehen, dass mich die aufsteigende Wut nun überraschte. Aber der Tag war zu schön, und mir ging es zu gut, um mir das von Jared vermiesen zu lassen.

»Du verbringst also die Nacht mit irgendeinem Typen?«

Ich hob die Brauen. »Ich habe die Nacht nicht mit Tyler verbracht, sondern bei ihm. Außerdem ist er nicht irgendein Typ, wir sind befreundet – das bin ich übrigens auch mit Evie und Shae, die ebenfalls dabei waren, falls du das vergessen hast.«

»Hab ich nicht. Aber du brauchst mir keine Lügen aufzutischen, ich hab euer TikTok gesehen.«

»Bitte was?«

»Du triffst dich schon viel länger mit diesem Kerl, oder etwa nicht?«

»Wir gehen zusammen joggen. Sag mal, hast du mir nachspioniert? Seit wann hast du einen TikTok-Account?«

»Hab ich nicht, aber meine Jungs haben das Video entdeckt. Hast du eine Ahnung, wie ich vor ihnen dastand?«

»Weil ich joggen gehe?« Ich schüttelte den Kopf. War das sein verdammter Ernst? Am liebsten hätte ich mich für die Frage gerügt – denn natürlich war das sein Ernst. Es war nicht das erste Mal, dass er im Streit alles so drehte und wendete, dass es nur noch um ihn ging und ich wie die Dumme danebenstand.

»Nicht, weil du joggen gehst, sondern weil du dich auf Social Media irgendwelchen Typen anbiederst. Noch dazu in solchen Klamotten. Denkst du, dein Arbeitgeber findet das gut?«

»Bitte? Ich hatte ein Sportoutfit an. So geh ich immer laufen. Und ich glaub nicht, dass Owen damit ein Problem hat. Hast du dir unsere Produkt-Shoots mal angesehen?« Ich machte eine wegwerfende Handbewegung. »Nein, weißt du was, ich werd mich nicht rechtfertigen. Ich könnte Anwältin oder Präsidentin der Vereinigten Staaten sein, es geht niemanden was an, was ich beim Joggen trage. Dich übrigens genauso wenig.«

»Aber mich geht es sehr wohl etwas an, wenn du es mit einem anderen Typen treibst.«

»Tyler ist ein Freund. Sag mal, hörst du mir überhaupt zu? Ich habe nicht mit ihm geschlafen, sondern bei ihm!«

»Und mir nicht Bescheid gesagt.«

»Ja, und das tut mir wirklich leid. Aber wie gesagt: Da lief nichts, ich bin einfach eingeschlafen. Der Tag war echt anstrengend, wir hatten einen Hackerangriff bei der Arbeit und …«

Jared hob die Hand und stoppte mich mitten im Satz. »War klar, dass schon wieder die Arbeit schuld ist. Aber wenn du so kaputt warst, wieso bist du dann nicht heimgekommen? Feiern mit deinen Freunden konntest du ja anscheinend noch. Schau doch mal, wie es hier aussieht, du bist gar nicht mehr daheim.« Er löste seine verschränkten Arme für einen Moment, um auf das Chaos in der Spüle zu deuten.

»Und? Ist das meine Schuld? Ist da ein magisches Schloss an der Spülmaschine, von dem ich nichts weiß, das sich nur von Frauenhänden öffnen lässt?« Fassungslos starrte ich ihn an. War er schon immer so gewesen, und ich hatte es einfach übersehen? So kontrollierend, so eifersüchtig? War ich die ganze Zeit auf Autopilot gewesen, meiner Routine von Arbeit und Haushalt nachgegangen, ohne zu bemerken, in welche Richtung sich diese Beziehung entwickelte?

»Seit du mit diesen Leuten rumhängst, bist du ganz anders.«

»Bin ich nicht«, protestierte ich und hasste, dass er es trotz seiner ungerechtfertigten Anschuldigungen nun schaffte, mir ein schlechtes Gewissen einzureden. Das musste aufhören. Er manipulierte mich – und ich ließ es zu.

»Doch. Ich mochte an dir, dass du so erwachsen und bodenständig bist. Loyal. Dass man sich auf dich verlassen kann. Du tust so viel für die Menschen um dich herum, doch seit die auf der Bildfläche erschienen sind …« Er hob die Schultern und wirkte immer weniger wie mein Freund und immer mehr wie ein trotziges Kind.

»Ich bin erwachsen – und ich bin bodenständig. Aber du hast recht: Ich tue alles für die Menschen um mich herum. Und weißt du, was? Ich glaube, darüber hab ich vergessen, auch mal was für mich zu tun. Ich bin nicht deine Mutter, Jared. Wenn dich die Unordnung in der Küche stört, räum auf. Das ist nicht mein Job.«

»Also willst du so bleiben? Weiter feiern gehen, mit diesen Menschen rumhängen und …«

»Diese Menschen sind meine Freunde!« Mein Herz schlug viel zu schnell in meiner Brust, und mit jedem einzelnen Schlag wurde ich aufgebrachter. Es war, als löste ich mich endlich aus der Starre, in die ich mich hineinmanövriert hatte. »Ja, ich werde weiter mit ihnen rumhängen. Ja, ich werde weiter feiern gehen – vielleicht sogar noch mehr als bisher. Weißt du, warum? Weil es mir Spaß macht. Weil ich mich endlich wieder lebendig fühle. Weil diese Menschen für mich da sind, wenn ich sie brauche. Weil sie mich verstehen.«

»Und ich nicht, oder was?«

»Wo warst du denn am Todestag meines Bruders?«, schleuderte ich ihm entgegen und blinzelte wütend die Tränen weg, die mir bei der Erinnerung an den Tag in den Augen brannten. »Feiern mit den Jungs.«

»Süße, das kannst du mir nicht zum Vorwurf machen. Du bist doch diejenige, die ihren Eltern ständig sagt, dass das Leben weitergeht. Wenn ich mich an deinen Rat halte, bin ich plötzlich der Böse?« Er sah mich mit erhobenen Brauen an und schaffte es, dass das schlechte Gewissen sich meldete. So wie er es immer schaffte, wenn er mich an meine Worte erinnerte, sie umdrehte und eine neue Geschichte daraus spann. Doch nicht heute. Denn heute schaffte ich es, endlich hinter das Netz zu blicken, das er mit seinen Worten webte und mit dem er mich so lange gefangen gehalten hatte. Ich würde mich nicht länger manipulieren lassen. »Ich bin ehrlich«, fuhr er fort, »ich mochte die alte Ariana lieber.«

»Die alte Ariana …«, sagte ich und malte Anführungszeichen in die Luft. »… gibt es nicht. Diese Frau war nicht ich.« Es stimmte. Seit dem Tod meines Bruders war ich kaum mehr als eine Hülle meiner selbst gewesen. Ich hatte funktioniert, aber ich hatte nicht gelebt. Da war kein Feuer mehr in mir gewesen, keine Leidenschaft. Ich hatte mich von einem beruflichen Erfolg zum nächsten gehangelt, ohne etwas dabei zu fühlen. Meine Finger streiften Quinns Armband, als könnte ich aus diesem die Kraft für meine nächsten Worte schöpfen. Dabei schöpfte ich zum ersten Mal seit Ewigkeiten endlich wieder Kraft aus mir selbst. Aus meinem Inneren, dem ich so lange keine Beachtung geschenkt hatte. »Also, tut mir leid, aber ich hoffe wirklich, dass du sie nie wiedersiehst. Denn ich mochte sie nicht, ich bemitleide sie viel eher.«

Eine Träne schaffte es trotz meiner Bemühungen, sich zu lösen, und rollte mir über die Wange. Ewig lang hatte ich nicht geweint, doch seit meinem Besuch am Baumhaus schien ein Damm gebrochen zu sein. In mir war wieder etwas. Es fühlte sich nicht immer gut an, aber es war verdammt noch mal besser, als nichts zu fühlen, und ich würde dafür sorgen, dass es blieb. Dass ich nicht wieder taub wurde.

»Ich fänd es besser, wenn du nicht mehr mit ihnen rumhängst«, sagte Jared, und mir klappte die Kinnlade hinunter.

»Wie bitte?«

»Überleg doch mal: diese Szene auf der Bühne bei der Gala? Das war total peinlich, das bist doch nicht du.«

»Du hast nicht zu sagen, wer oder wie ich bin!«, brüllte ich und merkte mit Genugtuung, dass Jared zusammenzuckte. Ich wurde nie laut.

»Aber ich kenn dich.«

»Nein«, sagte ich, und nun war ich es, die die Arme vor der Brust verschränkte. »Tust du nicht, denn ich kenn mich selbst nicht einmal. Aber ich werde mich kennenlernen.« Ich schluckte und nahm all meinen Mut zusammen für die nächsten Worte, die ich viel zu lange unausgesprochen gelassen hatte. »Und ich glaube, das muss ich ohne dich tun.«

»Was?«

»Es ist aus.«

Jared lachte. Er sah nicht traurig oder gar schockiert aus, er lachte. Als wäre das, was ich gesagt hatte, ein Witz.

»Komm mal wieder runter, das meinst du nicht so. Nimm ein Bad, die Arbeit war anstrengend und …«

»Das meine ich definitiv so.«

»Wie stellst du dir das vor? Wir wohnen zusammen.«

»Ja, und ich bin sicher, wir finden beide eine tolle neue Wohnung. Aber nicht mehr gemeinsam.«

Jareds Lächeln verrutschte, als meine Worte endlich bei ihm ankamen.

»Du machst Schluss mit mir?«

»Ja.« Mein Magen flatterte, und mir wurde etwas übel, doch ich konnte nicht sagen, ob aus schlechtem Gewissen oder vor Aufregung. »Wir tun einander nicht gut. Du tust mir nicht gut.«

Ich ging in den Flur und zog meine Sneaker an. Dann griff ich nach meiner Handtasche, die ich vor wenigen Minuten erst auf der Garderobe abgelegt hatte.

»Ariana, wir können reden.«

»Ja, das sollten wir. Wir können uns in ein, zwei Tagen gern treffen und darüber reden, wie wir die Wohnung am sinnvollsten auflösen. Wenn du magst, reden wir auch noch einmal darüber, wieso es besser ist, wenn wir getrennte Wege gehen. Aber jetzt brauch ich Zeit für mich.« Ich sah an mir hinab. Ich trug nach wie vor das Outfit, das ich gestern bei der Arbeit angehabt hatte. »Ich komme heute Abend und packe ein paar meiner Sachen zusammen. Es wäre mir lieb, wenn du in der Zeit nicht in der Wohnung bist.«

»Das ist alles ein schlechter Scherz, oder?«

Als ich den Kopf schüttelte, lachte Jared dennoch auf. »Pack meinetwegen deinen Scheiß zusammen, ich wollte heute Abend eh was mit den Jungs machen. In spätestens drei Tagen kommst du angekrochen, wollen wir wetten?«

Ich hob die Schultern. »Gern, wenn du verlieren magst.« Denn ein Loser war er ohnehin, ich hatte nur verdammt lange gebraucht, das zu erkennen. Mit einem letzten Blick auf Jared drehte ich mich um und verließ unsere Wohnung. Als die Tür hinter mir zufiel, schloss ich für einen kurzen Moment die Augen und atmete tief durch. Da war keine Trauer in mir. Nur Erleichterung und eine Leichtigkeit, wie ich sie seit Langem nicht gespürt hatte – nein, das stimmte nicht. Heute Morgen hatte ich sie gespürt. Denn die anderen drei gaben mir dieses Gefühl. Und so nahm ich mein Handy und öffnete unseren Gruppenchat.

Ariana 12.23 pm:
Hey, habt ihr vielleicht Zeit, was zu trinken? Cocktails im Orchard? Könnte einen gebrauchen. Geht auf mich.

Tyler 12.23 pm:
Klar. Alles okay bei dir?

Ariana 12.23 pm:
Ja ... Ich hab gerade mit Jared Schluss gemacht.

Tyler 12.24 pm:
Yesss, Girl!

Evie 12.24 pm:
Wir machen uns sofort auf den Weg!

Shae 12.24 pm:
Sobald ich eine Hose anhab!

Evie 12.24 pm:
Brauchst du heute eine Couch zum Schlafen?

Tyler 12.24 pm:
Wohnt gerade mal zwei Wochen hier – mietfrei wohlgemerkt – und verscherbelt jetzt unsere Couch. Ich prangere das an!

Shae 12.24 pm:
Hör nicht auf ihn, du kannst natürlich hier schlafen!

Ich schickte ein Herz zurück, dann packte ich grinsend das Smartphone wieder ein. Das Gebäude entließ mich in den New Yorker Trubel, und eine Weile stand ich einfach nur vor dem Eingang, schirmte meine Augen gegen die Sonne ab und beobachtete lächelnd die Passanten. Taxis hupten, ein Vespa-Fahrer überholte riskant ein Auto, eine Frau mit vier Hunden lief gestresst den Gehsteig entlang. Es war dieser Trubel, dieses Leben, das mich damals von Oswego nach New York geführt hatte. In den letzten Jahren hatte ich mich all dem entzogen, war meines Weges gegangen, ohne nach links und rechts zu schauen. Doch als ich nun die Straße Richtung Subway entlanglief, Teil dieser anonymen Menschenmenge wurde, sah ich mich um. Und ich nahm nicht nur die Stadt wahr, sondern auch all die Möglichkeiten, die sie mir bot. Die Freiheit. Die Zukunft. Die Chance, mich endlich selbst kennenzulernen.

Montag, 1. Juli

»Ein Caramel Latte, wie immer?«

Lächelnd nickte ich der Barista zu. Beinahe drei Monate war ich nun in der Agentur, und mittlerweile fühlte es sich wie Alltag an – ein ziemlich verrückter Alltag, der dank der anderen drei nie langweilig wurde, aber eine gewisse Normalität war dennoch eingekehrt. Ich hatte mich an den Lärm gewöhnt, an die Hektik, selbst das Fahren mit der Subway machte mir mittlerweile kaum noch etwas aus. Doch in manchen Momenten, abends bei Sonnenuntergang im Central Park, wenn ich neues Essen probierte, mit Ariana den Broadway entlanglief oder imposante Menschen für Kampagnen buchte – in diesen Momenten war das Leben in New York alles andere als normal, sondern genauso aufregend wie am ersten Tag. Dennoch schlich sich ein Lächeln auf mein Gesicht, als ich die Barista bei der Zubereitung meines Kaffees beobachtete. Ich war angekommen. Alles war perfekt.

»Hier, für dich!« Lächelnd reichte die blonde Frau mir meinen wiederverwendbaren Becher. »Bis morgen dann!«

»Bis morgen!«, verabschiedete ich mich. Als ich in die New Yorker Sommerluft trat, vermisste ich die Klimaanlage des Cafés direkt. Es mochte nicht an die Hitze in Arizona rankommen, doch die hohen Häuser der Stadt sorgten dafür, dass mich kein Windhauch erreichte und mir der Schweiß am Körper klebte, obwohl ich gerade erst geduscht hatte. Zum Glück war es von hier aus nur ein Block ins Büro, und das kühle Foyer empfing mich nur wenige Minuten später.

»Guten Morgen!«, begrüßte ich den Rezeptionisten, als er mir zunickte. Er ließ mich durch, bevor ich meine Karte an den Öffner für die kleine Schranke halten konnte. Dankbar lächelnd ging ich in Richtung der Aufzüge – und bog dann zur Treppe ab. Ich war mehrmals kurz davor gewesen, den Fahrstuhl zu betreten. Hatte mir zu Hause ausgemalt, wie ich einfach schnurstracks hineinlaufen und in den zwanzigsten Stock fahren würde. Doch dann hatte ich jedes Mal gekniffen, als mein Herz und meine Atmung schneller wurden und mir der Schweiß ausbrach. Das immerhin tat er bei den zwanzig Etagen, die ich nun wieder per Treppe nehmen musste, kaum noch – zumindest nicht, wenn es nicht so heiß war wie heute. Meine Kondition war definitiv besser geworden.

»Ohne Tyler heute?«, fragte Ariana, als ich an ihrem Büro vorbeilief.

»Ist noch beim Sport«, erwiderte ich und kam an ihrer Tür zum Stehen. Außerdem war ich heute extra früh da, weil Owen mich sprechen wollte. Ausnahmsweise hatte ich bei der Terminanfrage keine Angst empfunden, dass er mich hinauswerfen würde, denn alles lief wie geschmiert. Da heute der offizielle Launch der Kollektion von *April Dreams* war, wollte er sicherlich nur ein Status-Update.

»Wie ernst er den plötzlich nimmt seit seiner Niederlage«, meinte Ariana feixend.

»Hört ihr jemals auf, euch deswegen zu kabbeln?«

»Nicht in naher Zukunft, nee.«

Ihr Grinsen wurde breiter und sandte eine Welle der Erleichterung durch mich hindurch. Seit der Trennung von Jared blühte sie immer weiter auf. Sie war ein paar Tage bei uns untergekommen, jedoch hatten wir alle einsehen müssen, dass die Wohnung zu klein für vier Personen war, weshalb sie aktuell in einer Pension in Midtown wohnte. In der Wohnung, in der sie zwei Jahre lang mit ihrem Ex-Freund gelebt hatte, wollte sie nicht bleiben und suchte gerade nach einer neuen Unterkunft.

»Hast du Instagram schon gecheckt?« Ariana wackelte mit dem Smartphone in der Hand und riss mich so aus meinen Gedanken.

»Nein, wieso? Irgendein Skandal?«

»Ganz im Gegenteil!« Sie entsperrte das Handy und hielt es mir entgegen. Meine Augen weiteten sich wie von selbst, als ich sah, was sie meinte.

»Oh mein Gott!«

»Ja, hab es Evie auch schon geschickt!«

Auf Arianas Display war die *April Dreams*-Kampagne. Doch nicht nur das: Sie war am Times Square. Riesengroß. Lily hatte das Bild heute Morgen auf Instagram gepostet. Sie posierte vor dem Billboard mit ihrem Foto und strahlte über das ganze Gesicht.

»Das ist der Hammer! Die Ad-Abteilung meinte, sie versuchen, die Platzierung zu bekommen, aber so kurzfristig war das wohl gar nicht so leicht. Ich schulde ihnen einen Kuchen. Mindestens.«

»Das ist wirklich großartig. Und Hannah hat erzählt, dass die Klickzahlen deines Artikels seit heute Morgen auch noch mal richtig durch die Decke gehen.«

»Wirklich?« Der Blogpost war ohnehin gut gelaufen, was nicht zuletzt daran lag, dass die Influencer und Influencerinnen, die darin zu Wort kamen, ihn auf ihren Kanälen geteilt hatten. Doch wie es so war im Internet, war der Hype ebenso schnell auch wieder vorbei gewesen – nicht dass ich mich beschwerte.

Dass so viele Menschen meine Worte gelesen hatten, war unglaublich.

»Schau nachher mal bei ihr vorbei. Aber du hast jetzt erst deinen Termin, oder?«

»Jap …« Ich blickte zu Owens Büro, dessen Tür offen stand, vermutlich, weil es zu so früher Stunde ohnehin ruhig war.

»Nervös?«

»Nur ein bisschen, aber immerhin nicht ängstlich nervös.«

»Ich glaub, das vergeht nie. Dieses ganze Büro hat so eine erhabene Aura«, murmelte Ariana. »Ich fühl mich immer so, wie wenn ich als Kind das Lehrerzimmer betreten durfte, um was zu holen.«

»Klein?«

»Vielmehr auserwählt und besonders, aber auch ein bisschen eingeschüchtert.«

»Das beschreibt es ganz gut«, erwiderte ich lachend. »Na dann, wünsch mir Glück.«

»Er lobt sicher eh nur die Kampagne.«

Ariana gab mir ein Daumen hoch, bevor sie wieder in ihrem Büro verschwand und ich in Richtung Owens lief.

»Hi!«, sagte ich, während ich an den Türrahmen klopfte.

»Hey.« Owen schenkte mir ein kleines Lächeln und deutete auf den Stuhl ihm gegenüber. »Setz dich doch.«

Ich schloss die Tür, leistete seinen Worten Folge und wusste nun, was Ariana meinte, als sie eben das Gefühl beschrieben hatte, hier drin zu sein. Owen war einfach … cool. Genau wie Tyler damals festgestellt hatte. Er strahlte Eleganz und Entschlossenheit aus und war noch dazu ein guter Chef, der sich für seine Mitarbeitenden einsetzte. Wie man an Evie sah, sogar über das Arbeitssetting hinaus, denn nur dank seiner Bemühungen hatte sie nun ihr Visum.

»Ich fliege nicht raus, oder?«, platzte es aus mir heraus.

»Nein.« Owen musterte mich sichtlich irritiert. »Wie kommst du denn darauf?«

»Okay, gut. Ich hatte auch nicht das Gefühl, aber es kann ja nicht schaden, sicherzugehen.«

»Eigentlich hab ich dich wegen des genauen Gegenteils hergerufen.«

»Ich werde befördert?«

Owens Mundwinkel zuckten. »Nein. Darüber können wir gern in Zukunft reden, aber du bist noch nicht einmal drei Monate hier. Wenn du mich kurz zu Wort kommen lässt, erkläre ich dir, wieso ich reden wollte.«

»Ups, na klar.«

»Hast du mitbekommen, dass dein Blogpost auf Buzzfeed aufgegriffen wurde?«

»Ja, sie haben mir vorher eine E-Mail geschrieben und gefragt, ob sie Teile daraus zitieren dürfen. Hannah meinte, das geht klar.«

»Absolut. Unsere Websiteklicks sind ganz schön in die Höhe geschossen. Hannah hat mir letzte Woche das Reporting geschickt.«

»Das freut mich.«

Owens Lächeln wurde etwas breiter, und er sah zur Seite. Ich folgte seinem Blick zu dem Foto, das auch an meinem Spiegel in meinem Zimmer hing. Es war das, was Owen, Jeffrey, mich und ein paar weitere Leute der Agentur zeigte. »Er meinte damals schon immer, aus dir wird mal eine Schriftstellerin.«

»Na ja, damit lag er aber daneben. Ich kann mir nicht vorstellen, ein Buch zu schreiben.«

»Sag niemals nie. Außerdem muss man keine Bücher schreiben, um Schriftstellerin zu sein, sondern Geschichten erzählen. Das hast du ja bereits getan. Dein Blogpost hat echt einige Leute bewegt, Shaelynn.«

»Es hat auch riesigen Spaß gemacht, ihn zu schreiben.«

»Könntest du dir vorstellen, das häufiger zu tun?« Owen legte den Kopf schief. »Aktuell sind die meisten Beiträge auf dem Blog Info-Posts zu unseren Klienten und Klientinnen, oder aber wir veröffentlichen Sachen zum Thema Marketing, damit die Suchmaschinen uns besser finden. Da ist wenig von Gehalt dabei, was die Leute lange bei der Stange hält. Durch deinen Beitrag ist Greenwood & Steele in aller Munde gewesen. Du hast nicht bloß Werbung gemacht, du hast etwas zu sagen.«

»Wenn du sagst, häufiger tun … Heißt das, ich kann während der Arbeitszeit für den Blog schreiben?«

Mein Herz schlug einige Takte schneller. Ich war seit meiner Arbeit bei *All of Phoenix* nicht mehr fürs Schreiben bezahlt worden. Ich liebte meinen Job hier, aber wenn ich ihn mit dem Schreiben kombinieren könnte – noch dazu dem Schreiben von Artikeln, die etwas interessanter waren als die der Phoenixer Lokalzeitung …

»Eigentlich dachte ich an etwas Größeres.« Er bedeutete mir, zu ihm zu rutschen, und drehte den Bildschirm, sodass ich besser sehen konnte.

»Größer?« Ich schob meinen Stuhl so schnell auf seine Seite des Schreibtischs, dass Owen auflachte. Mir hingegen blieb das Lachen vor Aufregung im Halse stecken. Dort auf seinem Bildschirm war mein Artikel gemeinsam mit Evies Fotos – doch er war nicht als Blogpost aufbereitet, sondern …

»Ich dachte an ein Magazin, das einmal im Quartal erscheint. Mit allen möglichen Themen der Influencerwelt. Du kannst alle, die du bei Events oder Shoots triffst, interviewen, dir jemanden für Gastbeiträge suchen, dir ein übergeordnetes Thema überlegen und Evie zur Unterstützung für Fotos heranziehen. Hannah würde dir, sofern du Lust darauf hast, beiseitestehen.«

»Oh mein Gott«, sagte ich so leise, dass ich mir nicht sicher war, ob Owen es überhaupt hörte.

»Deine eigentliche Arbeit darf darunter natürlich nicht leiden, aber da du ohnehin noch Kapazitäten für Kunden hast, die wir bald füllen würden, dachte ich, ich frage lieber jetzt. Noch kannst du dir einige Arbeitsstunden für das Projekt abzweigen.«

»Das …« Ich schluckte. Ich würde nicht nur hier arbeiten und kreative Kampagnen planen, ich würde fürs Schreiben bezahlt werden, würde Interviews führen und die Geschichten zahlreicher inspirierender Leute erzählen können.

»Du kannst es dir natürlich in Ruhe durch den Kopf gehen lassen.«

»Nein!«, rief ich, nun so laut, dass Owen es definitiv gehört hatte. Er hob die Brauen.

»Nein, du hast keine Lust?«

»Was? Doch, ja! Natürlich hab ich Lust! Ich meinte, nein, ich muss es mir nicht erst durch den Kopf gehen lassen. Ich mach es natürlich!«

Ich biss mir auf die Lippe, damit das breite Grinsen sich nicht Bahn brach. Ich hatte mit vielem gerechnet: mit lobenden Worten, mit einem ersten Feedback zu meiner Arbeit, mit einem neuen Kunden, der mir anvertraut wurde – doch nicht damit.

»Schön! Also können wir in die Richtung weiterdenken? Ich hab mir am Wochenende ein paar Sachen überlegt, die würde ich dir einmal schicken. Hannah weiß wie gesagt schon Bescheid, ihr könnt einen Termin ausmachen und ebenfalls brainstormen. Ich würde das Magazin online wie offline gern ein Jahr lang fest produzieren. Sollte es gar nicht klappen, stampfen wir es wieder ein. Wenn es läuft …« Owen machte eine Handbewegung, die alles hätte bedeuten können, doch ich hörte ohnehin nur noch mit einem Ohr zu. All die Möglichkeiten, die er mir damit eröffnete!

»Wir könnten mit verschiedenen Rubriken arbeiten«, begann ich. »Interviews natürlich, die Stars hautnah. Aber auch Einblicke hinter die Kulissen unserer Arbeit. Es könnte auch eine Kolumne geben zu Themen, die ich gar nicht abdecken kann, bei der wir andere zu Wort kommen lassen. Falls es finanziert werden soll, könnte ich mit unseren Kunden und Partnern reden – vielleicht sponsern sie ja was, wenn wir ihre Produkte unterbringen und …«

»Shae?«

»Hm?« Jetzt erst fokussierten meine Augen wieder, und ich bemerkte das schiefe, amüsierte Lächeln auf Owens Gesicht.

»Das klingt alles ganz toll und nach etwas, das du dir aufschreiben und mir …« Sein Blick flog zum Display. »… nächsten Montag erzählen solltest.«

»Sorry! Ja, das mach ich.«

»Es wäre großartig, wenn du einen Budgetplan erstellst. Falls du Fragen dazu hast, hilft Ariana dir sicher weiter. Ihre Excel-Tabelle mit dem Plan für die Gala hat meinen PC fast in die Knie gezwungen, sie kann dir sicher ein paar Dinge zeigen.«

»Alles klar, ich frag sie sofort.«

Nervös knetete ich meine Finger. Am liebsten wäre ich aufgesprungen und hätte sofort losgelegt. Ich wollte Evie von allem berichten, mit ihr brainstormen, welche Fotoshoots sich anboten. Wollte Hannah aufsuchen und mir die Klicks der Website anschauen. Mit Ariana einen Businessplan erstellen. Vor allem aber wollte ich Tyler berichten, dass er mich nicht länger damit aufziehen brauchte, dass ich lediglich Briefe an meinen toten Onkel schrieb.

»Dann schicke ich dir all das mal per Mail. Melde dich, solltest du Fragen haben, ja?«

»Das mach ich.«

Owen nickte mir lächelnd zu. »Dann bis später.«

Kaum dass er die Worte geäußert hatte, war ich auch schon aufgesprungen, was ihn erneut zum Lachen brachte.

»Hey, Shae?«, begann er, als ich bereits die Hand an der Türklinke hatte.

»Ja?«

»Jeff wäre echt stolz auf dich.«

Owen mochte cool sein, aber er hatte auch ein Herz aus Gold.

Kaum dass ich wieder an meinem Schreibtisch war, öffnete ich unseren Gruppenchat.

Shae, 9.03 am:
> Kaffeeküche! Alle! Sofort!

Tyler, 9.04 am:
> Da häng ich eh schon ab.

Ariana, 9.04 am:
> Grad jemanden in der Leitung, gib mir eine Minute!

Evie, 9.05 am:
> Ich bin heute nicht im Büro ☹ Was verpasse ich?
> Ich will nichts verpassen!

Tyler, 9.05 am:
> Wir schalten dich dazu! Rufe dich gleich an!

Ich sperrte den Bildschirm und lief mehr in Richtung Küche, als dass ich ging, was mir einen irritierten Blick von Zoey einbrachte. Tyler saß bereits mit einer Tasse Kaffee an einem der Tische.

»Was ist los? Warum grinst du so?«, begrüßte er mich.

»Wir müssen warten, bis die anderen da sind. Holst du Evie dazu?«

»Yep!« Er startete einen Videoanruf und lehnte sein Handy gegen die kleine Grünpflanze, die in der Mitte des Tischs stand.

»Was ist passiert?«, fragte Evie, kaum dass sie den Anruf angenommen hatte. Ihre Haare waren leicht verwuschelt, als wäre sie gerade erst aufgewacht. Im Hintergrund war unser Wohnzimmer zu sehen.

»Alles in Ordnung?« Ariana betrat die Küche und musterte uns skeptisch. »Ist doch was passiert?«

Ich setzte mich neben Tyler und wartete, bis auch Ariana Platz genommen hat. »Ich darf ein Magazin für die Agentur machen!«

»Was?«, fragte Ty.

»Ein Print-Magazin?« Evie kam näher an die Kamera. »Mit Artikeln und so was?«

»Aber nicht anstelle deines Jobs, oder?« Leichte Panik trat in Arianas Gesicht. Als ich den Kopf schüttelte, klärte sich ihr Blick jedoch, und auf ihrem Gesicht erschien ein Lächeln. »Puh, ich hatte schon Angst, ich brauch dich nämlich.«

Ich berichtete Wort für Wort, was Owen mir gerade im Büro erzählt hatte, und konnte nichts dagegen tun, dass mein Herz schon wieder eine Spur zu schnell schlug. Nicht dass ich das überhaupt wollte. Ich konnte nicht sagen, wann ich das letzte Mal so aufgeregt gewesen war. Vermutlich beim Jobantritt. Oder der Moderation auf der Gala. Oder der Rooftopparty. Okay, wenn man es genau nahm, sorgte mein Job bei Greenwood & Steele ganz schön häufig für dieses Gefühl. Ich wollte es nicht mehr missen.

»Oh mein Gott! Das heißt, wir können wieder zusammenarbeiten, und ich muss mich nicht zurückhalten, zu viele Fotos zu machen!« Evie stieß ein Quieken aus, und kurz darauf füllte ihre Handfläche das Display aus.

»Alles okay?«, fragte ich irritiert.

»Ich hab der Kamera ein High five gegeben. Du kriegst nachher noch ein richtiges«, meinte sie grinsend.

»Ich würde gern direkt ein Konzept erstellen für einen Beitrag – also Thema, Fotos und alles.«

»Count me in«, sagte Evie. »Wir können ja mal die Kartei durchgehen und überlegen, wer ein guter Auftakt wäre.«

»Du könntest auch direkt einen Visagisten für den Shoot einplanen«, warf Tyler wie beiläufig ein, doch mir war klar, worauf er hinauswollte.

»Er hat echt gute Arbeit geleistet«, pflichtete Evie ihm bei.

Ich blickte die anderen mit einem breiten Grinsen an. »Ihr seid die Besten, wisst ihr das?«

Acht Stunden später hatte ich nicht nur ein erstes Konzept für das Magazin, sondern war auch davon abgesehen durch den Arbeitstag geflogen. Grinsend sah ich zu Tyler auf, der an meinem Schreibtisch haltmachte.

»Guter Tag?«, fragte er.

»Perfekter Tag.«

Ich schaltete meinen Rechner aus, packte meine Tasche und stand auf. Ich schlang meine Arme um Tyler, der ein verblüfftes Lachen ausstieß.

»Womit hab ich das denn verdient?«

»Keine Ahnung, musste einfach raus. Kommst du?«

Ohne eine Antwort abzuwarten, ging ich voraus, verabschiedete mich von Zoey und öffnete die Tür zum Flur. Wenn ich es schaffen wollte, durfte ich nicht anhalten. Und ich würde es schaffen.

»Shae?« Verwunderung war aus Tylers Stimme zu hören, als ich nicht nach links abbog, sondern geradewegs auf die Aufzüge loslief. Mit zitterndem Finger drückte ich den Knopf. Tyler trat schweigend neben mich. Ich war froh, dass er mich gut genug kannte, um zu wissen, dass er besser nichts sagte. Das hier brauchte all meine Konzentration, all meinen Mut. Die Türen glitten auf, und mit einem tiefen Atemzug ging ich hinein. Als der Fahrstuhl sich wieder schloss, taten es auch meine Augen.

Ich hörte, wie Tyler den Knopf nach unten drückte, dann nahm er meine Hand.

»Ich bin da.«

»Ich weiß«, erwiderte ich, und trotz der Angst, die meinen Körper flutete, musste ich lächeln. Weil Tyler immer da war. Beim letzten, bei diesem und beim nächsten Kapitel meines Lebens. Und solange er da war, konnte ich alles schaffen.

Ich öffnete die Augen kein einziges Mal, während der Aufzug mich nach unten beförderte. Zu konzentriert war ich auf meine Atmung und darauf, das flaue Gefühl in meinem Magen unter Kontrolle zu behalten. Erst als die Türen mit einem Ping wieder aufglitten, riss ich die Lider auf und stürmte so schnell nach draußen, als ob ich um mein Leben rannte. Mein heftig schlagendes Herz war der Meinung, dass ich genau das tat.

Im Foyer angekommen, drehte ich mich um und starrte Tyler stumm an. Eine Sekunde, zwei Sekunden. Dann riss ich die Arme in die Höhe und sprang vor ihm auf und ab.

»Ich hab es geschafft! Ich hab's geschafft!«

Lachend zog Ty mich in seine Arme und drückte mir einen Kuss auf den Scheitel.

»Und wie du das hast, Süße. Ich bin stolz auf dich.«

»Und heilfroh, dass du nicht den Rest deines Lebens zwanzig Stockwerke laufen musst.«

Tyler ließ von mir ab und zuckte mit den Schultern. »Ach, weißt du, der Knackarsch bringt mich schon echt weiter, muss ich sagen.«

»Du bist unverbesserlich.«

»Tja, muss ja dafür sorgen, dass dir nicht langweilig wird. Und weißt du, wie das am besten geht?«

»Du sagst gleich Party, oder?«

»Ist es nicht schön, wie gut wir uns kennen?«

Tyler legte einen Arm um mich, und gemeinsam gingen wir in Richtung Ausgang. Mein Herz schlug nach wie vor, als wäre ich einen Marathon gelaufen, doch der Stolz war stärker als das nachklingende Gefühl der Angst. Ich hatte es geschafft. Ich war zwar noch nicht am Ende der Reise, hatte nach wie vor Dinge, an denen ich arbeiten musste, aber ich war auch nicht mehr am Anfang.

»Oh mein Gott!«, rief ich, kaum dass Tyler und ich das Gebäude verlassen hatten.

»Oh, wow!«

Schnell zückte ich mein Handy und fotografierte den Bus, der gerade an uns vorbeirauschte.

»Das ist Lily«, sagte ich aufgeregt und schoss ein weiteres Foto, bevor der Bus abbog. »Meine Arbeit fährt durch den New Yorker Straßenverkehr.«

»Yep«, sagte Tyler, doch als ich mich zu ihm umdrehte, wirkte das Lächeln auf seinem Gesicht angespannt, nicht losgelöst wie sonst.

»Alles okay?«, fragte ich, und er zog eine Grimasse. »Sprich sie doch einfach noch mal an, wenn du sie magst.«

Tyler winkte ab und wirkte ... nervös. Dabei sah es ihm gar nicht ähnlich, sich von einer Frau so sehr aus der Ruhe bringen zu lassen. Interessant.

»Ach was, alles in Ordnung«, sagte er eine Spur zu schnell. »Ist nur sehr heiß, und ich freu mich auf daheim und ein paar kühle Cocktails.«

»Wäre es okay, wenn ich jemanden einlade?«

»Klar, du bist immerhin der Grund für die Party.«

»Der Grund ist, dass du keine Woche ohne Feier überlebst.«

»Auch«, meinte Ty und knuffte mich in die Seite.

Ich holte mein Handy hervor und registrierte nur am Rande, wie einer der Passanten hinter mir genervt aufstöhnte, als ich mitten auf dem Weg stehen blieb. Mit nervösem Kribbeln im Bauch öffnete ich den Chat mit Cam und schickte ihm das Foto, das ich gerade geschossen hatte.

Shae, 5.23 pm:
>Schau mal, dein Werk auf einem Bus.
>Ich hätte eventuell noch einen Job für dich. Interesse?
>Wir feiern heute Abend in der WG, falls du kommen magst ...

»Aha!«, machte Ty. »Also war euer Comedy-Date wirklich so gut, wie du behauptet hast!«

»Jap«, erwiderte ich mit einem Grinsen.

»Wie rot du wirst.«

»Ich werd gar nicht rot!«

»Shae ist verlie-ebt«, stimmte Tyler im Kindersingsang an, und nun war ich es, die ihn in die Seite knuffte. Allerdings konnte ich nicht leugnen, dass mir tatsächlich wärmer wurde, und diesmal lag es ganz sicher nicht an der Sommerhitze.

New York mochte die Stadt sein, die niemals schlief, doch sie war mehr als das. Sie war die Stadt der Neuanfänge, der Wahlfamilien und die Stadt, die einem an jeder Straßenecke Gründe für ein nervös schlagendes Herz lieferte.

DANKSAGUNG

Anabelle:

Wir haben es geschafft!

Nicole:

Ja, ich bin so stolz auf uns. ♡

Anabelle:

Ich auch. Und es war eines der schnellsten Bücher, die ich jemals geschrieben habe, weil ich gar nicht aufhören konnte zu schreiben. Danke für die wunderschöne Zusammenarbeit!

Nicole:

Es war wirklich superschön. Danke auch an dich. Ich hab so viel Spaß beim Schreiben, Plotten, Brainstormen, einfach an allem gehabt.

Anabelle:

Vor allem beim Plotten! Aber wir sollten uns noch bei ein paar anderen Leuten bedanken, glaub ich.

Nicole:

Ja!

Anabelle:

Vielleicht sollten wir uns zuerst bei unseren Freunden und Freundinnen bedanken. Einige gemeinsame haben wir ja auch. Ohne die könnten wir gar nicht so tolle Freundschaften beschreiben, wie es sie in dem Buch gibt.

Nicole:

Stimmt, ich bin so dankbar für die wundervollen Menschen, die mich in meinem Leben begleiten und die mir beigebracht haben, wie wertvoll eine Freundschaft ist. Vor allen Dingen den tollen PJs: Alex, Ava, Bianca, Jesus, Klaudia, Laura, Marie, Nina, Tami, die uns tagtäglich zur Seite stehen und zuhören.

Anabelle:

Absolut, die Gespräche mit ihnen sind oft genauso seltsam wie die zwischen Tyler und Shae. Ich würde mich außerdem gern bei unseren Agentinnen Kristina und Gesa bedanken. Wir beide haben Kristina damals ja beinahe zeitgleich ein und dieselbe Idee gepitcht.

Nicole:

Es war so lustig. Ich erinnere mich genau an das Gespräch. Kurz davor hatte ich es nämlich mit Laura darüber geführt, dass ich total gerne eine Buchreihe schreiben würde, die den Vibe der Serie »The Bold Type« einfängt.

Anabelle:

Ja, und dann habe ich dir wenige Minuten später erzählt, dass ich Kristina eine solche Idee gepitcht habe. Sie mit dir zu schreiben, war die Sahnehaube auf dem Ganzen!

Nicole:

Es war noch viel toller, als ich es mir je hätte vorstellen können. Und dann haben wir auch noch einen so tollen Verlag dafür gefunden.

Anabelle:

Ja, vielen Dank auf jeden Fall an alle wundervollen
Menschen bei der Verlagsgruppe HarperCollins. Allen
voran an unsere Lektorinnen Anna und Pascalina. Aber
natürlich auch an unsere Außenlektorin Klaudia.

Nicole:

Ein großes Dankeschön geht auch an Alex, der mal
wieder ganz zauberhafte Cover gezaubert hat.

Anabelle:

Oh ja, danke, Alex! Und auch dir noch mal danke, Nicole,
dass du die traumhaften Illustrationen angefertigt
hast und ich dir dabei über die Schulter schauen und
neunmalkluge Kommentare von mir geben durfte. Fun
Fact: Shaes Hand ist meine! Ich durfte Handmodell sein!

Nicole:

Ihr dürft euch übrigens bei Anabelle dafür bedanken,
dass Tyler kein Hemd anhat. Ich wollte ihm nämlich ein
Shirt anziehen. Keine Chance, Freunde!

Anabelle:

Ja, dafür danke ich mir auch. 😊

Nicole:

Ein großes Dankeschön geht natürlich auch an euch.
Unsere wundervollen Leser und Leserinnen.

Anabelle:

Ja, danke, danke, danke an euch! Schreibt uns gern auf
Social Media unter @anabellestehl und @nicboehm.

Nicole:

Ich hoffe, ihr mögt die Chaotentruppe genauso sehr wie wir. Es war echt eine Freude, mit Shae, Tyler, Evie und Ariana New York City unsicher zu machen.

Anabelle:

Und wie! Und das Beste: Wir sind noch nicht fertig. Gerade schreiben wir fleißig an Band 2.

Nicole:

Es erwarten euch noch soooooo coole Sachen. Band 2 wird hochemotional, sexy, aufregend und wunderschön.

Anabelle:

Und noch mehr seltsame Gespräche und Situationen gibt es auch.

Nicole:

Ich sag nur »verfluchtes Sex-Mojo«.

Anabelle:

Oh Gott. Und der Anfang des Buchs, Leute ...

Nicole:

Oh ja! Spicy.

Anabelle:

Aber genug Teaser. Wir lesen uns bald wieder. Danke für alles!

Nicole:

Ja, von Herzen danke! ♡